SINA BLACKWOOD

DAS GEHEIMNIS DES AURËUS

Bibliografische Informationen der Deutschen Nationalbibliothek: Die Deutsche Nationalbibliothek verzeichnet diese Publikation in der Deutschen Nationalbibliografie; detaillierte bibliografische Daten sind im Internet über http://dnb.de abrufbar

© dieser Ausgabe:　　　　　Sina Blackwood 2016
© Layout　　　　　　　　　Sina Blackwood 2016
© Coverbild:　　　　fotolia 103219199 - Planet Earth in light circle and woman eye, Cosmic Space background. Computer collage. Earth concept. Planet earth in light rays. Elements of this image furnished by NASA. © jozefklopacka

www.reni-dammrich-geschichtenzauber.de
www.facebook.com/pages/Reni-DammrichSina-Blackwood-Die-Geschichtenzauberseite

Die Personen und Namen in diesem Buch sind frei erfunden. Ähnlichkeiten mit heute lebenden Personen sind rein zufällig und nicht beabsichtigt.

Herstellung und Verlag:
BoD – Books on Demand, Norderstedt
ISBN: 9783741226533

Nereus greift ein

Galantha warf sich im Schlaf immer wieder hin und her. Marc hatte mehrfach versucht, sie zu wecken – vergeblich. Sie murmelte unverständliche Worte in der Sprache ihres Volkes, die Marc nicht beherrschte. Erst als die Sonne aufging, beruhigte sich die Elfe wieder. Besorgt betrachtete Marc Galanthas Gesicht, welches noch immer die Ängste der vergangenen Stunden widerspiegelte. Was mochte nur geschehen sein? Noch nie hatte er seine Frau in einer derartigen Verfassung erlebt. Die Antwort auf seine Frage ließ nicht lange auf sich warten. Galantha setzte sich plötzlich auf und flüsterte: „Sie brauchen Hilfe oder alle werden sterben."

„Wer braucht Hilfe?", fragte Marc beunruhigt.

„Alle in meiner alten Heimat." Galantha schwang die Beine aus dem Bett. Nervös bewegte sie die bunt schillernden Flügel.

„Dann sollten wir sofort mit Stella und Thomas darüber sprechen." Marc wusste genau, dass er Galanthas Gespür für Gefahren vertrauen konnte. Im selben Moment klappte die Terrassentür. Im Flur prallte Marc fast mit seiner Tochter Stella zusammen, die panisch hereingestürzt kam. Sein bester Freund Thomas, der gleichzeitig Stellas Ehemann war, folgte ihr. Schließlich saßen alle vier, noch mit Schlafanzügen und Nachthemden bekleidet, im Kaminzimmer.

„Du hast es auch gespürt", murmelte Galantha. „Ich habe mich also nicht getäuscht."

Stella schüttelte den Kopf, dass die eichhörnchenrote Mähne nur so flog. Marc drückte seine Frau in die Polster der Wohnlandschaft. „So, nun erzählst du uns erst einmal der Reihe nach, was eigentlich los ist."

Galantha atmete tief durch. „Es gibt Ärger mit den Zwergen."

Thomas schaute sie ungläubig an. „Was jetzt schon? Es sind doch erst fünf Jahre um! Ich denke, wir haben sie für hundert Jahre unter die Erde geschickt?"

„Da sind sie auch noch", erklärte die Elfe. „Nur haben sie einen Weg gefunden, das Wasser zu vergiften. Viele Lebewesen im Elfenland sind schon krank und siechen dahin, die Pflanzen sterben ab und die Seen sind verseucht. Pyron und Zephyra haben heute Nacht gerufen. Wir müssen ihnen helfen, bevor es zu spät ist."

„Ich habe genau die gleichen Bilder gesehen wie Mutter", sagte Stella traurig. „Es gibt gar keinen Zweifel."

„Einzelheiten?", fragte Thomas kurz.

Beide Frauen schüttelten die Köpfe. „Keine."

„Jetzt ziehen wir uns erst einmal an", schlug Marc vor. „Dann frühstücken wir und hinterher überlegen wir, wo die Zwerge so viel Gift aufgetrieben haben können, um ein ganzes Land zu gefährden."

Eine halbe Stunde später saßen alle in Galanthas Küche. Schweigend aßen sie.

„Bergbau!", rief Thomas plötzlich.

Marc sah seinen Freund anerkennend an. „Klingt logisch."

„Ihr meint, sie verseuchen das Grundwasser mit dem Abwasser ihrer Erzschürfungen?", vergewisserte sich Stella.

„Hmm", brummte Thomas. „Genau das traue ich ihnen zu."

„Aber was könnten wir dagegen tun?", fragte Galantha verzagt.

„Ich wäre dafür, erst einmal im Elfenland Daten zu sammeln. Wer weiß, was tatsächlich dahinter steckt?"

„Schon gut. Es war dumm von mir", murmelte Galantha.

Marc streichelte ihre Hand. „Kopf hoch! Wir beide gehen in einer Stunde durch das Portal, Thomas und Stella halten uns hier den Rücken frei. Wenn alles klappt, sind wir noch vor Mitternacht wieder zurück."

Galantha fiel ihm dankbar um den Hals.

Zur versprochenen Stunde fanden sich alle in Marcs Arbeitszimmer ein. Marc öffnete die Schiebetür neben dem Fenster, hinter der er, für Fremde unerreichbar, den ovalen Spiegel mit dem kunstvollen Rahmen verborgen hielt. Auch heute zeigte die matte Fläche ihren wolkigen Schleier, der Marc einst hatte zum Fensterleder greifen lassen, worauf er ziemlich unfreiwillig in Galanthas Welt gelandet war. Stella und Thomas setzten sich in die beiden bequemen Sessel, um die Spiegelfläche immer im Auge zu haben. Galantha und Marc stiegen nacheinander durch den Rahmen, wie sie es schon so oft getan hatten. Die Schwärze des Alls umfing sie. Eine sanfte Gewalt schob sie, am Ende ihrer Reise, hinaus in die andere Welt. Mit wenigen Blicken erkannten sie, dass die Drachen ihre Grotte bereits verlassen hatten.

„Mist. Wie komme ich denn jetzt vom Berg herunter?", murmelte Marc.

„Ruf sie doch. Vielleicht hören sie es ja", schlug Galantha vor.

„Na klar! Aber nicht akustisch." Marc setzte sich auf den Boden, schloss die Augen und rief im Geiste nach Pyron.

Nach ein paar Minuten verdunkelte sich der Eingang der Höhle. Ein lautes Schnüffeln folgte. „Es riecht nach Menschen und Riesenelfen", sagte die bekannte tiefe Stimme und schon tauchte der gehörnte Kopf des gigantischen Drachen auf. „Galantha, Marc, bin ich froh, euch zu sehen!"

„Schön, dass es dir gut geht." Die beiden Ankömmlinge atmeten erleichtert auf. „Wo ist Zephyra?"

„Sie ist unten am See. Wir haben einen kleinen Bach umgeleitet, der verseuchtes Wasser in den See getragen hat. Ach, da ist sie ja schon."

Das leise Schleifen des Drachenpanzers an den steinernen Wänden verriet Zephyras Ankunft.

„Ihr habt den Ruf vernommen", seufzte sie zufrieden, beim Anblick von Galantha und Marc. „Wir wissen hier bald nicht mehr weiter. Am besten schaut ihr euch das ganze Elend aus der Luft an."

Schnell saß das Ehepaar Wendler auf Pyrons Rücken, der in Begleitung von Zephyra zum Rundflug aufbrach. Pyron brachte sie hoch ins Gebirge, wo die Katastrophe ihren Anfang nahm. „Diese beiden Quellen hier sind verseucht, während die, genau daneben, sauber ist", erklärte der Drache. Er stieg noch höher auf. Den Betrachtern bot sich ein schreckliches Bild. An den Ufern der drei Gebirgsbäche, die zu kleinen Flüssen anschwollen, gab es kaum noch Leben. Tote Bäume und kahler Boden auf fast einhundert Metern Breite. Im Wasser schwammen weiße Schaumflocken.

„Aber das ist ja grauenvoll", stöhnte Galantha.

Zephyra nickte. „Da sagst du wahre Worte."

„Aber warum nur diese beiden Quellen, obwohl die andere direkt daneben ist?", Marc drehte sich noch einmal um.

„Genau das ist die Frage." Pyron hob hilflos die Vorderklauen.

Eine Stunde später saßen sie in der Grotte zusammen und hielten Kriegsrat. Marc erzählte von Thomas' Theorie, die sich mit dem deckte, was er soeben gesehen hatte. „Man müsste in eine der Quellen abtauchen und nachsehen", murmelte Marc.

Pyron begann bitter zu lachen. „Na wie denn?"

Marc erhob sich. „Bring mich bitte zum See. Dort wird sich entscheiden, wie es weitergeht."

Die beiden Drachen wechselten erstaunte Blicke mit Galantha. Pyron beeilte sich, Marcs Wunsch nachzukommen. An dem Uferabschnitt mit dem saubersten Wasser landete der Drache. Marc winkte die Nixen herbei.

„Marc und Galantha sind da! Nun wird alles gut!", riefen die Wasserbewohner durcheinander, während sie auf den flachen Steinen Platz nahmen.

„Ich möchte euch nicht die Laune verderben, aber wir tappen noch ziemlich im Dunkel", erwiderte Marc. Er beschrieb, was er im Gebirge gesehen hatte. Entsetzen zeichnete die Gesichter der Nixen. „Ich bin gekommen, weil ich eure Hilfe brauche. Jemand müsste der sauberen Quelle im Inneren des Berges folgen und ergründen, woher sie kommt und wie es dort überhaupt aussieht."

Nervös kneteten die Nixen die Hände, mit niedergeschlagenen Augen hockten sie auf ihrem Felsen.

„Hat niemand den Mut, uns zu helfen?", fragte Galantha traurig.

Die Nixe mit den großen roten Narben hob rasch den Kopf. „Doch, ich werde gehen. Sagt mir, was ich tun muss. Ich bin es euch schuldig." Dabei huschte ihr Blick über die Andenken des Bärenangriffs.

Galantha reichte ihr beide Hände. „Das werden wir dir nie vergessen. Komm, wir bringen dich zur Quelle. Niemand wird dich zwingen weiter zu gehen, als du es dir selbst zutraust."

Marc nahm die Nixe in die Arme und startete mit Pyron. Galantha setzte sich auf Zephyra. Bald waren sie den Blicken der anderen entschwunden. Der Anblick des vergifteten Landes ließ die kleine Nixe erschauern.

„So wird es bald überall aussehen, wenn wir keine Lösung für das Problem finden", sagte Marc betrübt.

„Ich will mein Bestes geben", flüsterte die Nixe.

Die Drachen landeten neben den drei Quellen. Marc erklärte sehr genau, dass beinahe jedes noch so kleine Detail von Nutzen sein konnte.

„Wie ist eigentlich dein Name?", fragte Galantha, bevor die Nixe in die Quelle abtauchte.

„Diandra."

Die Elfe streichelte ihre Hand. „Riskiere nicht zu viel, Diandra. Wir werden hier auf dich warten. Viel Glück."

Kein einziger Tropfen Wasser spritzte auf, als Diandra kopfüber in die Quelle sprang.

In völliger Dunkelheit schwamm sie vorsichtig gegen den Strom. Ohne Mühe gelang es ihr, sich zu orientieren. Das Wasser hatte den Fels im Laufe der Jahrtausende glatt geschliffen. Die Nixe schwamm schneller, als sich das Bett des unterirdischen Bächleins verbreiterte und ein See inmitten eines Domes aus funkelnden Kristallen wie aus dem Nichts auftauchte. Einige Tropfsteine schienen das himmelhohe Gewölbe zu stützen. Überwältigt hielt die Nixe inne. Sie lauschte. Das von der Decke tropfende Wasser erzeugte ein mehrfaches Echo. Diandra lächelte. Noch nie zuvor hatte sie so eine Pracht gesehen. Sie schwang sich aus dem Wasser, um ein wenig auszuruhen. Mit dem Rücken an die Wand gelehnt schaute sie die mehrfarbigen Kristalle an der Decke an. Plötzlich fuhr sie entsetzt zusammen. Fast an ihrem Ohr war ein schrilles Quietschen ertönt, das so ganz und gar nicht in diese Idylle passen wollte. Wie gebannt blieb sie hocken und lauschte mit geschlossenen Augen. Seltsame Geräusche drangen aus dem Stein hervor. Stimmen? Diandra zog sich mit den Händen an der Wand hoch, bis sie fast menschengleich auf der Flosse ihres kräftigen Fischschwanzes stand. Ein Lufthauch drang aus der Wand. Lautlos presste die Nixe ihr Gesicht an den Stein und versuchte, die Quelle des Hauches zu finden. Da! Ein Spalt! Groß genug, um mit einem Auge hindurchzusehen. Diandra prallte entsetzt zurück. Zwerge. Viele Zwerge. Und sie schütteten einen Damm auf, der das Wasser auf der anderen Seite der Wand zwang, entgegen seiner natürlichen Richtung zu fließen. Zitternd vor Angst, dass man sie hören könnte, robbte die Nixe zum See. Fast lautlos tauchte sie unter, um, wie gehetzt, zurückzuschwimmen. Ihr kam es vor, als wäre der Weg nun fast dreimal so lang, obwohl sie mit dem Strom schwamm. Endlich wurde es heller. Mit einem kräftigen Schlag ihrer Schwanzflosse katapultierte sich Diandra aus dem Schacht. Das feine Gehör der Drachen hatte die Nixe schon lange wahrgenommen. So gelang es

Pyron, die kühne Schwimmerin aufzufangen, bevor sie auf die Steine prallte. Diandra zitterte am ganzen Körper. Marc hatte Mühe, sie zu beruhigen. Pyron entschied, dass man sie erst zum See zurückbringen und dort nach dem Erlebten befragen wolle. Diandra nickte dankbar. In ihrem See fühlte sie sich sicher. Dort begann sie auch sofort zu erzählen. Sehr ausführlich und genau beschrieb sie das Bett des Baches, die Strömungsverhältnisse und den Kristalldom mit dem See. Dann berichtete sie, was sie hinter der Wand, in einer anderen Grotte gesehen hatte. „Wenn der Damm hoch genug ist, dann läuft das Wasser aus ihren Minen durch die poröse Wand bis in die andere Quelle", beendete sie aufgeregt ihren Bericht.

„Das ist wohl wahr. Mit müssen einen Weg finden, den Damm zu zerstören", sagte Marc. „Wir werden sofort in unsere Welt gehen und morgen mit Thomas, Stella und hoffentlich guten Nachrichten zurückkommen. Diandra, du bist jedenfalls die mutigste Nixe, die ich kenne. Vielen Dank für deine riesengroße Hilfe."

Die Drachen brachten ihre Freunde, ohne zu zögern, zum Portal. Marc ließ seine Finger über die wundervollen Schnitzereien am Rahmen des Spiegels gleiten. Die Einhörner, Elfen, Insekten und sogar die Bären und Wölfe schienen ihn sorgenvoll anzuschauen. „Wir werden einen Weg finden", flüsterte er, als er mit Galantha in die milchige Fläche eintauchte.

In der Menschenwelt warteten Stella und Thomas sehnsüchtig auf Nachricht. Schnell verschloss Marc wieder die Tür, hinter der er den Spiegel versteckt hielt, dann folgte er den anderen ins Kaminzimmer.

„Thomas, du musst hellseherische Fähigkeiten haben", begann Marc. „Die Zwerge leiten wirklich ihre Abwässer vom Bergbau in die Quellen. Diandra ist einer unverseuchten Quelle gefolgt und hat sie auf frischer Tat ertappt, wie sie im Inneren des Berges einen Damm bauen, der das Wasser umleitet."

„Wer ist Diandra?", fragten Thomas und Stella gleichzeitig.

„Deine Blutspenderin", sagte Marc lachend, auf Thomas' Abenteuer mit der Nixe anspielend.

„Der kleine Tollpatsch?"

Marc nickte. „Von Tollpatsch kann keine Rede mehr sein. Ich hätte nie gedacht, dass eine der ewig verspielten Nixen solch einen Mut aufbringen und eine derart gute Arbeit leisten kann. Die anderen haben alle gekniffen."

„Hast du schon einen Plan?" Stella schaute Marc fragend an.

„Ja und nein. Wir müssen den Damm zerstören, ich habe nur keine Ahnung wie."

„Aurëus hätte sicher Rat gewusst", murmelte Thomas.

„Sicher, aber Aurëus ist verschwunden. Wir müssen schon selber weitersehen", entgegnete Marc. „Galantha und Stella müssen überlegen, wer im Elfenland noch mit einem Fingerschnippen zaubern kann, vor allem sollte die Person wasserfest sein."

„Wie viel Zeit haben wir?"

„Ich gebe euch genau eine Stunde", schmunzelte Marc.

Die Elfen legten die Handflächen aneinander, schlossen die Augen und drangen in die tiefsten Tiefen ihres Gedächtnisses vor. Galanthas Gesicht nahmen einen lauschenden Zug an. Sie öffnete die Augen. „Ich habe die Lösung, nur der Weg dahin fehlt."

„Wie??" Marc schaute seine Frau verständnislos an.

„Nereus ist die Lösung. Wir müssen ihn nur irgendwie überzeugen, mit der kleinen Nixe in die Grotte zu gehen."

„Der Nereus?", fragte Marc, der sich an verschiedene griechische Sagen erinnerte.

Galantha nickte. „Genau der. Der Herr über Nixen, Wassermänner und Seeschlangen in der Elfenwelt. Er, sein Muschelhorn und der Dreizack, können jeder Art Wasser alles befehlen, auch, einen Damm zu sprengen."

„Genial."

„Eben. Los, auf in den Kampf!" Galantha fasste nach Marcs Hand. „Na kommt schon!"

Ein paar Augenblicke später standen sie vor den völlig überraschten Drachen, die erst am folgenden Tag mit der Ankunft ihrer Freunde gerechnet hatten. Auf dem Weg zum See erklärte Galantha, wen sie, um Hilfe zu bitten, gedachte.

„Wenn das mal funktioniert, den alten Nereus hab ich schon seit Jahrhunderten nicht mehr gesehen", seufzte Pyron.

„Wir werden ihn beschwören", lachte Galantha, von so was habe ich schon immer geträumt.

Diandra hatte die Freunde schon von weitem erspäht. Ihr Gesang lockte auch die anderen Wasserbewohner herbei. „Es wird mir eine Ehre sein, den Herrscher zu führen", strahlte die Nixe.

„Dann lasst uns beginnen." Galantha wies jedem den richtigen Platz zu. Am Ende standen alle im Wasser, hielten sich im Kreis an den Händen, immer eine Nixe oder ein Wassermann, abwechselnd mit einem der anderen Lebewesen. Diandra hatte ihre Hände voller Stolz Zephyra und Pyron gereicht. Galantha begann mit einem Singsang glockenheller Töne, die sich bald zu einer zarten Melodie verwoben. Diandra fiel in den Gesang ein. Angelockt von diesem Lied, fanden sich die Einhörner am Ufer ein, bald folgten ihnen die Elfen. Alle lauschten. Es war zuerst nur ein schwaches Leuchten in der Tiefe, dem ein goldenes Strahlen folgte. In einer Säule aus gleißendem Licht erschien Nereus. In der Rechten trug er den Dreizack, in der Linken sein Horn. „Wer wagt es, meine Ruhe zu stören?", fragte er eher neugierig, als ungehalten.

Der Gesang verstummte.

„Ich, Galantha, die Feuerelfe."

„Ich, Diandra, die Nixe", antworteten die beiden zugleich.

Nereus betrachtete erstaunt die ungewöhnliche Gemeinschaft. „Wenn ich mich nicht irre, dann sind unter euch auch Drachen und Menschen. Es muss wahrhaft schwerwiegend sein, was euch treibt."

„Bitte hilf uns, diese Welt zu retten", flehte Galantha.

„Warum sollte ich das tun?"

„Weil auch du Teil dieser Welt bist", entgegnete Diandra leise. „Möchtest du, dass es einmal heißt, wir mussten die Menschen bitten, weil unser Herrscher zu schwach war."

Nereus begann dröhnend zu lachen. „Nicht übel, die kleine Ansprache. Genau ins Schwarze. Ich habe von euch allen und euren Taten gehört. Es wäre tatsächlich beschämend, wenn eine kleine Nixe in den Berg ginge und ich bliebe hier." Er legte Diandra eine Hand auf den Scheitel. Die Nixe schloss die Augen. Als sie sie ein paar Sekunden später wieder öffnete, sprach Nereus: „Nun habe ich durch ihre Augen gesehen, ich weiß, worum es geht. Bringt mich zur Quelle und gebt mir einen tüchtigen Helfer an die Seite."

„Dir zu helfen, ist einzig und allein meine Aufgabe", erklärte Diandra mit fester Stimme.

„Du könntest verletzt werden oder gar sterben", erklärte Nereus.

„Ich habe schon einmal den Tod gesehen und ich fürchte ihn nicht mehr. Alle hier sind meine Zeugen." Diandra wandte sich Zephyra zu, der sie ihre Arme entgegenstreckte.

Nereus stieß sich mit seinem Dreizack ab, um sich so auf Pyrons Rücken zu schwingen. Wenn ihn das, was er unterwegs sah, entsetzte, so ließ er es sich nicht anmerken. Nur seine Fäuste ballten sich fester um Dreizack und Horn. An den Quellen angekommen wandte sich Nereus an die Drachen. „Ihr solltet den Berg sofort verlassen. Kehrt zu euren Freunden zurück." Dann legte er Diandra wortlos eine Hand auf die schmale Schulter. Die Nixe tauchte in die Quelle ab, wohin ihr der Herrscher folgte. Die Drachen flogen eilig davon.

Nereus bewunderte die Beobachtungsgabe seiner kleinen Führerin. Ihre Erinnerungen waren so präzise gewesen, dass er sich auch allein zurechtgefunden hätte. Diandra drosselte das Tempo. „Die märchenhafte Grotte liegt genau vor uns", flüsterte sie kaum hörbar. Lautlos schwamm sie auf das Ufer zu, welches sie vorsichtig erklomm. Schnell hatte sie den Spalt im Gestein gefunden. Nereus schob sie sanft beiseite, um hindurch zu schauen. Zwar sah er keine Zwerge, aber deren Werkzeuge und den halb fertigen Damm. „Wir haben Glück, sie sind zur Ruhe gegangen", raunte er der Nixe ins Ohr. „Bleibe stets hinter mir, dann wird dir kein Leid geschehen."

Diandra nickte. Kraftvoll stieß der Herr der Nixen seinen Dreizack in die Wand. Eine heftige Explosion fetzte den Felsen einfach auseinander. Zugleich setzte Nereus sein Horn an die Lippen. Das an- und abschwellende machtvolle Geräusch gellte in den Ohren der entsetzten Nixe. Nereus wand sich durch die Trümmer, noch einmal setzte er seinen Dreizack ein. Der Damm zerbarst. Im gleichen Moment rollten gigantische Wogen gegen die Reste des Bauwerks an, um sie mitzureißen und in den sich auftuenden tiefen Schacht zu schleudern. Selbst aus dem stillen See der Grotte peitschten die entfesselten Wassermassen gegen das unselige Bauwerk. In ohnmächtigen Zorn erlebten die eilig zusammengelaufenen Zwerge ihre Niederlage, die aus heiterem Himmel über sie hereingebrochen war. Wilde Flüche ausstoßend rannten sie durcheinander. Die Wasser des Nereus hatten ihnen sogar die Werkzeuge geraubt. Ein Grollen erfüllte die Gänge im Berg. Ängstlich drückte sich Diandra an

Nereus. „Keine Sorge, gleich ist es vorbei", beruhigte er die Zitternde. Er erhob seine furchtbare Waffe, um deren Zacken sich jetzt bläuliche Blitze schlängelten. Er reckte den Arm in die Höhe. Sofort verließen die Blitze den Ort ihrer Entstehung, fuhren in die Decke, in der sich klaffende Spalten zeigten. Dann brach sie auf mehreren hundert Metern mit donnerndem Getöse ein. Nereus stand wie ein Fels in der Brandung.

Eine Stunde später rief sein Horn an den Quellen die Drachen herbei. Im Triumphzug kehrten sie zurück zum See. Alle feierten den mächtigen Herrscher. Nereus winkte lachend ab. Er beugte sich zu Diandra hinunter. „Und?"

„Wunschlos glücklich", strahlte die Nixe.

„Bist du sicher?"

„Ganz sicher."

„Gut. Dann suche ich das Geschenk für dich aus." Er umarmte sie fest und war er plötzlich, von einem Moment zu nächsten, weg, als wäre er nie da gewesen.

Diandra jauchzte in heller Freude. Nereus hatte mit dieser Berührung die Narben und Verstümmelungen des Bärenangriffs für immer von ihrem Körper verschwinden lassen.

„Ich glaube, das muss gefeiert werden", schmunzelte Pyron. So dachten wohl auch die anderen Bewohner dieses wundervollen Fleckchens, denn von überall her strömten Elfen, Einhörner und Wasserbewohner zusammen. Diandra strahlte mit der Sonne um die Wette. Galantha zog einen zierlichen Silberring vom Finger, reichte ihn ihr mit den Worten: „Er soll dir gehören. Denn du bist die mutigste Nixe im ganzen Elfenland."

„In ein paar Wochen werden sich die Pflanzen bestimmt wieder erholt haben. Bis dahin seid bitte noch vorsichtig, wo ihr Wasser trinkt", riet Marc den Einhörnern. „Im Gebirge könnte es noch lange Zeit dauern, ehe wieder üppiges Grün die Ufer ziert."

„Was werdet ihr jetzt tun?", fragte Diandra die großen Elfen und die Menschen.

Galantha lächelte. „Wir kehren nach Hause zurück. Das Portal im Spiegel wartet schon. Wenn ihr uns braucht, dann ruft nach uns. Ihr wisst doch, dass wir euch niemals hängen lassen."

Auf der Suche nach Aurëus

Die nächsten Monate verbrachten Marc, Thomas und die Elfen damit, intensiv nach Aurëus zu forschen. Jedes Varieté, in den entlegensten Winkeln der Erde, spähten sie aus, immer in der Hoffnung, ihn zu finden. Der Zauberer war und blieb verschwunden. Selbst Pyron wiegte bedächtig den Kopf. „Das gefällt mir nicht. Das gefällt mir ganz und gar nicht. Seit er euch seinen Spiegel geschickt hat, ist er nicht einmal mehr in unserer Welt aufgetaucht."

„Wo kann er sein?", murmelte Galantha besorgt. „Er ist nie so lange fortgeblieben."

Marc grübelte mit zusammengezogenen Augenbrauen. „Wann ist die nächste Zusammenkunft der magischen Wesen im Wandelnden Turm", fragte er schließlich.

Galantha schloss kurz die Augen. „Im kommenden Frühjahr", antwortete sie. „Ich bin ganz sicher, dass dann genau tausend Jahre herum sind."

„Wir sollten uns ebenfalls dorthin begeben und nach Aurëus fragen, falls er sich nicht vorher bei uns meldet." Marc schaute Thomas aufmunternd an.

„Meinst du wirklich? Die werden uns sicher nicht einmal zuhören."

Marc zuckte mit den Schultern. „Das ist mir egal, wir sind es ihm schuldig. Jedenfalls haben wir dann wirklich alles versucht, um ihn zu finden, falls er in Schwierigkeiten steckt."

Auch Marcs Vater ließ das Verschwinden des Zauberers keine Ruhe. „Er machte, als er ging, nicht den Eindruck, als wolle er ewig in einer anderen Dimension bleiben."

„Wir fanden es ja auch nicht weiter beunruhigend, dass er uns den Spiegel überantwortete. Nicht mal, als sich seine Briefe und Schlüssel in Staub verwandelten", erzählte Thomas. „Wenn er nur wenigstens einen Hinweis hinterlassen hätte, wo er hingegangen ist."

„Vielleicht war es ja ein Ort, den er für völlig ungefährlich hielt?", mutmaßte Stella. „Möglicherweise war er auch schön öfter da, ohne dass es Probleme gab."

„Ob man ihn irgendwo gefangen hält?" Galantha zog die Stirn in Falten.

Die drei Männer schauten sie verblüfft an. „Dann müssten es aber Wesen sein, die über viel größere Kräfte verfügen, als er."

„Oder über eine Magie, der er sich nicht entziehen kann", murmelte Alfons.

Marc hob mit einem Ruck den Kopf. „Du denkst an Circe oder die Sirenen?"

Alfons Wendler nickte stumm.

Thomas schlug die Hände vors Gesicht. „Bitte, nur das nicht! Wie sollen wir ihn denn von da wieder wegkriegen? Ich habe keine Lust, wie Odysseus, jahrelang irgendwo herumgereicht zu werden."

Stella überlegte. „Das klingt ganz nach der anderen Seite des Meeres. Pyron und Zephyra haben doch von solchen Wesen erzählt."

„Ja drum ...", stöhnte Thomas. „Wenn du willst, kannst du die Geschichte nachlesen. Inzwischen bin ich sogar sicher, dass sie wahr ist."

Ziemlich mutlos saßen die fünf noch eine ganze Weile beisammen. Galantha seufzte: „Na gut, ich beschäftige mich ab sofort mit den Geschichten, die man in Griechenland aufgeschrieben hat. Kann ja sein, dass mir irgendetwas darin auffällt, was mir bekannt vorkommt."

„Ich besorge die Originalübersetzungen", versprach Alfons. „Den größten Teil habe ich als Nachdrucke in meiner privaten Sammlung. Am liebsten würde ich euch im nächsten Jahr begleiten."

Marc schaute ihn nicht einmal überrascht an. „Und was sagt Mutter dazu?"

„Dort liegt das Problem", murmelte Alfons traurig. „Ich kann sie nicht mit allem ganz allein lassen."

Marc legte ihm tröstend die Hand auf die Schulter.

Das Telefon klingelte. Galantha nahm ab. „Hallo Mario, schön dich zu hören." Sie lauschte eine Weile. „Schade. Hab vielen Dank. Grüße Tina. Ciao."

„Und?" Stella brannte vor Neugier.

„Wieder nichts. In Las Vegas hat eine neue Zauberschau begonnen. Soll nicht schlecht sein, aber eben nicht Aurëus' Niveau haben."

„Kennt ihr *Highlander*?", fragte Alfons unvermittelt.

„Ja natürlich", entgegnete Thomas. „Ist doch Kult. Wer kennt den nicht?"

Marc wiegte den Kopf. „Ich kann mir nicht vorstellen, dass wirklich jemand Jagd auf Unsterbliche macht. Dann hätte sich dieser Jemand bestimmt schon unschön bei uns gemeldet."

„Auch wieder wahr." Alfons zog ein finsteres Gesicht. „Ich kann mir so wie so ganz und gar nicht vorstellen, dass Aurëus Feinde haben soll."

„Nach menschlichem Maßstab?" Galantha schaute durch ihn hindurch in weite Ferne.

Alfons hob bedauernd die Hände. „Kann schon sein, dass er in grauer Vorzeit mal jemandem auf die Zehen getreten ist."

„Worüber habt ihr eigentlich gesprochen, bevor ihr Brüderschaft getrunken habt?", wollte Marc wissen.

„Von Gilgamesch." Alfons hatte die Augen geschlossen. „Ich habe ihm von der gigantischen Grabanlage inmitten des Flusses erzählt, die man heute für eine Legende hält. Dabei bräuchte man doch nur den Fluss umleiten …" Er winkte ab. „Aurëus scheint Sumerer zu sein, dort aus der Gegend zu stammen oder sich zumindest längere Zeit in Uruk aufgehalten zu haben. Er hat mich im Verlauf eines Gespräches flüchtig Eabani genannt."

„Vielleicht ist das nicht ganz abwegig. Immerhin ist es sogar Mutter aufgefallen, wie du ihn mit Wissen verblüfft hast, welches ihm unbekannt war", griff Marc diesen Gedanken auf.

„Von der Sache wird mir auch nicht wohler", ließ sich Thomas hören. „Ging es bei Enkidu nicht um eine schöne Frau, die ihn seiner Welt entfremden sollte? Und Ischtar selbst ist auch nicht ganz ohne. Oder verwechsle ich da was?"

„Nein, nein. Du bist voll im Bilde", bestätigte Alfons. „Vor schönen Frauen sollte man sich immer hüten."

„Na Danke!" Stella drehte sich demonstrativ um.

Thomas schloss sie von hinten in die Arme. „Das ist eine unumstößliche Tatsache. Ich kann doch, seit ich dich das erste Mal gesehen habe, auch an nichts anderes mehr denken. Und du wolltest, hätte sich das Problem Milena nicht allein gelöst, sogar mit Elfenkraft nachhelfen. Schon vergessen?"

Stella kuschelte sich, um Verzeihung heischend, in Thomas' Arme und schüttelte wortlos den Kopf. Galantha, Marc und Alfons wechselten amüsierte Blicke.

„Ich weiß ja, mir fehlt auf dem Gebiet wirklich die Erfahrung", sagte Stella leise. „Aber ich kann mir durchaus vorstellen, dass Leute die gewohnt sind, sich alles zu nehmen was sie möchten und immer alles zu bekommen, wonach ihnen der Sinn steht, äußerst bösartig reagieren können, wenn plötzlich jemand nein zu ihnen sagt." Sie hob den Kopf, lächelte hintergründig. „Egal, wer ihn festhält, Mutter und ich werden unsere Kräfte bündeln und jeden in die Flucht schlagen. Ihr habt beide noch lange keine Vorstellung davon, was wirklich in uns steckt."

„Wie???" Marc schaute Frau und Tochter verblüfft an.

„Vergiss nicht, sie ist die Zauberin vom Berg", schmunzelte Galantha, auf Stella deutend.

„Und sie ist die Feuerelfe", wies Stella die Männer noch einmal darauf hin. „Vater sollte auch niemals seinen verschenkten Wunsch vergessen. Ihr dürft ihn durchaus wörtlich nehmen."

„Ich wünsche mir, dass dein Zauber ab sofort immer genau das macht, was er soll", erklärte Marc auf Thomas' fragenden Blick. „Genau so waren damals meine Worte gewesen."

„Pyron war ein guter Lehrer – für uns beide." Galantha lächelte dankbar.

Thomas kratzte sich an der Stirn. „Wenn ich daran denke, wie Stella den großen Drachen geheilt hat oder wie du den letzten Kampf entschieden hast, dann glaube ich euch Wort für Wort."

Marc schaute seinen Vater plötzlich mit unnatürlich weit aufgerissenen Augen an.

„Was ist denn mit dir passiert?"

„Du, ich habe da so einen Verdacht – könnte Auréus nicht zufällig Utanapischti sein? Das würde eine ganze Menge erklären."

„Also vermutest du, er könnte sich mit Ischtar angelegt haben? Die hat doch Enkidu auch den Rest gegeben, als Gilgamesch sie zurückwies." Thomas wirkte etwas verunsichert.

Marc hob die Schultern. „Wer weiß, was wirklich hinter Auréus' Verschwinden steckt. Vielleicht verkleistern wir uns mit unseren Vermutungen auch nur den Blick für die wirklich wichtigen Details." Er verstummte, sah Galantha an und schien zu überlegen. „Sie könnte ein paar Informationen für uns haben, von denen sie selber nicht einmal weiß, dass sie in deren Besitz ist."

„Welche?", fragten alle zusammen.

„Bei meinem ersten Besuch in der Elfenwelt sagte Galantha über Aurëus: *Er lebt irgendwo zwischen den Dimensionen, kommt und geht, wann und wie es ihm gefällt. Das ist schon seit Anbeginn der Zeit so.* Und von Vater zu ihrem wahren Alter befragt: *Ich habe schon existiert, als die römischen Cäsaren die halbe Menschenwelt beherrschten.* Würde mich wundern, wenn in vielleicht 4000 Jahren keine besonderen Ereignisse für Gesprächsstoff gesorgt hätten. Zephyra machte doch auch große Augen, als sie uns plötzlich von Angesicht zu Angesicht gegenüberstand. Bis dahin hatte sie uns für eine Legende gehalten und unsere Taten waren da nachweislich erst wenige Monate her. Weil Zeit im Elfenland keine Bedeutung hat, könnten auch die anderen, eigentlich denkwürdigen Ereignisse, sofort den Status einer Legende erhalten haben."

Alfons nickte begeistert. „Genialer Gedankengang."

„Stimmt." Thomas tippte Marc auf die Schulter.

„Das bestärkt mich wiederum in der Annahme, dass er tatsächlich Utanapischti ist oder war oder wie auch immer, denn seit der Sintflut rechneten wohl nicht nur die Menschen die Zeit wieder neu. Dies könnte man durchaus als Anbeginn der Zeit gelten lassen", erklärte Marc mit tiefer Zufriedenheit in der Stimme. „Utanapischti war ein alter Mann, als er unsterblich wurde. Aurëus ist auch nicht gerade jung – für unsere Begriffe. Identität wäre also durchaus im Bereich des Möglichen."

Thomas schaute Marc amüsiert von der Seite an. „So ganz sicher, scheinst du dir aber trotzdem nicht zu sein."

„Tja, wer weiß das schon bei einem Zauberer", schmunzelte Marc, worauf alle in Gelächter ausbrachen. Aurëus' Lieblingssatz hatten sie noch gut im Ohr. Stella seufzte.

„Uns fehlt er auch", versuchte Thomas, sie ein wenig zu trösten.

Marc nickte. „Wir werden ihn finden, egal wie lange wir suchen müssen."

Alfons schaute ihn mit zusammengezogenen Augenbrauen an.

„Ich weiß, was du uns sagen willst", sagte Marc mit spitzbübischem Grinsen. „Keine Sorge, mit ein wenig Elfenzauber wird kein Mensch merken, dass unsere beiden Häuser für längere Zeit unbewohnt sind."

„Was wird mit euren Jobs?", murmelte Vater Wendler.

Thomas winkte ab. „Peter wird meine Firma am Laufen halten. Vergiss nicht, es ist auch für ihn überlebenswichtig."

„Und ich werde schlichtweg kündigen", erklärte Marc. „Falls wir überhaupt zu Lebzeiten unserer jetzigen Mitmenschen wiederkommen, wird sich schon was Neues finden."

„Für die laufenden Zahlungen für Grund und Boden und allem was darauf ist, reicht mein Einkommen." Thomas schaute Alfons fest an. „Wir werden alles so regeln, dass unsere Geheimnisse auch weiterhin welche bleiben."

„Was wird mit dem Spiegel?"

„Der bleibt, wo er ist, und tut, was er schon immer getan hat, nämlich ungebetene Betrachter in eine andere Dimension befördern, so sie ihm zu nahe kommen." Marc erhielt von Galantha einen zustimmenden Blick. „Solltest du ihn nutzen müssen, aus welchem Grund auch immer, dann versuche im Geiste Kontakt mit Pyron aufzunehmen. So kannst du ziemlich sicher sein, das Tor in seiner Grotte öffnet sich für dich."

Alfons verzog das Gesicht. „Ich hoffe inständig, Aurëus taucht in den nächsten Wochen wieder auf."

„Wir auch." Galantha hob hilflos die Hände. „Die Drachen werden uns jedenfalls sofort informieren, wenn ihn irgendjemand irgendwo gesehen oder irgendetwas über ihn erfahren hat."

Alfons schickte ein paar Tage später ein Päckchen, in dem sich mehrere der versprochenen Bücher befanden. Galantha machte sich seufzend an die Arbeit, die vielen Texte zu sichten und in ihrem Gedächtnis nach Parallelen zu kramen. Hin und wieder hielt sie inne, las Passagen wieder und wieder, ohne eine brauchbare Rückkopplung zu erhalten. Am Ende legte sie die Lektüre zurück in den Karton. „Ich weiß zwar nun, wie man am besten den Cerberus fangen kann, oder wie man eine Gorgo unschädlich macht, aber wo man einen verschwundenen Zauberer suchen soll, entzieht sich weiterhin meiner Kenntnis. Lasst uns lieber überlegen, welche Dinge wir auf unsere Expedition mitnehmen sollten."

„Pro Nase ein Taschenmesser und ein kleines Universalwerkzeug", entgegnete Marc sofort. „Tagsüber wird uns euer Zauber hilfreich sein."

„Gute Entscheidung", murmelte Thomas. „Ich hatte schon die Befürchtung, mit schwerem Marschgepäck aufbrechen zu müssen."

Marc lachte. „War schon klar. Eine Sache nehme ich noch zusätzlich mit: Für die Elfenkönigin ein Kleinod aus Tinas Kollektion. Erstens, weil ich mich noch für die Hochzeitsüberraschungen durch Drachenbesuch bedanken möchte und zweitens, weil kleine Geschenke die Freundschaft erhalten, wenn ihr versteht, was ich meine. Vielleicht brauchen wir ja, trotz aller Zauberkraft und Findigkeit, einmal ernsthafte Hilfe."

Die Elfen nickten begeistert. Schmuck, besonders aus der Hand eines so berühmten Mannes, schmeichelte wohl jeder Frau. Da bildete ihre Königin mit Sicherheit keine Ausnahme. Tina übertraf sich wieder einmal selbst. Sie fertigte ein ganzes Schmuckset, bestehend aus einem Collier, Ohrringen und Armkettchen, welches Elfen, Drachen, Einhörner und wundervolle Blüten zierten. Auf dem nachtblauen Samt des Etuis schimmerte das Silber geheimnisvoll. Marc beglich die Rechnung und versprach der Meisterin, Grüße an die Empfängerin zu bestellen.

„Kommt alle gesund wieder", bat Tina beim Abschied.

„Wir werden uns die größte Mühe geben", antwortete Marc mit einem Augenzwinkern. Keiner der Freunde der beiden ungewöhnlichen Paare ahnte etwas, von der vor Jahren schon erlangten Unsterblichkeit der Männer. Über diesen Punkt hatten sie sich stets ausgeschwiegen, um nicht irgendwelche Aufmerksamkeiten zu erregen, die schon ihrer Frauen wegen, ganz und gar nicht gut gewesen wären. Nicht einmal Tina, Mario und Luigi hatten sie eingeweiht. Martha und Alfons wären die Letzten gewesen, die ihren Sohn, die Enkelin und deren Partner verraten hätten und so war das Geheimnis auch eines geblieben.

In den folgenden Wochen bemühte sich Marc, den Anschein zu erwecken, er wolle an langjährigen Ausgrabungen irgendwo in der Wüste im alten Zweistromland teilnehmen, um seine Kündigung glaubhaft zu machen. Schweren Herzens ließ ihn die Leitung der Universität schließlich ziehen, in der Hoffnung, er würde eines Tages mit reichlich Forschungsmaterial zu ihnen zurückkehren.

Den letzten Abend in der Menschenwelt verbrachten alle in Luigis Pizzeria.

„Wie lange macht ihr eigentlich Abenteuerurlaub bei den Drachen?", fragte Mario beiläufig.

„So drei, vier Wochen", antwortete Marc. „Mal sehen, wie lange uns Zephyra und Pyron ertragen."

„Vielleicht ist ja Aurëus inzwischen dort aufgetaucht …", sinnierte Tina.

Thomas hob die Schultern. „Wir werden auf alle Fälle die Ohren offen halten."

„Na dann viel Spaß und gute Erholung."

Luigi drückte Marc beim Abschied einen großen Beutel Schinken in die Hand. „Grüßt die Drachen von mir."

„Wir werden es nicht vergessen." Die vier winkten ihren Freunden noch einmal zu, ehe sie ins Taxi stiegen.

„Es scheint keiner was gemerkt zu haben", stellte Galantha zufrieden fest.

„Vater und Thomas hatten aber auch auf jeden Topf den passenden Deckel", schmunzelte Stella.

„Hoffen wir, dass es kein Abschied für immer war", schlug Marc vor. „Immerhin wissen wir nicht, wohin es uns auf der Suche verschlagen wird und ob wir zu Lebzeiten unserer Freunde wieder zurückkommen werden.

Galantha wandte sich Marc zu: „Erstaunlich ist, wie gut deine Eltern mit der Sache umgehen."

„Vater beschäftigt sich sein Leben lang mit Elfensagen und den Zeitphänomenen, die beim Kontakt mit der anderen Welt auftreten können. Mutter fällt es schwerer, nach außen *heile Welt* zu spielen, wenn sie innerlich eigentlich weinen möchte. Ich hoffe sehr, sie noch einmal sehen und in die Arme schließen zu können."

„Ja, ich auch", murmelten die Elfen gleichzeitig.

Thomas nickte stumm. Martha und Alfons hatten ihn, dessen Eltern tödlich verunglückten, kaum, dass er volljährig geworden war, immer wie einen Sohn behandelt. Er konnte sich gut vorstellen, wie sich die alten Wendlers fühlen mussten, wenn gleich beide *Söhne* mit unbekannter Wiederkehr verschwanden.

Irgendwann, kurz vor dem Morgengrauen, als die Männer fest schliefen, huschten Galantha und Stella durch die beiden miteinander verbundenen Grundstücke. Sie murmelten leise Worte in der

Elfensprache, machten hin und wieder geheimnisvolle Zeichen mit den Händen in der Luft, die daraufhin leicht zu flimmern begann, als ob sie sich stark erhitzt hätte. Ab und zu rieselten lautlos schimmernde Wolken winziger Partikelchen zu Boden, sich fein und flächendeckend verteilend. Schließlich nickten sich Mutter und Tochter zufrieden zu, verschwanden wieder in den Betten, um noch ein Weilchen zu schlafen, als wären sie nie fort gewesen.

Stella und Thomas luden sich kurzerhand bei Galantha und Marc zum Frühstück ein, weil es gemeinsam bekanntlich besser schmeckt. Dass sich die Elfen abgesprochen hatten, die Männer vom Thema *was wird wohl hier werden, wenn wir weg sind* abzuhalten, brauchten diese nicht zu wissen. Scheinbar sorglos naschten die Elfen Honig, freuten sich über die wärmenden Strahlen der, immer noch raren, Märzsonne, während Thomas und Marc eifrig den frischen Brötchen und dem starken Kaffee zusprachen.

Eine Stunde später trafen sich alle im Grundstück der Wendlers. Thomas passierte die Verandatür, blieb einen Sekundenbruchteil stehen, runzelte die Stirn, dann folgte er den Elfen. Mark stutzte ebenfalls.

„Was war das?", murmelte er beunruhigt.

Stella tauschte einen schnellen Blick mit Galantha. „Was?"

„Das fühlte sich an, wie der Unterdruck in einer Luftschleuse", erklärte Marc, noch einmal zurückschauend. Überrascht zuckte er zusammen, packte Thomas' Arm. Die Stelle, an der soeben noch dessen Haus und die beiden Gärten zu sehen gewesen waren, flimmerte, und schon berührten sich die Nachbargrundstücke, als hätte es die vielen hundert Quadratmeter dazwischen nie gegeben. Mit schreckgeweiteten Augen schaute er Frau und Tochter an.

„Zufrieden?", fragte Stella mit amüsiertem Lächeln.

Marc fuhr mit der Hand über die Augen. Das Bild blieb das gleiche: Keine Spur mehr zu sehen, von dem, was ihnen gehörte. „Wo sind sie hin?", flüsterte er völlig aufgelöst.

Galantha lachte fröhlich. „Noch genau dort, wo sie immer waren, nur optisch für Menschen nicht mehr vorhanden. Schau durch die gespreizten Finger deiner linken Hand."

Kopfschüttelnd folgte Marc ihrer Aufforderung. Tatsächlich! So konnte er Haus und Garten sehen. Thomas probierte den Trick ebenfalls mit Erfolg aus. „Faszinierend!", hauchte er.

Marc dachte einen Augenblick nach. „Was passiert, wenn Vater den Spiegel braucht?"

„Er wird ihn finden, glaube mir", beruhigte ihn Stella. „Ich habe ihm gestern Nacht, bevor wir unseren kleinen Zauber ausgesprochen haben, noch eine Mail geschickt."

„Das nenne ich geballte Ladung Elfenkraft", grinste Thomas breit. Er zog Stella in seine Arme. „Mädels, ihr seid die Größten!"

Galantha schmiegte sich an Marc. „Ihr wisst doch, wir lassen für euch gern Unmögliches wahr werden."

„Ja, wir wissen und schätzen es", entgegnete Marc. „Doch nun kommt, machen wir uns auf die Suche nach Aurëus."

Sich an den Händen haltend stiegen die vier nacheinander in die schimmernde Fläche des Spiegelportals. Inzwischen gelang es ihnen recht gut, den rasenden Fall mittels ihrer Gedanken in ein sanftes Schweben zu verwandeln. Auf der anderen Seite wurden sie natürlich, wie immer, mit Schwung hinaus katapultiert. Die Drachen, die die telepathischen Rufe ihrer Freunde vernommen hatten, standen schon bereit, um sie herzlich willkommen zu heißen.

Zephyra rieb ihre Wange vorsichtig an Thomas' Schulter. „Ist das schön, dass ihr uns wieder einmal besuchen kommt."

Pyron entfachte schnell ein kleines Feuer, um die anheimelnde Atmosphäre zu schaffen, die die vier so liebten. In seinen glänzendgrünen Augen tanzten die kleinen Fünkchen, die immer erschienen, wenn er besonders gut gelaunt war. Der Anblick des riesigen Schinkenpaketes, von Luigi, verstärkte diesen Zustand noch und die vielen Streicheleinheiten der Elfen ließen ihn wohlig, wie einen übergroßen Kater, schnurren.

„Schaut euch diesen Genießer an!", kicherte Zephyra. Dabei genoss sie das Kraulen zwischen den Hörnern, welches die beiden Männer mit Ausdauer zelebrierten, genau so sehr.

„Gibt es Neuigkeiten?", fragte Galantha schließlich.

Pyron nickte. „Jawohl, sogar recht interessante. Seit vier Tagen ist der Wandelnde Turm bewohnt."

„Wirklich?" Marc hob überrascht den Kopf. „Dann sind wir ja genau zum richtigen Zeitpunkt eingetroffen. Galantha hat perfekt nachgerechnet."

Zephyra machte große Augen.

Stella kicherte. „Das lernt man in der Menschenwelt. Hier hätte sie ganz einfach eines Tages festgestellt, dass wieder magische Gäste da sind. Aber hinter dem Tor, wo das Leben so kurz ist, rechnen alle, damit sie wiederkehrende Termine nicht verpassen, denn es könnte ja die einzige Chance sein, an diesem Ereignis teilzuhaben."

„Ich erinnere mich", murmelte Zephyra. „Deshalb war Thomas damals so traurig, als es um Drachennachwuchs ging."

„Ihr wollt zu den Magiern?", vergewisserte sich Pyron.

„Genau das haben wir vor", erzählte Marc. „Könnte doch sein, eines dieser Wesen weiß etwas über Aurëus' Aufenthaltsort."

„Wenn das mal gut geht", flüsterte Zephyra besorgt.

Thomas lachte. „Marc und ich können zwar nicht zaubern, aber unsere Frauen bringen es vortrefflich. Auf die eine oder andere Weise werden wir uns schon Gehör verschaffen."

Pyron seufzte. „Es wäre sinnlos, euch davon abhalten zu wollen. Euren Dickschädeln haben wir ja doch nichts entgegenzusetzen. Fliegen wir hin. Lieber jetzt als später. Steigt auf."

„Weißt du etwas, was wir nicht wissen?" Stella schaute Pyron forschend an.

„Ist nur so ein Gefühl", gab der Riese zurück, als er sich mit rauschenden Schwingen vom Plateau vor der Höhle in die Lüfte erhob.

Zephyra begleitete die kleine Schar. Sie glitten über den Nixensee, die Sumpflandschaft, um schließlich einem breiten Fluss Richtung Norden zu folgen.

Galantha wandte sich zu Stella um. „Genau hier habe ich Vater das erste Mal gesehen."

„Auch der Turm steht exakt an der gleichen Stelle, wie damals, als ich hierher verschlagen wurde. Na, wenn das kein gutes Zeichen ist!", freute sich Marc.

Pyron landete im Gras vor der Tür, während Zephyra beobachtend die Zinnen umkreiste. Das Bauwerk sah genau so verlassen aus wie immer. Die sechs Freunde ließen sich nicht täuschen. Überdeutlich fühlten sie die vielen fremden Energien. Marc hob die Faust, um zu klopfen. Mit einem amüsierten Grinsen schob ihn Pyron beiseite. „Lass mich das machen." Er wummerte mit seiner Klaue drei Mal gegen die dicken Holzbohlen. Knarrend öffnete sich der Eingang. Neugierig spähten alle in das Dunkel, welches notdürftig von den Fackeln an den Wänden erhellt wurde.

„Viel Glück", wünschte Pyron. „Ich werde mit Zephyra auf den Zinnen warten."

„Ich gehe voran", forderte Galantha energisch, als Marc den Turm betreten wollte. „Stella bildet die Nachhut."

„Sei vorsichtig", bat Marc, als er ihr mit Thomas die schmale Wendeltreppe hinauf folgte, während seine Tochter die kleine Schar von hinten absicherte.

Aus den Mauersteinen drang ein Tuscheln und Wispern zu ihnen.

„Ich fühle mich beobachtet", flüsterte Thomas Marc ins Ohr.

Der deutete wortlos an die Wand. Neben ihnen huschte ein rötliches Leuchten die Steine entlang, welches sich als Augenpaar entpuppte, wenn man sehr genau hinschaute. Galantha ließ sich davon nicht beeindrucken. Stufe um Stufe näherte sie sich der ersten Tür, vor der sich nun das fast unsichtbare Wesen postierte und sie gleichsam versperrte.

„Führe uns bitte zu den Versammelten", nahm die Elfe das Wort.

„Nein, ich führe nur meinesgleichen." Das Leuchten verstärkte sich.

„Ein Flammenkobold", kicherte Galantha mit zufriedenem Gesicht. „Wetten, du wirst uns gleich alle vier führen?"

„Wetten?", echote der Kobold, der sich sofort etwas deutlicher zeigte, so dass das gierige Funkeln in seinen Augen kaum zu übersehen war. „Was ist dein Einsatz?"

Die Elfe blinzelte Marc zu. „Ich setze meinen Silberschmuck."

„Es gilt! Es gilt!" Das Wesen verwandelte sich in ein wild flackerndes Flämmchen. Eine Sekunde später wich es mit einem Jammerlaut zurück. Galantha stand als glühendheiße Lohe vor ihm, seine züngelnden Feuerchen löschend, indem sie den ganzen Sauerstoff an sich riss, um immer heller und heißer zu lodern. Der Gnom fiel vor ihr auf die Knie, hob flehend den Blick, worauf Galantha ihre Machtdemonstration beendete. Sie streckte die Hand aus. Sofort rappelte sich der Kobold auf, öffnete dienstbeflissen die

Tür und wieselte vor ihnen er. „Da lang", erklärte er, in den Spiegel neben dem Fenster hüpfend.

„Rasch!", rief Galantha den anderen zu. „Ehe er das Portal von innen schließen kann!"

Sich an den Händen haltend eilten sie dem Flammenmännlein hinterher. Ein starker Sog riss sie von den Füßen. Beinahe waagerecht rasten sie durch einen Tunnel aus grellem Licht.

„Festhalten!", schrie Stella und fasste nach Galanthas freier Hand. „Rechts!"

Die Männer hatten die Gabelung im Tunnel nicht einmal bemerkt, so schnell ging alles vonstatten. Mit einem ploppenden Geräusch katapultierte es alle aus dem Spiegeltor am Ende des Weges. Die Elfen bewahrten ihre Männer vor dem Fall. Noch etwas benommen öffnete Marc die Augen. Sie standen inmitten eines kreisrunden Saales, umringt von seltsamen Fremden, die sie neugierig anstarrten.

„Menschen", brummte jemand mit tiefster Verachtung.

„Sei still!", forderte eine glockenhelle Stimme.

„Macht Platz für die Königin!", rief ein anderer, worauf sich der Ring aus Leibern an einer Stelle öffnete.

Gemessenen Schrittes näherte sich ein beinahe durchsichtig zartes Wesen, welches Galantha und Stella in Größe und Aussehen verblüffend ähnelte, nur das lange wallende Haar glänzte silbern. Die schillernden Flügel bewegten sich leicht. Ohne Zweifel musste das die geheimnisvolle Königin der Elfen sein. Die Neuankömmlinge knieten nieder, auch ohne, dass man sie dazu aufgefordert hätte. Ein Zug des Erkennens huschte über das Gesicht der wundervollen Elfe.

„Erhebt euch", sagte sie lächelnd, jeden der vier in die Augen blickend. „Ich freue mich, euch zu sehen."

„Wie?", schnappte die erste Stimme, zutiefst überrascht, worauf sie sich einen strengen Blick der Herrscherin einfing.

„Was ist euer Begehr?"

Marc zog das Schächtelchen mit dem Schmuck aus der Hosentasche. „Wir sind gekommen, um uns mit einem Geschenk bei dir zu bedanken." Er öffnete den Deckel und übergab es mit einer Verbeugung an die erfreute Elfenkönigin.

„Wer sind die Fremden?", wisperten die Zauberer, Feen, Hexen, Trolle und anderen Magier, während sie erstaunt zuschauten, mit welcher Wonne die Beschenkte, den zierlichen Schmuck anlegte. Man reichte ihr einen Spiegel.

„Wundervoll", hauchte sie. „Es hat eine so liebevolle Energie."

„Die guten Wünsche all unserer Freunde aus der anderen Welt stecken darin. Sie mögen dich immer beschützen", erklärte Galantha.

„Der anderen Welt?", wisperte eine Fee.

Die Königin hob den Kopf, überflog die Magier. „Dies, meine Lieben, sind die vier, die mit Pyron unsere Welt gerettet haben. Ihr seid ihnen alle zu Dank verpflichtet. Auch du, Bromer", wandte sie sich an den Zauberer, welcher noch immer finster dreinblickte.

„Es sind und bleiben Menschen." Bromer zog ein saures Gesicht.

Galantha blinzelte Stella zu. Gleichzeitig legten sie die langen Jacken ab, entfalteten die Flügel, nahmen ihre Männer bei den Händen. „Sonst noch Fragen? Und diese beiden sind Unsterbliche, falls du weißt, was das bedeutet", entgegnete ihm Galantha.

Bromer war erschreckt einen Schritt zurückgetreten.

„Solltest du Lust auf ein kleines Duell haben, wir stehen dir gern zur Verfügung." Stella nickte dem Finsterling aufmunternd zu.

Die Königin begann zu lachen. „Wohl gesprochen. Bromer würde sich wundern. Herzlich willkommen in unserer Runde. Jeder, der diesen magischen Ort findet, hat das Recht an unserem Treffen teilzunehmen. So lautet die uralte Regel. Setzt euch."

Alle nahmen auf der langen Bank Platz, die sich rund um den ganzen Saal zog. Die Feen baten die neuen Gäste in ihre Mitte. „Heute ist der Tag, an dem Königin Silvestra Wünsche entgegennimmt", erklärten sie wispernd.

Die vier schauten sich bedeutungsvoll an.

„Perfekt", raunte Marc den anderen zu.

Bei den kleinen Reibereien, die die Elfenkönigin schlichten sollte, ging es eher um Dinge, die den beiden Paaren wenig Sorgen machten. Die einen baten darum, den Wandelnden Turm bewachen zu dürfen, wenn er in ihr Revier wechselte, andere hofften darauf, durch eines der Spiegeltore in eine andere Dimension gehen zu dürfen, und die dritten verlangten, dass man ein paar Tore aus ihrem Areal entfernen solle, weil sich ungebetene Besuche häuften. Nacheinander durften die Anwesenden ihre Sorgen und Nöte kundtun. Dann kam die Reihe an Marc. Er erhob sich, wie er es von den anderen gesehen hatte.

„Ich spreche für alle vier. Uns hat die Suche nach dem Zauberer Aurëus zu euch geführt. Kannst du uns sagen, wo er sich aufhält?"

Unruhe machte sich breit.

„Aurëus?", rief die Königin erzürnt. „Ihr sucht nach dem Abtrünnigen, der es wagt, unserem Treffen fern zu bleiben?"

Marc schüttelte unwillig den Kopf. „Das tut er ganz sicher nicht freiwillig. Gebt uns die Möglichkeit, ihn zu finden und seine Unschuld zu beweisen."

„Was macht dich so sicher?"

„Die Tatsache, dass er nie jemanden im Stich lassen würde. Ich glaube, man hält ihn irgendwo fest, aus welchem Grund auch immer."

Eine grauhaarige, runzelige Hexe, zuckte bei Marcs Worten heftig zusammen. „Eine gewagte Behauptung", rief sie mit krächzender Stimme.

„Ach ja? Und warum bist du dann so erschrocken? Könnte es sein, du weißt mehr?", setzte Marc sofort nach, sie mit zusammengekniffen Augen fixierend.

Die Versammelten tuschelten aufgeregt miteinander, während sich die Alte regelrecht unter Marcs Blicken krümmte. Die Königin beobachtete mit Spannung die Szene, weit davon entfernt, eingreifen zu wollen. Marc war inzwischen zu seiner Kontrahentin hinüber gegangen, hatte sich vor ihr aufgebaut, die Arme in die Seiten gestemmt und sagte: „Nun, ich höre!"

„Lass mich in Ruhe! Ich weiß überhaupt nicht, was du von mir willst!", zeterte die Hexe.

Marc zuckte mit den Schultern. „Wie du willst. Ich werde dich nur sehr genau im Auge behalten." Er drehte sich um, machte zwei Schritte, als sich seine Nackenhaare aufstellten. Instinktiv ließ er sich zu Boden fallen. Keine Sekunde zu spät, denn im selben Moment schoss ein Energiebündel über ihn hinweg. Aus den Augenwinkeln konnte er gerade noch sehen, wie Stella Thomas aus der Schusslinie riss, Galantha die Garbe auffing und doppelt so heftig zurückwarf. Der Einschlag war gewaltig. Er traf die Hexe mitten in die Brust, ließ sie einen unfreiwilligen Salto rückwärts schlagen, worauf sie mit schreckgeweiteten Augen auf den Boden krachte, um reglos liegen zu bleiben. Alle sprangen auf, drängten sich wild gestikulierend um den

Ort des Geschehens. Einzig die Königin blieb, leise lächelnd, auf ihrem Thron sitzen. Galantha beugte sich über die Liegende. „Ist dir jetzt eingefallen, wo Aurëus steckt, oder möchtest du noch mehr haben?"

Die Hexe verwandelte sich in eine Schlange, versuchte, blitzschnell zu verschwinden. Doch da war Stella schon über ihr, packte sie im Genick und steckte sie in einen großen Kunststoffbeutel, welchen ihr Thomas aus seinem Rucksack reichte. „Vielleicht wird sie redseliger, wenn ihr der Sauerstoff knapp wird", schmunzelte er, den Beutel mit einem festen Knoten verschließend. Die vier Freunde setzten sich wieder auf ihre Plätze, als wäre nie etwas geschehen. Thomas hielt dabei die Gefangene weit von sich, damit sie ihn nicht beißen konnte, sollte sie wirklich die Tüte zum Reißen bringen. Auch die Magier setzten sich, den Fremden neugierige und achtungsvolle Blicke zuwerfend. Die Elfenkönigin schaute in die Runde. „Lahara sollte sehr dankbar sein, dass sie von meinen Gästen, welche sie angegriffen hat, so zartfühlend behandelt wird. Ich kann euch versichern, die vier beherrschen noch ganz andere Dinge." Und zu Marc gewandt: „Egal ob sie redet oder nicht, alles was sie euch erzählen wird, wird eine Lüge sein. Um Aurëus zu finden, bräuchtet ihr einen Führer durch die Dimensionen, der überdies die finstersten Tricks von Lahara kennt. Ob ihr ihm trauen könntet, stände wieder auf einem ganz anderen Blatt."

Die Schlange im Beutel begann sich wild zu bewegen. Thomas warf Silvestra einen fragenden Blick zu. Sie nickte zustimmend. Sofort öffnete er den Plastikbeutel und ließ die Hexe vorsichtig zu Boden gleiten. Sie verwandelte sich zurück, schlich zu ihrem Platz auf der Bank, starrte Menschen und Elfen hasserfüllt aus dunkelroten Augen an.

„Du hast Glück, dass es Menschen gibt, die nicht nachtragend sind", schärfte die Herrscherin der Hexe ein. „Andere hätten dich mitsamt dem Beutel ein paar Mal an die Wand geschmettert. Du solltest ihre Geduld allerdings nicht überstrapazieren. So, nun wieder zur Tagesordnung." Sie lächelte Marc an. „Findet Aurëus und beweist, dass er unschuldig ist. Ich gebe euch einen kundigen Führer an die Seite."

Bevor jemand reagieren konnte, trat Bromer einen Schritt vor. „Dann erlaube mir, dieser Auserwählte zu sein."

„Du?!" Silvestra begann zu lachen. „Du willst dich in den Dienst von Menschen stellen? Wirklich und wahrhaftig?"

„Hm, dachte ich mir so." Bromer deutete mit dem Kopf auf die beiden Paare. „Mit diesen Fremden könnte es ein Abenteuer werden, wie ich es schon seit hunderten von Jahren nicht mehr erlebt habe. Ganz nebenbei bemerkt, habe ich mit Lahara noch eine uralte Rechnung offen."

„Wie denkt ihr darüber?", wandte sich die Elfe an die Bittsteller.

„Wir sind für jede Hilfe dankbar." Marc hielt dem Zauberer die Hand hin, in die der, kräftig einschlug, von der Hexe Lahara mit Schrecken beobachtet. Was konnte es Schlimmeres geben, als diesen Bund zwischen Bromer und den streitbaren Fremden? Lahara rückte vorsichtig in die Nähe des Portals.

„Vergiss es", kicherte die Elfenkönigin amüsiert. „Du wirst so lange hierbleiben, bis ich dich persönlich gehen lasse. Offensichtlich haben die vier recht, wenn sie vermuten, du könntest etwas mit der Sache zu tun haben. Und ich werde ganz bestimmt nicht in Ohnmacht fallen, wenn sie dich bei Gelegenheit gut verpackt in andere Gefilde schicken. Du brauchst auch nicht nach der Tür zu schielen, denn über dem Turm kreisen die Drachen der vier Freunde. Weit würden sie dich nicht kommen lassen." Die Königin wandte sich ab, schnippte mit den Fingern, worauf sich flimmernd eine festlich gedeckte Tafel materialisierte, die von den leckersten Speisen fast überquoll. Thomas staunte. Dabei fiel ihm auf, dass die Becher leer geblieben waren. Fragend schaute er Stella an. Die Elfe erhob sich. „Der alten Tradition folgend, werden wir für die Getränke sorgen." Mit einem fröhlichen Lächeln nickte sie ihrer Königin zu, worauf diese schnuppernd die Nase hob.

„Hmm, Kaffee! Eine wundervolle Überraschung."

Bromer machte einen langen Hals. Kaffee? Das Getränk, das hier niemand zaubern konnte? Ihm lief das Wasser im Mund zusammen. Und noch fast zwanzig Personen, die vor ihm an der Reihe waren! Das ist ja seelische Folter, schrie es in seinen Gedanken.

Inzwischen war Stella weiter geeilt, um, ganz nach den Wünschen der Gäste, welche sie, aus deren Augen, ablas, Apfelsaft, Quellwasser,

Wein und immer wieder Kaffee in den Bechern erscheinen zu lassen. Bromer verdrehte selig die Augen, als ihm Stella sein Trinkgefäß mit einem „Wohl bekomm's!" zurück reichte.

„Danke", murmelte er erfreut, nahm einen langen Schluck und seufzte zufrieden auf, dabei hielt er seinen Becher fest, als wolle ihn ihm jemand wegnehmen.

Marc schmunzelte. Ah ja, harte Schale – weicher Kern. Bromer, der das deutlich heraus gelesen hatte, sandte ihm ein breites Grinsen. Die Fremden waren nicht übel. Was er bisher von ihnen gesehen hatte, war durchaus bemerkenswert. Es würde in den nächsten Tagen sicher heiß her gehen, wenn sie sich näher mit Lahara beschäftigen wollten. Die geflügelten Schönheiten waren, ohne Frage, ein paar Blicke mehr wert.

„Übertreib es aber nicht", hörte er plötzlich Galanthas Stimme in seinen Gedanken, während ihm die anderen drei lustig zublinzelten.

„Erwischt", sagte Bromer so laut, dass es alle hören konnten. „Ich hatte vergessen, dass ihr Gedanken lesen könnt. Aber das Kompliment war ernst gemeint."

Ungläubiges Gemurmel im Saal. Freundliche Worte des miesepetrigen Zauberers? Das hatte es ja noch nie gegeben! Lahara lief vor Wut grün an. Niemand nahm Notiz von ihr, nicht einmal die Kobolde. Unter angeregten Gesprächen flog die Zeit schnell dahin. Silvestra klatschte in die Hände, die Tafel verschwand und aller Augen richteten sich auf die Königin.

„Geht nun", sprach sie zu den fünf und aktivierte das Portal.

Marc hatte schon den Mund geöffnet, um eine Frage zu stellen, als er von einem der Einhörner vorsichtig mit der Nase angetupft wurde.

„Ich werde es den Drachen sagen, sie müssen sich um euch keine Sorgen machen. Viel Glück auf euerer Suche."

Marc streichelte die seidenweiche Mähne. „Vielen Dank und auf Wiedersehen."

Die vier Reisenden winkten zum Abschied, ehe sie, sich an den Händen haltend, hinter Bromer in die matt glänzende Fläche des Spiegels eintauchten. Und ehe jemand reagieren konnte, sprang Lahara hinterher.

Wirbelnde Feuerspiralen begleiteten Bromer und die vier Freunde. Es wurde immer heißer und stickiger. Als das Atmen fast unerträglich wurde, katapultierte sie ein Tor in eine unbekannte Dimension. Auch hier brannten überall Feuer, Lavaströme ergossen sich von Vulkanhängen, Aschewolken verdüsterten den Himmel. Bromer ließ der kleinen Gruppe genügend Zeit, sich umzuschauen.

„Ziemlich ungastlich", stellte Marc schnell fest.

„Nicht gerade ungefährlich", murmelte Thomas.

Die Elfen schüttelten die Köpfe und schwiegen.

„Herzlich willkommen in Laharas Welt", sagte Bromer leise.

Marc fasste sich an die Nasenspitze. „Ich ahne fast, woher sie ihren Namen hat."

„Du meinst die todbringenden Schlammströme?", fragte Thomas beunruhigt.

Marc und Bromer nickten.

„Wir sitzen hier auf einem Pulverfass", erklärte der Zauberer. „Man weiß nie genau, wo die alte Vettel als Nächstes zuschlägt. Dabei ist das noch nicht einmal das Schlimmste. Sie ist ein Succubus."

„Oh Gott!", rief Thomas, die Hände vor das Gesicht schlagend.

Bromer nickte. „Eure Frauen sollten euch nicht einen Schritt von der Seite weichen."

„Hast du auch gute Nachrichten für uns?", fragte Galantha sarkastisch.

Der Zauberer schüttelte den Kopf und die vier Freunde glaubten, einen bitter-traurigen Zug, um seine Mundwinkel zu bemerken. „Tut mir leid."

„Vielleicht sollten wir uns schleunigst einen halbwegs sicheren Übernachtungsplatz suchen?", schlug Marc vor.

„Wie du sagst: Halbwegs sicher", Bromer winkte, ihm zu folgen.

„Wohin bringst du uns?", wollte Stella wissen.

„Zu einem der erloschenen Vulkane. Dort gibt es geräumige Höhlen, in denen wir unterschlüpfen können."

„Warst du schon oft hier?"

Der Zauberer zuckte mit den Schultern. Schweigend folgten ihm die anderen. Fast eine Stunde kletterten sie über Geröllfelder, wichen Glutströmen aus, sprangen über meterbreite Spalten und turnten zwischen erkalteten Lavablöcken einher.

„Da oben." Bromer deutete den Hang hinauf, wo ein finsteres Loch gähnte.

„Nettes Domizil", brummte Thomas mit zusammengezogenen Augenbrauen.

Stella winkte ab. „Hast du ein Fünf-Sterne-Hotel erwartet? Wir werden jetzt dort rein gehen und uns häuslich einrichten. Ich für meinen Teil bin müde, habe Durst und Hunger."

„Frag mal, wer noch", seufzte Galantha.

Marc betrat mit Bromer gemeinsam die Höhle aus Basalt.

„Die Luft ist rein, ihr könnt kommen", rief er einen Augenblick später.

Die Elfen schauten sich um. Galantha hob die Schultern. „Mit Pyrons Höhle kann sie nicht mithalten, aber wir wollen hier schließlich auch nicht wohnen."

„Kaffee?", fragte Stella kurz.

„Na klar! Aber gern! Oh ja, bitte!", waren sich die drei Männer einig.

„Dann her mit den Tassen!", rief die Elfe lachend.

Während die Menschen in ihren Rucksäcken kramten, überlegte Bromer kurz, griff sich einen kleinen Lavabrocken, drehte ihn dreimal in den Fingern und schon hielt er einen ansehnlichen Henkeltopf in der Hand.

„Aha, für einen Doppelstöckigen", schmunzelte Stella. „Den sollst du haben." Sie füllte das Gefäß bis fingerbreit unter den Rand. Auf dem Gesicht des Zauberers ging die Sonne auf, als er es dankend entgegennahm. Er setzte sich mit dem Rücken an die Wand, inhalierte den Duft und erklärte: „Heute ausgenommen, ist es schon eine ganze Weile her, dass ich solch ein edles Getränk genießen konnte."

„Jahre oder Jahrhunderte?" Marc schaute Bromer neugierig an.

„Keine Ahnung – viel zu lang jedenfalls. Zweihundert Jahre wird es schon her sein, denke ich."

„In der Menschenwelt?", wollte Thomas wissen.

„Hmm, hmm. Wo sonst?" Bromer nahm einen langen Schluck. „Aber auch da war das purer Luxus."

„Da kannst du in den nächsten Tagen viel nachholen. Bei uns gibt es mindestens zwei Mal am Tag welchen. Einen zum Frühstück und spätesten am Nachmittag gibt es noch was."

Der Zauberer sah Thomas erfreut an. „Wirklich?"

„Wirklich und wahrhaftig. Es sei denn, wir verärgern Stella …"

„Ist das schon mal vorgekommen?", fragte Bromer vorsichtig.
„Nie!", riefen alle im Chor.
„Da bin ich aber beruhigt." Er strich sich behaglich den Bauch.
Eine Weile hingen alle ihren Gedanken nach.
„Ihr habt die Zwerge wirklich zwei Mal zum Teufel geschickt?", platzte Bromer plötzlich heraus.
„Ja."
„Hat vor euch noch keiner geschafft."
„Gewusst wie – Teamwork", schmunzelte Thomas.
„Ti was?" Bromer schaute ihn verdattert an.
„Zusammenarbeit vieler", erklärte Stella schnell. „Vater hat meist die besten Ideen und alle setzen sie um."
„Vater?" Der Zauberer richtete sich auf.
Stella lachte glockenhell. „Marc ist mein Vater, Galantha meine Mutter und Thomas ist mein Ehemann."
„Erstaunlich." Bromer wunderte sich wirklich, noch mehr allerdings, als Stella von der Menschenwelt erzählte, in der sie nun schon seit vielen Jahren zusammen lebten.
„Solche wie euch habe ich noch nie getroffen", gab Bromer unumwunden zu.
„Das hat Pyron am Anfang auch immer zu unseren Männern gesagt", amüsierte sich Galantha königlich.
„Pyron, der große Drache?"
„Genau der. Wenn wir in die Elfenwelt auf Besuch kommen, dann wohnen wir in seiner und Zephyras Höhle. Er ist so etwas wie mein großer Bruder", gab Stella schmunzelnd bekannt.
Bromers Augen begannen zu leuchten. „Bin ich froh, dass ich den anderen zuvorgekommen bin. Die Zusammenarbeit macht mir jetzt schon Spaß."
„Auf gutes Gelingen!" Alle hoben ihre Kaffeetassen, die Elfen ihre Nektarbecher.
Die Dämmerung war rasch undurchdringlicher Finsternis gewichen, die hin und wieder von Eruptionen und dem dazugehörigen Feuerschein unterbrochen wurde. Interessiert beobachteten die Männer, wie die zierlichen Elfen die Grotte magisch versiegelten. Wenn nicht gerade der Berg wieder ausbräche, dann wären sie

zumindest für diese Nacht ganz sicher. Wenig später hatte alle fünf der Schlaf übermannt.

Der neue Morgen begann mit Dauerregen.

„Das macht mir Sorgen", murmelte der Zauberer.

„Du meinst, dass die Hexe ihrem Namen alle Ehre machen könnte?", fragte Marc.

Bromer nickte. „Wir müssen heute durch ein langes Tal wandern, da hat sie alle Chancen, uns zu schaden."

„Wir werden auf der Hut sein." Stella packte das Essen aus. „Na, komm schon!", forderte sie Bromer auf, der sich abseits hielt.

Galantha schnitt Speck in dünne Streifen, den die Männer kurz im Feuer rösteten.

„Ihr versteht zu Leben!" Der Zauberer nickte bewundernd.

„Heute müssen wir dringend irgendwie unsere Vorräte auffüllend. Gibt es hier irgendwo Wasser, essbare Früchte oder Fische? Von größeren Tieren will ich lieber gar nicht erst anfangen." Marc inspizierte die letzten Lebensmittel.

„Wasser finden wir im Tal, alles andere erst, wenn wir es hinter uns haben."

„Also sparen", erklärte Stella. Sie begann akribisch Krümel und Restchen einzusammeln.

Marc ahnte, was sie vorhatte. „Und du bist sicher, dass das funktioniert?"

„Ich glaub schon. Notfalls haben wir ja einen waschechten Zauberer dabei", schmunzelte sie, mit einem Augenzwinkern zu Bromer.

Sie legte einen Brotkrümel auf ihre Handfläche, formte mit der anderen Hand eine kleine Kugel aus Luft um das Restchen, welches sich langsam zu einem unregelmäßig geformten Etwas im Brötchenformat aufblähte. „Nicht schön, aber nahrhaft", kommentierte sie kichernd, steckte das Minibrot in eine Plastikdose, um es frisch zu halten. „Damit wäre wenigstens euer Überleben gesichert. Ein Tropfen Wasser hängt garantiert in einer unserer Flaschen."

„Der Kaffee wäre also auch gerettet", murmelte Bromer erfreut.

Worauf die anderen in Gelächter ausbrachen. Die Elfen lösten die magischen Siegel und Bromer übernahm wieder die Führung durch das unwirtliche Gelände. Stella und Galantha schwebten neben ihren Männern her, immer darauf bedacht, schnell zuzufassen zu können, falls diese auf dem abschüssigen Boden ins Rutschen kämen. Auf der Talsohle lief es sich etwas besser, so kam die kleine Schar recht schnell voran. Endlich wurde auch der Weg breiter.

„Erzählst du uns heute ein wenig über dich", bat Marc den Zauberer.

„Nicht gleich und nicht gern", bekam er zur Antwort.

„Schlechte Erfahrungen mit Menschen?"

„Auch."

Marc blieb plötzlich stehen. „Wie?", murmelte er verstört.

„Was ist los?", fragte Galantha.

„Sie hat gesagt, wir sind in Gefahr und sollen machen, dass wir hinter die nächste Biegung kommen."

„Wer hat das gesagt?"

„Weiß ich nicht, obwohl ich die Stimme kenne." Marc war ratlos.

„Woher?"

„Weiß ich auch nicht. Aber ich habe das Gefühl, wir sollten auf sie hören. Kommt!"

Bromer zog die Augenbrauen zusammen, ließ seinen Blick über die Hänge gleiten und kam zu dem Schluss, dass er dem Menschen vertrauen sollte. Gemeinsam rannten sie im Dauerlauf auf den Felsvorsprung zu, welcher den Weg in etwa fünfzig Metern Entfernung versperrte, ihn dann wieder halb am Hang weiter führend. Hinter ihnen begann ein Rumpeln und Grollen. Die fünf hasteten eilig weiter. Stella und Galantha halfen den Männern, die Felsnase zu erklimmen. Keine Sekunde zu spät. Riesige Steinbrocken mit sich reißend stürzte ein Schlammstrom zu Tal, brandete gegen ihren Rettungspunkt und füllte das ganze hintere Tal mit brauner, zäher, todbringender Brühe.

„Sie hat uns also schon gefunden." Thomas beschattete die Augen mit der Hand, um in dem Inferno nach der Hexe zu suchen.

„Danke." Bromer drückte Marc die Hand. „Wer auch immer deine geheimnisvolle Mahnerin war, sie hat uns den Hintern gerettet."

„Machen wir, dass wir weiter kommen. Hier sitzen wir wie auf dem Präsentierteller." Marc wischte sich den Schweiß von der Stirn.

Rasch wanderten sie weiter. Bei jedem Steinchen, das zufällig die Hänger herab rollte, schlug Galanthas Herz schneller. Lautes Knirschen trieb ihr einen Schauer über den Rücken. Wie in Zeitlupe löste sich ein Teil des Hanges und begann zu rutschen. Die Elfe blieb abrupt stehen, riss die Arme in die Höhe, verwandelte sich in eine höllisch heiße Feuerlohe und schwebte auf den Ort des Geschehens zu. Ihr Glutatem ließ das Gestein zähflüssig werden. Es klebte, halb erkaltet, am Untergrund fest, bevor es die Talsohle erreichte.

„Weg hier!" Stella trieb die Männer vorwärts, denen Galantha erst folgte, als sie sicher war, dass ihnen nichts mehr geschehen konnte.

„Wenn ich Lahara zwischen die Finger bekomme, drehe ich ihr den Hals um", grollte sie.

„Da sind wir schon zwei", erwiderte Bromer. „Mit euren Kräften stehen die Chancen nicht schlecht, dass wir sie tatsächlich erwischen."

„Falls sie uns nicht im Schlaf den Garaus macht", dämpfte Thomas sofort den Optimismus.

„Dann stellen wir ab sofort zwei Nachtwachen auf", legte Marc fest. „Jeweils ein Mensch und jemand der magisch begabt ist."

Bromer schaute ihn lange nachdenklich an. „Ist es ein Zauberer wert, eure Leben für ihn aufs Spiel zu setzen?"

„Immer, wenn er ein guter Freund ist", antworteten alle vier im Chor.

„Ein guter Freund …", echote Bromer leise und wieder huschte ein tief trauriger Zug über sein Gesicht.

„Kennst du Aurëus? Ich meine, nicht von euren Treffen her", präzisierte Marc.

Die Antwort war ein Nicken, Kopfschütteln und Schulterzucken in einem.

„Nicht wirklich, wenn ich das richtig deute", amüsierte sich Galantha.

Bromer schaute zu Boden. „Hat er euch die Unsterblichkeit gegeben?"

„Bei mir war es Nixenblut", sprudelte Thomas heraus.

Der Zauberer hob rasch den Kopf. „Nixenblut? Aber …" Er maß Thomas mit einem undefinierbaren Blick, den der ganz ruhig erwiderte. „Ich hätte nie geahnt, dass ein Mensch solch eine innere

Stärke haben kann." Er wandte sich an Marc. „Und bei dir? Was war es da?"

„Ein paar Tropfen aus der Quelle des Lebens."

„Du hast sie gefunden?" Bromer hatte Marc an der Schulter gepackt.

Marc schüttelte den Kopf. „Pyron hat ein Fläschchen davon irgendwann von Aurëus zur Aufbewahrung bekommen. Als alle Elfenkraft nicht half und es für mich keine andere Rettung mehr gab, da holte er es und Galantha hat es mir eingeflößt."

„Weiß Aurëus davon?"

„Ja. Er war es, der uns allen, Pyron eingeschlossen, überhaupt erst gesagt hat, was sich in der Flasche befand. Der Drache wusste nur, dass es sich um ein Zaubermittel handelte. Davon, was es war und was es konnte, hatte er überhaupt keine Vorstellung."

„Aurëus hat ihn bestraft?"

„Nein. Die beiden sind nach wie vor die besten Freunde."

„Also weiß Aurëus wo die Quelle ist."

Marc legte seine Hand auf die Bromers, die immer noch auf seiner Schulter ruhte. „Ich hab ihn nie danach gefragt. Vielleicht weiß er es, vielleicht auch nicht. Es ist besser, wenn das Geheimnis darum eines bleibt."

Bromer nickte kaum merklich. Die vier Freunde begannen ihn zu interessieren, kannten das Geheimnis des Jungbrunnens und hatten keine Ambitionen ihn zu finden, wagten gar ihr Leben, um einen Zauberer zu retten. Noch dazu behandelten sie ihn, Bromer, wie einen Partner, teilten ihr Essen und Trinken mit ihm.

„Worüber denkst du nach?" Galantha brachte ihm den Nachmittagskaffee.

„Über mich, über euch, über alles, was ich seit gestern gehört und gesehen habe", erwiderte Bromer. „Und darüber, dass ich die erste Wache mit übernehmen werde, denn ich weiß genau, dass Elfen nachts nicht zaubern können. Obwohl ich mir bei euch da nicht so sicher bin."

„Wir könnten dich wecken, wenn wir Hilfe bräuchten", erklärte Stella lächelnd.

Bromer winkte ab. „Die Nacht ist nichts für solch zarte Wesen."

„Ist es noch weit bis zu einem geeigneten Übernachtungsplatz?" Galantha schaute sich suchend um.

„In etwa drei Stunden werden wir einen dichten Wald erreichen. Wir müssen uns irgendwie auf den Bäumen ein Nest bauen", berichtete Bromer.

„Wieder mal", kicherten Galantha und Marc gleichzeitig, dann erzählten sie dem Zauberer alles über ihr erstes Zusammentreffen. Bei angeregter Unterhaltung verging die Zeit wie im Flug. Sie erreichten schnell und vor allem unbehelligt den Waldrand.

„Das sind keine Bäume, das sind Giganten", stellte Thomas beeindruckt fest. „Wie kommen wir denn dort hinauf?" Er deute auf die untersten Äste, die etwa vier Meter über dem Boden aus turmdicken Stämmen wuchsen.

„Hiermit." Bromer riss einen Grashalm ab, drehte ihn zwischen den Fingern, so wie er es am Vortag mit dem Stein getan hatte, und schon hielt er ein langes festes Tau in der Hand. Die Elfen fassten gemeinsam zu, um es hinauf zu tragen und an einem der Äste zu befestigen. Stella half ein wenig mit Magie nach, um den Knoten wirklich sicher zu machen.

„Kann losgehen!", rief sie nach unten.

Thomas erklomm als Erster den Baum, dann folgte Marc, den Schlussmann machte Bromer, der auch das Seil heraufzog.

„Abendbrot", legte Marc fest und setzte sich auf den wahnsinnig breiten Ast.

„Brot, Speck, Wasser", zählte Stella auf.

„Egal, Hauptsache essen", stöhnte Thomas. „Mir hängt der Magen in den Kniekehlen."

„Gleichfalls", kicherte Bromer.

„Wenn wir wenigstens ein paar Beeren gefunden hätten …", seufzte Galantha.

Bromer kniete sich an den Rand des Astes. Nach einer Weile hatte er offenbar gesehen, wonach er suchte. Er streckte seinen Arm aus, der wuchs und wuchs und wuchs, bis er den Boden berührte. Nach ein paar Sekunden kam der Arm langsam zurück und nahm seine Ursprungsgestalt an. „Walderdbeeren." Er reichte den Elfen ein Pflänzchen mit sechs Beeren.

„Heißen Dank!" Galantha pflückte vier Früchte und machte sich daran, sie auf Apfelgröße wachsen zu lassen. Zwei ließ sie an der Pflanze hängen, deren Wurzeln sie gut befeuchtete, bevor sie sie in eine leere Plastikdose steckte. „Mit ein bisschen Glück können wir nun jeden Tag etwas ernten", erklärte sie dem verblüfften Zauberer.

Noch bevor die Sonne restlos untergegangen war, legten sich Thomas und die Elfen zur Ruhe. Marc und Bromer setzten sich nebeneinander, aber so, dass sie in unterschiedliche Richtungen schauten.

„Wo lebst du eigentlich?", flüsterte Marc, um die Schlummernden nicht zu stören.

„Überall, ich bin ein Rastloser", erhielt er zur Antwort. „Oder ein Suchender – ganz wie du willst."

„Und wonach suchst du?"

Bromer seufzte schwer. Marc ließ ihn in Ruhe. Schweigend wachten sie über den Schlaf der anderen. Mitten in der Nacht begann der Zauberer leise zu erzählen, sicher, Marc würde zuhören:

„Weißt du, es gab einmal ein anderes Leben, bevor ich Lahara zum ersten Mal traf. Damals wusste ich nichts von Succubi und ähnlichen Dämonen. Ich muss ein junger, kräftiger Mann gewesen sein, wohlhabend und sehr geachtet."

„Du weißt es nicht genau?", fragte Marc ungläubig.

„Ein Wiedergeborener, sagt man", fuhr Bromer fort, als hätte er Marcs Frage gar nicht gehört. „Dann traf ich sie, eine Frau jung und schön wie der Morgen, mit ausdrucksvollen tiefblauen Augen, seidigem Haar und einem anschmiegsamen Körper, von dem ein Mann sonst nur träumt."

Bromer machte eine Pause. „Sie schenkte mir eine lange Nacht."

Er schloss die Augen. „Ich verfluche diese Dämonin. Sie saugte mir nicht nur die Lebenskraft aus, ich habe auch alles vergessen, was vorher war. Nur manchmal erscheinen mir im Traum Dinge, die ich kenne und die für mich doch nicht mehr fassbar sind."

Marc legte Bromer tröstend die Hand auf die Schulter. Mit einem unterdrückten Stöhnen erstarrte er. Bromer fuhr herum und konnte gerade noch sehen, wie eine weiße Frauengestalt langsam zerfloss. Im selben Augenblick sprang Marc auf. „Schnell, wir müssen von diesem Baum runter. Roll das Tau aus, ich wecke die anderen."

Schlaftrunken rafften alle ihre Habe in die Rucksäcke.

„Fliegt auf die Wiese, weit weg von diesem Baum", gebot Marc den Elfen, ehe er rasch am Seil hinunter rutschte. Wie gehetzt rannten die Männer den Elfen hinterher.

Ein Donnerschlag, ein Blitz, der den Baum spaltete und schon brannte der halbe Wald.

„Das war knapp!" Thomas japste nach Luft.

„Bedanke dich bei der weißen Frau", flüsterte Bromer völlig geschockt. „Hätte sie Marc nicht schon wieder gewarnt, dann wäre von uns jetzt nicht mehr viel übrig."

„Du hast sie auch gesehen?", fragte Marc überrascht.

„Ja, aber ich kenne sie nicht."

Marc lächelte. „Ich um so besser. Das war meine Mutter, oder vielmehr ihr Geist."

Bromer kratzte sich am Kinn. „Ist sie schon lange tot?"

„Ach i wo!", lachte Marc. „Sie lebt." Er verstummte sofort, als er Bromers betretenes Gesicht sah.

„Großer Gott", hauchte Galantha. Stella fasste nach ihrer Hand. Thomas legte Marc den Arm um die Schulter.

„Oh, tut mir leid", flüsterte Bromer.

Marc fuhr sich mit der Hand über die Augen. „Erkläre es mir", bat er den Zauberer.

„Hierher kommen nur Geister, die auf dem Weg ins Land des ewigen Friedens sind. Das heißt, sie haben ihren Körper in der Menschenwelt verlassen. Meistens schon für immer, manchmal können sie es nicht, weil sie noch etwas zu erledigen haben, ehe sie endgültig gehen."

„Koma", hauchte Stella und barg ihr Gesicht an Marcs Brust.

„Diese Seelen kehren oft sogar in ihren Körper zurück und leben weiter", fuhr Bromer fort. „Sie hat dich nun schon zweimal angesprochen, damit stehen die Chancen ziemlich gut, dass sie zu jenen gehört. Denn anderenfalls hätte sie dich nicht mehr erkannt, und wäre geradenwegs in das Land des ewigen Friedens gewandert." Er machte eine kurze Pause. „Egal wie dieses Abenteuer hier ausgeht, ich werde mit euch in die Menschenwelt ziehen und schauen, was ich für sie tun kann. Ich bin es euch und ihr schuldig. Leben gegen Leben."

Marc drückte ganz fest Bromers Hand. „Du bist ein guter Kerl. Ein Freund, möchte ich fast schon sagen."

Der Zauberer lächelte zaghaft. „Ich werde versuchen, mich als Solcher würdig zu erweisen. Aber jetzt sollten wir uns für den Rest der Nacht einen neuen Schlafplatz suchen."

Sie fanden einen dichten Strauch, dem sie eine Decke überhängten, um besser verborgen zu sein, ehe sie aneinandergedrängt im Halbschlaf vor sich hin dösten.

Der Morgentau weckte sie. Fröstelnd krochen sie aus dem Versteck. Thomas suchte ein paar Äste zusammen und bald brannte ein kleines Feuer, an sich die fünf aufwärmten, ihr karges Mahl einnahmen und wenigstens den belebenden Kaffee schlürften. Stella fand ein paar Stängel Pfefferminze, deren Blätter einen duftenden Tee ergaben. Wie Galantha genoss sie die Wärme des heißen Getränkes. Sie teilten sich die vorletzte Erdbeere, nachdem Galantha diese auf die Größe einer kleinen Melone gebracht hatte.

Thomas füllte etwas Erde in die Dose, drückte die Wurzeln ordentlich fest. „Mal sehen, ob es ihr jetzt etwas besser geht."

Bromer tippte mit dem Finger eines der Blättchen an. „Sie wird schon wieder", sagte er zuversichtlich.

„Ach du Schreck!", rief Stella. „Die quillt ja fast vor Blüten über!"

Der Zauberer lachte. „Keine Sorge, wir helfen euch beim Naschen, wenn es wirklich zu viele werden sollten."

Frisch gestärkt machten sie sich wieder auf den gefahrvollen Weg.

„Wo genau gehen wir eigentlich hin?", fragte Marc.

„Wir müssen das nächste Spiegeltor erreichen, sonst sind wir Monate unterwegs, ehe wir Lahara finden."

„Ist ihre Welt so riesig?"

„Nein, so gefährlich", schmunzelte Bromer. „Hier gibt es nicht nur die Vulkane, sondern auch Moore, Sümpfe, reißende Flüsse und tausend andere Gefahren, denen ich euch ungern aussetzen möchte."

Am anderen Ende der Wiese trafen sie auf einen kleinen Bach. Marc und Thomas gönnten sich eine ausgiebige Morgenwäsche.

„Schade, sind keine Fische drin." Stella hob bedauernd die Schultern.

„Ich hab was anderes entdeckt – Wiesenchampignons." Galantha hielt einen der Pilze hoch. Schnell sammelte sie ein, was in den Beutel passte.

„Wenigstens wird es heute ein halbwegs vernünftiges Mittagessen geben", freute sich Thomas, als er ihr den schweren Fund abnahm.

Marc bückte sich hin und wieder, nahm etwas vom Boden auf, steckte es in die Tasche und lächelte vergnügt. Bevor die Sonne den höchsten Punkt erreicht hatte, betraten sie einen lichten Mischwald. Bromer ließ nach wenigen Metern rasten. Thomas trug ein paar Steine für eine Feuerstelle zusammen, Marc holte Holz, Stella schnitt Pilze, Galantha Speck, als sie feststellten, dass die mitgebrachte Pfanne viel zu klein war. Wie selbstverständlich zogen die Elfen an beiden Seiten, bis das Kochgerät fast doppelt so groß war.

„Für Elfen habt ihr aber gewaltige Kräfte", stellte Bromer fest, die beiden mit einem zusammengekniffenen Auge musternd.

„Hast du schon einmal von der Zauberin vom Berg gehört?", fragte Marc.

Bromer nickte. „Gehört schon, aber ich hab sie noch nie gesehen. Wird wohl so eine Legende sein, die man sich erzählt."

„Falsch. Sie steht leibhaftig vor dir. Stella ist die geheimnisvolle Schöne", gab Marc nur zu gern Auskunft.

„Jetzt kapiere ich, warum sie mir so selbstverständlich ein Duell angeboten hat!", rief Bromer. „In euch stecken wirklich mehr Überraschungen, als man sich überhaupt vorstellen kann." Er schaute Marc von oben bis unten an. „Und es ist ganz sicher, dass du ein Mensch bist?"

„Aber ja." Er berichtete von der Wanderung durch die Elfenwelt, dem Angriff der Zwerge und wie er Galantha seinen Wunsch geschenkt hatte, ohne zu ahnen, dass in der vorangegangenen Nacht ein kleines Wunder geschehen war.

Bromers anerkennende Blicke sprachen Bände.

„Vater ist auch in seiner Welt anders als die meisten. Ich bin stolz darauf, seine Tochter und damit eine Halbelfe zu sein", sagte sie mit liebevollem Blick auf Marc. „Großmutter und Großvater Wendler sind ebenfalls besondere Menschen", fügte sie leise hinzu. „Sie haben Mutter und mich vom ersten Augenblick an akzeptiert, ohne wenn und aber." Sie schluckte.

„Ich verspreche dir, ich werde tun, was in meiner Macht steht", versicherte Bromer ebenso leise.

Stella teilte das Pilzgericht aus, über das sie noch etwas gehackten Lauch aus Marcs Tagesausbeute gestreut hatte, um es würziger zu machen.

„Du hast glücklicherweise Marcs Improvisationstalent geerbt", freute sich Thomas, denn nur mit Speck, Lauch und Pilzen ein genießbares Mahl zu bereiten, wäre nicht jedem leicht gefallen.

„Kennt ihr euch schon lange?" Bromer deutete mit dem Kopf von Thomas zu Marc.

„Hmm, für Menschen eine kleine Ewigkeit. Wir haben zusammen studiert. Als meine Eltern tödlich verunglückten, haben mich seine Eltern wie einen Sohn in die Familie aufgenommen und mich immer wieder unterstützt, wenn die Säge richtig klemmte", erzählte Thomas bereitwillig.

Er wollte noch einen Satz anfügen, als Marc wieder mit weit aufgerissen Augen mitten in einer Bewegung erstarrte. Diesmal konnte alle den durchscheinenden weißen Nebel erkennen, der eindeutig Mutter Wendlers Gestalt hatte.

„Weg hier", flüsterte Marc. „Sofort weg."

Im Bruchteil eines Augenblicks war der Platz leer, an dem sie gerade noch gesessen hatten. Aus einigen Metern Entfernung schauten sie zu, wie ihr Rastplatz mit Baum und Strauch in einem Loch im Boden verschwand, das groß genug war, ein ganzes Haus verschlingen zu können.

„Wenigstens konnte ich die Pilze retten", witzelte Thomas und hielt den anderen die Pfanne hin.

„Auch nicht schlecht." Marc setzte sich ungerührt von allem an Ort und Stelle nieder, um wie die anderen wenig später, gleich mit den Fingern die Leckerbissen aus der Bratpfanne zu angeln.

„Ihr habt Nerven", brummte der Zauberer.

Marc schmunzelte. „Ein leerer Magen ist ein schlechter Ratgeber. Wer weiß, wann wir wieder ein warmes Essen bekommen."

„Dafür gibt es diesmal auch Nachtisch für alle", tröstete ihn Galantha. Unter den neugierigen Blicken Bromers opferte sie zwei Erdbeeren, aus denen sie eine gigantische Portion leckeres Eis zauberte. Thomas strich sich behaglich den Bauch.

Den Rest des Tages blieben sie von Laharas Angriffen verschont, was die fünf keineswegs beruhigte.

„Wenn sie jetzt in ihrer Gestalt als Succubus auftritt, dann bekommen wir richtige Probleme", prophezeite Bromer besorgt.

„Und ich habe schon bei dem Gedanken gestöhnt, Aurëus könnte Circe oder den Sirenen in die Finger gefallen sein", seufzte Thomas. „Aber das, was uns hier blühen könnte, ist um Längen schlimmer."

Zustimmendes Nicken von allen Seiten.

„Da, wo dieser graue Felsfinger aufragt, ist das gesuchte Portal", rief Bromer nach einer halben Stunde Fußmarsch durch Schneidegras und Brennnesseln. „Beeilen wir uns, ehe Lahara erneut zuschlägt!"

Unangefochten erreichten sie die Höhle mit dem geheimnisvollen Spiegel.

In allerletzter Sekunde

Die Reise durch die Dimensionen, auf welche Bromer sie diesmal mitnahm, war der reinste Höllenritt. Sengende Hitze, Eiseskälte, rabenschwarze Finsternis und immer wieder Gabelungen, dass es sogar die Elfen das Fürchten lehrte. Am Ende spie sie das Tor in eine Welt, die man auf den ersten Blick für den Garten Eden halten musste.

„Lasst euch nicht täuschen", riet Bromer. „Dies hier ist schlimmer als die schlimmste Hölle. Wenn ihr nicht sicher seid, was ihr vor euch habt, dann macht dies ..." Er legte den Daumen der rechten Hand auf den linken Zeigefinger und den Daumen der linken Hand auf den rechten Zeigefinger. Durch das entstandene Fensterchen schaute er sich um. Die vier Freunde machten es ihm nach.

„Ach du Scheiße!", rief Thomas erschreckt. An Stelle der blühenden Wiese, waberte ein stinkender Sumpf, aus dem sich, statt der wundervollen Blumenstängel, Schlangenleiber mit schnappenden Mäulern wanden.

Bromer schaute sie eindringlich an. „Bleibt immer dicht beieinander, kommt nicht einen Zentimeter vom Weg ab und tut diesmal nur, was ich euch sage. Marcs Mutter kann uns hier nicht helfen." Er wandte sich an die Elfen. „Zieht bitte eure Jacken an und lauft, auch wenn es euch schwerfällt. Wenn sich der Wind in euren Flügeln fängt, seid ihr verloren."

Stella und Galantha folgten dem gut gemeinten Rat sofort.

„Ich werde vorangehen, Galantha, die Feuerelfe sollte mir folgen, denn ich könnte ihre Hilfe brauchen", wies Bromer noch an, ehe sich alle auf den kaum sichtbaren Pfad durch die vermeintliche Wiese begaben. Immer wieder blieb der Zauberer stehen, sah durch das magische Fingerfenster, ehe er immer langsamer und vorsichtiger wurde. Schließlich legte er einen Finger vor die Lippen, trat neben Galantha.

„Flammen im Halbkreis, so weit du kannst", hörte ihn die Elfe telepathisch sagen. Da eröffnete sie auch schon das Feuer. Die anderen staunten. Auräus hatte Recht gehabt, als er damals sagte, ihre Flamme würde der von Pyron nicht nachstehen. Es stank intensiv nach verbranntem Fleisch, was sie daran erinnerte, mitnichten eine

Wiese vor sich zu haben. Marc schaute durch die Finger auf ein grauenvolles Schlachtfeld.

„Nun ist der Weg frei", hörte er Bromer sehr zufrieden sagen. „Eure Drachen wären jetzt sicher sehr stolz auf Galantha gewesen."

„Was war das?", fragte Thomas.

„Erzähle ich euch irgendwann später." Bromer schritt schnell voran. „In wenigen Augenblicken wird es ernst. Hoffen wir, dass Aurëus noch lebt."

„Woher hat Lahara diese Macht? Ich dachte immer, Dämonen spielen eher die zweite Geige?", wunderte sich Marc.

Bromer blieb stehen. „Ist vielleicht doch besser, wenn ich euch noch ein paar Informationen gebe. Die immense Stärke hat sie daher, weil sie seit Urzeiten Unsterbliche und ganz speziell Zauberer aussaugt. Aurëus ist einer der mächtigsten Zauberer, die je gelebt haben. Wenn sie ihm immer so viel Kraft lässt, dass er sich einigermaßen regenerieren kann, dann wird sie mächtiger, je öfter sie mit ihm … Na ihr wisst schon … Dass sie uns bisher so massiv angegriffen hat lässt hoffen, dass sie ihn noch nicht umgebracht hat. Wobei – viel Zeit wird uns nicht bleiben. Sie braucht immens viel Energie, um uns vernichten zu können. Und die holt sie sich von ihm. Deshalb habe ich euch zu so später Stunde auch noch durch das Tor geführt. Wir müssen sofort handeln. Lahara ist kein Geschlechtswandler. Das heißt, sie kann sich nicht plötzlich in einen Inkubus verwandeln, wie es einigen dieser Wesen möglich ist. Also werden mich ausschließlich die Elfen an den direkten Ort des Geschehens begleiten."

„In Ordnung", sagten Marc und Thomas, obwohl es ihnen nicht ganz leicht fiel.

Bromer seufzte schwer. „Vielleicht können mir die beiden ja auch den Kopf wieder gerade rücken, wenn es mich erwischen sollte."

„Kommt, noch ein paarhundert Meter, dann müssen wir die Männer zurücklassen und zuschlagen, bevor die Sonne untergeht."

In gedrückter Stimmung zogen sie weiter, bemüht, genau in den Spuren des Zauberers zu laufen. Vor einem tiefen Abgrund ließ er halten, schaute durch die Finger, um sich zu orientieren. „Ach da ist es ja schon."

Auch die anderen hatten schnell bemerkt, dass der Abgrund nicht real war. An gleicher Stelle erhob sich ein Felsmassiv, in dessen unterem Drittel der Eingang einer finsteren Grotte gähnte.

„Dieser Stollen führt direkt zu Laharas Versteck. In einem Seitengang werden die Männer auf uns warten", erklärte Bromer leise. „Und nun rasch!"

Marc und Thomas nahmen die, vom ungewohnten schnellen Laufen, völlig erschöpften Elfen auf die Arme und trugen sie den Hang hinauf. Vorsichtig drangen sie nach Bromer in das Halbdunkel der Höhle ein. Nach zwanzig Metern deutete der Zauberer nach links. Die Männer drückten ihre Liebsten noch einmal an sich, ehe sie sich in die Felsspalte zurückzogen, um auf den, hoffentlich guten, Ausgang des Abenteuers zu warten.

Die drei anderen schlichen, beinahe lautlos, weiter. Bald wurde es heller. Feuerschein drang durch das Halbdunkel. Bromer und die Elfen pressten sich an den Felsen und spähten vorsichtig in den weiten Raum, der sich vor ihnen auftat. Ein Schatten an der Wand erregte Stellas Aufmerksamkeit. Sie tippte Bromer an. Vorsichtig huschten sie hinter eine hohe Säule, die die Decke der Grotte stützte. Was sich ihrem Auge bot, ließ ihnen fast das Blut in den Adern gefrieren. Auf einem Lager aus Tierfellen gab sich ein fast zum Skelett abgemagerter Mann voller Inbrunst einer wunderschönen Frau hin. Bromer machte das Zeichen für das magische Fenster. Die Elfen schauten hindurch und sahen an Stelle der verführerischen jungen Frau, die Auräus voll in ihren Bann geschlagen hatte, die ekelerregende Alte liegen.

„Widerlich!", hörte Bromer Galantha in seinen Gedanken.

„Jetzt!", telepathierte er und sprang auf das umschlungene Paar zu. Noch bevor er es erreicht hatte, schlug Laharas Magie zu, wie die Elfen mit Schrecken feststellen mussten. Bromer riss den halbtoten Auräus zur Seite, um dessen Stelle einzunehmen. Stella hatte inzwischen Lahara am Hals gepackt, während Galantha sie an den Schultern mühsam niederdrückte.

„Ist sie nicht wundervoll?", hörten sie Bromer hinter sich flüstern.

„Nicht mehr lange", quetschte Stella zwischen den zusammengebissenen Zähnen hervor, die Mühe hatte zusammen mit ihrer Mutter den vor Wut rasenden Succubus zu bändigen. Auf

Bromers oder Aurëus' Hilfe brauchten sie nicht zu hoffen. Dann hatte Stella die richtige Idee. Im Bruchteil einer Sekunde zierte den Hals der Hexe ein breiter Ring, dem Halsband eines Hundes nicht unähnlich. Bromer gab ein unterdrücktes Stöhnen von sich. Galantha schaute ihre Tochter fragend an.

„Er sieht sie nun, wie sie wirklich ist." Und an den Zauberer gewandt: „Rasch, hilf mir!"

Der Kraft eines Mannes hatte Lahara nicht viel entgegenzusetzen. Stella konnte sich auf ihr eigentliches Vorhaben konzentrieren. „Schön festhalten", gebot sie Bromer. „Gleich wird sie zahmer werden. Bei Hunden nennt man das Erziehungshalsband", erklärte sie mit genüsslichem Grinsen. „Jetzt werde ich diesem Ekel zeigen, wie es sich anfühlt, wenn man ausgesaugt wird."

„Was?" Bromer schaute die Elfe überrascht an.

Stella legte ungerührt beide Hände an die Schläfen der Hexe, schloss die Augen und Bromer konnte zusehen, wie die Energie, die Lahara Aurëus geraubt hatte, auf die Elfe überging. „Mein Zauber hält ewig, wenn ich das will", flüsterte Stella.

„Du machst mir Angst." Bromer betrachtete Stella mit gemischten Gefühlen.

„Keine Sorge, ich behalte sie nicht. Leg Lahara Fesseln an, ich kümmere mich inzwischen um Aurëus."

Galantha kniete neben dem reglos liegenden geschundenen Körper, der kaum noch Ähnlichkeit mit Aurëus hatte. Sie war sich nicht sicher, ob überhaupt noch ein Funken Leben in ihm war. Als sich Stella und Bromer dazu gesellten, glitzerten Tränen in ihren Augen.

„Richte ihn in sitzende Stellung auf", bat Stella Bromer, ehe sie vorsichtig begann, ihre wertvolle Fracht an den rechtmäßigen Eigentümer zu übertragen.

„Schau!" Galantha deutete auf eine feine Energielinie, die von Aurëus auf Bromer weiter wanderte.

„Ich bin unschuldig", flüsterte Bromer.

Stella lachte. „Ich weiß. Diese Energie schenkt dir Aurëus."

„Wird er dann selber noch genug haben?", fragte Bromer besorgt.

„Keine Angst, wenn wir erst zu Hause sind, dann bringen wir ihn ganz schnell wieder auf die Beine", tröstete ihn Galantha.

„Zu Hause", echote Bromer und seine Augen nahmen einen milden Glanz an. „Ich glaube, ich erinnere mich wieder." Er bedankte sich bei Aurëus mit einer innigen Umarmung.

„Er wacht nicht auf", klagte Galantha.

Bromer fühlte nach dem Puls, legte sein Ohr an Aurëus' Brust und horchte. „Ich glaube, Stella hat hier ihre Finger im Spiel", stellte er schnell fest.

Die Elfe nickte. „Kann ich euch einen Augenblick allein lassen? Ich möchte gern Vater und Thomas holen."

Wenig später kam sie mit den beiden zurück.

„Aurëus!" Die Männer beugten sich über die reglose Gestalt. Die Hexe, die vor sich hin fluchte und vergeblich versuchte, sich zu verwandeln, bedachten sie mit keinem Blick. Stellas Halsband zeigte durchschlagenden Erfolg.

Die Elfe holte tief Luft. „Nun werde ich ihn wecken." Ein paar Wort in der Elfensprache murmelnd, stich sie Aurëus mehrmals mit dem Zeigefinger über die Stirn. Endlich schlug er die Augen auf.

„Ihr habt mich tatsächlich gefunden", flüsterte er mit matter Stimme, aber vor Glück strahlenden Augen. „Ich wusste, ihr würdet kommen."

„Bromer hat uns gut geführt", lobte Marc. „Er ist einer von Wenigen, auf die man sich verlassen kann."

Aurëus drückte dem Kollegen, der wegen dieses Lobes ganz verlegen geworden war, dankbar die Hand.

„Wo übernachten wir?", fragte Thomas den Zauberer.

„Am besten bei euch zu Hause, in der Menschenwelt. Bringen wir Aurëus schnell hier weg. Es ist besser für ihn und für uns."

Marc und Thomas fassten ihre Hände als Rettungssitz. Bromer half Aurëus hinein,

„Was wird mit ihr?", wollte Marc besorgt wissen.

„Wir lassen sie liegen", kicherte Stella. „Warum, das erzähle ich euch später."

Auf schnellstem Weg brachte Bromer die kleine Gruppe zurück zum Spiegelportal. „Konzentriert euch auf das Tor in eurer Welt, um den Rest kümmere ich mich."

Strahlendes Leuchten begleitete die siegreiche Schar auf dem Weg in die andere Dimension. Bromer wurde ganz wohlig ums Herz. Er freute sich auf die andere Seite des Tunnels. Sanft wurde er in die fremde Welt hinaus geschoben. Ein mondhelles freundliches Zimmer, mit Möbeln und Gerätschaften, wie er sie noch nie gesehen hatte, ein großer Tisch und daneben etwas, das er sehr gut kannte. Eine Ritterrüstung.

„Endlich zu Hause!", jubelten die Elfen und drückten Bromer von beiden Seiten einen schallenden Kuss auf die Wangen. Die Männer lachten über das erschreckte Gesicht des Zauberers. Vorsichtig setzten sie Aurëus in einen der breiten Sessel. Marc verbarg sofort den magischen Spiegel hinter der Trennwand. Ein Blick zum Fenster. Sie waren tatsächlich mitten in der Nacht hier angekommen.

„Ihr kümmert euch um Aurëus, wir uns ums Essen", rief Stella, als sie mit Galantha davon eilte.

„Wir bringen dich ins Kaminzimmer", sagte Marc zu Aurëus. „Dort kannst du dich richtig ausruhen."

Thomas lief mit Bromer vornweg, Marc stützte Aurëus, der sich partout nicht mehr tragen lassen wollte.

„In wessen Haus sind wir?" Bromer schaute sich mit großen Augen um.

„In Marcs und Galanthas Haus", entgegnete Thomas. „Mein und Stellas Haus steht genau gegenüber und ist mit diesem hier durch einen großen Garten verbunden. Es wäre sonst schwierig, in dieser Welt nicht aufzufallen."

„Herzlichen Glückwunsch zur Unsterblichkeit, Thomas", rief Aurëus sofort. „Ich glaube, mein Gehirn arbeitet wieder einigermaßen zufriedenstellend."

„Scheint mir auch so", strahlte der Angesprochene. „Zephyra hatte sich meinetwegen bittere Vorwürfe gemacht."

„Wie geht es der kleinen Nixe? Habt ihr sie wieder mal besucht?", forschte Aurëus.

„Langsam, langsam", schmunzelte Marc. „Ihr Zauberer werdet alles erfahren, was sich in den letzten fünf Jahren zugetragen hat."

Essenduft ließ alle hingebungsvoll schnuppern.

„Wir haben ein bisschen nachgeholfen." Die Elfen deckten den Tisch und trugen gegrillte Schweinshaxe mit Klößen und Rotkraut auf. Dazu kredenzte Stella eine gute Flasche Wein. Bromer kam aus dem Staunen gar nicht mehr heraus. Sich selbst hatten die Elfen gemischten Obstsalat bereitet, dazu gab es Bananennektar. Galantha entzündete zwei Kerzen und schob ihre Lieblings-Vivaldi-CD in die Stereoanlage. Bromer lauschte beinahe andächtig. Die anderen Männer wechselten zufriedene Blicke. Die Elfen zelebrierten detailliert die kleine Willkommensfeier für den ungewöhnlichen Gast aus einer fremden Welt. Beim Dessert begannen die vier aus der Menschenwelt über die neuerliche Rettung des Elfenlandes, über die Suche nach Aurëus und ihre Erlebnisse mit Bromer zu erzählen.

„Wolltest du uns nicht sagen, was mit Lahara wird?", erinnerte Marc seine Tochter schließlich an ihr Versprechen.

Stella lachte fröhlich. „In ungefähr drei Tagen werden sich Halsband und Fesseln in Luft auflösen. Außerdem habe ich die Daten in ihrem Gehirn etwas verwurstelt. Die wird froh sein, wenn sie sich in den nächsten hundert Jahren in der näheren Umgebung ihrer Höhle zurechtfindet."

Die Feiernden brachen in wieherndes Gelächter aus.

Bromer dankte seinen neuen Freunden für die wundervolle Feier. Mit ernster Miene wandte er sich dann an Marc. „Morgen früh, zwei Stunden nach Sonnenaufgang, werde ich schauen, was ich für deine Mutter tun kann."

Marc holte seinen Laptop, schaute nach der zugehörigen Uhrzeit und buchte einen Taxibus für sechs Personen. Galantha brachte inzwischen die Zauberer zu den Gästezimmern, dann stellte sie den Wecker.

Als er klingelte, erwachten die Heimkehrer, trotz der Kürze der Nacht, gut ausgeschlafen. Sogar Aurëus schien sich wieder erholt zu haben. Sein Gesicht, gestern noch grau und eingefallen, zeigte eine gesunde Farbe. Das kräftige Frühstück mit dem duftenden Kaffee brachte auch noch die letzten Lebensgeister wieder in Schwung. Kurz bevor das Taxi kam, reichte Galantha Aurëus Kleidung von Marc, denn so heruntergerissen konnte er sich schlecht in die Öffentlichkeit wagen.

„Du siehst furchtbar aus", sagte sie voller Mitleid und streichelte seine knochige Hand.

Bromer lehnte das Angebot nach anderer Kleidung ab. Der lange schwarze Mantel würde in dieser Welt kaum auffallen, bekräftigte ihn Stella in seiner Meinung. Dass er den teuren Zwirn der anderen voller Interesse taxierte, stand außer Zweifel. Mit großen erstaunten Augen betrachtete er während der Fahrt jede Kleinigkeit entlang des Weges und kam zu dem Schluss, dass er die Menschenwelt einfach nicht wieder erkannte. Nichts war mehr, wie er es einst gesehen hatte. Lange, bevor die zwei Stunden um waren, setzte sie der Chauffeur vor dem einzigen Krankenhaus von Marcs Geburtsstadt ab. Marc bat ihn, irgendwo auf Abruf zu warten, wobei dies durchaus einige Stunden dauern konnte. Dem Fahrer war es egal, das Taxameter lief. Am Aufnahmeschalter erfuhr Marc recht schnell, in welchem Zimmer seine Mutter lag und dass Vater Wendler schon seit Tagen bei ihr war.

Er klopfte, öffnete die Tür und trat mit seinen Freunden ein, die völlig erschüttert auf die vielen Schläuche schauten, welche Martha Wendler mühsam am Leben erhielten.

Alfons war aufgesprungen. Fassungslos vor Freude fiel er Marc um den Hals, begrüßte die Elfen, Thomas und die Fremden. Bei dem außergewöhnlich mageren Mann stutzte er.

„Aurëus?" „Um Gottes Willen! Was ist nur mit dir geschehen?"

„Alfons! Sag du mir lieber was mit Martha passiert ist."

Vater Wendler ließ sich, schwer seufzend, wieder auf den Stuhl sinken, deutete auf die freien anderen Stühle und die Bettkante, auf der sich sacht die beiden Elfen niederließen. „Da gibt es nicht viel zu erzählen. Martha ist vor einigen Monaten an der Kaufhalle die Treppe hinunter gestürzt und ins Koma gefallen. Passanten haben den Rettungswagen geholt und seitdem liegt sie hier. Drei Mal sah es so aus, als ob ihr Herz zu schlagen aufgehört hätte." Er deutete auf den Überwachungsmonitor. „Es ist furchtbar zu sehen, wie da plötzlich nur noch eine glatte Linie durchläuft", erklärte er leise. „Aber nach ein oder zwei Sekunden schlug das Herz wieder, einfach so, als hätte es nie ausgesetzt."

„Das waren genau die drei Zeiten, in denen sie uns das Leben gerettet hat", murmelte Bromer kaum hörbar.

Alfons Wendler sprang auf und starrte den düsteren Fremden an, der sich ihm nicht einmal mit Namen vorgestellt hatte. „Was haben Sie gerade gesagt."

Marc drückte Vater vorsichtig auf seinen Platz zurück. „Pssst!", machte er mit verschwörerischem Blinzeln.

Bromer stand auf, stützte sich nachdenklich auf die Platte am Fußende des Bettes. „Weg mit dem ganzen Zeug", wandte er sich an Marc. „Nur das Ding mit der Linie lasst dran." Er meinte die Herzüberwachung.

Dauerkanülen, Sauerstoffbrille und Pulsoximeter waren schnell abgezogen, nur um die Magensonde und den Katheter zu entfernen setzten die Elfen Zauberkraft ein. Bromer rückte das Bett ein Stück von der Wand weg, damit er sich hinter das Kopfende stellen konnte. Alfons schaute mit offenem Mund den seltsamen Machenschaften im Auftrag des Unbekannten zu. So ruhig wie Marc und seine Freunde blieben, musste wohl alles so seine Ordnung haben, hämmerte es in seinen Gedanken.

Der Zauberer beugte sich über das totenbleiche Gesicht auf dem Kissen, malte mit dem Zeigefinger geheime Zeichen auf Marthas Stirn. Anschließend ging er dreimal entgegen dem Uhrzeigersinn um das Bett herum, setzte sich auf die Kante und nahm die eisigkalten Hände von Mutter Wendler in die seinen.

„Nimm auf der anderen Seite Platz", bat er Aurëus. „Tun wir es gemeinsam."

Aurëus nickte, nahm, als er sich gesetzt hatte, die linke Hand, während Bromer Marthas Rechte hielt. Eine leuchtende Aura hüllte Martha für einen Wimpernschlag ein, dann öffnete sie die Augen, setzte sich auf und sagte, vorwurfsvoll an Alfons gewandt: „Enkidu, warum hast du mir nicht gesagt, dass Utanapischti und Gilgamesch zu Besuch kommen."

Warum auf einmal vier Leute schallend lachten, während sie drei Männer anstarrten, wie vom Donner gerührt, konnte Martha überhaupt nicht begreifen. „Was tu ich hier überhaupt?", fragte sie plötzlich.

„Ja, die Frage haben wir uns auch gerade gestellt!", rief Marc überglücklich und küsste sie auf die Stirn.

Bromer half der Entscheidungsfreudigkeit der herbeigeeilten Ärzte auf seine Art etwas auf die Sprünge, so dass eine Stunde später das Taxi, gefolgt von Marc in Vaters Auto, weil dieser vor lauter Aufregung gar nicht hätte fahren können, Martha und die hilfreichen Freunde nach Hause brachte. Aber nach Hause zu Marc, wo man für die nächsten Tage sicher viel Gesprächsstoff haben würde.

Kaum hatten sie die Haustür hinter sich geschlossen, brach der Jubel richtig los. Bromer konnte sich vor Danksworten gar nicht retten.

„Ich habe mich doch nur dafür revanchiert, dass Marcs Mutter auch mein Leben gerettet hat", versuchte er abzuwiegeln.

„Freunde! Wir haben tausend Gründe!", rief Marc überschwänglich. „Heute Abend fallen wir über Luigis Restaurant her, dass es eine Art hat!"

Bromer schüttelte amüsiert den Kopf. Hier hatte man noch Spaß am Leben, hielt zusammen und verstand, zu feiern."

Thomas bestellte für das Mittagessen einen Cateringservice, um die Frauen zu entlasten. Marc telefonierte mit verstellter Stimme mit Luigi und buchte auf den Namen *Bromer* zehn Plätze für den Abend. Sein nächster Anruf galt Mario, den er, ebenfalls unter falschem Namen, mit Tina in Luigis Restaurant bestellte. Mit breitestem Grinsen rieb er sich die Hände.

Stella brachte Getränke ins Kaminzimmer. „Du möchtest lieber einen Kaffee? Sollst du haben", sagte sie auf Bromers fragenden Blick.

Martha wünschte sich Maraschino-Tee. Die beiden Zauberer hatten ihr so viel heilende Kraft gesandt, dass sie sich fast wieder fit fühlte, einen langen fröhlichen Abend zu überstehen. Sie saß zwischen ihnen und lächelte still vor sich hin.

„Sie haben mich in allerletzter Sekunde gefunden", sagte Auréus, der in ihren Gedanken, wie in einem offenen Buch gelesen hatte.

Martha fasste nach seiner Hand, die sie sacht streichelte. „Das ist kaum zu übersehen. Was hat man dir nur angetan?"

„Das Gleiche, was Ischtar vor vielen tausend Jahren mit Enkidu gemacht hat, als Gilgamesch sie zurückwies, um die Nacht lieber mit dir zu verbringen, weil er genau wusste, welch Dämon wirklich in ihr steckte."

Es war still geworden und aller Augen waren auf Aurëus gerichtet.

„Diesmal wollte Ischtar mich vernichten, aus Rache dafür, dass ich Gilgamesch das Geheimnis der Unsterblichkeit verraten habe. Ja und fast wäre es ihr sogar gelungen", fuhr er leise fort.

„Dann hatte Marc doch Recht, als er vermutete, du könntest Utanapischti sein", stellte Thomas äußerst zufrieden fest.

„Ja, so nannte man mich vor unendlich langer Zeit. Ich habe meinen Namen immer wieder den sich ändernden Zeiten und Moden angepasst. Nun bin ich Aurëus Goldmann, der Varieté-Künstler mit der Zaubershow."

„Dann bist du immer in der Menschenwelt geblieben?", fragte Bromer erstaunt.

„Meistens. Manchmal habe ich Urlaub in anderen Gefilden gemacht. Bin aber nach ein paar Monaten immer wieder hierher zurückgekehrt. Schließlich war ich auch der Wächter des Tores."

„Du bist der Wächter des Tores", verbesserte Marc.

„Nicht mehr. Das ist bei euch vieren besser aufgehoben." Aurëus schaute lächelnd in die Runde.

Thomas brütete schon eine Weile vor sich hin. „Bist du sicher, dass dir Ischtar Lahara auf den Hals gehetzt hat?"

Aurëus begann zu lachen. „Die beiden sind ein und dieselbe Person. Es liegt in der Natur des Mannes, meist nur das schöne, verführerische Gesicht der Dämonin zu sehen."

Bromer gab ein zustimmendes Brummen von sich. „So bin ich auch auf dieses Scheusal hereingefallen. Was sie nicht geschafft hat, als ich der eitle und selbstgefällige Mensch Gilgamesch war, hat sie erreicht als ich Bromer, der Unsterbliche war, der rastlos durch die Dimensionen irrte." Ein winziges Lächeln huschte über sein Gesicht. „Martha war, heute wie damals, mein Schicksal. Damals hat man ihretwegen Enkidu von meiner Seite gerissen und heute habe ich ihn ihretwegen wiedergefunden. Dass die beiden nun zusammen gehören, ist ein Wink aller guten Geister."

„Ach deshalb hast du mich vor einiger Zeit Eabani genannt!", fiel es Alfons, an Aurëus gewandt, wieder ein. „Mir ist erst viel später aufgefallen, dass das nur ein anderer Name für Enkidu ist."

„Ich wollte herausfinden, was du noch alles über diese alte Zeit weißt. Wie schwer ich beeindruckt war, hast du sicher gut im Gedächtnis." Aurëus lächelte verschmitzt.

„Dann ahntest du wohl schon, als du weggingst, es könnte Probleme geben?", wollte Marc wissen. „Oder war es wirklich nur ein Zufall, dass ihr euch über diese Dinge unterhalten habt?"

„Wer weiß das schon bei einem Zauberer", ließ sich Stella aus dem Hintergrund vernehmen.

„Schlaues kleines Elfchen", entgegnete Aurëus.

Thomas schüttelte lächelnd den Kopf. „Das klingt wie in alten Zeiten. Nun muss Aurëus nur noch sagen: *The show must go on*, dann bin ich richtig zufrieden."

Aurëus blinzelte in die Runde. „Sie wird weitergehen. Ich verspreche es euch."

Der einsetzende Applaus war sicher bis auf die Straße vor dem Haus zu hören.

Während die drei *Sumerer*, wie Marc sie scherzhaft nannte, die Köpfe zusammensteckten, um über alte Zeiten zu sinnieren, ging er zum Spiegelportal, einen Kurzbericht an die Drachen zu übermitteln.

„Bin ich froh, dass ihr wieder da seid!", hörte er Pyron aus der anderen Dimension wispern. „Ihr habt Aurëus wirklich gefunden? Na klar, ich überbringe Silvestra die Nachricht und richte ihr aus, warum Bromer einen Orden verdient hat. Macht es gut. Wir freuen uns auf euch."

„Und?", fragten alle, kaum dass er wieder ins Kaminzimmer zurückgekehrt war.

„Viele Grüße von den Drachen. Sonderlich überrascht schien Pyron nicht zu sein."

„Warum auch?", warf Galantha ein. „Hast du vergessen, was uns das Einhorn beim Abschied gesagt hat? Die Drachen brauchen sich keine Sorgen um uns machen. Du weißt doch, es kann in die Zukunft sehen."

„Drei Punkte für die Kandidatin", kicherte Thomas. „Ich liebe Einhörner!" Er tippte leicht die bewusste Stelle auf seiner Stirn an, die für einen Moment einen hellen Schimmer zeigte.

Bromer schaute Thomas verblüfft an. „Es hat dich berührt?" Dann winkte er plötzlich ab. „Bei euch dürfte mich eigentlich absolut gar nichts mehr wundern."

„Sie sind sogar auf ihnen geritten", schob Aurëus schnell nach. Dann begann er zu lachen. „Ich weiß genau, was du jetzt denkst! Tu es einfach. Ich besorge uns eine Wohnung, bring dir im Schnelldurchgang bei, was du in dieser Welt wissen musst und dann ziehen wir eine Zaubershow auf, die alles in den Schatten stellt, was die gute alte Erde je gesehen hat. Zwischendurch besuchen wir mit unseren Freunden die Drachen, grillen mit ihnen Wildschwein am Spieß und, und, und ..."

Bromer hob seine Kaffeetasse. „Auf alles, was Spaß macht!"

„So soll es sein!" Die anderen erwiderten nur zu gern den Gruß.

„Ich freue mich tierisch auf den Abend bei Luigi", gab Thomas kund.

Bromer tippte Aurëus an. „Meinst du nicht, dass wir Martha vorher ein wenig zusätzliche Kraft geben sollten? Sie sieht noch ein bisschen mitgenommen aus."

„Stimmt. Alfons könnte auch ein Update vertragen."

„Hä? Ein was?"

Thomas lachte Tränen. „Marc! Dein Talent ist gerade gefragt!"

In gespielt komischer Verzweiflung kreierte der eine umfassende Erklärung für Bromer.

„Ich bin immer aufs Schwerste beeindruckt, wenn er so was macht", gab Thomas kurz darauf zu. „Du solltest dich schleunigst kümmern, damit du deinen Job in der Uni wieder kriegst. Den jungen Leuten würde ernsthaft was fürs Leben entgehen."

„Wo er Recht hat, hat er Recht", kommentierten das Aurëus und Stella synchron.

Bromer zupfte mit einer lustigen Grimasse an seinem Ohrläppchen. „Nimmst du nebenbei auch ältere Privatschüler an?"

„Aber sicher. Meine Bibliothek steht dir ganz zur Verfügung." Marc deutete auf die zimmerhohen Regale mit unzähligen dicken Büchern. „Ihr beide bleibt jetzt sowieso erst einmal bei uns, bis Aurëus alles neu geregelt hat."

„Und für Großmutter und Großvater haben wir ein gemütliches Eckchen frei", freute sich Stella.

„Guten Abend, ich habe Plätze bei Ihnen bestellt. Mein Name ist Bromer."

Luigi schaute den Fremden forschend an. Zu ihm kamen zwar alle möglichen skurrilen Gestalten aus der Künstlerszene, aber niemand hatte solch altertümliche Kleidung an, wie der Mann vor ihm. Er führte ihn zu der langen Tafel am Fenster.

„Was darf ich Ihnen bringen?"

„Einen Espresso. Man hat mir gesagt, hier gäbe es den besten der ganzen Stadt."

Sofort ging auf dem Gesicht des Italieners die Sonne auf. Er eilte, um das Gewünschte zu holen. Kaum war er verschwunden, kamen die anderen herein und huschten leise durch das Lokal. Luigi erschien mit seinem Tablett, blieb stehen, wie gegen eine Wand gelaufen, riss die Augen auf und hätte wohl noch mit seinen zitternden Händen, das Tablett fallen lassen, wenn es ihm Stella nicht abgenommen hätte. Mit Freudentränen in den Augen breitete er die Arme aus, als wolle er alle umfangen. „Ihr seid wieder da. Endlich."

Marc drückte ihn auf einen der Stühle. Luigi fuhr sich ein paar Mal mit den Händen durch das Gesicht und schaute stumm die verloren geglaubten Freunde an.

„Sie haben dich gefunden", flüsterte er, als er Aurëus endlich erkannte. „Was hat man nur dir nur angetan?"

„Alles wird wieder gut", entgegnete dieser.

Luigi nickte. „Oh, ich habe euch noch nicht einmal gefragt, was ihr trinken möchtet ." Dabei sah er aus, als würde er größte Mühe haben, sich zu erheben.

„Espresso für alle", sagte Bromer lächelnd, wobei er seine Tasse mehrmals antippte, die sich plötzlich samt Inhalt vervielfältige, bis für jeden, Luigi eingeschlossen, etwas da war.

„Noch ein Zauberer", hauchte Luigi ergriffen. „Heute muss mein Glückstag sein. Willkommen. Herzlich willkommen." Langsam beruhigte sich sein rasender Herzschlag. Als eine Viertelstunde später Tina und Mario das Restaurant betraten, hatte er sich wieder völlig im Griff.

„Hallo Luigi! Wir sind mit einem gewissen Bromer verabredet", erklärte Mario.

„Schön, euch zu sehen. Bromer ist der Mann ganz in Schwarz an der langen Tafel vor dem Fenster."

„Was ist das für ein Typ?"

„Keine Ahnung, hab ihn noch nie hier gesehen." Luigi verschwand, in sich hinein grinsend, in der Küche.

Der Schwarzgekleidete kam ihnen ein Stück entgegen. „Sie müssen Tina und Mario sein", sagte er und hielt plötzlich einen Blumenstrauß in der Hand, welchen er der völlig verdatterten Tina überreichte. „Mein Name ist Bromer. Setzen Sie sich zu uns."

Tinas Freudenschrei, beim Anblick der Freunde, ließ die anderen Gäste erschreckt herum fahren und lockte Luigi wieder hervor. „Ich liebe solche Momente", schwärmte er.

„Du lieber Himmel, wo bist du denn rein geraten?", fragte Mario Aurëus nach einem langen prüfenden Blick. „Gut scheint es dir nicht gerade ergangen zu sein."

Aurëus zuckte etwas hilflos mit den Schultern.

„Erzählt, was ihr den letzten anderthalb Jahren so erlebt habt!" Mario schaute Marc aufmunternd an.

„Anderthalb Jahre?", hauchte Galantha. „So lange waren wir weg???"

„Großvater hat doch auch gesagt, dass Großmutter schon vor Monaten gestürzt ist", erinnerte sie Stella flüsternd.

„Ach! Ihr wisst das gar nicht?", rief Tina.

Alle schüttelten die Köpfe.

„Jetzt können wir uns endlich einen Reim darauf machen, weshalb man uns überall mit Jubelstürmen empfängt", erklärte Thomas. „Wir waren, nach unserer Rechnung, schließlich nur vier Tage unterwegs."

„Echt?" Tina, Mario, Luigi und auch Marcs Eltern wechselten erstaunte Blicke.

„Ja, aber in den vier Tagen haben wir mehr erlebt, als andere in ihrem ganzen Leben", gab Marc schmunzelnd bekannt. „Zuerst einmal brachten wir den Drachen den Schinkenbeutel, dann Königin Silvestra den wundervollen Schmuck, welchen sie sofort anlegte. Um überhaupt zu ihr zu gelangen, musste sich Galantha mit einem Feuerkobold duellieren. Später hat sie dann einer ganz ekelhaften Hexe gezeigt, was in einer Elfe stecken kann. Wir haben Bromer kennengelernt, mit ihm die haarsträubendsten Dinge erlebt und am Ende…"

„…retteten die Elfen Aurëus und klopften einer widerlichen Ent- und Verführerin mächtig auf die Finger", vollendete Bromer den Satz. „Ohne die beiden Schönen hätten wir Männer ganz schön alt ausgesehen. Wir wären allesamt als Futter für einen Succubus drauf gegangen."

Tina schlug die Hände vor das Gesicht, während die vier betroffenen Herren bestätigend nickten.

Bromer nahm, über den Tisch hinweg, Marthas Hand. „Und wäre sie nicht gewesen, dann hätte man uns schon vorher in einem Schlammstrom ersäuft, mit einem Blitz erschlagen, anschließend ganz knusprig geröstet oder wir wären auf Nimmerwiedersehen in einem gigantischen Erdloch verschwunden." Er lächelte. „Die drei haben mir den Glauben an Frauen nach Jahrhunderten wieder gegeben."

„Verstehe ich nicht. Frau Wendler lag doch Monate im Koma", murmelte Mario.

„Eben – und genau das war unser Glück", sagte Thomas, um anschließend von den drei geisterhaften Erscheinungen zu berichten, die Marc kurz vor den Mordversuchen hatte und was sie von Alfons später im Krankenhaus erfuhren. Auch, wie die beiden Zauberer Martha Wendler erst am Morgen ins Leben zurück holten, ließ er nicht aus. „Dann sind wir mit ihr und Alfons nach Hause gefahren und seitdem feiern wir ohne Pause", beendete er seine Erklärung.

„Ich glaube, dazu habt ihr auch allen Grund", stellte Luigi fest, der soeben mit einem Tablett voller Champagnergläser auftauchte. „Geht aufs Haus", machte er sofort klar. „Das ist heute wie Geburtstag und alle Feiertage auf einmal."

„Stimmt", strahlte Alfons. „Ich habe an einem einzigen Tag alles zurück bekommen, was mir jemals etwas im Leben bedeutet hat – nämlich meine gesamte Familie und zwei sehr, sehr gute Freunde. Und ich möchte keinen von ihnen jemals wieder verlieren."

„Dann sollte ich wohl noch einmal auf die Suche nach dem bewussten Kräutlein gehen", murmelte Bromer in seinen Bart.

„Was meint er damit?", fragte Alfons.

„Tja, wer weiß das schon bei einem Zauberer", schmunzelte Aurëus, worauf alle in fröhliches Gelächter ausbrachen.

Spät in der Nacht verließen sie gut gelaunt Luigis Restaurant und während die alten Wendlers und die Elfen zu Hause sofort in den Betten verschwanden, saßen die anderen Männer noch eine Weile im Kaminzimmer beisammen.

„Es ist schön bei euch", sagte Bromer versonnen, das anheimelnd flackernde Feuer hinter der Scheibe des Kamins betrachtend. „Ganz genau so, wie ich es mir nach allem, was ich von euch hörte und erfuhr, vorgestellt habe." Er schaute Marc lächelnd an. „Ich bin glücklich, dass ihr mich bei Silvestra nicht zurückgewiesen habt. Freundschaft ist wirklich etwas, wofür es sich zu kämpfen lohnt."

„Ist das der Grund, weshalb du auf die Suche nach dem Kraut des Lebens gehen willst?", fragte Marc.

„Du weißt davon?" Bromer riss überrascht die Augen auf.

„Ja. Die Menschen haben deine Geschichte aufgeschrieben und bis heute am Leben gehalten. Jeder weiß von dir und Enkidu und wie du auf die Suche nach dem ewigen Leben gegangen bist. Man hat aufgeschrieben, welchen Gefahren du trotzen musstest, bis du den unsterblichen Utanapischti, den Überlebenden der Sintflut, gefunden hast. Aber auch, wie dir zweimal das Glück durch die Finger rann. Dass du heute, als der Zauberer Bromer, unsterblich bist, lässt mich ahnen, dass du irgendwann noch einmal ein Büschel Pflanzen aus dem See geholt hast. Und weil ich eins und eins zusammenzählen kann, gehe ich davon aus, du willst es für meinen Vater wieder wagen."

„Es sei denn, Aurëus sagt mir, wo der Jungbrunnen ist", murmelte Bromer.

Der Angesprochene schüttelte traurig den Kopf. „Das Fläschchen, das Marc die Unsterblichkeit gab, gewann ich vor unendlich langer Zeit in einem Duell gegen einen olympischen Gott. Ich selbst habe die Quelle des Lebens nie gesehen."

„Schade."

„Aber wenn du auf die Suche gehst, wirst du nicht alleine sein."

„Stimmt", rief Marc sofort. „Du wirst uns alle dabei auf dem Hals haben. Nicht, weil wir die Quelle oder das Kraut für uns wollen, sondern weil wir einen Freund nicht hängen lassen. Wir haben liebe Bekannte unter Nixen und Wassermännern, tausend verrückte Ideen und sind alle zusammen sicher eine unschlagbare Truppe."

„Das glaube ich Buchstabe für Buchstabe", lachte Bromer. „Vor allem ist dann für kulinarische Kostbarkeiten der Extraklasse gesorgt, so genau wie eure Frauen darauf achten, dass es regelmäßig abwechslungsreiche Kost gibt."

„Und das, wo sie sie selber nicht einmal essen", lobte Thomas noch zusätzlich. „Pyron und Zephyra waren die ersten Mitglieder unseres heimlichen Feinschmeckerclubs und so wie es aussieht, werden andere folgen."

Aurëus kratzte sich am Kopf. „Ich hätte Lust, den Drachen schon morgen einen Besuch abzustatten. Wir nehmen Martha und Alfons mit, damit sie die beiden Großen endlich einmal in ihrer wahren Gestalt sehen können."

„Geht das, ohne Ärger zu bekommen?", fragte Marc vorsichtig.

„Sie dürfen nur den Drachenberg nicht verlassen, dann wird es niemand merken, dafür garantiere ich." Aurëus schaute ihn aufmunternd an.

„Okay, dann verschwinden wir nach dem Frühstück auf Stippvisite ins Elfenland. Aber nun ab in die Betten, sonst ziehen uns morgen die Frauen die Ohren lang, wenn wir bei Tisch einschlafen."

Drachenparty

Bromer schlüpfte mit dem ersten Sonnenstrahl leise aus dem Zimmer, huschte ins Gästebad und rief sich noch einmal ins Gedächtnis, was ihm Galantha kurz erklärt hatte – Handtuch bereit legen, Schiebetür schließen und den Hebelhahn auf mittlerer Position nach oben drücken. Ach ja, vorher ausziehen nicht vergessen. Bromer schmunzelte in sich hinein. Der lockere Umgang gefiel ihm. Die Sache mit dem WC hatte er schon gestern getestet und war begeistert gewesen. Nicht übel, was die Menschen alles erfunden hatten. Nun ließ er den warmen Regen der Dusche über seinen Körper laufen, probierte schließlich den Inhalt der schwarzen Flasche aus, um festzustellen, dass das auch etwas war, woran er sich schnell gewöhnen würde. „Fantastisch", seufzte er wohlig beim Abtrocknen. Blendend gelaunt nahm er den Weg zur Küche, wo es einladend duftete und das Klappern des Geschirrs verriet, dass es nicht mehr lange dauern würde.

„Guten Morgen!", rief Stella fröhlich. „Gut geschlafen?"

„Danke der Nachfrage, ganz wunderbar. Fest wie ein Stein."

Stella drückte ihm einen großen Korb, voll mit duftenden Brötchen, in die Hand. „Die anderen sind schon im Garten. Ich komme gleich mit dem Kaffee nach."

Bromer machte sich auf den Weg.

„Ah, der Zimmerservice naht!", schmunzelte Marc.

Der Zauberer zuckte lustig mit den Schultern. „Einer schönen Frau kann man solch einen harmlosen Wunsch schlecht abschlagen." Er setzte sich neben Aurëus. „Wie fühlt ihr beide euch heute?", fragte er an ihn und Martha gewandt.

„Mir geht es blendend", freute sich Martha.

Aurëus nickte ihm dankbar zu. „Das wird schon wieder."

„Ich mach mir halt Sorgen, weil du wirklich erbärmlich aussiehst", gab Bromer zu bedenken.

„Es dauert eben alles seine Zeit, ich kann schließlich nicht zaubern", blinzelte ihn Aurëus treuherzig an.

Marc brach in schallendes Gelächter aus.

Die Elfen fragten: „Seit wann?"

Thomas kicherte: „Der war gut und hätte glatt von mir stammen können", während Bromer überrascht in die Runde schaute, bis sich Alfons erbarmte und ihm den Sinn des Spruchs in der Menschenwelt erklärte.

„Hier darfst du wirklich nicht alles wörtlich nehmen", sagte Stella und gab ein paar verwirrende Begebenheiten von ihrem allererstem Besuch bei Marc zum Besten.

„Verrückte Bande", brummte Bromer schließlich amüsiert in seinen Bart. „Auch daran werde ich mich bestimmt noch gewöhnen."

„Du hast ja uns", schmunzelte Thomas. „Wir werden es schon schaffen, dich restlos zu verwirren."

„Oder so." Bromer stimmte in das Gelächter ein.

Nach dem Frühstück kümmerten sich die Elfen um den Abwasch, während die Männer Vater und Mutter Wendler ganz unauffällig in Marcs Arbeitszimmer lockten. Unter dem Vorwand, ein paar Passagen im Gilgamesch-Epos mit den tatsächlichen Vorgängen abgleichen zu wollen, fesselte Aurëus die Aufmerksamkeit der beiden, so dass Marc die Geheimtür unbemerkt öffnen konnte. Als Stella und Galantha erschienen bat Aurëus *alle*, die Augen zu schließen und wirklich erst zu öffnen, wenn er das Zeichen dazu geben würde.

Vorsichtig dirigierte Stella Großvater und Großmutter in die Nähe des Spiegels, fasste ihre Hände und zog sie schließlich in das Tor. Martha gab einen leisen Schreckenslaut von sich, hielt aber tapfer die Augen geschlossen. Telepathisch sagte Galantha den Drachen Bescheid, keinen Mucks von sich zu geben, egal was gleich passieren werde. Dann drängte sie das Portal auch schon mit sanfter Gewalt hinaus.

Zephyra und Pyron staunten, wer sich da alles aus dem Rahmen schälte.

„Jetzt dürft ihr schauen", gab Aurëus bekannt.

„Überraschung!", riefen die Drachen, als die alten Wendlers riesengroße Augen bekamen. „Herzlich willkommen in unserer Höhle. Kommt alle her und lasst euch drücken!", rief Pyron, seine riesigen Schwingen um die ganze Gruppe legend. „Da haben wir ja ein neues Gesicht", stellte er plötzlich fest, Bromer mit seinen großen grünen Augen musternd.

Stella streichelte Pyrons Nase. „Das ist Bromer, ein ganz lieber Freund und Retter meiner Großmutter."

Zephyra stupste den Zauberer an. „Die Freunde unserer Freunde sind immer gern gesehen." Sie sog geräuschvoll die Luft ein. „Wenn ich mich nicht irre, dann bist du kein Mensch."

„Stimmt. Ich bin ein Zauberer", gab Bromer Auskunft.

„Ich glaube unser Treffen hier, ist fast so interessant, wie das der Magier im Turm", schmunzelte Pyron.

„Wobei hier ausnahmslos angenehme Gäste versammelt sind", sagte Galantha leise, Aurëus' Hand streichelnd.

Zephyra schmuste indes ausgiebig mit Martha und Alfons, die ihr großes Glück kaum fassen konnten. Bewundernd huschten die Hände der beiden über den harten und doch so elastischen Drachenpanzer. „Ihr seid wundervolle Geschöpfe", seufzte Martha. „Ich könnte euch stundenlang einfach nur anschauen und mich wahnsinnig freuen."

„Habt ihr eigentlich schon gefrühstückt?", fragte Pyron plötzlich. „Ich habe auch ein paar Melonen da, wenn ihr lieber so etwas wollt."

„Wirklich?", fragte Martha überrascht.

„Hmm, hmm", brummte Zephyra. „Hier sind so oft die kleinen Elfen zu Besuch, dass wir immer einen Vorrat da haben. Auch getrocknete Kräuter für Tee haben wir in Hülle und Fülle." Sie deutete auf den Steinsims hinter der kleinen Kochstelle.

Bromer schüttelte überrascht den Kopf. „Die Elfen kommen zu euch, um Tee zu trinken und Melone zu essen?"

„Das bleibt nicht aus, wenn man Marc kennt", erklärte Aurëus. „Seit er im Elfenland aufgetaucht ist, hat sich vieles geändert."

„Hm, ich mich wohl auch", murmelte Bromer sichtlich zufrieden. „Hab den vieren verdammt viel zu verdanken."

„Bleibt ihr ein paar Tage bei uns?", bettelte Zephyra. „Wir haben genug Platz für alle."

„Zwei Tage", legte Aurëus fest. „Wir müssen wegen Martha und Alfons etwas vorsichtig sein. Sie dürfen nur auf eurem Berg bleiben."

„Dann besorge ich ein paar leckere Schmeckerchen!", rief Pyron erfreut. „Irgendwo werden schon ein paar unvorsichtige Wildschweine zu finden sein."

Bromer strahlte in Vorfreude. „Wenn du mich auf deinem Rücken duldest, dann treibe ich sie dir aus dem Busch, damit du ordentlich zuschlagen kannst."

„Aber gern doch! Einen Moment, ich hole mein Reitgeschirr", kicherte Pyron. Sofort brachte er den langen Lederriemen, welchen Mark einst aus den unterschiedlichsten Schwertgehängen zusammengebastelt hatte. „Damit sind wir erfolgreich in all unsere Abenteuer gezogen", erklärte der Drache dem staunenden Bromer. „Sitz auf!"

Aurëus ließ inzwischen aus dem Nichts noch einen zusätzlichen Tisch mit Stühlen erscheinen. Zephyra betrachtete sorgenvoll die ausgezehrte Gestalt des Zauberers, dem dieser lange Blick nicht entging.

„Tut mir leid, euch solchen Kummer zu bereiten", sagte er schuldbewusst.

Das Drachenweibchen rieb seinen Kopf an Aurëus' Schulter. „Die Hauptsache ist doch, dass du wieder da bist."

Ein lautes schleifendes Geräusch vom Eingang der Grotte, ließ sie aufhorchen. „Ich glaube, die Jäger sind zurück."

Gemeinsam gingen sie ihnen entgegen. Pyron zerrte soeben einen schweren Eber herein, drei kleinere Wildschweine lagen noch draußen.

„Oh, ha, richtig fette Beute", erklärte Marc nach kurzer Untersuchung. „Da ist Speck in Hülle und Fülle dran für unsere Frühstückseier."

„Die passenden Kräuter wachsen übrigens unter den Beerensträuchern", erzählte Zephyra. „Wir haben uns Samen von den Elfen mitbringen und auf dem Berg einbuddeln lassen, als kleine Gegenleistung für die Bewirtung an kalten Tagen."

Alfons lachte herzlich. „Ich hab noch nie von Drachen gehört, die einen eigenen Garten bewirtschaften."

Zephyra winkte ab. „Schau dir unsere Höhle an. Was ist da schon wie bei anderen unserer Art? Wir sollten sie eigentlich ‚Gasthaus Zum Drachenberg' nennen, so oft wie wir den unterschiedlichsten Besuch haben. Da liegt es doch nahe, dass wir die Zutaten für die Mahlzeiten immer griffbereit haben wollen."

"Thomas hat wirklich nicht übertrieben, als er von eurem Feinschmeckerclub erzählte", sagte Bromer bewundernd.

"Dann wirst du heute voll auf deine Kosten kommen", schmunzelte Pyron. "Marc ist der perfekteste Koch am offenen Feuer, den beide Welten je gesehen haben. Darauf möchte ich glatt meinen Hintern verwetten."

"Und du würdest gewinnen", bestärkte ihn Thomas in seiner Meinung.

Stella und Galantha begleiteten Martha und Alfons auf das Plateau vor dem Eingang zur Grotte.

"Das da unten ist die Welt, aus der wir stammen." Stella breitete die Arme aus.

"Und diese wundervolle stille Natur habt ihr gegen die Hektik und Enge der Großstadt getauscht?" Martha konnte es kaum fassen.

Die Elfen schüttelten die Köpfe. "Wir haben sie für Glück und Liebe verlassen. Außerdem zwingt uns doch niemand, für immer in der Menschenwelt zu bleiben. Wenn wir irgendwann eine Auszeit brauchen, dann verschwinden wir vier ganz einfach für eine Weile hierher. In diesem See da hinten lebt Diandra, die kleine Nixe, der Thomas die Unsterblichkeit verdankt. Dort haben wir auch Nereus beschworen. Vielleicht dürfen wir euch eines Tages dieses Wunderland in seiner ganzen Schönheit zeigen."

Die anderen waren hinter ihnen aus der Grotte getreten.

"Leben die Nixen hier immer im Süßwasser?", fragte Bromer nach einer Weile.

"Damit habe ich mich nie beschäftigt", entgegnete Galantha. "Hier denkt doch kaum einer über die anderen nach."

"Da hat sie leider Recht", warf Pyron ein. "Wäre Stella nicht zu einem Teil Mensch, dann hätten wir uns wohl immer in das vermeintlich Unvermeidliche gefügt und wären schon lange vom Nebel des Vergessens aufgefressen worden. Sie ist sofort losgezogen, um Marc zu suchen, als die Lage brenzlig wurde."

"Du meinst, sie könnten den Süßwasserozean kennen, der für das Weltbild der Sumerer so wichtig war?", wollte Aurëus wissen.

Bromer nickte. Alfons dreht sich um, zog nachdenklich die Augenbrauen zusammen. "Ich glaube, langsam kapiere ich, weshalb ihr seit gestern so geheimnisvoll tut."

„Ooops! Erwischt!", schmunzelte Thomas. „Wenn du es sowieso schon herausgefunden hast, brauchen wir uns keine Mühe mehr geben, im Codesystem zu sprechen."

„Ich habe wirklich vor, noch einmal auf die Suche nach dem Kraut zu gehen, das ewige Jugend geben soll", gab Bromer erleichtert zu. „Zwei Mal hab ich es gefunden, es muss mir einfach wieder gelingen. Wenn mir nur dieser verdammte Succubus nicht so viele Erinnerungen genommen hätte!"

„Geh wegen uns kein Risiko ein", bat Alfons. „Vielleicht sehen wir uns ja in einem meiner nächsten Leben wieder."

„Vergiss es! Ich habe es mir in den Kopf gesetzt und ziehe es auch durch", sagte Bromer mit breitem Grinsen. „Würde mich echt wundern, wenn wir sechs", er deutete auf seine Freunde, „nicht finden, was wir suchen."

Zephyra tupfte Aurëus mit der Nase an. „Dürfen wir Martha und Alfons mit auf den Berg nehmen, oder müssen sie die ganze Zeit hier unten bleiben?"

„Fliegt ruhig mit ihnen hinauf, wir kommen auch gleich nach."

Pyron eilte in den Hauptraum der Grotte, griff sich die Stühle, um es den Gästen auf dem Gipfel gemütlich zu machen. Die beiden Tische würde er später holen. Zephyra bot inzwischen Alfons einen Platz in ihrer Klaue an, um mit ihm sicher hinauf fliegen zu können. Martha schaute ihnen mit Herzklopfen hinterher. Da war das Drachenweibchen auch schon wieder zurück, um sie zu holen.

„Du brauchst wirklich keine Angst zu haben", beruhigte sie Stella. „Die beiden Großen sind hier das sicherste Transportmittel, das es gibt." Sie setzte sich, um ihrer Großmutter die letzten Zweifel zu nehmen, auf Zephyras Rücken. Alfons konnte sich kaum sattsehen, wie majestätisch der rötliche Drache fast senkrecht am Fels aufstieg, der riesige gehörte Kopf direkt vor ihm auftauchte und wie Zephyra schließlich sanft neben ihm auf der Wiese landete. Ein gigantischer Schatten verdunkelte die Sonne, als Pyron erschien. Wohlig breitete er die Schwingen in der Wärme aus, während sich Zephyra einfach noch einmal in die Tiefe fallen ließ.

„Das Taxi ist da!", rief sie fröhlich.

„Nimm die beiden Nichtflieger mit", kicherte Aurëus mit Blick auf Thomas und Marc, während er sich als gleißender Feuerball hinter Bromer und Galantha auf den Weg machte.

Bromer war, wie eine Gämse, in riesigen Sätzen von Fels zu Fels gesprungen. Galantha hatte sich vom Aufwind tragen lassen. Die Wendlers schüttelten einfach nur die Köpfe über die vielen unglaublichen Möglichkeiten, auf einen hohen Berg zu kommen.

„Ich habe noch immer das Gefühl, alles wäre nur ein wundervoller Traum", seufzte Martha. Lächelnd schaute sie zu, wie Stella einen Becher Kaffee zauberte und Bromer diesen vervielfältigte, um ihr zu helfen. Galantha bereitete ihr begehrtes Vanilleeis, ließ das Klümpchen auf einen halben Meter Durchmesser anwachsen, ehe sie es an alle austeilte.

„Das hat mir gefehlt." Zephyra verdrehte unter dem Gelächter der Freunde selig die Augen.

„Verrückte Welt – Drachen, die Eis essen." Amüsiert schaute Bromer den beiden zu.

„Das schmeckt genau so lecker wie bei Luigi", hauchte Zephyra, sich mit der gespaltenen Zunge die Reste vom Maul leckend.

„Wa ... wa ... was? Luigi kennst du auch?", stotterte Bromer nun völlig überrascht.

„Ja, wir waren sogar in seinem Lokal und haben Stellas und Thomas' Hochzeit gefeiert", berichtete das Drachenweibchen stolz. „Hast du nicht die Bilder auf dem Sims in unserer Grotte gesehen?"

Bromer schüttelte langsam den Kopf. Zu viele Eindrücke waren bei der Ankunft auf ihn eingestürzt.

„Die musst du dir heute Abend unbedingt anschauen", schlug Pyron vor. „Außer uns hier, Luigi, Tina und Mario hat es keiner gewusst, dass wir Drachen sind. Der Einzige, der mich trotz meiner Menschengestalt sofort erkannt hat, war Alfons. Dabei hatte er mich vorher noch nie gesehen. Er hätte die Kraft der anderen Welt gespürt, hat er gesagt", erzählte Pyron bewundernd und leise setzte er hinzu: „Findet das Kraut, die Quelle des Lebens oder irgendwas, das ähnlich wirkt. Ich bitte euch sehr."

„Ich verspreche dir, dass ich alles tun werde, was in meinen Kräften steht", erwiderte Bromer.

Galantha kam vom anderen Ende des Drachengartens wieder. Sie hatte alle möglichen reifen Früchte eingesammelt, häufte sie auf einen Teller und naschte mit Stella und Martha munter drauf los. Marc würde die Übrigbleibenden abends mit in die Grotte nehmen, weil die Elfen sonst beim Grillabend hungrig zusehen müssten.

Alfons blinzelte in den strahlend blauen Himmel. „Wisst ihr, auf was ich jetzt Appetit hätte? Auf ein kühles Glas Weißwein."

„Gute Idee." Auräus schnippte mit den Fingern. Vor Menschen und Zauberern erschienen gefüllte Gläser. „Ich hoffe, ich habe die richtige Temperatur und deinen Geschmack getroffen. Aber auch die anderen sollen nicht leer ausgehen." Die Elfen erhielten Bananennektar, vor den Drachen häuften sich als Ausgleich Schinkenröllchen.

„Das können nur wenige. Auräus ist und bleibt einer der größten Zauberer, die je gelebt haben." Bromer prostete ihm zu.

„Nun fehlt nur noch ein Sonnenschirm", schmunzelte Martha.

„Den kannst du auch ohne Zauberer bekommen", kicherte Pyron und spannte seine Schwingen auf. „Gut so? Ich kann dir sogar Luft zufächeln, wenn du das möchtest."

„Du verwöhnst mich."

„Natürlich." In Pyrons Augen hüpften wieder die grünen Fünkchen. „Schließlich möchte ich, dass du nur gute und wunderschöne Erinnerungen mit in deine Welt nimmst. Stell dir vor, du müsstest sagen: Da hat mich dieses ungehobelte Untier in der Hitze schmoren lassen."

Martha streichelte den Riesen. „Da fällt mir etwas ein, das du sicher für völlig dämlich halten wirst – ich kann es mir einfach nicht vorstellen, dass so liebe Drachen wie ihr, wirklich Feuer speien können, obwohl mir alle davon erzählt haben."

Die Drachen brachen in schallendes Gelächter aus, dem sich alle anderen ausnahmslos anschlossen.

„Oh je, nun müssen wir es wohl beweisen", seufzte Zephyra belustigt.

„Dann nehmt aber Galantha gleich mit dazu", schlug Bromer vor. „Ihre Flamme ist auch nicht von schlechten Eltern."

„Was? Galantha?" Martha riss die Augen auf. Offensichtlich konnte sie sich wirklich nicht vorstellen, welche Kräfte in den Wesen aus dieser Welt steckten, auch wenn ihr es die anderen immer wieder versichert hatten.

Die drei Genannten gingen ein Stück von den Tischen weg. Galantha stellte sich zwischen Zephyra und Pyron, verwandelte sich und schon loderten drei gigantische Feuersäulen senkrecht in den Himmel, ließen die Luft vor Hitze flimmern und gleißten heller als die Sonne.

„Damit kannst du ratz-fatz einen Heißluftballon füllen", sagte Thomas im Brustton der Überzeugung.

„Du meinst, im Bruchteil einer Sekunde abfackeln", präzisierte Alfons beeindruckt. „Jetzt hab ich überhaupt erst eine Ahnung davon, wie schrecklich der Kampf um den Turm tatsächlich gewesen sein muss."

„Marc und sein Flammenwerfer waren ein tolles Team", erinnerte sich Thomas.

„Darauf stoßen wir an!" Aurëus hob noch einmal sein Glas.

Die Elfen kuschelten sich an ihre Männer. Der letzte Kampf hatte für alle fünf eine ganze Lawine aus Nachfolgeereignissen losgetreten, die sie allesamt zu ihrem Vorteil zu nutzen verstanden.

„Ist doch eine echt steile Karriere, vom Fensterputzer zum siegreichen Feldherrn", witzelte Marc mit einem Augenzwinkern.

Bromer seufzte schwer. Stella schaute ihn fragend an.

„Mir ist bei dem Wort *Feldherr* eine alte Erinnerung wiedergekommen", erklärte der Zauberer. „Aus der Zeit, als man mich noch Gilgamesch nannte. Ich war wohl der grausamste Tyrann auf Erden, bis mich Enkidu langsam auf den Weg der Erkenntnis brachte. Immer noch im Glauben, einem Gott zu gleichen und schon deshalb die Unsterblichkeit verdient zu haben, kam ich nach seinem Tod zu Utanapischti, der mich mit wohlgesetzten Worten so niedermachte, dass ich endlich begriff, nur ein elender kleiner Erdenwurm zu sein, der nur durch große Taten wenigstens unsterblichen Ruhm erlangen konnte. Ich ließ eine imposante Stadtmauer bauen, neue Zikkurat und vor allem kümmerte ich mich um mein Volk, für das ich als König die Verantwortung trug. Es tat gut, zu sehen, dass man mich irgendwann nicht mehr fürchtete, sondern verehrte." Er machte eine Pause, nippte am Wein. „Auch in diesem, meinem unsterblichen Leben, habe ich wieder jemanden getroffen, der mir zeigte, wie arrogant ich noch immer war." Er lächelte Marc dankbar an. „Es ist schön, dich zum Freund zu haben. Euch alle, um ganz genau zu sein. Wenn ich wieder abhebe, dann stutzt mir kräftig die Flügel."

Die Drachen räusperten sich. „Wir müssen erst einmal zum See, Futter fassen", erklärte Pyron. „Ruft, wenn ihr uns braucht."

„Darf ich mitkommen?", fragte Bromer vorsichtig. „Ich möchte gern den See etwas näher betrachten."

„Steig auf!" Zephyra legte ihren Kopf vor ihm auf den Boden. Kraftvoll stieß sie sich ab, um mit rauschenden Schwingen davonzufliegen. Pyron folgte ihr.

„Lass dich nicht von den Nixen ärgern", schmunzelte das Drachenweibchen, als der Zauberer von ihrem Rücken sprang. „Fremden gegenüber haben die nur Unsinn im Kopf." Dann huschte sie auf die andere Seite des Gewässers, wo die fetten Fische lebten.

Bromer hockte sich an den Spülsaum des Wassers, schöpfte eine Hand voll, roch daran, ehe er es langsam durch Finger rinnen ließ. Plätschern und helles Lachen von der Mitte des Sees weckten seine Aufmerksamkeit. Mehrere Nixen spielten dort, immer wieder neugierige Blicke zu ihm herüberwerfend. Langsam schwammen sie näher, erreichten schließlich den flachen Stein in Ufernähe. Eine von ihnen erklomm den Felsbrocken. Die anderen blieben im Wasser und kicherten fröhlich.

Bromer richtete sich auf, erwiderte den forschenden Blick der fischschwänzigen Schönheit. „Du musst Diandra sein, die mutigste Nixe im ganzen Elfenland", sprach er sie an.

Die Nixe machte eine Bewegung des Erstaunens. „Du hast von mir gehört? Wer bist du?"

„Bromer, ein Freund von Marc."

Diandra ließ sich ins Wasser gleiten, um näher an den Fremden zu gelangen, während sich die anderen ängstlich hinter dem Stein drängten. „Ich glaube dir, denn ich habe gesehen, wie du mit den Drachen hierher gekommen bist." Die Nixe setzte sich ins knietiefe Wasser.

Sie ist hübsch, schoss es Bromer durch den Kopf. Kein Wunder, dass so viele Männer für diese wundervollen Wesen ins Wasser gegangen und nie wieder aufgetaucht sind. Er ließ sich im hellen Sand des Strandes nieder.

„Hast du schon einmal vom Süßwasserozean gehört?"

Diandra schüttelte den Kopf. Die glitzernden Wassertropfen aus ihrem nassen Haar sprühten sogar bis zu Bromer herüber. Er wischte mit dem Ärmel sein Gesicht trocken.

„Wasserscheu?", kicherte die Nixe.

Bromer lächelte amüsiert. „Ganz bestimmt nicht. Ich bin ein guter Taucher."

„Tatsächlich? Dann komm, ich zeige dir die Wunder unseres Sees", lockte Diandra.

„Unter einer Bedingung: Deine Schwestern halten sich weit weg von mir", forderte der Zauberer, wohl wissend, was sonst geschehen würde.

„Schlau eingefädelt", lachte die Nixe. „Aber gut, so soll es sein. Galantha und die Drachen würden uns bei lebendigem Leibe kochen, wenn wir dir auch nur ein Haar krümmten. Komm!"

Bromer watete ins tiefe Wasser, fasste die dargebotene Hand und ließ sich in die tiefsten Tiefen des klaren Sees führen. Hin und wieder tauchte er auf, um Luft zu holen, glitt erneut mit der wunderschönen Diandra hinab, um jedes noch so kleine Pflänzchen am Grunde genauestens zu betrachten. Dass sich die Nixe immer wieder an ihn schmiegte, registrierte er mit wachsendem Interesse. Er konnte sich kaum noch daran erinnern, wann er zuletzt solch einen anschmiegsamen Körper streichelnd berührt hatte. Eingedenk dessen, was ihm selbst und Auréus widerfahren war, blieb er auf der Hut, natürlich die kleinen Annehmlichkeiten mit allen Sinnen genießend. Diandra indes ahnte nicht, einen Zauberer vor sich zu haben.

Die Drachen kreisten über dem See und beobachteten mit Argusaugen, was sich im Wasser abspielte.

Nach fast einer Stunde nahm Bromer langsam den Weg zurück zum Ufer. Vor dem letzten Auftauchen zog er Diandra in seine Arme, in einem schier endlosen Kuss mit ihr zur Oberfläche treibend.

„Was suchst du eigentlich?", fragte die Nixe, als sie sich fast bedauernd aus Bromers Armen löste.

„Das Kraut der ewigen Jugend", antwortete er wahrheitsgemäß.

„Das kenne ich nicht, habe aber vor langer Zeit davon gehört." Diandra küsste Bromer auf die Nasenspitze. „Ich werde bei Gelegenheit die Wassermänner fragen."

„Für einen sicheren Tipp wäre ich dir ewig dankbar." Bromer streichelte noch einmal zärtlich das schmale Gesicht der zierlichen Nixe, die nun leise: „Wie finde ich dich?", fragte.

„Sag es den Drachen, dann werde ich kommen und mich persönlich bei dir bedanken."

„Wirst du mich irgendwann besuchen, auch wenn ich keine Lösung für dein Problem finde?"

„Sobald ich wieder einmal hier bin. Ich werde dich sowieso nie mehr vergessen können", gab Bromer lächelnd zu, drückte sie noch einmal an sich, um Augenblicke später mit den Drachen davon zu fliegen.

Diandra sah ihm nach, bis die riesigen Drachen nicht mehr zu erkennen waren. Mit geschlossenen Augen, verträumt lächelnd, ließ sie sich in die Tiefe sinken.

„Muss eine ziemlich feuchte Veranstaltung gewesen sein", feixte Thomas mit Blick auf den pitschnassen Zauberer.

Bromer lachte herzlich. „Dabei hatte mir Galantha extra gesagt, ich solle mich vorm Duschen oder Baden ausziehen. Das kommt davon, wenn man nicht hören kann." Er strich mit den Händen einmal von oben nach unten über seinen Mantel, der sich sofort trocken und sauber präsentierte, wie auch die übrige Kleidung.

„Ist so ein Mantel nicht hinderlich beim Schwimmen?", fragte Martha neugierig.

Bromer blinzelte ihr vergnügt zu: „Ich bin nicht geschwommen, ich bin geschwommen worden."

„Hä?" Thomas zog ein lustiges Gesicht. „Du klingst ja fast wie ich." Auch die anderen hatten sofort denselben Gedanken.

Pyron nickte. „Dabei beschreibt es ziemlich gut, was er dort im See gemacht hat."

„Nun versteh ich gar nichts mehr", sagte Thomas.

Bromer grinste noch breiter. „Ich hatte ein sehr erfreuliches Schäferstündchen mit der anschmiegsamsten Nixe, die mir je begegnet ist."

„So zufrieden, wie du aussiehst, muss man es einfach glauben", konstatierte Auröus.

„Fragt am besten die beiden Großen", entgegnete Bromer. „Sie haben schließlich über dem See gekreist und ihnen ist, bei dem klaren Wasser, bestimmt kein Detail entgangen."

Neugierige Blicke richteten sich sofort auf die Drachen.

„Ich bin ziemlich sicher, dass er es überaus bedauert hat, kein weibliches Wesen nach seiner Art, in den Armen gehalten zu haben", erklärte Pyron. „Da war auf beiden Seiten ganz offensichtliches Interesse an den Vorzügen des anderen."

„Hast du dir wenigstens ihre Telefonnummer geben lassen?", witzelte Marc.

„Ich glaube, ihr Name genügt, um sie wiederzufinden." Bromer strich sich behaglich seinen dichten schwarzen Bart. „Wirklich bedauerlich, dass sie eine Nixe ist."

„Einmal Genießer – immer Genießer", stellte Auröus mit einem Augenzwinkern fest.

„Oh ja, im Genießen war ich wohl schon immer sehr gründlich."

„Dann wird das heute ein richtig gelungener Tag für dich. Wir bringen jetzt alle runter und stecken zwei Schweine an die Spieße", schlug Pyron vor, ehe er nach den leeren Tischen fasste.

„Lass stehen", lachte Auröus, „Greif dir lieber wieder die Nichtflieger." Da waren die Tische mitsamt den Stühlen auch schon verschwunden.

Pyron, Marc, Thomas und Auröus kümmerten sich um den kapitalen Keiler, Zephyra zeigte mit den Elfen den drei neuen Gästen in Ruhe die Grotte, die imposante Galerie der geordneten, geputzten Ritterrüstungen und Waffen, Pyrons Kampfausrüstung, die dick mit Heu gepolsterten Schlafplätze, dann zog sie vorsichtig die Bilder und Zeitungen von den Traumhochzeiten hervor, um sie dem staunenden Bromer voller Stolz zu präsentieren, wobei die Frauen noch ein paar zusätzliche Erklärungen gaben. „Das Einzige, was unsere Freunde nicht über uns wissen ist, dass Marc und Thomas ewiges Leben erlangt haben", beendete Galantha den kleinen Bericht, als sie alle gemeinsam zu den fleißigen Grillmeistern auf das Plateau hinaus gingen. Das Feuer, über dem die Wildschweine brutzelten, tauchte den Vorplatz in anheimelndes Licht, vertrieb die Kühle des nahenden

Abends und schuf die richtige Atmosphäre für eine deftige Party. Aurëus ließ zusätzlich ein paar Öllämpchen auf den Tischen erscheinen, womit er den Frauen eine besondere Freude bereitete. Die Elfen holten eine Melone aus dem Vorrat der Drachen. Bromer schnitt sie in handliche Scheiben. Pyron drehte vorsichtig die Bratspieße, Marc und Thomas kippten das aufgefangene Fett über die lecker duftenden Schweine. Ein winziges Stückchen Fleisch fiel ins Feuer, es zischte und stank für einen Moment.

„Wolltest du uns nicht noch erzählen, was Galantha in Laharas Reich geröstet hat?", fiel es Marc in dem Moment wieder ein, dass ihnen Bromer noch eine Erklärung schuldig war. „Wir haben ja nach ihrer Flamme nur noch verkohlte Klumpen gesehen."

„Perfekter Zeitpunkt", schmunzelte der Zauberer mit Blick auf die beinahe festlich illuminierten Tische. „Aber euch kann man den Appetit und die gute Laune glücklicherweise nicht verderben. Das waren giftige Hydren – halbmetergroße Schleimbeutel mit mehrere Meter langen Tentakeln, die sie ganz gezielt werfen können."

„Ach schau. Und was hätten wir ohne Galantha gemacht?", fragte Thomas sarkastisch.

„Dann hätten Stella und ich zaubern müssen", entgegnete Bromer ganz ruhig. „Aber warum so umständlich, wenn Galanthas Flamme doch viel wirksamer ist?"

„Stimmt", murmelte Thomas verlegen.

„Kann man als Mensch eigentlich zaubern lernen?", wollte Martha wissen.

Die beiden Magier schauten sich groß an, zogen die Mundwinkel herunter, hoben die Schultern und sagten zugleich: „Keine Ahnung."

„Woher könnt ihr das dann?", bohrte Martha weiter.

„Vererbung", erklärte Aurëus kurz. „Wir zwei sind Abkömmlinge von *Göttern*, wie es die Menschen nennen, also von magisch begabten Wesen. Es ist uns sozusagen in die Wiege gelegt worden, so etwas zu können."

„Ach ja, hab davon gelesen", brummte Thomas. „Gilgamesch soll zwei Drittel Gott und ein Drittel Mensch gewesen sein."

„Eben. Die Gestalten von Galantha und Stella zeigen von ganz allein, warum sie es können." Damit war für Aurëus alles erklärt.

„Aufgeben ist trotzdem nicht", warf Marc ein. „Ihr wisst doch, wenn wir uns was in den Kopf gesetzt haben, dann ziehen wir es auch durch."

„Dann auf gutes Gelingen." Bromer tippte die Weingläser an, deren Inhalt sofort bis einen Finger breit unter den Rand nachwuchs.

Galantha schüttelte lächelnd den Kopf. „Wenn das so weitergeht, müssen wir euch bestimmt noch ins Heu tragen."

„War Marc denn schon mal so betrunken?", fragte Martha erstaunt.

Galantha lachte. „Nie! Deshalb würde ich es ihm heute auch nicht übel nehmen."

„Keine Sorge, ich hab es lieber, wenn ich die Kontrolle über mich behalte." Marc hauchte ihr einen Kuss auf die Wange.

Thomas blinzelte Stella zu. „Von Luft und Liebe allein kann man nicht leben, jetzt gibt es ordentlich was auf den Teller."

Fachmännisch zerlegten sie das erste Tier. Das zweite hob Pyron vom Grill, um es mit Zephyra ganz in Ruhe zu verspeisen. Zephyra hatte Bedenken gehabt, die Gäste könnten sich an diesem Anblick stören. Ganz im Gegenteil waren die schwer beeindruckt, wie leicht die dicken Knochen brachen, wenn die Drachen ihre Zähne kräftig in den duftenden Braten schlugen.

Bald glänzten tausende von Sternen am samtschwarzen, wolkenlosen Himmel. Alfons versuchte vergeblich, bekannte Sternbilder zu finden.

„Ich kann es immer noch nicht fassen, dass wir hier in einer ganz anderen Dimension sind", murmelte er versonnen. „Dabei hätte ich mir das Verwundertsein spätestens an dem Tag abgewöhnen müssen, als uns Marc seine kleine Familie vorstellte. Und nun sitzen wir hier sogar mit richtigen lebendigen Drachen zusammen."

„Ich kann dich gut verstehen", sagte Thomas. „Mir ging es ähnlich. Stella war mein erstes Wunder, Pyron das zweite, aber als ich zum allerersten Mal die Einhörner gesehen und gestreichelt habe, begriff ich, dass ich wirklich in einer ganz fremden Welt angekommen war."

Marc fuhr liebevoll lächelnd mit den Fingern durch Galanthas eichhörnchenrote Mähne. „Ich konnte damals mit niemandem meine Eindrücke teilen. Allein das Bild über dem Kamin hat meine Sorgen und Nöte vernommen. Der allergrößte Augenblick in meinem Leben war, als Stella plötzlich vor mir stand, der lebende Beweis, dass ich nicht geträumt habe. Meine wunderschöne, ungewöhnliche Tochter."

Nur Bromer bemerkte die melancholischen Blicke, die Stella und Thomas wechselten. Er las überdeutlich heraus, wie gern die beiden den letzten Satz als den ihren angenommen hätten. Dann huschte sein Blick in die Ferne, wo der Nixensee im Mondlicht glitzerte. Egal, wie er es drehte, er musste Diandra wiedersehen.

„Vor oder nach dem Frühstück?", hörte er Pyrons Stimme in seinen Gedanken, hob überrascht den Kopf und entgegnete ebenso: „Vorher, wenn es sich einrichten ließe."

„Dann bringe ich dich hin, wenn ich zur Jagd fliege." Pyron zuckte mit keinem Muskel, als hätte er in den letzten Minuten überhaupt keine Konversation geführt.

„Es wird langsam kühl an den Füßen", stellte Martha fröstelnd fest.

Zephyra blies ihren Feueratem auf den Boden, welcher sich gleich ein paar Grad erwärmte.

„Interessante Fußbodenheizung", kicherte Thomas, dem die schnelle Wärme auch sehr behagte. „Hat nicht mal in unserer Welt jeder."

„Vor allem speichert dieses Gestein sehr gut", warf Marc anerkennend ein, nachdem er mit den Händen intensiv die Stelle untersucht hatte, die direkt vom Feuer getroffen worden war.

„Auf diese Weise hat uns Pyron das Überleben in seiner Grotte gesichert", erklärte Galantha. „Auch wenn hier ewiger Sommer ist, so gibt es doch recht kühle Nächte und eben auch die richtig kalten Regentage. Er hat den Felsen aufgeheizt, bevor er zur Jagd geflogen ist und abends, wenn er wiederkam." Sie streichelte dankbar die Nase des schwarzen Riesen.

„Schließlich konnte ich doch meine wunderschönen bunten Schmetterlinge nicht erfrieren lassen", murmelte der Drache ganz verlegen über so viel Lob. „Als ich damals in meine Höhle zurückgekehrt bin, kniete Galantha noch immer vor dem Spiegel und wusste weder ein noch aus. Das hat mich schon irritiert. Noch mehr aber die Tatsache, dass sie für eine Elfe ungewöhnlich groß war. Ich bot ihr also einen Unterschlupf für die Nacht an. So ging das Tag für Tag, bis ich begriff, ein Teil ihres Herzens war tatsächlich mit Marc durch das Portal verschwunden. Von da an habe ich sie nicht nur tagsüber in meiner Höhle geduldet, sondern mich um sie gekümmert, so gut das ein Drache eben für solch ein zartes Wesen tun kann." Pyron rieb vorsichtig seinen schwarz geschuppten Kopf an Galanthas Schulter. „Und dann hatte sie plötzlich noch so einen kleinen Wirbelwind, der mich ziemlich auf Trab gehalten hat." Er lachte. „Von unseren Ringkämpfen hat euch Stella sicherlich erzählt."

Stella blinzelte ihm zu. „Du bist der allerbeste große Bruder, den man sich wünschen kann." Dann streckte sie sich genüsslich. „So, und nun ist das kleine Schwesterchen gaaanz müde und huscht ins Heu."

„Ja, das sollten wir wohl alle tun", schmunzelte Aurëus. Rasch ließ er die Möbel in den Hauptraum der Grotte verschwinden. Man wünschte sich gegenseitig eine gute Nacht und ein paar Augenblicke später lagen alle in friedlichem Schlummer.

Mit dem ersten Sonnenstrahl schlich Bromer, um die anderen nicht zu wecken, auf Zehenspitzen zum Plateau vor der Grotte, wo Pyron und Zephyra wenige Sekunden vor ihm angekommen waren. Er streichelte die beiden Riesen zur Begrüßung, dann schwang er sich auf Pyrons Rücken. Im Gleitflug strebten die Drachen dem Nixensee zu.

„Wenn du uns brauchst, dann rufe nach uns", sagte Zephyra, ehe sie sich in Richtung ihrer Jagdgründe auf machten. Bromer betrachtete die glatte Oberfläche, wo die aufgehende Sonne eine goldene Bahn ins Wasser zog.

Er konnte die Stille hier am Ufer fast körperlich spüren.

„Diandra", lockte er telepathisch, seinen Blick forschend auf die Mitte des Gewässers richtend.

Kaum sichtbare Wellenringe breiteten sich plötzlich aus, erreichten das Ufer und brachten eine Antwort mit.

„Bromer", wisperte es an seinem Ohr. Ein schlanker Körper schnellte aus dem Wasser, tauchte pfeilschnell unter, um mit kräftigen Schlägen der großen Schwanzflosse dem wartenden Zauberer zuzueilen, dessen Herz vor Freude schneller schlug. Diandra erklomm den kleinen Felsen in Ufernähe. Bromer watete hinüber.

„Ich habe noch nichts über das Kraut herausgefunden." Diandra schaute ihn etwas verstört mit großen Augen an.

Der Zauberer winkte ab. „Ich wollte dich einfach nur wiedersehen." Er setzte sich zu ihr, ringelte eine ihrer nassen Locken um seine Fingerspitze.

Die Nixe hob erstaunt den Kopf. „Wirklich?" Ein kurzer Blick in die Runde.

„Suchst du die Drachen?", fragte Bromer belustigt.

Diandra nickte.

„Sie sind auf Jagd."

„Mut hast du jedenfalls." Sie lehnte sich an seine Schulter.

Bromer lachte. „Keine Sorge, ich weiß mich meiner Haut ziemlich gut zu wehren."

„Auch gegen Nixen und Wassermänner?"

„Auch dagegen."

Diandra schreckte zusammen. „Dann … dann … dann kannst du kein Mensch sein."

„Nein. Ich bin Bromer, der Zauberer."

„Zauberer", echote die Nixe tonlos.

Bromer zog sie auf seinen Schoß. „Ich hatte ganz einfach Sehnsucht. Nur stürze ich mich deshalb nicht gleich kopflos ins Wasser, um dich zu suchen." Er drückte sie vorsichtig an seine Brust.

Es dauerte einen Moment, ehe Diandra seine Zärtlichkeiten erwiderte. Was sprach schon dagegen, wenn sie sich ein wenig mit ihm vergnügte? Bromer konnte nur ein guter Zauberer sein. Einer von den Bösen wäre niemals Marcs Freund geworden und hätte auch nicht mit den Drachen fliegen dürfen. Ihr Mienenspiel sprach Bände. Bromer brach schließlich in fröhliches Gelächter aus.

„Dann habe ich also den kleinen Test bestanden?", schmunzelte er.

„Könnte man durchaus so sagen", gab Diandra zu. „Wohin soll ich dich heute bringen?"

„Eigentlich nur dazu, ganz entspannt mit dir irgendwo im Wasser zu treiben."

Die Nixe ließ sich ins Wasser gleiten, wohin ihr Bromer folgte. „Ist der festgewachsen?" Sie deutete mit einem Augenzwinkern auf den langen Mantel.

Im gleichen Atemzug stand Bromer im Adamskostüm im Wasser. Diandra schüttelte amüsiert den Kopf. „Das nenne ich prompte Antwort. Zaubern müsste man können." Sie legte ihre Arme um seinen Nacken, dann ließen sich beide eng umschlungen in die Tiefe sinken.

Die Drachen kehrten schwer beladen zu ihrem Berg zurück. Sie hatten mehrere Brontornis-Eier erbeutet, einen Hirsch und zwei Hechte.

„Mein lieber Mann!", rief Alfons, „Das grenzt ja fast an einen Raubzug!"

Zephyra lachte. „Für unsere Gäste nur das Beste. Ist allerdings recht schwierig so viel auf einmal zu tragen und auch noch heil nach Hause zu bringen."

Marc übernahm es ganz selbstverständlich, ein riesiges Rührei zu bereiten und die drei restlichen Eier in der Glut zu backen. Galantha war mit verschiedenen Kräutern aus dem Drachengarten gekommen, die sie nun schnitt. Stella zauberte Kaffee.

„Wo steckt denn eigentlich Bromer?", wunderte sich Aurëus, weil von dem Zauberer jede Spur fehlte.

„Seit Stunden im Wasser", entgegnete Pyron kurz.

„Schon wieder?" Stella traute ihren Ohren kaum.

„Wenn das so weiter geht, dann wachsen ihm noch Schwimmhäute zwischen den Zehen", kicherte Thomas.

„Wenigstens hat er diesmal seine Kleider ausgezogen", warf Zephyra ein.

Aurëus widmete sich seinem Teller. „Dann werden wir ihn heute so schnell nicht wiedersehen. Wenn er genießt, dann wirklich mit allen Sinnen."

Marc lächelte. „Ich freue mich für ihn. Vielleicht schafft sie es ja, ihn von seinen schwermütigen Gedanken abzubringen. Hat er euch ihren Namen gesagt?"

Die Drachen schüttelten die Köpfe.

„Wirklich geheimnisvoll, weil ungewöhnlich, ist eigentlich nur eine", warf Thomas ein. „Wobei sie auch noch sehr hübsch ist."

„Diandra!", riefen Marc und die Elfen gleichzeitig.

„Genau." Thomas lächelte versonnen. „Mit und wegen ihr haben wir schon ziemlich viele turbulente Abenteuer erlebt."

„Wenn es um diese Wesen geht, fällt mir immer das Märchen D*ie kleine Seejungfrau* ein. Gibt es für sie denn wirklich nur Leid, wenn sie einen Mann erwählen, der nicht vom Meervolk stammt?", flüsterte Martha.

„Ich weiß es nicht." Aurëus schaute sie bekümmert an.

Pyron hob den Kopf. Er schien in Richtung Ausgang der Höhle zu lauschen. Mit den Worten: „Ich bin gleich wieder da", eilte er davon. Alle schauten verwundert hinterher. Eine Viertelstunde später zeigte das schleifende Geräusch im Gang an, dass der Herr der Höhle zurückkam. Hinter ihm tauchte Bromer auf, der Diandra auf den Armen trug.

„Habt ihr noch ein feuchtes Plätzchen für uns?", fragte er fröhlich.

Thomas und Marc sprangen auf, trugen den großen Wasserbottich an den Tisch, welchen Aurëus mit Zauberkraft füllte. Bromer ließ Diandra vorsichtig ins Wasser gleiten.

„Guten Morgen, ihr Lieben", sagte die Nixe etwas verlegen. Sie hatte nicht erwartet, hier eine so zahlreiche Gesellschaft anzutreffen. Mit großen Augen schaute sie sich um. Pyron, als Herr des Hauses, stellte den Neuankömmling und die anderen Gäste einander vor.

„Oh! Marcs Eltern", rief Diandra erfreut, als sie die Namen der beiden, ihr unbekannten, Menschen erfahren hatte. „Schön, euch kennenzulernen."

„Die Freude ist ganz unsererseits", erwiderte Alfons.

Stella brachte der Nixe Saft und Melone. Vorsichtig kostete Diandra von den ungewohnten Speisen. „Schmeckt gut." Sie tauchte kurz unter, um sich feucht zu halten. Die alten Wendlers beobachteten glücklich lächelnd die geschmeidigen Bewegungen der geheimnisvollen Schönen.

„Nun fehlen nur noch die Einhörner", freute sich Martha.

„Die sind mittags immer an unserem See. Ich werde sie bitten, zum Fuß des Berges zu kommen, damit ihr sie wenigstens aus der Ferne betrachten könnt", erklärte die Nixe.

„Dein Besuch ist aber auch eine ganz wundervolle Überraschung." Zephyra tupfte Diandra vorsichtig mit der Nase an.

„Er hat aber einen sehr ernsten Hintergrund." Die Nixe streichelte Zephyra. „Bromer hat mir erzählt, warum er das Kraut des Lebens sucht, aber auch, warum er sich nicht an den Weg erinnern kann. Der Succubus Lahara hat ihm die Erinnerung ausgesaugt, als er ihn langsam töten wollte. Uns Nixen sagt man nach, dass die, die wir in unser Reich holen, ihr ganzes Leben noch einmal an sich vorbeiziehen sehen. Er hat einen Plan gefasst, den wir mit euch besprechen möchten, damit er wirklich funktionieren kann."

Es war bei ihren Worten so still geworden, dass man hätte eine Nadel zu Boden fallen hören.

„Ich möchte es im Beisein von Aurëus und Pyron wagen, mich auf die gefährliche Suche zu mir selbst zu machen. Ich vertraue Diandra und so wird sie sehen, was ich sehe und an dem Punkt, wo der Weg klar ist, sofort das Experiment unterbrechen. Aurëus muss versuchen das schwindende Lebenslicht neu zu entfachen, denn ich werde selbst nicht mehr in der Lage dazu sein. Pyron soll Aurëus tragen, damit er sofort am richtigen Ort ist und sich nur auf mich konzentrieren kann."

Totenstille.

„Willst du solch ein Wagnis wirklich auf dich nehmen? Wegen Menschen?", fragte Alfons beunruhigt.

Bromer nickte. „Wegen Freunden, egal was sie sind."

Aurëus legte Diandra und Bromer seine Hände auf die Schultern. „So wie es aussieht, habt ihr alle Details schon geklärt und würdet es notfalls auch allein versuchen. Ehe ihr beide euch noch ins Unglück stürzt, überwache ich die Sache lieber. Ich vertraue Diandra auch."

„Danke", flüsterte die kleine Nixe.

Bromer zog sie an sich, um ihr einen langen heißen Kuss zu geben.

„Wenn sie doch nur miteinander glücklich werden könnten", seufzte Martha und wischte sich eine dicke Träne ab.

„Ich vermute, dass ihr auch schon genau wisst, wann ihr den Versuch wagen wollt", fuhr Aurëus fort.

Beide nickten.

„Heute Mittag, wenn alle Tiere nach dem Trinken den See wieder verlassen haben, um zu ruhen", erklärte Diandra. „Dann dürfte es keine Störungen von außen geben und ich kann mich voll auf meine Aufgabe konzentrieren."

„Du bist in der Tat ungewöhnlich", murmelte Alfons.

Diandra wiegte ganz langsam den Kopf. „Ich weiß, als Einzige von uns Nixen, wie sich Sterben anfühlt. Ohne Marc und Pyron hätte ich keine Chance gehabt, denn dann hätte mich auch Stella nicht mehr retten können. Es ist schön, Freunde zu haben." Sie lächelte in die

Runde. „Bringt mich bitte wieder nach Hause. Ich möchte jetzt allein sein." Sie streckte Bromer die Arme entgegen. Zephyra lief derweil schon in Richtung Plateau. „Bis später." Diandra winkte zum Abschied.

„Ich habe ein schlechtes Gewissen", seufzte Alfons.

Aurëus legte ihm eine Hand auf die Schulter. „Das musst du nicht haben. Bromer will endlich seine Erinnerungen zurückgewinnen. Dafür würde er noch viel gefährlichere Dinge tun. Ich werde gut auf ihn aufpassen."

Das Kraut der ewigen Jugend

Kaum stand die Sonne im Zenit, spähten Martha und Alfons, genau wie Marc und Thomas, nach den Einhörnern aus. Das Trommeln der Hufe klang überdeutlich durch die Stille. Mehrere der wundervollen Tiere versammelten sich am Berg, grüßten wiehernd, um genau so schnell zu verschwinden, wie sie aufgetaucht waren.

„Da! Ein Fohlen!", rief Martha ganz aufgeregt, auf einen winzigen weißen Punkt inmitten der galoppierenden Herde deutend. „Wunder über Wunder gibt es in dieser Welt."

„Hast du dir nicht immer gewünscht, einmal mitten in ein Märchen zu platzen?", erinnerte sie Marc. „Man muss schon sehr aufpassen, was man sich wünscht, es könnte nämlich in Erfüllung gehen."

„Seit gestern sind ganz viele Träume in Erfüllung gegangen. Ich habe Drachen, Zauberer, Einhörner und eine Nixe mit eigenen Augen gesehen. An unsere beiden lieben Elfen habe ich mich schon so gewöhnt, als würden sie in unsere Welt gehören."

Bromer schaute nach dem Stand der Sonne, tauschte einen schnellen Blick mit Pyron, worauf dieser sofort sagte: „Zephyra wird sich um euch kümmern, wir drei fliegen jetzt hinunter zum See, um mit hoffentlich guten Nachrichten zurückzukehren."

„Viel Glück, Bromer", wünschten alle.

„Danke. Ich werde es brauchen." Er nahm mit Auréus auf Pyrons Rücken Platz, der mit kraftvollen Flügelschlägen abhob.

Diandra erwartete sie, auf ihrem Felsen sitzend. Unter ihren Augen lagen dunkle Schatten. „Bist du bereit?", fragte sie Bromer fast flüsternd.

Der Zauberer nickte, legte ganz bewusst langsam seine Kleidung ab, ehe er zu ihr ins Wasser watete. Diandra verließ den Stein, legte ihm die Arme um den Nacken, kuschelte sich an seine Brust. „Ich liebe dich", hauchte sie und Bromer schien es, als glitzerten Tränen in ihren Augen. „Folgt uns in die Mitte des Sees", hörten Pyron und Auréus ihre telepathische Stimme, während sie Bromer langsam und von ihm völlig unbemerkt genau dorthin dirigierte. Sie umschlang ihn, erwiderte seine leidenschaftlichen Küsse, und riss ihn plötzlich unter Wasser. Sie fühlte sein tiefes Erschrecken, seine Hilflosigkeit und wie er kämpfte, weil der Sauerstoff in seinen Lungen immer knapper wurde. Luftblasen drangen zur Oberfläche, wo Aurëus ebenfalls den beginnenden Todeskampf Bromers fühlen konnte. Diandra schmiegte sich immer enger an Bromer, um die Bilder, die er sah, genau so deutlich zu empfangen. Die Hexe Lahara, wie sie Bromer umgarnte und ihn furchtbar quälte. Sie schaute auf Welten, die sie noch nie gesehen hatte, sah Wesen, von denen sie noch niemals gehört hatte. Das Rad der Zeit drehte sich rasend schnell rückwärts. Eine prachtvolle Gruft inmitten eines Flusses … blau glasierte Mauern … Paläste … Menschen, die ihrem König huldigten … denselben König auf dem Weg in einer unendlichen Wüste … Diandra begriff, dass Bromer einst jener König gewesen war. Sie sog jedes kleine Mosaiksteinchen seines Lebens in sich auf. Den schlummernden König am Ufer eines Sees, dem eine Schlange ein Bündel Pflanzen stahl. Bromer, wie er die Pflanzen aus dem Schlick des Grundes riss …

„Hilfe!", schrie Diandra telepathisch. „Hilfe!" Sie strebte, selbst fast gelähmt vor Anstrengung, so rasch es ging der Oberfläche entgegen. Riesige Klauen streckten sich zu ihr hinunter, nahmen Bromer in Empfang, um ihn pfeilschnell ans Ufer zu tragen. Aurëus kniete im Bruchteil eines Wimpernschlages neben ihm, übertrug ihm Lebensenergie und presste gleichzeitig das Wasser aus seinen Lungenflügeln. Diandra robbte mühsam auf den Strand. Weinend umfing sie Bromers Kopf.

„Was hab ich nur getan?", schluchzte sie.

„Nichts was du bereuen müsstest." Bromer schlug die Augen auf. „Ich liebe dich, du wundervolles, zartes Wesen."

Pyron blies geräuschvoll die Luft aus. „Mir wird vor Aufregung ganz schwindelig."

Aurëus lachte. „Na, du wirst mir doch nicht etwa umkippen? So ein großformatiges Schwergewicht wie dich, kann ich mir schließlich nicht einfach aufhucken, um es zu transportieren."

„Ach i wo, ich flieg schon selber", kicherte Pyron.

Bromer schloss die Augen.

„Was ist mit ihm?" In Diandras Augen flackerte die Panik.

„Er braucht ein paar Stunden Ruhe und Schlaf, dann wird es ihm wieder gut gehen. Ich verspreche es dir", erklärte Aurëus.

„Ich möchte mitkommen und bei ihm sein", bettelte Diandra. Pyron nickte. Er nahm vorsichtig Bromer vom Boden auf. Dann wandte er sich an die Nixe. „Du musst versuchen, dich allein gut festzuhalten." Diandra schlüpfte mit in seine rechte Vorderklaue und klammerte sich mit ganzer Kraft an eine seiner scharfen Krallen. Auréus, als weißglühende Kugel, war bereits auf dem Weg zur Grotte, um alles für die Ankunft der anderen vorzubereiten. Gemeinsam brachten die Männer den Wasserbottich zu Bromers Schlafplatz, denn die Nixe würde sich nicht eine Sekunde von ihm trennen lassen. Dann landete auch schon Pyron mit seinen Passagieren. Alfons und Marc trugen den schlafenden Zauberer in die kleine Seitenkammer, Thomas eilte ihnen mit Diandra hinterher. Das Kleiderbündel legten sie zu ihm, deckten ihn dick mit Heu zu, um ihn warm zu halten.

„Wenn ihr etwas braucht, dann rufe nach uns", schärfte Marc der kleinen Nixe ein, die sich anschließend auf den Grund des riesigen Kübels zurückzog, um Bromer zu bewachen. Hin und wieder tauchte sie lautlos auf, schaute über den Rand des Behälters, lauschte Bromers ruhigen Atemzügen, um sofort wieder unter Wasser zu verschwinden. Ab und zu kam einer den anderen leise herein, vergewisserte sich stumm, dass alles in Ordnung sei. Niemand verließ heute die Grotte. Man saß zusammen, unterhielt sich flüsternd und horchte immer wieder Richtung Seitenstollen.

Zur Kaffeezeit in der Menschenwelt zauberte Stella das begehrte Getränk. Galantha spendierte Eis. Bald füllte der Duft die ganze Grotte, zog in alle Winkel und erreichte schließlich auch Bromers Schlafplatz. Diandra schaute amüsiert zu, wie er sein Gesicht langsam drehte, immer tiefer einatmete, bis er endlich die Augen öffnete, sich aufsetzte und hingebungsvoll schnüffelte. Jetzt gewahrte er auch seine kleine Nixe, die ihn mit strahlenden Augen ansah.

„Du hast die ganze Zeit bei mir gewacht", fragte er überrascht.

„Hmm, hmm und alle haben immer wieder nachgeschaut, ob es dir gut geht", entgegnete sie.

Bromer stand auf. „Komm, wir gehen zu ihnen."

Diandra lachte. „Vielleicht solltest du vorher lieber etwas anziehen." Sie blinzelte ihm lustig zu.

„Nicht schlecht, die Idee." Schnell schlüpfte er in seine Kleider. Nur den Mantel zog er nicht mehr an. Dann hob er Diandra aus dem

Becken, küsste sie zärtlich und trug sie hinüber in den Hauptraum, wo ihn die anderen mit Jubel empfingen. Stella schob ihm einen großen Becher Kaffee vor die Nase, welchen Bromer sofort in fast einem Zug leerte.

„Ach, das tut gut", seufzte er wohlig.

Diandra, auf seinem Schoß sitzend, lächelte vergnügt. „Dass man immer solche Ängste um die Männer ausstehen muss. Erst habe ich geglaubt, ich hätte Thomas umgebracht und heute versetzt mich Bromer in Angst und Schrecken."

„Kommt bestimmt nicht wieder vor", versprach Bromer.

Diandra lachte hellauf. „Als Mitglied dieser abenteuerlustigen Bande solltest du nur Versprechen geben, die du auch wirklich halten kannst."

Thomas kratzte sich mit einer lustigen Grimasse am Ohr. „Hm, wo sie Recht hat, hat sie Recht. Bei uns weiß man ja wirklich nie, was als Nächstes passieren wird, schon gar nicht, wenn wir auf die Suche nach dem Kräutlein gehen."

„Apropos Kräutlein – habt ihr den Weg gesehen?", fragte Pyron.

„Gesehen schon, nur ob wir ihn finden werden, steht noch in den Sternen", sagte Bromer. „Ich habe in den letzten Tagen mit ziemlichem Erstaunen festgestellt, dass sich die Menschenwelt komplett gewandelt hat. Da stehen plötzlich Häuser, wo immer Sumpf und Wasser waren. Vielleicht ist der See, den ich suche, auch schon lange Vergessenheit."

„Dann wäre all deine Mühe heute umsonst gewesen?", wollte Martha ganz vorsichtig wissen.

Bromer schüttelte heftig den Kopf. „Nein, denn ich habe mich selbst wiedergefunden. Schon das war die Mühe wirklich wert. Alles, was mir Lahara raubte, gab mir Diandra in wenigen Augenblicken zurück. Aber eines kann ich euch nun auch bestätigen – gewaltsam Sterben fühlt sich wirklich nicht gut an."

Diandra kuschelte sich an und Bromer streichelte sie liebevoll. Dabei fühlte er, wie ihre Haut langsam austrocknete. Schnell war der Zuber geholt und die Nixe tauchte für einige Sekunden unter. Als sie wieder zu Oberfläche kam blinzelte sie Bromer zu. „Ich habe mir aus deinen Erinnerungen den Geruch und Geschmack des Wassers gemerkt, in dem du die Pflanze gepflückt hast. Vielleicht hilft uns das ja irgendwann weiter."

Alle schauten Diandra ungläubig an.

„Du hast jetzt seine Erinnerungen?", fragte Marc erstaunt.

„Ja natürlich, ich habe sie gesehen und werde sie in meinem Herzen bewahren. Ich habe sein Leid gesehen und seine Freude. Seit ich euch mein Leben verdanke, hat sich für mich fast alles verändert. Ich kann nicht mehr den ganzen Tag sorglos mit meinen Schwestern herumschwimmen oder Schabernack treiben. Immer wieder denke ich darüber nach, wie sich die anderen fühlen, wenn ich ihnen Streiche spiele."

„Deshalb treibst du uns so oft die dicksten Fische zu, statt sie zu verjagen!", rief Zephyra.

„Hmm, hmm. Ich möchte, dass sich meine Freunde freuen und gern an mich denken. Das kann ich fühlen und dann geht es mir auch gut."

Bromer flüsterte Pyron etwas ins Ohr. Der Drache nickte und sagte: „Nimm dir, was du möchtest."

„Bin gleich wieder da." Bromer verschwand im Gang mit den Rüstungen. Es schepperte zwei Mal, dann näherten sich Schritte. Mit einem Stück Metall in der Hand kam der Zauberer zurück.

„Ist das Gold?", fragte Stella.

„Ja. Ich habe es vom Knauf eines Schwertes gerissen." Bromer legte das tischtennisballgroße Stückchen auf den Tisch vor sich, strich mit den Händen darüber und unter den neugierigen Blicken seiner Freunde wandelte er es zu einem schmalen Band, ließ Blumenranken und Vögel als Muster erscheinen, ehe er es teilte und Diandra vorsichtig als Oberarmreife anpasste. „Nimm dies als Pfand meiner Liebe", flüsterte er.

Martha wischte sich wieder ein paar Tränen der Rührung von den Wangen. Alfons drückte beruhigend ihre Hand.

Diandra streichelte dankbar und zugleich wehmütig Bromers Gesicht. „Müsst ihr heute Nacht wirklich schon zurück?"

„Es geht leider nicht anders. Aber ich werde dich besuchen, so oft ich kann. Du wirst es tief in dir spüren, wenn ich komme." Er küsste sie zärtlich.

Zephyra griff nach dem großen Korb, um mit Pyron den Hechten im See einen Besuch für das Abendbrot abzustatten.

„Ich helfe ihnen und komme dann wieder mit hierher", erklärte Diandra. „Trägst du mich hinaus?", bat sie Bromer.

„Natürlich und auch wieder herein, wenn ihr zurück seid."

Darauf musste er nicht einmal lange warten. Kaum eine halbe Stunde später kamen die erfolgreichen Fischer wieder zurück, mit einem Korb voller Karpfen und Hechte.

Marc und Thomas bereiteten den Grill vor, das heißt, sie stapelten die großen Steine der Feuerstelle um, damit man mehrere Grillspieße in Form alter Lanzen nebeneinanderlegen konnte. Martha schnitt mit den Elfen Früchte für einen schmackhaften Obstsalat, dem die Männer sicher auch reichlich zusprechen würden. Die Freude über die ungewöhnliche Arbeit in einer Drachenhöhle zauberte ein glückliches Lächeln auf ihr Gesicht.

„Das ist wie Campingurlaub, nur noch viel, viel aufregender", versuchte sie, zu erklären. „Auf dem Zeltplatz habe ich zumindest noch keine Drachen und Nixen getroffen."

„Vielleicht hast du sie nur nicht erkannt?" Stella blinzelte den anderen zu.

Martha schaute ihre Enkelin groß an. „Meinst du?"

Stella lachte. „Das sollte ein Scherz sein." Sie drückte ihre Großmutter, um Verzeihung bittend.

Martha erwiderte die Umarmung. „Seit ich euch kenne, bin ich nie so ganz sicher, wen ich unterwegs vor mit habe. Bei jedem Punker überlege ich, ob er ein Drache sein könnte, der nur mal kurz in unserer Welt wandelt. Manche Menschen sehen eben zu exotisch aus."

„Ja das ist wohl wahr", lachte Galantha. „Aber genau das ist unser Glück, wir finden immer eine passende Erklärung für unser etwas Anderssein."

„Ich möchte auch die Welt hinter dem Tor sehen", seufzte Diandra. „Aber mit dem da", sie deutete auf ihren Fischschwanz, „dürfte das kaum möglich sein."

„Möglich schon, aber extrem gefährlich", erwiderte Marc. „Du müsstest entweder im Haus bleiben oder ständig damit rechnen, dass man dich wie ein Wundertier einsperren und mit dir herumexperimentieren würde, so man dich zwischen die Finger bekäme."

Diandra schaute Marc entsetzt an. „Dann bleibe ich lieber hier. Sind Menschen wirklich so böse?"

Aurëus hob die Schultern. „Wirklich böse sind wenige. Die Dummheit ist das schlimmste Übel. Die Menschen zerstören vieles, weil sie es nicht begreifen können und denken, wenn man es in kleine Scheibchen zerlegt würde der Blick klarer werden. Solche, wie die vier hier, musst du allerdings schon fast mit der Lupe suchen. Ich habe während meiner langen, langen Zeit in ihrer Stadt nur Tina, Mario und Luigi getroffen, denen man ähnlich vertrauen kann."

Stella überlief ein Frösteln. „Ich erinnere mich an unseren Tag im Zoo. Da hat Vater gesagt, dass man die Drachen vermutlich auch in große Käfige sperren würde." Sie streichelte die beiden. „Ein furchtbarer Gedanke! Mutter und ich könnten den Menschen wenigstens noch die Sinne vernebeln, um zu entkommen. Hier akzeptiert man, dass es Wesen aus anderen Welten gibt, die ab und zu auf der Durchreise sind. Bei den Menschen gilt deren und damit unsere Existenz als Hirngespinst. Wir sind Märchenfiguren auf dem Papier, mit denen man Kinder unterhält."

„Jetzt verstehe ich, warum unsere Welt fast vernichtet worden wäre", murmelte die Nixe mit zusammengezogenen Augenbrauen. „Das hängt mit dem kurzen Leben der Menschen zusammen. Die Kinder werden groß und wollen andere Geschichten hören, die sie dann wieder ihren Kindern erzählen und nach ein paar Generationen, sind Nixen, Drachen, Elfen, Einhörner, Zauberer und alle anderen Wesen vergessen, weil es unsere Geschichten gar nicht mehr gibt."

„Es sei denn, die Kinder hießen Alfons, Marc und Thomas und würden auf das pfeifen was andere sagen", ergänzte Aurëus lächelnd.

„Genau!", rief Diandra überschwänglich. „Und deshalb müsst ihr das Kraut des Lebens finden, damit Alfons und Martha bis in alle Ewigkeiten mithelfen können, die Erinnerung an unsere Welt zu bewahren."

Bromer küsste sie auf die Nasenspitze. „Wir werden uns Mühe geben."

„Gibt es hier eigentlich Vampire?", fragte Thomas plötzlich.

„Was für Dinger?" Die Drachen und auch Diandra schauten verständnislos.

„Ich glaube, diese Blicke sind schon die Antwort", kicherte Thomas. Dann erklärte er: „Das sind Untote, die ihren Opfern in den Hals beißen, ihnen das Blut aussaugen und sie so wieder zu Untoten zu machen, die dasselbe tun."

„Untote?" Pyron zog ein angewidertes Gesicht. „Klingt ja eklig. Wenn man versehentlich so einen frisst, verdirbt man sich garantiert den Magen. Glücklicherweise habe ich davon noch nie etwas gesehen oder gehört."

„Wenn ein Drache das sagt, dann muss was Wahres dran sein", amüsierte sich Marc. „Es ist jedenfalls sehr beruhigend, dass deren Dimension keine Berührungspunkte mit der euren hat."

„Wie sehen die aus?", wollte Diandra nun ganz genau wissen.

Thomas beschrieb ihr Dracula in den finstersten Farben.

„Hör auf! Davon bekomme ich heute Nacht sicher Albträume!" Die Nixe schüttelte sich.

„Keine Sorge, die mögen keine Gewässer, besonders fließende nicht", setzte Thomas nach.

„Sehr beruhigend."

Pyron betrachtete amüsiert seine dunklen Flughäute. „Also, wenn hier irgendeiner rumflattert und wie eine schwarze Fledermaus aussieht, dann bin ich das, damit das klar ist!"

„Ach ja, Feuer mögen die auch nicht", rief Thomas grinsend in die Lachsalven der anderen.

„Pyron und Thomas, das ist genau das richtige Gespann für Situationskomik. Ich habe noch nie gelesen, dass Drachen eine Ader für Humor haben", sagte Alfons.

„Liegt vielleicht daran, dass keiner lange genug lebte, um einen Drachen wirklich kennenzulernen", versuchte Pyron zu erklären. „Ich habe ja früher auch alle geröstet, die nicht schnell genug verschwunden waren."

„Hm, das ist ein stichhaltiges Argument", erwiderte Alfons. „Sogar eines, das ich voll gelten lasse. Ich würde auch einen Knüppel zücken, wenn ein Fremder ungebeten durch mein Haus schliche."

Inzwischen waren die ersten Fische gar. Marc löste geschickt die Gräten heraus und teilte sofort gerecht an alle aus. Die Drachen nahmen sich je einen großen Hecht, neben den Abfällen, die die anderen nicht mochten.

„Lieber ein kleiner ganz toter Fisch, als ein großer untoter Vampir", murmelte Pyron und leckte sich das Maul.

„Oh je! Da hat Thomas wieder etwas angerichtet!" seufzte Galantha mit lustig verdrehten Augen. „Das erinnert mich stark an unseren Indianerabend."

Pyron kicherte und blies Rauchringe in die Luft.

Auräus stutzte. „Jetzt verstehe ich die Sache mit dem Traumfänger. Hab mich gewundert, wieso um alles in der Welt, so ein filigranes Knüpfwerk in einer Drachenhöhle hängt."

Pyron grinste den Zauberer harmlos an. „Ein Drache von Welt muss schließlich wissen, dass nicht alles, was Federn auf dem Kopf trägt, auch ein Vogel sein muss."

Das ohrenbetäubende Gelächter der Feiernden war mindestens bis zum Nixensee zu hören.

„Ich schmeiß mich weg!!!" Thomas klopfte sich wiehernd auf die Schenkel. „Und da sagt ihr, ich hätte ulkige Sprüche drauf!"

Bromer und Diandra schauten von einem zum anderen. „Verrückte Bande", murmelten sie gleichzeitig, worauf das Gelächter erneut aufflammte.

Eine Stunde vor Mitternacht brachte Pyron Diandra und Bromer zum See, wo sich der Zauberer mit einem leidenschaftlichen Kuss von seiner kleinen Nixe verabschiedete. „Pass gut auf dich auf!", rief er im Davonfliegen noch einmal zu ihr hinunter.

„Schade, dass ihr schon wegmüsst", seufzte Zephyra, als sich die Freunde anschickten, durch das Portal zu gehen. „Es war wieder wunderschön mit euch." Martha und Alfons bekamen einen extra lieben Nasenstupser von den Drachen.

Kaum zurück in heimischen Gefilden, krochen alle in die Betten, um auf der Stelle einzuschlafen. Die Elfen und Marc waren am nächsten Morgen als Erste auf den Beinen. Gemeinsam bereiteten sie das Frühstück vor. Der Kaffeeduft lockte schließlich die letzten Langschläfer hervor. Auräus hatte der kleine Ausflug ins Elfenland besonders gutgetan, er wirkte nicht mehr so gebrechlich, wie an den Tagen zuvor.

„Noch einen Tag Ruhe, dann wird man nichts mehr von meinem kleinen Missgeschick sehen", versprach er.

„Deshalb bekommst du heute auch dein Lieblingsfrühstück", schmunzelte Galantha. „Stella hat Roggenbrötchen besorgt."

Bromer hielt sich, wie Marc, an die Spiegeleier mit Speck. Ihm schmeckte das deftige, mit viel Liebe zubereitete Essen.

„Du wirkst etwas zerstreut", sprach ihn Stella schließlich an.

Bromer hob erstaunt den Kopf. „Ich denke darüber nach, ob ich nicht zu viel von Diandra verlangt habe. Sie muss nun unfreiwillig mit meinen Erinnerungen leben, die zum Teil recht grausam sind."

„Du meinst den Zeitraum, bevor Enkidu zu dir kam?", fragte Marc.

Bromer nickte.

Marc lächelte. „Ich glaube, dich quält eher die Sorge, dass sie sich wegen dieser Dinge von dir abwenden könnte."

Wieder nickte der Zauberer.

„Oh, je, dich hat die Liebe aber ganz schwer erwischt", konstatierte Galantha mitfühlend. „Aber ihr scheint es nicht anders zu gehen. Sie wird die Wandlung, die du hinter dir hast, nicht übersehen, darauf gebe ich dir mein Wort. So lange du ehrlich zu ihr bist, wird sie sich ausnahmslos die schönen Episoden heraus picken und die anderen nur streifen, um dich wirklich verstehen zu können."

„So viel Trost tut gut." Bromers Gesicht hellte sich zusehends auf. „Ich habe mich schon Jahrhunderte lang nicht mehr so wohl gefühlt, wie seit jenem Tag im Turm."

Den ganzen Vormittag verbrachten Marc, Alfons und die Zauberer im Kaminzimmer, wo sie Landkarten vom alten Zweistromland aus Büchern, dem Internet und allen erreichbaren Medien mit Bromers Erinnerungen abglichen. Thomas war mit Stella zu seiner Firma gefahren, wo sie Peter fast mit einem Freudentanz begrüßte. Er hatte in der Verzweiflung eine Pauschalkraft für zwei Tage die Woche eingestellt, um irgendwie marktfähig zu bleiben. Der junge Mann war ihnen im Treppenhaus begegnet, hatte freundlich gegrüßt und war weiter geeilt. Nun öffnete Thomas das Fenster und schickte einen kurzen prägnanten Brüller auf die Straße, woraufhin alle Passanten in der Nähe erschreckt herum fuhren, unter anderem auch der junge Mann. Thomas winkte ihm, noch einmal herauf zu kommen. Augenblicke später saß er mit Peter seinem eigentlichen Chef und dessen Frau gegenüber. Auf die Frage, was er von Beruf sei, antwortete er fast verschüchtert mit: „Ich bin Maurer, das Programmieren habe ich nebenbei als Hobby gelernt."

„Was hielten Sie von einem Vollzeitvertrag?"

„Vollzeitvertrag?", flüsterte der junge Mann. „Das … das … das wäre … das wäre … ich würde Sie niemals enttäuschen … das schwöre ich."

Thomas und Stella tauschten ein winziges Lächeln, während Peter atemlos zuhörte. Sollte er wirklich einen festen Mitarbeiter bekommen?

„Ab sofort Vollzeit. Wenn Sie möchten, schon heute", schmunzelte Thomas, während er ein Vertragsformular aus dem Schreibtisch zog.

Holger Ratmann hörte sich die Bedingungen an und unterschrieb. „Ich bleibe natürlich ab sofort. Das ist wie ein Sechser im Lotto. Hab nicht erwartet, wirklich einen neuen Job zu finden. Alle, wo ich mich beworben habe, haben mich für einen Spinner gehalten, wenn ich sagte, dass ich vom Bau komme. Nur Peter hat mir eine kleine Chance gegeben."

„Und es war kein Fehler", warf Peter ein. „Holger kniet sich rein und brütet sogar abends noch über Büchern, um unsere Programme bearbeiten zu können."

„Dann soll er doch auch gut davon leben können", pflichtete Stella bei.

„Ihr werdet nämlich noch einige Zeit auf uns verzichten müssen. Aber wir versprechen, dass wir mit neuen Spiel-Ideen zurückkommen werden." Sie ging in die kleine Küche, kam Sekunden später mit vier Tassen frisch gebrühtem Kaffee herein. Peter riss die Augen auf. Weder er noch Holger hatten die Kaffeemaschine überhaupt angerührt. Holger fiel das in der übergroßen Freude nicht einmal auf. Er strahlte mit der Sonne um die Wette. Als Stella Stichproben der Bücher und der Kontenbewegungen genommen hatte, strahlte auch Peter. Thomas kam mit einer wirklich sehenswerten Sonderzahlung für die Mühen der letzten anderthalb Jahre zu ihm.

Als die Bergers gegangen waren, natürlich nicht, ohne den beiden fleißigen Mitarbeitern noch einmal zu danken, rieb sich Peter die Hände: „Jetzt bleibt auch wirklich etwas Zeit, wo ich dir Tricks und Kniffe beibringen kann, die du in keinem der Bücher findest. Komm, heute packen wir es, die Dungeon-Battle-Szene zu beenden – jetzt oder nie! Auf geht es!" Dann rauchten auch schon die Köpfe und die Tastaturen.

Galantha und Martha waren mit der Straßenbahn in die Stadt gefahren, hatten einfach einen gemütlichen Schaufensterbummel gemacht, dann waren sie in einem kleinen Straßencafé hängen geblieben. Martha, noch ganz im Bann der letzten beiden Tage, stellte unzählige Fragen, die Galantha gern und ausführlich beantwortete.

Kurz vor der Mittagsstunde trafen alle wieder in Marcs Haus ein, wo sie auf vier völlig ratlose Männer stießen, die schweigend, mit hängenden Köpfen zusammen saßen.

„Oh nein!", rief Stella. „Ich befürchte, den See gibt es nicht mehr."

Stummes Nicken.

Galantha deckte den Tisch, blieb abrupt stehen und sagte nachdenklich: „So, wie man uns ins Land der Legenden verbannt hat, so wird man es wohl auch mit dem Kraut getan haben. Ich will einfach nicht daran glauben, dass es überall vernichtet ist. Vielleicht war die Stelle in der Menschenwelt ja nur ein Versehen und die Pflanze wächst eigentlich in einer ganz anderen Dimension."

Verblüffte Gesichter.

„Du meinst, die könnte jemand dort deponiert haben, um sie später zu holen?", vergewisserte sich Thomas.

„Warum denn nicht?" Galantha zuckte mit den Schultern. „Seit ich hier lebe, glaube ich wieder an Wunder."

Auréus lachte schallend. „Wenn Marc das in deiner Welt gesagt hätte – aber das aus dem Mund einer Elfe in der Menschenwelt, das ist wirklich zu verrückt."

„Na wenigstens bessert sich die Laune", schmunzelte Galantha, trug das Essen auf und schüttelte den Kopf. „Männern muss man offensichtlich immer etwas Nachhilfe geben."

„Autsch", witzelte Thomas. „Da hat jemand ganz schnell gelernt. Immer auf die Hilflosen."

„Ja, ja, fünf ganz hilflose arme Geschöpfchen", kicherte Stella. „Deshalb sehen wir Frauen uns nach dem Essen die Karten selber an und wir schicken euch nicht mal weg. Wenn alle Stränge reißen, kidnappen wir einen Olympier, um ihm das Geheimnis, um den Quell des Lebens, herauszukitzeln. Am besten natürlich einen, der sich mit allen Sorten Wasser gut auskennt."

Nicht einmal Thomas wagte, eine flapsige Bemerkung zu machen. Bromer überlief ein Fröstln. Er erinnerte sich an jenen Moment, als die Elfe Lahara die Energie ausgesaugt und ihm damit tatsächlich Furcht eingejagt hatte.

Aurëus wiegte bedächtig den Kopf. „Ich möchte euch beide jedenfalls nicht als Gegnerinnen haben. Ihr zaubert zwar nicht mit einem Fingerschnippen, aber die Kräfte, die ihr freisetzen könnt, sind geradezu phänomenal. Ich traue euch die Sache mit dem Kidnapping durchaus zu."

Galantha und Stella wechselten amüsierte Blicke. „Lesen bildet wirklich. Die Krimis, die Mutter in Massen verschlingt, liefern recht brauchbare Ideen für die Welt hinter dem Meer. Da sind sowieso alle Griffe erlaubt. Wer am skrupellosesten ist, gewinnt", erklärte Stella mit breitem Grinsen. „Wir können ja für ein paar Stunden unser Feingefühl ausschalten."

„Ich wusste gar nicht, dass du eine brutale Ader hast!", rief Thomas erschrocken.

Stella schaute ihn mit großen unschuldigen Augen an. „Och, Pyron hat uns allseitig für das Leben fit gemacht. Der kennt mehr Tricks, als ihr euch träumen lasst. Er hat uns aber auch die allgemeingültige Weisheit vermittelt, dass Gewalt immer Gegengewalt erzeugt. Er sagt, es ist einfacher, andere dabei zu beobachten, wie sie ins Unglück laufen und ihnen dann Hilfe, gegen passende Bezahlung anzubieten. Das spart Energie und bringt mitunter brauchbare Kontakte für die Ewigkeit ein."

„Wirklich?" Martha schaute ungläubig.

Die Zauberer bestätigten das.

„So sind die Magiertreffen im Turm entstanden. Irgendwo, irgendwie sind wir alle aufeinander angewiesen. Hier würde man sagen, das fördert die friedliche Koexistenz", erläuterte Aurëus. „Bei uns sind nur die Zwerge wirklich lernresistent. Die versuchen immer wieder die alten Fehden aufzuwärmen und werden genau so oft zurückgeschlagen."

„Und beim Thema Zwerge könnt ihr euch ausmalen, warum die Idee mit dem Kidnapping ziemlich blöd ist", kicherte Stella. „Nereus würde uns die Hölle heiß machen. Der letzte Ausweg wäre ein Duell, so wie es Aurëus gewonnen hat. Der Olympier müsste sich verpflichten, in dem Fall wo er verliert, den Sieger zur Quelle zu bringen oder für diesen ein Fläschchen voll mit Lebenswasser zu besorgen."

„So gefällst du mir viel besser", murmelte Thomas erfreut.

Gemeinsam steckten alle die Köpfe über die Landkarten, die Marc extra in gleichem Maßstab auf durchsichtige Folien gedruckt hatte, um sie übereinanderlegen zu können. Mit jeder neuen und damit neuzeitlicheren Karte wurden auch die Elfen nachdenklicher.

„Sieht echt nicht gut aus", stellte Galantha schließlich fest. „Ich glaube, auch etwas über Stammesfehden in der jetzigen Zeit gelesen zu haben, die das Betreten dieses Gebietes fast unmöglich machen, wenn man nicht mit Waffengewalt Bekanntschaft machen möchte."

„Stimmt auffallend", sagte Marc. Er rief eine Nachrichtenseite im Internet auf.

Bromer staunte. „Das kann euch alles dieser kleine Kasten sagen? Woher weiß er das?"

Thomas grinste, während Marc detailliert erklärte, wie die Daten ins Internet und damit den Computer kamen.

„Halbwegs begriffen", sagte Bromer erleichtert.

„Ist völlig in Ordnung, dass du sofort fragst, wenn du etwas nicht nachvollziehen kannst", erklärte Marc. „Stella hat das auch getan und kaum Probleme mit der Eingewöhnung gehabt, weil so kaum Missverständnisse aufgetreten sind."

„Jedenfalls ist das, was wir herausgefunden haben, erst einmal ein herber Dämpfer", seufzte Galantha. „Mit dem Süßwasserozean sind wir ja auch kein Stück vorangekommen. Ich werde auch da das Gefühl nicht los, dass der, genau wie das Kraut, in einer völlig anderen Dimension zu Hause ist. Wer weiß, wer den Menschen dieses Weltbild vermittelt hat?"

Stella sprang auf. „Ha! Das bringt mich auf eine Idee! Wenn Lahara und Ischtar identisch sind, dann bedeutet das, sie war eine der *Göttinnen*, die die Menschen lehrte, egal was auch immer." Sie nahm die Hände von Bromer und Aurëus. „Meine Herren, die kommende Nacht werden Sie sich ganz in meine Dienste stellen."

„Oooooops", Thomas klappte der Unterkiefer bis auf den Schoß und auch die anderen schauten die Elfe völlig verdattert an.

Stella begann herzhaft zu lachen. „Typisch Männer und Menschen. Wir drei werden heute Nacht nur eine kleine harmlose Dimensionsreise durch Laharas, Bromers und Aurëus' Seelenwelten machen."

„Wie???" Die Zauberer glaubten, sich verhört zu haben.

Stella nickte. „Ich meine es ernst. Als ich Lahara die geraubte Energie aussaugte, habe ich Teile der ihren und der der beiden Männer in mich aufgenommen. Ich will versuchen Informationen über alle Dimensionen zu rekonstruieren, wo sich die Hexe aufgehalten hat. Bromer und Aurëus dienen mir als Verstärker, notfalls minimal als Energielieferanten, falls ich mich doch überschätzt habe und die Vollmondzeit nicht hält, was ich mir von ihr verspreche."

„Ich glaube an die Zauberin vom Berg", flüsterte Marc, seiner hübschen Tochter zunickend.

„Ich auch, nach allem, was ich mit euch erlebt habe", pflichtete Bromer bei.

„Schlaues kleines Elfchen", schmunzelte Aurëus. „Wer sollte es schaffen, wenn nicht du?"

Alfons staunte, wie selbstverständlich seine *kleine Enkelin*, wie er Stella manchmal liebevoll nannte, mit diesen Dingen umging. Galantha legte ihm einen Arm um die Schulter. „Sie ist zwar eine Halbelfe, aber durch Marcs Wunsch auch eine exzellente Zauberin. Ihr menschlicher Teil treibt sie immer wieder zu diesen Höchstleitungen."

„In der Zwischenzeit möchte ich gern etwas mehr über eure Technik erfahren", bat Bromer Marc, mit Blick auf den großen Fernseher und die Stereoanlage, die schon am ersten Tag in der Menschenwelt seine Aufmerksamkeit erregt hatten.

So kam es also, dass die Männer den Nachmittag im Kaminzimmer, die Frauen im Garten verbrachten. Martha holte sich von Galantha, die ja eigentlich eine Blumenelfe war, einige gärtnerische Tipps.

„Bei euch blühen sogar im Sommer Schneeglöckchen?", hauchte sie verblüfft. „Und so viele Sorten!"

Galantha lachte. „Stella hat das eingerichtet, nachdem sie gesehen hat, wie sehr Marc an diesen Blumen hängt, weil sie ihn immer an mich erinnert haben. Sie ruhen nur ganz kurz im Winter, um in jedem Frühjahr wieder in voller Pracht zu blühen. Wir haben hier einundzwanzig verschiedene Sorten."

Martha rieb Daumen und Zeigefinger aneinander.

„Preiswert war es nicht", erwiderte Galantha ausweichend. „Für eine Art hat Marc fast achtzig Euro für eine einzige Blumenzwiebel bezahlt." Dann lächelte sie breit. „Aber du weißt und siehst ja, bei uns ist das Geld gut angelegt."

„Für sein Schneeglöckchen mit Flügeln würde Vater die Welt aus den Angeln heben", bestätigte Stella. „Er hätte jeden Preis bezahlt, um seinem Beet eine neue Blume hinzuzufügen."

Nach dem Abendbrot versammelten sich alle, auf Stellas Bitte hin, in Marcs Arbeitszimmer. Er öffnete die Geheimtür zum Versteck des Portals.

„Obwohl ich nicht weiß, was gleich passieren wird, setzt euch so, dass ihr immer die Spiegelfläche vor Augen habt", wies Stella die Beobachter an. Nun nahm sie zwischen den beiden Zauberern im Schneidersitz auf dem Boden vor dem Dimensionsportal Platz, reichte ihnen über Kreuz die Hände. Marc dimmte das Licht auf ein Minimum herunter. Die drei vor dem Spiegel schlossen die Augen.

Zuerst geschah gar nichts. Thomas warf Galantha einen fragenden Blick zu, den diese mit leichtem Kopfschütteln beantwortete, was hieß, er solle sich in Geduld fassen. Die Wolkendecke vor dem Fenster zog langsam auf, das Mondlicht traf Stella, deren Gestalt augenblicklich mit bläulichem Schimmer zu leuchten begann. Das Licht wanderte auf den Spiegel, in dem sich die wunderlichsten Dinge zeigten. Meist nur schemenhaft, aber manchmal auch in fast beängstigender Klarheit. Martha fasste nach Alfons' Hand, um sich zitternd festzuklammern. Grauenvolle Gestalten tauchten auf und zerflossen wieder, Feuer, Eis und Wüste überall und immer wieder Wüste, je länger Stella die fremden Energien auslotete. Aurëus und Bromer gaben ab und zu ein unterdrücktes Stöhnen von sich, worauf Stella sofort in gemäßigterem Tempo agierte.

Zweimal tippte Alfons Marc an, um anzudeuten, dass er die Bilder im Spiegel wiedererkannt hatte. Fast zwei Stunden dauerte die gespenstig-stille Reise durch die Dimensionen. Die leuchtende Aura um Stella verblasste langsam. Sie ließ die Hände der Zauberer los.

„Nicht uninteressant", sagte sie kurz und trocken. „Hätte nicht gedacht, dass man sich wirklich für das Grauen begeistern könnte, wie es Lahara offensichtlich tut." Sie schwebte langsam vom Boden empor, während sich die beiden Männer mühsam aufrappelten. Stella ließ ihnen ein paar Minuten Zeit, ehe sie deren Meinung hören wollte.

„Diese Wüste scheint der Schlüssel zu sein", sagte Aurëus schließlich.

„Hm", murmelte Bromer. „Das sehe ich auch so. Was hat sie nur dauernd dorthin getrieben? Außer Sand, Hitze und Tod gibt es doch nicht zu holen. Sogar die wenigen Wasserlöcher und Brunnen waren fast völlig ausgetrocknet."

„Aber sie hat sie aufgesucht", stellte Marc in den Raum. „So wie es aussah auch bei jedem Besuch. Sie scheint sogar in ihnen herumgewühlt zu haben. Jedenfalls ließ die Perspektive, aus der wir es betrachten konnten, darauf schließen."

„Die Anordnung der Wasserstellen deckt sich fast mit der, die die alten Karten aus dem Zweistromland wiedergeben", ließ sich Alfons vernehmen. „Ich bin nun auch ziemlich überzeugt, Galantha hat Recht mit ihrer Theorie, dass das Kraut eigentlich nicht auf der Erde heimisch ist."

„Also bleibt uns nichts anderes übrig, in diese Dimension zu reisen und zu hoffen, dass wir finden, was die alte Vettel dort verloren hat." Aurëus brachte es auf den Punkt. „Der See, den ich Bromer einst nannte, ist dort zwar auch nicht oder nicht mehr existent, aber wer weiß, vielleicht kann die Pflanze ja jahrtausendelange Trockenperioden überstehen."

„Eben." Galantha schien nicht den geringsten Zweifel daran zu haben.

„Also ab in die Betten", witzelte Thomas. „Nach dem Frühstück verduften wir wieder einmal."

„So kann man es auch nennen", lachte Bromer. „Ich, für meinen Teil, bin restlos geschafft und werde froh sein, wenn ich das Bett noch erreiche, bevor ich einschlafe."

„Da spricht er mir aus der Seele", seufzte Aurëus.

Stella sagte gar nichts. Sie war in Thomas' Armen von einer Sekunde zur anderen in tiefen Schlummer gesunken.

„Kein Wunder", flüsterte Aurëus mit mildem Lächeln. „Sie ist bis an ihre und unsere Grenzen gegangen."

Marc versteckte den Spiegel, dann folgte er den anderen und bald zog Stille in die beiden Häuser.

Noch vor dem Morgengrauen huschten die Elfen durch die Gärten, murmelten ihre Zauberworte, schützten so vorsorglich ihre Anwesen, wie sie es schon ein Mal getan hatten. Diesmal blieben Martha und Alfons plötzlich stehen. „Was war das?", murmelte Mutter Wendler, sich noch einmal umdrehend. „Alfons! Thomas' Haus ist verschwunden!", rief sie, zu Tode erschrocken.

Stella nahm sie in den Arm. „Elfenzauber. Schau!" Sie hielt Martha die gespreizten Finger der linken Hand vor die Augen.

„Ich werde mich wohl nie daran gewöhnen", seufzte Martha, Stella mit einem erleichterten Blinzeln in den Arm knuffend.

Am Tisch waren dann alle ziemlich schweigsam. Niemand konnte sagen, ob und wann die Reisenden wieder heimkommen würden. Die alten Wendlers umarmten zum Abschied alle noch einmal ganz herzlich, wünschten ihnen Glück, ehe sie sich auf den weiten Weg nach Hause machten.

Marc verschloss das Tor. „So, dann wird es jetzt also ernst. Schnappen wir unsere Rucksäcke und dann ab durch den Spiegel."

„Bromer wird uns führen", erklärte Stella, reichte ihm die Hand, worauf die anderen schnell eine Kette bildeten, deren Schlussmann Aurëus war. Völlig lichtlose Finsternis empfing die Suchenden. Der Tunnel, durch welchen sie rasten, schien endlos zu sein. Ohne Vorwarnung ging der fast senkrechte Fall in einen schneckenhausartig gewundenen Aufstieg über, der in grelles Licht und unerträgliche Hitze führte. Durch eine feuchte Membran wurden sie hinaus katapultiert, wobei sie sich mehrmals überschlugen. Selbst die Elfen konnten die unsanfte Landung nicht verhindern. Bäuchlings fielen sie in weißen Sand, der sofort auf der nassen Haut kleben blieb.

„Pfui Teufel", spuckte Thomas, um die Sandkörner aus Mund und Nase zu bekommen.

Galantha war als Erste wieder auf den Beinen. Sie schaute sich überrascht um. „Ach schau an! Das geht also auch. Wir sind, im wahrsten Sinne des Wortes, durch einen Wasserspiegel hier gelandet", rief sie mit Blick auf ein kleines trübes Sickerloch.

„So fühle ich mich auch", schimpfte Thomas, der Mühe hatte seine Augen sauber zu bekommen.

„Der Süßwasserozean war garantiert auch nur durch so ein Dimensionstor erreichbar", stellte Bromer irgendwie zufrieden fest. „Wieder ein Indiz für Galanthas Theorie."

„Fußmarsch", sagte Auröus auf die fragenden Blicke hin. „Der Tunnel hierher hatte keinerlei Abzweigungen. Wir müssen wohl oder übel laufen, durch dieses Portal kämen wir sonst nur direkt wieder nach Hause."

Bromer stand mit geschlossenen Augen, das feuchte Portal hinter sich, drehte den Kopf ganz langsam um ein paar Grad. „Da lang! Die nächste Wasserstelle ist etwa acht Kilometer entfernt."

Thomas verdrehte die Augen. Stella warf ihm einen tadelnden Blick zu. „Wir haben vorher gewusst, dass wir in eine Wüste gehen und uns auf die Klima- und Bodenverhältnisse einstellen können."

„Schimpf nicht. Thomas mochte derartige Hitze noch nie besonders leiden", erklärte Marc, griff nach Thomas' Rucksack, den er sich nach vorn umhängte, um seinen Freund zu entlasten. „Unsterblich zu sein, heißt noch lange nicht, mit allen Widrigkeiten gut leben zu können."

„Tut mir leid", murmelte Stella. „Das habe ich wirklich nicht bedacht."

Thomas hauchte ihr einen Kuss auf die Stirn.

Galantha schien zu lauschen. „Gibt es hier irgendwelche Lebewesen?", fragte sie schließlich. „Ich fühle mich beobachtet."

„Riesige Sandwürmer, aber die kommen erst Nachts aus ihren Verstecken", antwortete Bromer.

„Und was machen die dann?"

„Fressen."

Galantha hob den Kopf. „Geht es noch eine Spur präziser?"

Der Zauberer nickte. „Alles, was sie erwischen können, unter anderem auch uns, wenn wir nicht bis zum Einbruch der Nacht aus diesem Gebiet verschwunden sind."

„Ich hab so was geahnt." Galantha verzog angewidert das Gesicht. „Wäre nicht schlecht, wenn wir vielleicht einen Zahn zulegen könnten. Ich meine ja nur …"

Niemand widersprach. Selbst Thomas waren alle markigen Sprüche vergangen. Mit einem breitkrempigen Hut auf dem Kopf hielt er tapfer mit den anderen mit. Die Elfen hatten sich silbrige dünne Kapuzenumhänge übergestreift, mit langen Schlitzen für die Flügel. Ihre Bewegungen wurden nach ein paar Kilometern auch immer matter und immer öfter mussten sie eine Minute auf dem glühendheißen Boden aufsetzen, neue Kraft zu schöpfen.

„Aus uns werden weder Langstreckenflieger noch Ausdauerläufer", seufzte Stella. „Egal, wie viel Mühe wir uns geben."

Die Zauberer trugen knöchellange Mäntel zu großen Turbanen, die die Wärme ebenfalls erstklassig regulierten. Marc hatte, wie Thomas, eine dünne helle Hose und ein langärmeliges Hemd an. Festes Schuhwerk hatten alle sechs ausgewählt, um Hitze und Sand fernzuhalten.

„Ich kann nicht mehr", murmelte Galantha nach zwei Dritteln der Strecke.

„Kurze Pause", gab Bromer bekannt. „Etwas heißer Kaffee wird allen gut tun."

„Klingt logisch", brummte Thomas. „Die Beduinen machen das ja auch."

Aurëus ließ einen großen Sonnenschirm mit Bistrotischchen erscheinen, unter dem sie etwas Erfrischung fanden. Stella zauberte einen Becher Kaffee, Bromer vervielfältigte ihn. Galantha goss Wasser in ihren Becher, spitzte die Lippen, kratzte sich an der Nasenspitze. „Bitte auch einen Kaffee."

„Hä?", machte Thomas.

„Wirklich?", fragte Marc und auch die anderen drei schauten ungläubig.

Stella zuckte mit den Schultern und wandelte den Inhalt des Gefäßes. Galantha nahm dankend den Becher entgegen. In winzigen Schlucken und mit einer Grimasse des Grauens leerte sie ihn.

„Auf alle Fälle belebt es, löscht den Durst nachhaltig, auch wenn es einfach gruselig schmeckt", gab sie nach ein paar Minuten bekannt. „Nicht schlecht."

„Das nächste Mal mit Milch und Zucker?", schmunzelte Aurëus.

Galantha lachte herzlich. „Da hätte ich eigentlich selber drauf kommen müssen. Martha mag ihn süß und weiß ja auch am liebsten."

Eine Viertelstunde später zogen sie rasch weiter, um das Bergland in der Ferne noch vor Einbruch der Dunkelheit zu erreichen.

„Sind wir dort oben wirklich sicher?", wollte Marc wissen.

Bromer nickte. „Wie müssen nur vor dem Morgengrauen wieder verschwunden sein."

Galantha kicherte. „Aha, du gibst uns die Informationen schlückchenweise, damit wir nicht in Schockstarre verfallen."

„Verrätst du uns auch, was nach Sonnenaufgang passiert?", bohrte Stella nach.

„Dann kommen ganze Armeen tödlich-giftiger Skorpione aus den Felsspalten."

„Igitt!" Thomas schüttelte sich. „Ich werde vor lauter Angst kein Auge zu kriegen." Argwöhnisch taxierte er die ersten Ausläufer des Gebirges.

„Gibt es hier auch irgendwo Wasser?" Marc spähte die Hänge hinauf.

Bromer bejahte. „In einer kleinen Höhle ist ein klarer See. Dort werden wir auch einigermaßen komfortabel übernachten."

„Jetzt sage aber bitte nicht, dass im Wasser auch störendes Viehzeug ist", warf Thomas ein.

„Hab zumindest nichts dergleichen im Gedächtnis", gab Bromer nach kurzem Nachdenken zurück. „Seid bitte trotzdem überaus vorsichtig in dieser fremden Welt."

Im Licht der schnell sinkenden Sonne fanden sie den dunkel gähnenden Eingang. Die Elfen ließen sich auf dem glattgeschliffenen steinigen Ufer stöhnend zu Boden sinken.

„Ich habe nicht einmal Hunger. Ich will einfach nur noch schlafen", klagte Galantha.

Aurëus zauberte sechs Mumienschlafsäcke. Die Elfe war schneller in einem verschwunden, als die anderen hätten bis drei zählen können. Marc verzichtete ebenfalls auf das Essen, stattdessen bettete er sich an Galanthas Seite. Am Ende saßen die beiden Zauberer allein, teilten sich das Abendbrot, tranken einen Becher Wein und ließen ein wenig ihre Kräfte spielen, um die Höhle bis zum Morgen von Störenfrieden frei zu halten.

„Woher weißt du von den Skorpionen?", fragte Aurëus.

„Diese Reise ist wie ein Déjà-vu", erzählte Bromer flüsternd. „In meinem ersten Leben habe ich, in genau so einem Gebirge, die Skorpionmenschen besiegt. Für mich ist alles so klar, so unumstößlich, was hier geschieht."

„Wie stehen die Chancen, dass unsere Freunde das Abenteuer unversehrt überstehen?"

„Sehr gut. Ich kenne die Schwachpunkte unserer Gegner. Für den Notfall sind wir vier Zauberer."

„Vier?"

„Ja natürlich. Galantha hat die gleichen Fähigkeiten wie Stella, sie glaubt inzwischen auch an sich." Bromer betrachtete mit mildem Lächeln die schlafenden Schönheiten. „Ich habe die beiden in einigen Extremsituationen erlebt."

Aurëus nickte zustimmend. Bromer war ein exzellenter Beobachter. Dann glitten beide in einen traumlosen Schlaf hinüber.

„Aufstehen!", hörten die Schlummernden Bromers Stimme. „Uns bleibt nicht mehr viel Zeit."

Sie krochen gähnend aus den Schlafsäcken.

„Ich habe Muskelkater", konstatierte Thomas bei der Morgenwäsche im eiskalten Wasser des Sees.

Marc winkte ab. „Blasen an den Füßen oder Sonnenbrand wären schlimmer."

„Welche schlechten Nachrichten hast du für den heutigen Tag parat?" Stella blinzelte Bromer beim Frühstück schelmisch zu.

„Schlangen, Spinnen, Treibsand. Hab ich noch was ausgelassen? Ach ja – messerscharfes Gestein."

„Danke." Marc grinste breit. „Die Hitze und Trockenheit gibt es gratis dazu."

„Ach, sogar besonders reichlich", witzelte Aurëus. „Auf der nächsten Etappe wirft nichts und niemand einen Schatten, wir sollten uns also alle mit einem Sonnenschirm bewaffnen, um die Tortur einigermaßen zu überstehen. Vor allem darf uns niemals das Wasser ausgehen."

Stella füllte zwei Plastikflaschen randvoll. Bromer machte daraus vier. „Sicher ist sicher", brummte er in seinen Bart. „Hier gibt es Sektoren, in denen Magie keine Chance hat. Wenn ihr getrunken habt, muss die Flasche sofort wieder bis an den Rand nachgefüllt werden."

„Verstanden", antworteten die Elfen.

Noch ein kurzer Blick über den friedlichen See, dann folgten sie Bromer auf dem Weg zum nächsten Wasserloch. Und diese Strecke hatte es in sich. Thomas, der sich langsam an die Hitze gewöhnte, trug fortan sein Gepäck selbst. Es wäre Marc sonst auch in der Finsternis unmöglich gewesen, sicheren Schrittes die besten Passagen zwischen den losen Geröllbrocken zu finden, die dem Leder seiner Wanderschuhe arg zusetzten.

„Achtung!", rief Stella und riss Marc an seinem Rucksack zurück. Den angriffsbereiten Skorpion hatte er wirklich nicht bemerkt.

„Mist", quetschte Thomas hervor. „Sieht ganz so aus, als wären wir zu spät dran. Die sind ja überall!"

Dicht gedrängt blieben sie auf dem kaum sichtbaren Pfad stehen.

„Galantha, dein Einsatz", bat Bromer.

Schon loderten Flammen, soweit das Augen reichte, trafen die giftigen Tiere, aber auch das spröde Gestein, welches explosionsartig auseinanderflog und die kleine Gruppe mit einem Regen nadelspitzer Splitter überschüttete.

„Weiter!", drängte Bromer. „Vielleicht schaffen wir es, den Spinnen zu entgehen, bevor die Steine abkühlen."

Sie hasteten den Abhang auf der anderen Seite des Höhenzuges hinunter. Auf der Talsohle hielten sie kurze Rast, um die unzähligen kleinen Wunden zu versorgen, die ihnen der Steinregen eingebracht hatte. Die wundervollen großen Flügel der Elfen hatten am meisten gelitten, sie wirkten stumpf, hatten lange Risse davongetragen, so dass Fliegen unmöglich war. Bekümmert betrachteten Marc und Thomas ihre Frauen.

„Die nächste Nacht wird uns heilen", tröstete Galantha die beiden. „Zauberkraft hilft hier nicht weiter."

„Eure nicht, aber meine." Aurëus glitt mit den Fingerspitzen über die filigranen Gebilde.

„Ah! Das tut gut", seufzten Galantha und Stella.

„Die beiden hätten nie zugegeben, dass sie Schmerzen haben", erklärte Aurëus den anderen, während er kritisch sein Werk betrachtete. Zufrieden ließ er seine Hände sinken. Die Flügel glitzerten im Sonnenlicht wie mit winzigen Diamanten besetzt. „Außerdem ist das so doch ein viel erfreulicher Anblick."

Begeistertes Nicken von allen Seiten.

„Mein Bedarf an Aufregung ist gleich am frühen Morgen gedeckt", erklärte Thomas, zärtlich Stellas Hand streichelnd. „Ich könnte es nicht ertragen, wenn dir etwas Schlimmes zustoßen würde."

Marc zog wortlos Galantha in seine Arme. Bromer fühlte einen Stich in der Herzgegend. Wie gern würde er mit Diandra genau so glücklich werden. Nur das war völlig ausgeschlossen, sie war eine Nixe und alle Wege aus diesem Zustand heraus, führten in die Irre. Das hatten unzählige Männer vor ihm schon erleben müssen. Die einen bewusst, die anderen unbewusst.

„Weiter!", drängte Stella. „Ich habe keine Lust mich auch noch mit den Schlagen herumprügeln zu müssen."

„Dein Wunsch ist uns Befehl." Aurëus verbeugte sich scherzhaft.

„Und das Wort mit den beiden ‚t'?", fragte Thomas

„Aber flott!", entgegnete Stella lachend, während sie Thomas an den Schultern in Marschrichtung drehte.

Bromer kratzte sich hinterm Ohr. „Klare Ansage."

Der lose glühendheiße Sand machte den Weg auch so schon schwer genug. Pausen mussten in immer kürzen Abständen eingelegt werden. Die Männer befeuchteten sich mit dem Rest des Wassers die Gesichter. Stella nahm die Flaschen zum Neubefüllen entgegen.

„Oh nein!", hauchte die Elfe entsetzt. „Sie bleibt leer." Hilflos reichte sie eine Flasche an Aurëus weiter.

„Nichts zu machen", seufzte er. „Das ist offensichtlich genau so ein Gebiet, vor dem uns Bromer gewarnt hat. Wir müssen irgendwie die nächste Wasserstelle oder Zone ohne magische Sperre erreichen."

Marc warf Thomas einen forschenden Blick zu. „Wird schon gehen", bekam er als Antwort.

„Zwei Stunden", versuchte Bromer, die Stimmung etwas zu heben.

Müde und schwerfällig setzten sie sich wieder in Bewegung. Die Luft flirrte, sinnverwirrende Spiegelungen narrten sie. Schweigend stapften sie hinter Bromer her.

Irgendwann blieb der Zauberer stehen, beschattete die Augen mit der Hand. Fragende Blicke trafen ihn.

„Es ist weg", murmelte Bromer ungläubig. „Wir hätten das Wasserloch schon lange erreichen müssen."

Stella atmete tief durch. „Okay, Luftaufklärung." Langsam erhob sie sich in den Himmel. Einige Meter über dem Boden drehte sie sich suchend um ihre Achse. „Da! Fünfzig Schritte." Mit dem Finger zeigte sie die Richtung an. „Es ist ausgetrocknet. Ich habe nur den etwas dunkleren Sand gesehen."

Schnell erreichten sie die angegebene Stelle. Bromer betastete den Untergrund, näherte sich dem Zentrum des dunklen Flecks und begann mit den Händen im Sand zu graben. In vielleicht zwanzig Zentimetern Tiefe wurde es feucht, dann gluckste trübes, schlammiges Wasser hervor.

Aurëus reichte Bromer eine leere Plastikflasche. „Für den Notfall. Wir werden es schon irgendwie sauber bekommen, selbst wenn wir es hundert Mal filtern müssen."

Bromer versuchte mühsam mit der Hand, das spärliche Nass in die Flasche zu füllen. Nicht einmal halbvoll bekam er das Gefäß. Die anderen umringten ihn mit enttäuschten Gesichtern. Stella steckte die Flasche in Marcs Rucksack.

„Suchen wir also einen Platz für die Nacht oder das nächste Portal", schlug sie vor.

„Portal war wohl das richtige Zauberwort", staunte Bromer, denn die trübe Pfütze begann blau zu leuchten. Sofort fassten sich alle an den Händen. Der Boden verschwand übergangslos unter ihren Füßen, mit extrem hoher Geschwindigkeit stürzten sie in einen finsteren Schacht. Der Fall dauerte mehrere Minuten, dann rasten sie waagerecht auf eine graue Fläche zu, schossen fast ungebremst hindurch und landeten äußerst unsanft in ebenfalls völliger Dunkelheit in irgendeinem Raum, wobei sie sich an Wänden und herumstehenden Gegenständen sehr heftig stießen. Stella schrie auf, Galantha stöhnte und Thomas quetschte einen markigen Fluch zwischen den Zähnen hervor. Benommen blieben alle einen Moment liegen. Marc ergriff schließlich die Initiative, rappelte sich auf, dann begann er akribisch die nähere Umgebung abzutasten.

„Hä??? Teppichboden??? Ich glaube ich spinne. Wo sind wir denn hin geraten?"

„Keine Ahnung", entgegnete Bromer mit tonloser Stimme, genau wie die anderen, einfach auf dem Boden sitzend bleibend.

Marc hatte inzwischen eine Wand gefunden. Vorsichtig ließ er seine Handfläche hinauf gleiten. „Ein Türrahmen", gab er Bescheid. „Ha und ein Lichtschalter! Gott sprach, es werde Licht …"

Geblendet schlossen die fünf auf dem Fußboden die Augen, als Marc einen ohrenbetäubenden Jubelschrei ausstieß. „Juhuhuhuuuu!!! Zu Hause! Leute, wir sind mitten in meinem Arbeitszimmer gelandet!"

„Völlig erfolglos, aber wir müssen wenigstens nicht verdursten", murmelte Bromer wehmütig.

Marc klopfte seine Schulter. „Wir haben getan, was wir konnten."

Der Zauberer ließ traurig den Kopf hängen. Auch Stella wirkte etwas ratlos.

Marc sprach ein Machtwort. „Schluss mit der Selbstzerfleischung! Wir essen jetzt ganz in Ruhe, dann gehen wir schlafen und morgen überlegen wir, wie es weiter geht."

Der neue Tag begann mit einem elementaren Gewitter, es goss wie aus Eimern, Blitze zuckten am schwarzgrauen Himmel und bei jedem Donnerschlag klirrten die Gläser im Schrank.

„Erst gar kein Wasser und dann gleich zuviel", stellte Thomas lakonisch fest, als er mit Stella ziemlich durchnässt zum Frühstück kam.

Als hätten sie sich abgesprochen, ließ niemand bei Tisch ein Wort über den Wüstentrip fallen. Bromer beobachtete den elektrischen Eierkocher, Auréus ließ zwei Serviettenmännchen auf dem Tisch tanzen, worüber sich die Elfen köstlich amüsierten, Thomas toastete im Akkord Weißbrot und Marc las den neuesten Klatsch und Tratsch aus der Zeitung vor. Sonntagmorgenidylle – wären da nicht immer wieder ohrenbetäubende Donnerschläge gewesen.

„Ob es bei Großvater und Großmutter auch so wütet?", fragte Stella plötzlich.

„Ich schau mal in den Wetter…", weiter kam Marc nicht, das Telefonklingeln unterbrach ihn mitten im Satz. Er hob ab. „Wendler."

Eine Weile lauschte er, sagte dann: „Super, also bis gleich" und legte auf.

An den Tisch zurückgekehrt, bat er Galantha: „Noch zwei Gedecke, in wenigen Minuten kommt Besuch."

„Wer ist es denn?"

Marc legte den Finger vor die Lippen, machte: „Pssst" und lächelte geheimnisvoll.

„Wolltest du nicht …", auch Stella konnte ihre Frage nicht beenden, denn die Türklingel schlug an.

Marc ging öffnen.

„Großmutter! Großvater!" Stella sprang auf und fiel den beiden um den Hals. „Ich habe mir Sorgen um euch gemacht, wegen des Gewitters."

„Bei uns ist alles in Ordnung. Wir wussten ja nicht, dass ihr schon wieder zu Hause seid, sonst hätten wir sicher nur angerufen", erklärte Alfons. „Ich habe heute früh in den Nachrichten gehört, dass für euer Gebiet eine Unwetterwarnung herausgegeben wurde und wollte lieber nachschauen, ob alles in Ordnung ist."

Galantha schenkte Kaffee aus.

„Ihr wirkt aber nicht gerade fröhlich", stellte Alfons nach wenigen Minuten fest. „Gab es Probleme?"

„Wie man es nimmt", murmelte Bromer. „Wir haben das Kraut des Lebens nicht gefunden."

„Dann soll es ganz einfach nicht so sein", sagte Alfons mit einem Schulterzucken. „Mach dir bloß wegen uns keine Sorgen. Wir haben ein erfülltes Leben gehabt, gute alte Freunde wiedergefunden, Wunder erlebt, wie sie andere Menschen niemals sehen werden. Vielleicht bleiben uns ja noch ein paar Jährchen bei guter Gesundheit, um mit euch noch viele schöne Stunden zu verbringen. Dürfen wir eines Tages noch einmal die Drachen besuchen, sind wir schon zufrieden."

„Diesen Wunsch erfülle ich euch schon heute", versprach Auréus. „Bromer kann auch ein wenig Trost vertragen und wer vermag ihm den besser zu geben, als Diandra?"

„Außerdem wird man, bei dem Wetter hier, höchstens noch schwermütig", setzte Thomas mit Blick aus dem Fenster hinzu.

Auréus nickte. „Packt ein, wir essen bei den Drachen weiter."

Stella riss den Rucksack aus der Ecke, warf die leeren Flaschen in einen Korb, verstaute, was der Küchentisch hergab und eilte, den anderen voran, in Vaters Arbeitszimmer. Marc gab den Weg frei und Aurëus stieg als Letzter durch den Spiegel.

Zephyra staunte nicht schlecht, als sie einen kräftigen Schubs von hinten bekam. Sie hatte nichtsahnend vor dem Portal gelegen und ein wenig gedöst, während Pyron einen kurzen Patrouilleflug durch das Gebirge machte. Mit einem Satz war sie auf den Beinen, ungläubig die Freunde anstarrend, die einer nach dem anderen aus dem Dimensionstor drängten.

„Ihr seid alle gesund und munter und ihr habt Martha und Alfons mitgebracht", freute sie sich. „Wir haben uns ja solche Sorgen gemacht." Sie tupfte alle nacheinander zur Begrüßung mit der Nase an.

„Wie geht es Diandra?", fragte Bromer.

„Sie sitzt Tag für Tag auf dem flachen Stein, wartet bis wir zum Fischen kommen und fragt jedes Mal, ob wir vielleicht Nachricht von dir hätten. Wir haben sie auch schon seit Wochen, nicht mehr singen hören", berichtete Zephyra. „Komm, fliegen wir zum See und holen sie."

Diese Aufforderung brauchte Bromer nicht zwei Mal. Mit freudigem Nicken folgte er dem Drachenweibchen zum Plateau. Schnell saß er auf Zephyras Rücken, die mit kraftvollen Schlägen ihrer riesigen Schwingen abhob. Schon von weitem war die einsame Gestalt auf dem Felsblock zu erkennen. Das dunkle Haar wehte im Wind. Bromers Herz begann wie wild zu klopfen. Diandra hob die Hand, um Zephyra zuzuwinken, wie sie es jeden Morgen tat, erstarrte plötzlich mitten in der Bewegung und bekam riesengroße Augen.

„Bromer", hauchte sie.

Da war der Zauberer auch schon direkt neben ihr ins Wasser gesprungen. Diandra warf sich vom Felsen herunter in seine Arme. Zephyra zog eine elegante Schleife, landete ein paar Meter weiter direkt im feinen weißen Sand des Strandes, zufrieden beobachtend, wie sich die Nixe glücklich an den nicht minder glücklichen Zauberer kuschelte.

„Ich möchte dich mit zur Drachenhöhle nehmen", flüsterte Bromer.

„Wohin immer du möchtest", entgegnete Diandra, ohne ihn loszulassen. Er trug sie zu Zephyra, die ihm ihre Klaue als Steighilfe anbot. Einen Wimpernschlag später flogen sie bereits auf den Drachenberg zu. Auräus hatte die Ankunft der beiden perfekt vorbereitet. Auf Diandra wartete eine große gefüllte Wanne, in der sie sich richtig ausstrecken konnte.

„Ist das schön!", rief sie beim Anblick der vielen Freunde. „Sogar Martha und Alfons sind da."

Diandra blieb auf Bromers Schoß sitzen, ins Wasser würde sie erst gehen, wenn ihre Haut auszutrocknen begänne. Nun konnte das gemeinsame Frühstück richtig anfangen. Pyron war mit drei Brontornis-Eiern erschienen, die soeben als Rührei mit Kräutern auf den Tellern landeten. Er saß mit Zephyra neben der Feuerstelle und strahlte vor Freude, dass sogar sein schwarzer Schuppenpanzer fast metallisch glänzte.

„Habt ihr das Kraut gefunden?", fragte Diandra sofort.

Alle schüttelten die Köpfe, Bromer seufzte schwer, dann erzählte er von den Erlebnissen in der Wüstenwelt.

„Wir haben es nicht einmal geschafft, alle Wasserstellen zu besuchen", sagte er niedergeschlagen. „Ein schmutziges Sickerloch, mit dem sich ein Portal tarnte, hat uns direkt wieder zu Marc nach Hause befördert", sprach Bromer weiter. „Es war alles umsonst. Wir sind mit leeren Händen zurückgekommen."

„Nicht ganz", warf Stella ein. „Wir haben in der Not ein wenig Wasser aus dem Loch geschöpft. Ich habe die Flasche sogar noch im Rucksack stecken." Sie zog das verschlossene Gefäß hervor.

Diandra drehte nachdenklich die Plastikflasche zwischen den Fingern, betrachtete wehmütig den Inhalt, in dem beim Bewegen ziemlich viele Sandkörnchen herumwirbelten. Sie tauchte einen Finger in die trübe Brühe, roch daran und zog die Augenbrauen zusammen. „So viel Mühe und Strapazen und nicht einmal ein Hoffnungsschimmer! Das ist doch zum Heulen! Ich wünschte, ich hätte Beine, dann könnte ich mit euch gehen und dahinunter tauchen, wo ihr nicht …" Sie hielt erschreckt inne, wurde abwechselnd feuerrot und blass, dann zog sie ganz verschämt einen Zipfel von Bromers Mantel vor ihren Körper. Der Zauberer saß mit vor Staunen offenem Mund. Thomas lugte kopfschüttelnd über die Tischplatte. Was mochten die beiden nur plötzlich haben? Unter Bromers schwarzem Mantel schauten zwei schlanke nackte Beine hervor, die eindeutig nicht dem Zauberer gehörten.

„Ich fresse einen Besen quer." Thomas ließ sich auf seinen Platz zurücksinken. „Hab ich jetzt wirklich gesehen, was ich gesehen habe oder habe ich Halluzinationen?"

Diandra saß mit geschlossenen Augen an Bromers Brust geschmiegt, der nun seinen Mantel von den Schultern gleiten ließ, um seine große Liebe ganz hinein zu hüllen. Marc spähte ebenfalls um die Tischecke, worauf er große Augen bekam.

„Wunschbrunnen", kommentierte er kurz, auf die unscheinbare Flasche zeigend.

„Was???", die anderen sprangen auf und drängten zu Diandra und Bromer.

„Ich glaube, Marc hat Recht." Bromer deutete auf die zierlichen Füße, die gerade unter dem Saum seines Mantels verschwanden.

Da standen sie nun staunend, unfähig auch nur einen einzigen wirklich klaren Gedanken zu fassen. Auräus fing sich als Erster, reagierte, indem er die wertvolle Flasche vorsichtig zuschraubte. Dann bat er alle, sich wieder zu setzen.

„Nun meine Lieben, offensichtlich war unser Weg doch nicht ganz umsonst. Die prompte Erfüllung von Diandras Wunsch spricht dafür. Wir sollten ganz genau überlegen, was sich jeder erbitten möchte, denn die Gaben, die solch ein Wunderbrunnen gibt, kann man nicht mehr ändern. Es hat jeder einen einzigen Wunsch frei. Bitte begründet erst euren Wunsch, ehe ihr ihn wirklich ausspPrecht. Alfons und Martha werden den Anfang machen, denn ihnen galt unsere Suche."

Vater Wendler erhob sich fast wie im Traum. Mit kratziger Stimme erklärte er: „An Wissen und Lebensweisheit mangelt es mir nicht, an einem guten Auskommen auch nicht, also wünsche ich mir ewige Jugend."

Auräus nickte, öffnete die Flasche und hielt sie Alfons hin. Der tauchte einen Finger hinein, wiederholte seinen Wunsch und im selben Moment stand ein gut aussehender Mittdreißiger vor ihnen, der Marcs Bruder hätte sein können, so ähnlich sahen sich die beiden.

„Ah!" „Oh!" „Mein Gott!" „Unglaublich!", riefen die Freunde durcheinander. Pyron fuhr sich mit dem Zipfel seiner Schwinge über die Augen.

Martha saß stumm und lächelte selig. Ihr Alfons war eben schon immer ein schmucker Bursche gewesen.

Aurëus wandte sich ihr zu. „Nun du."

Martha lachte fröhlich. „Bei Alfons' Anblick erübrigt sich wohl jede Erklärung. Was soll er mit so einer alten Schachtel, wie ich jetzt bin? Ich möchte auch für die Ewigkeit jung sein."

Die Elfen nickten begeistert, als sie ihren Finger mit dem magischen Wasser benetzte.

„Nicht schlecht, sprach der Specht", brummte Thomas beim Anblick der verwandelten Martha.

„Marc, nun du." Aurëus nickte aufmunternd.

„Ich habe eine wunderbare Familie, Freunde und alles, was man sonst braucht. Ich möchte zaubern lernen."

„Warum nicht, wo es doch schon lange dein größter Wunsch ist?", schmunzelte Aurëus und hielt ihm die Flasche hin. „Willkommen im Club der Magier."

„Thomas."

Der Angesprochene grinste breit. „Ich will nicht Zaubern können. Ich würde nur Unsinn mit solchen Fähigkeiten anstellen. Eine kleine Tochter mit Flügeln hätte ich gern."

Aurëus wiegte bedenklich den Kopf.

„Diesen Wunsch teile ich mir mit Thomas", rief Stella schnell, die ahnte, worum es ging. Immerhin war sie eine Halbelfe und Flügel wären bei ihrem Baby möglicherweise nicht ganz selbstverständlich.

„Dann kommt her und berührt gleichzeitig das Wunderwasser. Den Rest müsst ihr dann aber allein erledigen. Ihr wisst ja, wie es geht", kicherte Aurëus verschmitzt.

„Galantha, dein Wunsch."

Die Elfe schüttelte den Kopf. „Später. Ich lasse den anderen den Vortritt."

„Ich auch!", rief Bromer. „Ich bin noch viel zu aufgewühlt."

„Besonders an einer Stelle, vermute ich", feixte Thomas anzüglich.

„Ja drum." Bromer grinste jungenhaft.

„Pyron, dein Wunsch."

„Den teile ich mir mit Zephyra. Zu Nachwuchs gehören nun mal zwei Drachen."

„So soll es sein." Aurëus schüttete ein paar Tropfen in eine Schüssel, damit die Drachen ihre riesigen Krallen zugleich eintauchen konnten.

„Nun Bromer, hast du dir einen Wunsch überlegt?", fragte er schließlich.

„Das habe ich. Ich möchte, dass Diandra kein umgewandeltes Halbwesen bleibt, sondern dass sie sich ganz als Frau in ihrem neuen Körper wohl fühlen kann."

„Du schenkst mir deinen Wunsch?", flüsterte Diandra.

„Ja, denn es ist mein allergrößter Wunsch mit dir Dinge zu tun, die mit einer Nixe ganz einfach nicht gehen." Bromer zwinkerte ihr mit einem Auge zu.

Aurëus reichte ihm die Wasserflasche. „Anderes hätte mich jetzt wirklich gewundert."

„Ob alles geklappt hat, erkunden wir beide ganz allein", flüsterte Bromer, Diandras Haar streichelnd.

„Galantha, jetzt deine Bitte."

„Ich möchte, dass die Idylle dieses Landes nie wieder von irgendjemandem bedroht wird. Was Frau oder Elfe sonst braucht, habe ich."

Unter dem Beifall der Versammelten tauchte sie ihre Hand in den Rest des Wunschwassers.

„Was ist mit dir, Aurëus?", fragte Marc, als der Zauberer die Flasche mit den wenigen übrig gebliebenen Tropfen wieder verschloss und sogar noch versiegelte.

„Tja, wer weiß das schon bei einem Zauberer?", entgegnete der leichthin. „Pyron und Zephyra werden diesen Schatz für mich aufbewahren, bis ich ihn vielleicht einmal ernsthaft brauche." Er schaute lächelnd in die Runde, rieb sich die Hände und rief: „Heute feiern wir eine Party, dass die Einhörner Ohrensausen bekommen und morgen *entführen* wir Diandra in die Welt hinter dem Tor." Er boxte Bromer fröhlich in die Seite. „Las Vegas – wir kommen – die Zauberer und ihre wunderschöne Assistentin! Wir bringen eine *Magic Fairy Show*'auf die Bühne, dass alles andere nur noch als kalter Kaffee gilt."

Diandra tippte Bromer an, tat, als würde sie den Mantel lupfen. „Wie wäre es vorher mit ein paar Kleidern für mich? Sonst starren alle nur zu mir und eure ganze Super-Show geht den Bach runter."

Das einsetzende Gelächter brach sich als mehrfaches Echo an den Wänden der Grotte.

Pyron hielt sich den Bauch. „Hilfe! Ich kann nicht mehr. Unsere kleine Nixe wird euch allen noch zeigen, wo der Drache die Zähne hat."

Thomas kicherte ebenfalls. „Du hörst dich fast schon an, wie jemand aus unserer Welt."

Diandra lächelte amüsiert. „Schon vergessen? Ich habe Bromers Erinnerungen – also auch die, wo er bei euch zu Hause war. Ich kann mich also ganz schnell anpassen."

„Das ist jetzt schon ein deutlicher Vorteil", stellte Alfons bewundernd fest. „Man wird kaum merken, wer du wirklich bist."

Die Elfen nickten. „Stimmt. Sie muss auch nicht mühsam irgendetwas verstecken, wie wir unsere Flügel."

Diandra lachte. „Trotzdem möchte ich jetzt erst einmal das verstecken, was außer Bromer niemanden etwas angeht."

„Dein Wunsch ist mir Befehl", schmunzelte der Zauberer. „Was möchtest du haben?"

„Na, so was wie Stella zum Beispiel, nur in Grün und Blau", erklärte Diandra.

Einen Lidschlag später trug sie eine hellblaue kurze Leinenhose, ein zartgrünes Top, nebst weißen Riemchensandalen. Sie legte den Mantel beiseite, stand, noch etwas ungelenk mit den ungewohnten Beinen, auf, um sich ganz erfreut, im leicht milchigen Glas des Spiegelportals zu betrachten.

„Ist das ein Anblick oder ist das ein Anblick?", fragte Thomas in seiner betont witzigen Art.

Alle stimmten ihm zu. Diandra betastete sich vorsichtig, um erste Eindrücke von ihrem neuen Körper zu bekommen, den Stoff zu spüren und dann ganz glücklich zu sagen: „Ja, das bin ich, ich kann mich fühlen, auch wenn es ungewohnt ist, so trocken zu sein. Es ist aber nicht unangenehm."

„Martha hat sicher ein paar gute Tipps, wie deine Haut so zart bleibt", verriet ihr Galantha. „Denn auch Menschenhaut braucht viel Feuchtigkeit, die ihr Wasser allein nicht geben kann."

„Zu dem Thema *Martha* muss ich auch noch etwas beisteuern." Aurëus, nahm ihre Hände.

„Ohhhh – ha!!!!" Alfons riss die Augen auf. „Scharfes Weib."

Aurëus hatte Rock und Bluse, wie sie ältere Damen eben trugen, in Hotpants, Nicki und bis zum Knie geschnürte feuerrote Sandalen gewandelt.

Bromer kratzte sich am Kopf. „Ehe mir meine Traumfrau auf und davon läuft …" Er drehte sich langsam um seine Achse, worauf er, statt der mittelalterlichen Bekleidung, plötzlich Jeans mit breitem Nietengürtel, Turnschuhe und Muscelshirt präsentierte. Eine kurze Manipulation an seinem schwarzen Vollbart, der nun voll dem Trend der Zeit entsprach – akkurat gekürzt, ausrasiert und sehr gepflegt, was Bromer überaus interessierte Blicke aller Damen einbrachte. Sogar Zephyra zeigte eindeutiges Gefallen an dieser Wandlung.

„Männer haltet eure Frauen fest", witzelte Aurëus. „Auf Gilgamesch sind sie auch geflogen, wie die Mücken auf das Licht."

„Ist doch kein Wunder bei dem Aussehen", sagte Galantha im Brustton der Überzeugung.

„Ach du lieber Gott!", rief Marc in gespieltem Schreck, „Es geht schon los."

Wieherndes Gelächter antwortete ihm.

„Wegen euch werde ich Bauchmuskelkater bekommen. Mir tut jetzt schon alles weh", japste Pyron zwischen zwei Lachanfällen.

„Dann steht morgen in Marios Zeitung: Drache durch Witze zur Strecke gebracht", erklärte Thomas.

Pyron fasste sich mit einer Klaue an den Kopf, bevor er mit Tränen in den Augen weiterkicherte.

Alte und neue Träume

Für den Nachmittag war einfach Spaß angesagt. Die Drachen brachten die ausgelassen feiernde Gesellschaft an den Strand des Nixensees, wo sich Diandra gebührend von ihren Schwestern und den Wassermännern verabschieden wollte, ehe sie mit Bromer und den Freunden in die Menschenwelt gehen würde. Die vielen Personen am Ufer irritierten die Nixen. Erst als Diandra ihren lockenden Gesang erschallen ließ, kamen sie langsam aus der Tiefe hervor. Die verwandelte Nixe kletterte behände auf den flachen Stein am Ufer, ließ die Beine ins Wasser baumeln und weidete sich an den ungläubig-staunenden Blicken der anderen Wasserbewohner.

„Ich bin es wirklich", lachte sie schließlich, mit den Füßen, kleine Wellen schlagend.

„Die sind echt", stellte eine ihrer Schwestern überrascht fest.

Diandra sprang von ihrem Stein, rannte durch das aufspritzende Wasser und jubelte: „Und wie echt die sind! Ich kann laufen, springen und tanzen." Sie drehte sich mit ausgebreiteten Armen, dass sie das lange Haar wie ein dunkler Schleier umwehte. Bromer fing sie schließlich ab und schwenkte sie im Kreis.

„Du wirst nie mehr so schnell wie wir schwimmen und tauchen können", versuchte ein Wassermann zu erklären.

„Muss ich auch nicht. Ich gehe mit Bromer in die Menschenwelt, dahin wo auch Galantha und Stella leben."

„Wirklich?" Die Wasserwesen umringten Diandra neugierig.

„Ich komme euch aber bestimmt besuchen und erzähle, was ich hinter dem Spiegel erlebe."

Fenja drückte ihre ungewöhnliche Schwester an sich. „Du warst schon immer etwas anders als wir – neugieriger, ausdauernder und mutiger. Vielleicht gibt es unseren klaren See ja auch nur, weil du einst so kühn in die Quelle abgetaucht bist. Geh mit deinen Freunden und werde einfach nur glücklich, so wie du es dir schon immer gewünscht hast."

Diandra nickte. „Heute bleiben wir noch eine Weile hier. Wir wollen mit euch feiern und meine Freunde möchten gern etwas schwimmen."

„Wir werden euch nicht stören", versprachen die Nixen.

Fenja zupfte Diandra am Arm. „Wer sind die beiden Fremden?", fragte sie leise.

Diandra schmunzelte. „Ach, das ist kein Geheimnis. Das sind Marcs Eltern. Sie sind jetzt Unsterbliche."

„Verstehe ich nicht."

„Die vier", sie deutete auf Thomas, Marc, Alfons und Martha, „waren einmal Menschen, Galantha eine kleine Blumenelfe und ich hatte einen Fischschwanz", lachte Diandra. „Manche Dinge ändern sich eben und andere bleiben immer, wie sie waren. Bei meinen Freunden scheint jedenfalls nichts unmöglich zu sein."

„Das scheint uns auch so", kicherten die Nixen im Chor. „Ihr seid schon eine verrückte Bande."

„Wir haben gehört, hier wird gefeiert", sagte eine wohl tönende Stimme von der Wiese her.

Alle drehten sich um.

„Die Einhörner!" Thomas und Martha weideten sich am Anblick der fast silberweißen Tiere.

Thomas' alter Bekannter kam auf ihn zu, tupfte ihn mit dem Maul an. „Nun wird also bald dein zweiter sehnlichster Wunsch in Erfüllung gehen."

„Ich hoffe es. Ich werde mir auch die größte Mühe geben." Thomas blinzelte dem Einhorn lustig zu. Dann ging ein Strahlen über sein Gesicht. „Ich hatte schon fast wieder vergessen, dass du in die Zukunft sehen kannst."

„Na, steigt schon auf, wir tragen euch eine Runde um den See."
„Auch du", sagte der Hengst zu Alfons gewandt, der noch immer zögernd dastand, ob er die wundersamen Tiere überhaupt berühren dürfe.

Bromer hob seine Liebste auf den Rücken einer Stute. Die stutzte kurz, als sie die seltsame Aura fühlte. „Du bist eine Nixe?"

„Ja."

Ein leises Wiehern. „Es ist mir eine Ehre, dich tragen zu dürfen. Du kannst nur Diandra sein, die mit Nereus in den Berg gegangen ist."

Die Nixe streichelte liebevoll die lange Mähne ihres Reittieres. „Ja, das war ein ziemlich aufregender Tag. Aber ich glaube, in den nächsten Tagen wird es für mich noch aufregender."

„Du musst nur die Ratschläge deiner Freunde beachten, dann wird dir nichts geschehen", erklärte das Einhorn. „Vor unendlich langer Zeit habe auch ich in der Menschwelt gelebt. Zuerst hat man uns respektiert und unsere Plätze nicht angetastet, später begann man Jagd auf uns zu machen, um uns in Käfigen auszustellen und die Letzten, die nicht schnell genug ein Portal für die Rückkehr in die Elfenwelt fanden, hat man sogar zu töten versucht, um sich die Felle und Hörner als Trophäen an die Wände zu hängen."

„Hmm. Stella und Galantha haben mir erzählt, dass sie ihre Flügel immer verbergen müssen, weil ihnen sonst vielleicht ähnliches geschähe", sagte Diandra versonnen. „Ich werde mich vorsehen und tun, was meine Freunde gemeinsam beschließen. Ich möchte niemals in einem Käfig eingesperrt sein, das ist bestimmt schlimmer als der Tod."

Das Einhorn schnaubte. „Einige wollten dem entgehen und stürzten sich ins Meer, doch statt zu ertrinken, wie sie geglaubt hatten, traf sie ein Fluch aus grauer Vorzeit – sie verwandelten sich in Wale und mussten weiterleben, von den Menschen gejagt und getötet."

„Narwale", sagte Galantha leise. „Ich habe davon gelesen und im Fernsehen Berichte gesehen. In dieser Welt hier vergessen wir oft, dass Menschen Fleisch essen, so wie es auch die Drachen tun."

„Fernsehen?", fragte das Einhorn.

„Das ist Technik, die die Menschen erfunden haben. Man kann alles was passiert mit einem Gerät festhalten und für andere auf die Ferne übertragen", erklärte die Elfe. „Sie können es dann sehen, als wären sie selbst dabei gewesen."

„Also Gedankenübertragung, nur anders." Das Einhorn zwinkerte Galantha zu.

„Oder so", schmunzelte die Elfe. „Das kommt dem zumindest sehr nahe."

Inzwischen hatten die Reiter wieder ihren Ausgangsort erreicht. Aurëus wartete mit besonders schmackhaftem Futter für die magischen Einhörner auf. Pyron und Zephyra spendeten mit ausgebreiteten Schwingen Schatten für alle.

„Hier gibt es aber riesige Schmetterlinge!", wunderte sich Martha plötzlich.

Stella kicherte amüsiert. „Das sind Blumenelfen."

„Danke für die Einladung", wisperte es von allen Seiten.

Stella schnitt eine Melonenscheibe in kleine Würfelchen. Schnell landete ein ganzer Schwarm bunt geflügelter Elfen auf dem Tisch, verteilte sich um den Teller und begann nach Herzenslust zu naschen.

Alfons traute sich kaum, zu atmen, um die filigranen Wesen nicht zu verscheuchen.

„So groß war Galantha, als ich sie zum ersten Mal traf", erzählte Marc, seine Traumfrau fest ans sich drückend. „Schade, dass wir heute keinen Großzauber-Wunsch frei haben."

„Das lässt sich ändern", erwiderte Hellebora. Die Elfen flogen auf, versammelten sich neben dem Tisch, um in Menschengröße zu landen.

„Besser?"

„Viel besser."

Auréus ließ mehrere Tische und Bänke erscheinen, die, zu einem großen Quadrat gestellt, Platz für alle boten. Sogar die Nixen und Wassermänner mischten sich zwischen die Elfen. Alfons und Martha hatten tausend Fragen, die die Elfenlandbewohner gern und ausführlich beantworteten, um ihrerseits unzählige Fragen zu stellen.

Scilla, Marcs Eltern gegenüber sitzend, lächelte glücklich. „Schön, dass ich euch kennen lernen darf. Die Drachen haben so viel Interessantes über die ersten Treffen mit euch in der Menschenwelt erzählt, dass ich mir immer gewünscht habe, auch einmal mit euch sprechen zu können. Danke dafür, dass ihr immer mitgeholfen habt, die Erinnerung an uns wach zu halten."

„Das war uns immer ein großes Bedürfnis", entgegnete Alfons. „Besonders seit dem Tag, als uns Marc seine ungewöhnliche Familie vorstellte. Ich verspreche dir, dass ich nun bis in alle Ewigkeit dafür sorgen werde, dass man sich an euch erinnert."

„Das dürfte um so leichter sein, weil ihr jetzt selbst Teil dieser Welt seid", schmunzelte Stella, ihren Großvater fest umarmend. „Ich bin über diesen Zustand soooo glücklich." Sie breitete die Arme aus, wie es kleine Menschenkinder manchmal taten, um anzudeuten, wie sehr sie sich freuten.

Fröhliches Lachen antwortete ihr.

„So glücklich?", schmunzelte Pyron und spreizte seine riesigen Schwingen.

„Hmm, hmm." Stella drückte ihrem großen Wahlbruder einen Kuss auf die Nasenspitze.

Aurëus strich sich still vergnügt seinen langen Bart.

Die Einhörner zogen sich am späten Nachmittag als Erste zurück, ihnen folgten die Blumenelfen, die sich, eine nach der anderen, wieder in ihre natürliche Größe zurückverwandelten, dann verschwanden auch die Nixen und Wassermänner wieder im See, versprachen aber keinen Schabernack zu treiben, solange sich ihre Freunde im Wasser aufhielten.

Bromer schlüpfte aus seiner Kleidung, lief ins Wasser und streckte Diandra die Arme entgegen. Sie lächelte, zuckte mit den Schultern und ließ ebenfalls alle Hüllen fallen.

„Warum eigentlich nicht", murmelte Martha. „Hier kommt doch eh keiner her." Einen Augenblick später warf sie sich nackt in die Fluten.

„Wer zuletzt im Wasser ist, ist eine lahme Schnecke!", rief Thomas, ließ auf der Stelle alles von sich fallen und rannte den anderen hinterher.

„Na ja, ist viel Wahres dran", brummte Alfons mit breitem Grinsen, als er sich, wie auch Marc hüllenlos zum Schwimmen aufmachte.

Die Elfen wateten im flachen Wasser entlang des Ufers, beobachteten die bunten Fische und freuten sich, wie unkompliziert die anderen mit der ungewöhnlichen Situation umgingen.

Aurëus war bei den Drachen am Strand geblieben, stellte nicht uninteressiert fest, dass auch Marthas Anblick mehr als einmal Hinschauen wert war und strahlte vor Wohlbehagen mit der Sonne um die Wette.

„Da könnt ihr sehen, was am Ende heraus kommt, wenn man ein einziges Mal zu faul ist, selber Fenster zu putzen", erklärte er den Drachen mit einem amüsierten Augenzwinkern.

„Oder wenn man Untermieter in die Höhle aufnimmt", kicherte Pyron.

Aurëus fuhr auf. „Ha! Das war das Stichwort!"

Zephyra schaute ihn fragend an.

„Untermieter", entgegnete der Zauberer. „Bromer, Diandra und ich können doch nicht ewig bei Marc und Thomas unterschlüpfen. Ich werde schleunigst alte Beziehungen aufwärmen und eine große WG-fähige Wohnung auftreiben."

„Was ist WG?" Pyron zog die Nase kraus. „Steckt das an?"

Aurëus lachte schallend. „Mitunter schon. WG heißt: Wohngemeinschaft. Da leben mehrere Personen, die keine Familie sind, unter einem Dach. Man braucht also eine große Küche, für jeden ein Zimmer, damit sich jeder auch zurückziehen kann, wenn er einmal ganz allein sein möchte. Noch besser wären in unserem Fall natürlich zwei nebeneinanderliegende einzelne Wohnungen. Diandra und Bromer haben in den nächsten Wochen garantiert abends anderes im Kopf, als sich mit mir zu unterhalten." Er blinzelte die Drachen schelmisch an.

„Klingt einleuchtend." Zephyra bedachte Pyron mit einem liebevollen Blick.

„Wenn ich heute alles richtig verstanden habe, dann willst du in der anderen Welt wieder für die Menschen zaubern", vergewisserte sich Pyron.

„Das ist die schnellste und sicherste Möglichkeit, meinen Lebensunterhalt zu verdienen." Aurëus schaute nachdenklich zu den anderen hinüber, die ausgelassen im See herumplanschten. „Für Bromer und Diandra wäre es noch schwerer, einen anderen Job zu finden."

„Ich erinnere mich", murmelte Pyron. Auf den Hochzeitsfeiern für seine Freunde hatte er einen kleinen Einblick bekommen, was es bedeutete, einen Job zu haben.

Aurëus lehnte sich behaglich zurück. „Jedenfalls werden wir mit Abstand die Besten sein. Ich freue mich schon riesig auf die strahlenden Augen der Kinder und die bodenlose Verblüffung bei den Erwachsenen."

„So soll es ein", sagten die Drachen gleichzeitig, in fast feierlichem Ton.

Wild aufschäumendes Wasser, welches sich als Welle dem Ufer näherte, ließ alle aufhorchen.

„Was ist denn dort los?" Stella und Galantha beeilten sich, aufs Trockene zu kommen.

Pyron schaute, stutze und begann zu lachen. „Marc und Diandra sind los. Die beiden schwimmen um die Wette."

Galantha schüttelte verblüfft den Kopf. Marc war zwar ein exzellenter Schwimmer, aber eine fast torpedogleiche Geschwindigkeit hatte er nie erreicht. Den Grund konnte er ihr wenige Sekunden später erklären, als er zeitgleich mit seiner Kontrahentin im Flachwasser ankam.

„Habt ihr meinen Wunsch vergessen?", fragte er fröhlich, als ihn Diandra mit Glückwünschen überhäufte. „Hex … hex … und schon bin ich weg(s)."

„Aha, du hast also geschummelt", schmunzelte Pyron.

„Ganz und gar nicht", antwortete Marc. „Diandra hat mir alle Tricks erlaubt und ich habe nur versucht, meine Gedanken wahr werden zu lassen, was mir ganz gut gelungen zu sein scheint, wenn ich eure erstaunten Gesichter richtig interpretiere."

„Fantastische Vorstellung!", rief Bromer, der mit den anderen soeben zurückkam. „Hätte nicht gedacht, dass Marc so schnell seine Kräfte steuern kann."

„Er ist mein Vater." Stella kuschelte sich begeistert an Marc. „Da wundert mich gar nichts."

„Du hast allen Grund, stolz auf ihn zu sein", pflichtete ihr Diandra bei. „Aber auch auf deine Mutter, die uns seinetwegen damals ganz bestimmt gekocht hätte, wäre ihm durch uns Böses geschehen, wofür ich sie heute sehr, sehr gut verstehen kann." Dann wandte sie sich an die Drachen: „Wollen wir gleich auf Hechte für die Abschiedsfeier jagen oder erst die anderen zur Grotte bringen?"

Pyron schaute nach dem Stand der langsam untergehenden Sonne. „Gehen wir Fischen." Er hielt Diandra seine Klaue hin, mit deren Hilfe sie flugs auf seinen Rücken kletterte, um sich an seinen Hörnern festzuhalten. Mit mächtigen Flügelschlagen hoben die Giganten ab. Bromer sah ihnen lächelnd hinterher. „Ist schon ein imposantes Bild, wenn eine der zierlichen Frauen mit solch einem Riesen unterwegs ist."

„Das wäre das ideale Titelbild für ein ganz wundervolles Märchenbuch", sinnierte Alfons. „Ach! Was sage ich – für eine ganze Märchenserie!"

„Dann schreib sie doch", ermunterte in Auréus. „Wir werden auch alle mithelfen, dass dir auf lange Zeit die Geschichten nicht ausgehen, sei es durch Berichte über Erlebtes oder dadurch, dass wir gemeinsam die Dimensionen durchstreifen und du mit eigenen Augen sehen kannst, was dort geschieht."

Alfons sah die Elfen fragend an. Galantha nickte. „Das ist die sicherste Methode, unsere wundervolle Welt für immer zu bewahren. Damals war ich froh, als Marc erklärte, er würde nie ein Buch über uns schreiben. Jetzt weiß ich, dass die Menschen seinen Tatsachenbericht als unterhaltsame Fantasiegeschichte abgetan hätten."

„Jules Verne ging es wohl ähnlich", warf Thomas ein.

„Hmm, das sehe ich inzwischen ganz genau so. Wer weiß, in welche Dimensionen es ihn verschlagen hatte. Vielleicht stehen wir irgendwann genau den gleichen Phänomenen gegenüber", entgegnete Marc.

Über Aurëus' Gesicht huschte ein heiteres Lächeln. „Hab den verrückten Kerl persönlich gekannt. Bin 1867 mit ihm nach Amerika gedampft. Jules war ein scharfer Beobachter, im Gebrauch der Feder und der Zunge ein absoluter Meister seines Faches."

„Daran gibt es nichts herumzudeuteln", erklärte Galantha. „Ich habe alle seine Abenteuerromane und Erzählungen gelesen."

Bromer machte eine überraschte Handbewegung. „Habt ihr die etwa in eurer Riesenbibliothek zu Hause?"

„Die meisten. Du weißt ja, dass du die jederzeit nutzen kannst."

Der Zauberer seufzte. „Ich denke, ich werde erst einmal andere Sorgen haben."

Aurëus klopfte ihm auf die Schulter. „Keine Bange. Ich kümmere mich um eine Bleibe für euch und für mich. Notfalls ziehen wir erst einmal in ein Hotel. Ich habe genügend auf der hohen Kante, womit ich das vorübergehend bezahlen könnte."

Thomas fuhr auf. „Na so weit kommt es noch!!! Dir ist wohl unter deinem Spitzhut zu warm geworden? Vielleicht schieben wir unsere besten Freunde ins Hotel ab? Noch so eine Albernheit und ich werde richtig sauer."

„Und wie müsste ich mir das vorstellen?", fragte Bromer mit treuherzigem Blick, worauf die anderen in schallendes Gelächter ausbrachen.

Thomas atmete tief durch, winkte ab und schüttelte stumm den Kopf. „Lasst euch bitte genügend Zeit, bis ihr das Richtige gefunden habt", sagte er schließlich.

„Ich verspreche es", beruhigte ihn Aurëus.

Pyron und Zephyra kamen zurück, nachdem sie ihre Beute und Diandra auf dem Plateau vor der Höhle abgesetzt hatten. Aurëus machte sich, auf die ihm übliche Weise, auf den Weg dahin.

„Fliegst du zwei Mal?" Marc betrachtete nachdenklich die, für zwei Reittiere, ziemlich große Gesellschaft.

„Ach Unsinn", schmunzelte Zephyra. „Wir kriegen das schon hin. Alle Männer zu Pyron, die Frauen zu mir."

Martha bekam den Platz gleich hinter Zephyras Kopf, wo sie sich gut festhalten konnte. Die Elfen setzten sich auf den Rücken. Alfons und Bromer kraxelten auf Pyron, der vorsichtig mit den Klauen nach Marc und Thomas griff, als er abhob.

„Achtung! Schwerlasttransport!", rief er fröhlich im Anflug, setzte vorsichtig die beiden Freunde ab, ehe er landete. „Alles in Ordnung?", fragte er sie sofort.

„Aber natürlich. Wir hätten uns schon lauthals beschwert, wenn es anders gewesen wäre." Thomas streichelte Pyron.

Martha und Diandra waren schon dabei, die Fische auszunehmen. Die verwunderten Blicke der anderen schien die Nixe nicht einmal zu bemerken. Sie hantierte mit dem Messer, als hätte sie es schon immer getan. Zephyra hielt es vor Neugier schließlich nicht mehr aus.

„Liege ich damit richtig, dass du gerade Bromers Erinnerungen nutzt?", fragte sie.

„Jawohl", strahlte Diandra. „Ich habe durch seine Augen gesehen, wie das Marc und Thomas machen. Mit dem Messer habe ich keine Mühe, weil ich Muscheln immer mit einer alten scharfen Schale geknackt habe. Da musste ich genau so aufpassen, mich nicht zu schneiden. Was mir zu einer guten Köchin in der Menschenwelt fehlt, müssen mir die anderen aber noch beibringen."

Thomas klopfte Bromer augenzwinkernd auf die Schulter. „Ich gratuliere zur fast perfekten Hausfrau."

„Lass *fast* und *Haus* einfach weg." Bromer fasste Diandra liebevoll um die Taille, die als Antwort ihre Wange an seiner Schulter rieb.

Martha lächelte still vergnügt vor sich hin. Das war wohl das erste Mal, dass eine Liebesgeschichte um eine Nixe ein glückliches Ende genommen hatte.

„Er hat sich seine Traumfrau redlich verdient", versicherte Galantha, „genau wie Diandra ihren Traummann."

Thomas drehte sich plötzlich zu Aurëus um. „Weißt du, dass mir erst jetzt aufgefallen ist, dass ich dich noch nie mit einer Frau gesehen habe?"

„Bin nicht böse darüber. Mein letztes näheres Zusammentreffen mit einem weiblichen Wesen war wenig erquicklich, wie du ja selbst weißt", entgegnete der Zauberer. „Aber komm jetzt bloß nicht auf den albernen Gedanken, ich würde auf Männer stehen", setzte er schnell hinzu.

„Okay, okay", winkte Thomas ab. „Musst dir ja wirklich nicht gleich eine Kuh kaufen, nur weil du ein Glas Milch haben möchtest."

„Eben." Aurëus zuckte beinahe gleichgültig mit den Schultern.

Stella tippte Thomas an. „Weißt du eigentlich, dass du ein richtiger Seelentrampel bist?"

„Ich glaube, jetzt ist sie das erste Mal wirklich sauer", flüsterte Marc Galantha zu und schüttelte eine Hand, als habe er sich verbrannt.

Thomas schaute überrascht auf, sah die tiefe Missbilligung in Stellas Augen, senkte den Blick und murmelte schuldbewusst: „Tut mir leid." Mit hängendem Kopf verzog er sich in einen Winkel.

Die Freunde beobachteten besorgt die kleine Unstimmigkeit zwischen Stella und Thomas, die sich in den ganzen Jahren nicht einmal ansatzweise überworfen hatten.

Aurëus legte Stella den Arm um die Schulter. „Ich lebe schon zu lange, um so zartbesaitet zu sein, dass ich jetzt schmollen müsste. Thomas ist immer ehrlich, er sagt, was er denkt. Dass es manchmal weh tun kann, steht auf einem anderen Blatt." Er schob sie sanft zu Thomas hinüber, der ziemlich verstört in seiner Ecke saß.

Stella hockte sich vor ihm auf die Fersen, nahm seine Hände. „Ich habe wohl überreagiert. Aurëus' Schicksal geht mir wohl näher, als ich selbst erwartet habe. Sei bitte nicht mehr böse auf mich."

Die anderen wechselten erstaunte Blicke. Mit dieser Wendung hatte keiner gerechnet. Thomas zog Stella auf seinen Schoß, drückte sie mit geschlossenen Augen fest an sich. Ihm fehlten die Worte, um beschreiben zu können, was ihm in den letzten Sekunden für Horrorszenarien durch den Kopf gespukt waren. Die Elfe blinzelte ihm zu. „So leicht wirst du mich nicht los!"

Thomas lächelte glücklich, streichelte Stellas eichhörnchenrote Wuschelmähne und murmelte. „Wenn ich jemals den Gedanken fassen sollte, dich loswerden zu wollen, sollte mich sofort der Blitz erschlagen. Ich liebe dich."

Zephyra atmete deutlich hörbar auf. „Ich dachte schon, der heutige Tag endet in einer kleinen Katastrophe."

„Dagegen hätte ich sicher ein probates Mittel gehabt", erwiderte Auröus, mit einem Augenzwinkern zu Thomas. „Man ist ja schließlich nicht umsonst ein Zauberer."

„Das war das Stichwort", schmunzelte Marc, schnippte zweimal mit den Fingern und drückte vor den Augen der völlig verdatterten Freunde Thomas einen Strauß roter Rosen in die Hand. „Darüber freut sie sich bestimmt."

Thomas beeilte sich, die unverhoffte Gabe mit einem zärtlichen Kuss an Stella weiter zu reichen, die buchstäblich über das ganze Gesicht strahlte – einerseits über die wundervollen Blumen, andererseits, weil Marc mit seinem überaus starken Willen, so schnell seine neuen Kräfte, zu nutzen verstand.

Alfons kratzte sich am Ohr. „Na, ja, wie Auröus schon sagte, man ist nicht umsonst ein Zauberer. Faszinierend." Er bedachte seinen Sohn mit einem stolzen Blick.

„Die nächsten Magiertreffen könnten ziemlich interessant werden", schmunzelte Bromer. „Ich hab mich wirklich seit Jahrhunderten nicht mehr so köstlich amüsiert, wie mit euch."

„Genau genommen hat heute nur die Königin gefehlt", stellte Diandra fest. Sie schaute versonnen in den Abendhimmel, an welchem ein einsamer Stern funkelte. „Ein Stern? Jetzt schon? Die Sonne ist noch nicht einmal richtig untergegangen", murmelte sie erstaunt.

„Hm", brummte auch Auröus nachdenklich, er schien sich sehr für das Phänomen zu interessieren.

„Da! Das Licht wird heller!" Martha sprang auf.

„Eine Sternschnuppe?" Galantha zog die Augenbrauen zusammen.

Diandra schüttelte den Kopf. „Da nähert sich uns etwas ganz zielgerichtet. Es hat eine immense Energie!"

Aurëus war an den Rand des Plateaus getreten. Die anderen wurden das Gefühl nicht los, dass er genau wusste, was da im Anflug war. Freudig schaute er dem hellen, immer größer werdenden Schein entgegen.

„Aber das ist doch …!"

Genau vor dem wartenden Aurëus materialisierte sich ein schlanker Körper mit großen glitzernden Flügeln, um sich sofort an seine Brust zu werfen. Der Zauberer schloss die wundervolle Elfe in die Arme, um in einem fast endlosen Kuss, die ganze Welt um sich herum, völlig zu vergessen.

„Silvestra", hauchte Galantha.

Die Freunde zogen sich ans Feuer zurück, die beiden umschlungenen Gestalten neugierig musternd.

Pyron fing sich als Erster. „Nun kapiere ich endlich, wie es ihm damals gelungen ist, uns Drachen in die Menschenwelt zu bringen", flüsterte er mit tiefster Zufriedenheit in der Stimme.

„Und ich, warum er sich nie für Frauen interessiert hat", blinzelte Thomas Stella zu, die völlig irritiert das umschlungene Pärchen beobachtete.

Bromer schüttelte immer wieder ungläubig den Kopf. „Mit allem hätte ich bei Aurëus gerechnet, aber niemals damit. Jetzt bin ich sprachlos."

Das plötzliche Auftauchen der Elfenkönigin und deren offensichtliche Liebe zu Aurëus sollten nicht die einzige Überraschung bleiben. Als sich die beiden voneinander lösten, gewahrten die Freunde, wie der lange Bart des Zauberers plötzlich in sattem Braun prangte, ebenso die Haare, die vorwitzig unter seinem lila Spitzhut hervorschauten. Beim Näherkommen stellten sie mit offenen Mündern fest, dass sich Aurëus, nach menschlichem Maßstab, um mindestens zwanzig Jahre verjüngt hatte.

„Ich habe gehört, hier findet ein interessantes Magiertreffen statt", sagte Silvestra mit einem fröhlichen Augenzwinkern zur Begrüßung.

Marc reichte ihr beide Hände. „Ja, und jeder, der diesem magischen Ort findet, hat das Recht, daran teilzunehmen", antwortete er mit ihren Worten, als sie plötzlich im Turm erschienen waren. „Schön, dass du gekommen bist. Nimm Platz und feiere mit uns."

„Gern, aber zuerst begrüße ich die Herren des Hauses", lächelte die Elfe, indem sie sich den beiden Drachen zuwandte. Sie strich beiden über die Stirn und murmelte ein paar unverständliche Worte.

„Ooops!" Thomas rieb sich die Augen. Die Drachen begannen zu schrumpfen. Ihr Aussehen veränderte sich und einen Augenblick später standen Pyron und Zephyra in Menschengestalt neben der Königin. „Ein kleines Geschenk bis Mitternacht", erklärte sie.

Auréus ließ den Tisch in die Länge wachsen, zauberte noch drei Stühle, Bromer fertigte aus ein paar Steinchen Geschirr und Besteck, Stella füllte die Becher. Marc stellte Silvestra seine Eltern vor, die noch immer stumm ergriffen schauten und sich unbändig über das unglaubliche Zusammentreffen so vieler märchenhafter Wesen freuten.

„Wie ich sehe, habt ihr alle eure Wünsche bestens genutzt", sagte Silvestra, winkte Galantha zu sich, umarmte sie warmherzig, geheimnisvoll lächelnd.

„Die Ähnlichkeit ist wirklich verblüffend", murmelte Bromer. „Ich habe schon im Turm meinen Augen kaum getraut. Wäre da nicht die Haarfarbe, könnte man Silvestra, Galantha und Stella für Drillinge halten."

„Galanthas Wunsch hat bewirkt, dass ich hier sein kann", erklärte Silvestra glückstrahlend. „Nun, wo das Elfenland endgültig in Frieden lebt, kann ich die Tore meines Schlosses wieder öffnen, ohne dafür fünfhundert Jahre warten zu müssen."

„Du bist aber ziemlich gut informiert", warf Thomas mit einem zusammengekniffenen Auge ein.

Die Elfe und Auréus blinzelten sich zu.

„Aha! Auréus hat gepetzt!", rief Stella. „Hätte ich mir doch fast denken können. Das riecht ganz stark nach Zauberei."

„Tja, wer weiß das schon bei einem Zauberer. Nur das schlaue kleine Elfchen", antwortete der Ertappte, seine beiden Lieblingssätze kombinierend.

Silvestra kicherte fröhlich. „Muss wohl in der Familie liegen – die Mutter zaubert, der Vater zaubert neuerdings auch, eine Großmutter und ein Großvater zaubern – kein Wunder, dass Stella mit allen Wassern gewaschen ist."

„Du kennst meine Großeltern mütterlicherseits?", fragte Stella mit großen Augen, denn Martha und Alfons konnten unmöglich gemeint sein.

Galantha zuckte zusammen. Sie wusste ja selbst nicht einmal, wer ihre Eltern waren. Helleboras Familie hatte sie einst hungrig und frierend am Waldrand aufgelesen und kurzerhand mit auf die große Wiese genommen, wo die anderen Blumenelfen lebten. Niemand hatte sie das Zaubern gelehrt und so war sie in den vielen tausend Jahren eine Außenseiterin geblieben. Dann kam Marc …

„Was würdest du ihnen sagen, wenn sie plötzlich vor dir ständen?", fragte Silvestra Stella.

„Weiß nicht. Vielleicht würde ich mit ihnen schimpfen, weil sie sich nicht um meine Mutter gekümmert haben, als es ihr schlecht ging", überlegte Stella laut. „Aber wahrscheinlicher ist, dass ich mich freuen würde. Sicher haben sie triftige Gründe, weshalb sie sich bisher nicht offenbart haben. In dieser Welt ist alles möglich."

„Glaub mir, sie waren immer für euch da", erklärte Auräus leise. „Sie haben alles getan, was irgendwie in ihren Kräften stand."

„Dein Großvater hätte auf der Suche nach einer brauchbaren Lösung sogar fast sein Leben verloren, weil er sich nach einem richtigen Familienleben gesehnt hat", fügte Silvestra fast flüsternd hinzu. „Dir haben wir es zu verdanken, dass er noch lebt."

Es war still geworden. Aller Augen richteten sich auf Auräus, der Silvestra im Arm hielt.

„Großvater? Großmutter?" Stella hauchte die Frage kaum hörbar.

Der Zauberer nickte und breitete, wie auch Silvestra, die Arme aus. Stella flog mit einem Jubelschrei hinein, lachte und weinte gleichzeitig. Galantha wischte sich verstohlen die Tränen weg.

Thomas wechselte einen fast hilflosen Blick mit Marc. „Ich glaube, ich muss mich setzen." Er machte in der Tat ganz den Eindruck, als würde er jeden Moment aus den Schuhen kippen. Stella hatte inzwischen Galantha an der Hand zu sich herangezogen.

„Freust du dich gar nicht?", fragte sie beunruhigt.

„Ich … ich … ich weiß nicht", murmelte Galantha verstört. „Ich kann das alles nicht fassen. Warum haben mir die anderen Elfen nichts darüber erzählt?"

„Weil sie es nicht wissen konnten." Aurëus strich ihr liebevoll übers Haar.

„Und wir haben immer gehofft, dass die Wirkung des Tranks des Vergessens, den dir Lahara als Kind heimlich verabreicht hat, irgendwann von ganz allein nachlässt", fügte Silvestra hinzu.

„Was?" „Wie?" Die Versammelten schauten Silvestra entsetzt an.

Die Elfe seufzte. „Dann ist wohl jetzt der Augenblick gekommen, an dem ihr erfahren sollt, was sich vor unendlich langer Zeit zugetragen hat."

Das Schloss in den Wolken

Aurëus deckte die Tafel mit Platten voller leckerer Häppchen, Stella füllte noch einmal die Becher, Silvestra nahm die Hände ihrer Tochter Galantha, streichelte deren Gesicht und begann zu erzählen:

„Aurëus hat die Welt hinter dem Spiegel in jener Zeit verlassen, als sich auch die anderen Götter zurückgezogen haben, um den Menschen völlig freie Hand zu geben. Sie hatten die Menschen Ackerbau und Viehzucht gelehrt, den Bau fester Häuser und tausend nützliche Dinge. Große Städte wuchsen aus dem Boden, Staaten waren erblüht, geführt von Königen, die selbst Nachkommen der Götter waren. Neue Leitbilder entstanden – man brauchte die alten nicht mehr. Auf der Wanderung durch die Dimensionen fand er diesen wundervollen Flecken und beschloss, zu bleiben. So war es auch nicht verwunderlich, dass er schnell die Geheimnisse des Wandelnden Turmes ergründete und eines Tages bei einem unserer Treffen auftauchte. Als er mir gegenüber trat, traf mich der sprichwörtliche Blitz aus heiterem Himmel. Den Fremden umgab eine Aura des Geheimnisvollen, denn kein anderer hatte so unglaublich viel Zeit in einer völlig anderen Welt verbracht. Utanapischti, so nannte er sich damals, war besonders feinfühlig, hatte für jeden ein gutes Wort und einen brauchbaren Rat. Ich mochte seine erfreuliche Gesellschaft nicht mehr missen, also nahm ich ihn kurzerhand mit in die Gefilde, die für euch in den Wolken liegen. Es dauerte nicht lange, da waren wir beide buchstäblich unzertrennlich. Gemeinsam lenkten wir die Geschicke dieses friedlichen Landes. Sogar gegen die vielen Invasionen der Zwergenheere, die irgendwann aus der Menschenwelt flohen und überall auf ihrem Weg durch die Dimensionen Chaos und Verzweiflung hinterließen, konnten wir uns, dank der erstaunlichen Kräfte Utanapischtis, immer erfolgreich zur Wehr setzen."

Silvestra schaute den Zauberer liebevoll an.

„Eines schönen Tages ließ es sich nicht mehr verheimlichen, dass wir ein Paar waren, denn unsere kleine Galantha wurde geboren. Und wie es bei der Vermischung unterschiedlicher Wesen manchmal vorkommt, hatte sie zwar Aussehen und Gestalt wie ich, war aber nur so groß wie eine Blumenelfe. Von Utanapischti hatte sie das sanfte

Wesen, die große Güte und Hilfsbereitschaft geerbt. Den Namen Galantha erhielt sie, weil die ersten Blumen, die ihr zum Geschenk gemacht wurden, Schneeglöckchen waren. Baumelfen von jenseits des Flusses hatten sie uns gebracht. Kleine neugierige und immer verspielte Wesen, ideale Gesellschafter für unsere Kleine, die irgendwann einmal den Thron übernehmen würde."

Pyron und Marc wechselten einen schnellen Blick.

„Ich weiß, dass ihr das Völkchen kennt. Sayana und ihre Freundinnen habt ihr über den großen Fluss zurückgebracht, als die Nixen keine Lust mehr hatten, den Baumstamm zu ziehen", schmunzelte Silvestra. „Lustige kleine Waldkobolde. Galantha gaukelte mit ihnen den lieben langen Tag durch die Gärten des Palastes, spielte Verstecken, Fangen oder lag stundenlang auf den bunten Blütenblättern mit ihnen in der Sonne. Waldelfen können nicht besonders gut zaubern. So konnten sie ihr wenigstens auch keinen Unsinn beibringen. Als Galantha ungefähr fünf Jahre alt war, fand das nächste Treffen im Turm statt. Die Waldelfen versprachen uns, auf unseren Sonnenschein aufzupassen, als ob es ihr eigenes Kind wäre. Also nahmen wir die Kleine mit, brachten sie auf die Waldlichtung und hielten das übliche Treffen im Turm ab. Eine überaus wichtige Zusammenkunft, denn es gab immer häufiger kriegerische Auseinandersetzungen mit den Zwergen und nicht nur hier bei uns. Irgendjemand hatte ihnen die Macht über Wölfe und Bären gegeben, die allein mir, als der Königin zugestanden hatte. Dieser Jemand musste über ungeheure Kräfte verfügen, denn die Tiere veränderten völlig ihr Wesen. Sie begannen, angetrieben von den Zwergen, über die magischen Einhörner herzufallen. Es musste also rasch und entschlossen gehandelt werden.

Nach drei Tagen erreichten uns im Turm die verzweifelten Hilferufe der Waldelfen. Galantha war verschwunden. Niemand konnte sich erklären, warum sie allein von der Waldlichtung weggeflogen war. Alle beim Treffen versammelten Magier gingen auf die Suche, ganze Herden Einhörner durchstreiften Wiesen und Wälder – ohne jeden Erfolg. Greife und Sphingen spähten aus der Luft nach ihr aus – vergebens. Schließlich fand eine Blumenelfe eine Spur. Sie brachte uns die verwelkte Blüte einer Pflanze, die in einer völlig anderen Dimension zu Hause ist. Die Blume des Vergessens. Wer ihren

Nektar trinkt, vergisst alles, was jemals gewesen ist, manchmal sogar seinen eigenen Namen …"

In Silvestras Augen glitzerten Tränen. Aurëus nahm sie tröstend in den Arm.

„Am siebenten Tag musste ich in mein Schloss zurückkehren, dessen Tore sich erst fünfhundert Jahre später wieder öffnen würden. Utanapischti blieb zurück, um weiter nach unserer Tochter zu suchen. Er fand sie nicht. In unser Schloss konnte er auch nicht mehr hinein, so groß seine Zauberkraft auch war, also verließ er durch das Tor im schwarzen Berg diese Welt, um fortan wieder bei den Menschen zu leben. Aurëus Goldmann – Magier und Alchimist."

Stella reichte Silvestra einen Becher Nektar, streichelte im Vorbeigehen Aurëus' Hand, ihrer Mutter zublinzelnd, die noch immer wie erstarrt saß.

„Pünktlich zu jedem Magiertreffen erschien Aurëus, um den letzten Zipfel Glück festzuhalten, der ihm noch geblieben war. So sehr ich ihn auch bat, er blieb nicht bei mir. Ihn trieb immer wieder die Hoffnung davon, irgendwo einen Hinweis auf Galantha zu finden. Die Zwerge nutzten die Abwesenheit des mächtigsten Zauberers, um sich immer größere Teile des Elfenlandes anzueignen. Sie vertrieben fast alle Wasserbewohner, töteten Einhörner und begannen in den Gebirgen nach Erzen zu schürfen. Wenn die Sonne sank, verkrochen sich alle, denen ihr Leben lieb war, in die Wälder und wagten kaum noch zu atmen. Aurëus war schließlich auch derjenige, der zuerst bemerkte, warum sich die Elfenwelt so sehr veränderte, sogar noch, bevor der Nebel des Vergessens ganze Teile unseres Landes verschlang. Mit seinen Magiershows versuchte er, die Menschen an Elfen, Zauberer und Einhörner zu erinnern, an Drachen, Nixen und alle anderen Wesen, die Menschen für reine Fantasiegestalten halten."

Silvestra blickte dankbar zu Marc hinüber. „Und dann kam er. Pyron berichtete mir davon, dass ihm der Eindringling durch das Tor entwischt sei, wobei er eine ungewöhnlich große Elfe zurückgelassen habe, die täglich zu seiner Höhle zurückkäme, die den Namen Galantha und ein kleines Menschenkind unter dem Herzen trüge …"

„Den dann folgenden Teil, aus Sicht von Galantha und Stella, kennt ihr ja", begann Aurëus nun zu berichten. „Richtig aufmerksam wurde ich erst, als eines Tages eine der beiden großen Elfen durch das Tor kam. Ihr Aussehen und die immense Energie, die von ihr ausging, elektrisierten mich. Es war, als würde ich Silvestras Gesicht vor mir sehen. Das konnte kein Zufall sein. Völlig verzweifelt erklärte sie mir, sie müsse ihren Vater suchen, der wohl der Einzige wäre, der ihre Welt noch retten könne. Dafür kam nur einer in Frage – der ehemalige Student, welcher bei mir neunzehn Jahre zuvor Fenster geputzt hatte. Ich wunderte mich also nicht einmal, als sie wirklich den Namen *Marc* nannte. Ich gab ihr die Adresse der Uni des nunmehrigen Professors und beobachtete aus dem Hintergrund, wie geschickt sie mit der ungewohnten Situation umging. Als die kleine Schar um Pyron, am Ende wirklich die Zwerge unter die Erde zurückschickte, war ich ganz sicher, Tochter und Enkelin gefunden zu haben. Nun setzte ich alles daran, beide vor Lahara zu schützen, ein Mittel gegen das Vergessen zu finden und endlich wieder mit meiner geliebten Silvestra vereint zu sein. Dass ich am Anfang, für die beiden ungewöhnlichen Paare in der Menschenwelt, immer wieder glücklicher Zufall spielte, haben sie schneller gemerkt, als ich gedacht hätte. Aber Stella ist nun mal *mein* kleines schlaues Elfchen."

Aurëus schaute mit strahlenden Augen in die Runde. Dann seufzte er schwer. „Na ja. Als ich wusste, dass meine beiden Lieblinge in bester Obhut sind, und sich überdies ziemlich gut allein helfen können, ging ich wieder auf die Suche … bei der mir dummerweise Lahara in die Quere kam …"

Der Zauberer hing einen Moment seinen Gedanken nach.

„Ich habe Silvestra nicht gesagt, dass ich euch gefunden habe. Vielleicht war es ja ein Fehler, aber ich wollte doch nicht, dass sie sich vielleicht falsche Hoffnungen macht."

Nun nahm Silvestra wieder das Wort. „Als Aurëus nicht zum letzten Treffen erschien, war ich wütend. Er hätte sich ja wenigstens melden können, um zu sagen, dass er nicht kommt … ich wusste doch nicht …" Sie verstummte. Galanthas Blick kreuzte den ihren. Silvestras Augen strahlten auf. „Mitten im dicksten Trubel hüpfte plötzlich ein völlig verängstigter Flammenkobold aus dem Portal, dem zwei Männer und zwei Frauen folgten. Als sie schließlich die Jacken ablegten, hatte ich das Gefühl, in einen Spiegel zu schauen, der nur die Farben etwas verändert wiedergibt." Sie ringelte je eine ihrer silbernen und eine von Stellas roten Haarsträhnen um den Finger.

Silvestra lachte befreit auf. „Ich war mir sofort sicher, Tochter und Enkelin vor mir zu haben. Ihr habt mit euren ungewöhnlichen Kräften im Handstreich sogar Bromers Herz gewonnen und euer Anliegen, Aurëus suchen zu wollen, hatte mich endgültig überzeugt."

Stella legte Galantha den Arm um die Schulter. „Kannst du dich denn an gar nichts mehr erinnern?"

Die Elfe schüttelte ganz langsam den Kopf. Sie fühlte sich noch immer, als hätte man sie in einen völlig falschen Film gesteckt. Gähnende Leere herrschte in ihren Gedanken, sie konnte dem ganzen fröhlichen Trubel nicht folgen.

Stella wandte sich zu den anderen um. „Eines schwöre ich euch, wenn ich Lahara noch ein Mal zwischen die Finger bekomme, dann drehe ich ihr den Hals um und lasst euch gesagt sein, davon wird mich keiner abhalten, nicht einmal ihr alle zusammen!"

„JETZT ist sie richtig sauer", murmelte Thomas, der zu Beginn des Abends Marcs Worte durchaus verstanden hatte. Stellas Gestalt schien, von innen her zu leuchten. Mühsam kämpfte sie die aufsteigende Wut nieder. Sie beugte sich zu Aurëus hinunter und bettelte: „Großvater, bitte sprich deinen Brunnenwunschzauber aus, ich gehe auch in die Wüste, neues Wasser für dich holen."

Aurëus sprang auf. „Natürlich! Das Wunschbrunnenwasser! Pyron, schnell, bring mir die Flasche!"

Der verwandelte Drache rannte in die Grotte und war Sekunden später mit der Plastikflasche zurück, welche er sofort an Aurëus weiterreichte. Vorsichtig löste der Zauberer das Siegel. Alle hielten den Atem an. Aurëus überlegte ungewöhnlich lange, ehe er einen Finger in die allerletzten Tropfen der kostbaren Flüssigkeit tauchte. „Ich wünsche mir, dass alle Spuren des Vergessens aus Galanthas Leben verschwinden, egal, woher sie rühren."

Mit Bangen beobachteten die Freunde Galantha. Sie schloss für einen Moment die Augen, wischte sich über die Stirn, als sei sie soeben aus einem langen Traum erwacht. „Ich erinnere mich wieder", flüsterte sie. „Die fremde Frau hat gesagt, sie würde mir eine Blume schenken, die viel, viel schöner wäre, als alle Blumen dort im Wald. Dann hat sie mir diese weiße duftende Blüte gegeben. Ich habe den Nektar getrunken und bin in die Richtung geflogen, die die Fremde eingeschlagen hatte. Plötzlich lichtete sich der dunkle Wald, eine unendlich weite Wiese breitete sich aus, die Sonne schien so herrlich warm und so bin ich den bunten Käfern hinterher gegaukelt. Ich habe den ganzen Tag gespielt und, als die Sonne langsam sank, unsäglich gefroren, weil ich im Schloss ja niemals ein schützendes Blätternest bauen musste. Helleboras Mutter hat mich dort am Waldrand aufgesammelt, mir gezeigt, wie man ein Nest baut und mir eingeschärft, dass ich immer mit der untergehenden Sonne von der Wiese verschwinden solle, weil es dann gefährlich würde. Hellebora und Scilla haben mich aus Mitleid in ihrer Nähe geduldet, sonst wäre ich wohl ganz einsam gewesen. Marc und Pyron waren die ersten Wesen, die mich nicht als wertlosen Abfall behandelt haben." Sie schwebte zu den beiden hinüber, um sie ganz fest ans Herz zu drücken. Dann wandte sie sich Silvestra und Aurëus zu, die ihre tapfere Tochter mit Freudentränen in die Arme schlossen.

„Wie seid ihr damals darauf gekommen, das Tor zur Menschenwelt hier am Drachenberg zu suchen?", fragte Silvestra Marc und Galantha.

Die zog ihren kleinen silbernen Kompass hervor. „Hiermit! Ich hatte ihn auf dem Weg gefunden, den Lahara gegangen war, vermutlich hat sie sein Fehlen erst viel später bemerkt. Mir gefiel das silberne Kleinod. Dass es sehr wertvoll sein muss, habe ich daran gemerkt, dass es mir die erwachsenen Elfen immer abtauschen wollten. Je mehr sie es versuchten, umso intensiver habe ich es behütet", schmunzelte Galantha. „Wie richtig das war, habe ich an jenem Tag begriffen, als wir im Drachenberg tatsächlich das Portal gefunden haben. Mir war bis dahin nur aufgefallen, dass die kleine Nadel immer auf den Berg zeigte, also musste dort ganz einfach ein großes Geheimnis verborgen sein."

„Und dann hast du es Marc einfach so geschenkt." Diandra schaute Galantha aus großen verwunderten Augen an.

Die Elfe nickte. „Ich hielt es für die allerbeste Möglichkeit, dass er sich immer an mich und diese Welt erinnert. Womöglich hätte auch er alles nur für einen wirren Traum gehalten, obwohl er so völlig anders war, als alle anderen Menschen, die vor ihm hier waren." Sie lächelte glücklich. „Als ich dann das erste Mal seine Welt betrat, hat er ihn mir wiedergegeben, mit einem zärtlichen Kuss als Leihgebühr."

Sie ließ den magischen Kompass wieder in ihrer Tasche verschwinden.

Pyron schüttelte immer wieder stumm den Kopf. Galantha und Marc hatten nie über den Kompass gesprochen, der direkt zu seiner Grotte führte.

„Da bin ich aber froh, dass er in den richtigen Händen ist!", rief hingegen Zephyra. „Nicht auszudenken, was hier alles hätte geschehen können. Kann man einen Succubus eigentlich fressen? Ich meine ja nur – für den Notfall – oder wenigstens totbeißen, ohne dass man sich daran vergiftet?"

„Ooops!", rief Pyron erschrocken. „Du hast ja auch eine brutale Ader!"

„Na ja, ich möchte ungern die halbe Inneneinrichtung in Schutt und Asche legen, nur weil ich so einem ekelhaften Biest mit der Flamme zu Leibe rücke. Mit den Kiefern zuschnappen geht auch exakter, als mit den Klauen greifen", erklärte das Drachenweibchen ziemlich ernst, wobei sie interessiert ihre Menschenhände mit den langen dunklen Nägeln betrachtete. Dabei machte sie eine Bewegung, als würde sie jemandem den Hals umdrehen.

„Zubeißen und Verbrennen", ließ sich Silvestra schließlich leise vernehmen. „Keiner weiß, was nach einem gewaltsamen Tod mit so einem Wesen geschieht. Die haben sich bisher immer äußerst erfolgreich gegen ihre Feinde und alle Widrigkeiten gewehrt."

„In Ordnung", antworteten die Drachen gleichzeitig und auch die anderen schauten sich vielsagend an. Galantha ließ eine kleine Flamme in ihrer Handfläche erscheinen, die sie genüsslich langsam erstickte, indem sie die Finger zur Faust schloss.

„Gegen Stellas Zauber hatte Lahara auch keine Chance", fügte Bromer sofort grinsend hinzu. „Das Erziehungshalsband, wie sie es nennt, ist eine interessante Sache."

„Ich werde das ungute Gefühl nicht los, dass unsere Frauen etwas aushecken", brummte Thomas mit sorgenvollem Blick.

Stella lächelte seltsam. „Wir werden zumindest nicht aktiv auf die Jagd gehen. Fällt sie uns anderweitig zwischen die Finger, dann gibt es keine Gnade."

„Oh ha, da möchte ich nicht dazwischen geraten!", rief Bromer. „Ich glaube, dann raucht es ordentlich im Karton. Thomas und Marc haben gesehen, was passiert, wenn Galantha in Aktion tritt. Sie hat den ganzen Hydrensumpf in Laharas Welt in Sekundenschnelle trocken gelegt."

„Wirklich?" Silvestra schaute ihre Tochter ungläubig an, die beinahe lässig die Schultern hob, als wolle sie sagen: Ist doch nichts Besonderes dabei. Sie trat an den Rand des Plateaus und ließ, ohne sich zu verwandeln, zwischen ihren Händen einen gigantischen Fächer aus Flammen entstehen, den sie am Ende als Lohe in den Himmel schickte.

„Hundert Meter?", flüsterte Alfons Marc fragend zu.

Der wiegte den Kopf. „Ich schätze, das war erheblich mehr. Dabei war dies hier nur Spielerei."

„Immerhin ging es darum, einem guten Freund das Leben zu retten", erklärte Galantha lächelnd. „Hätte ich geahnt, dass es um meinen Vater geht und was dem alles vorangegangen ist, dann würde Lahara heute sicher nicht mehr existieren." Sie formte einen Feuerball, den sie beinahe spielerisch in die Flammen des Grills schnippte.

Diandra erschrak. „Weißt du, dass ich gerade eben erst wirklich begriffen habe, wie schnell du unseren See hättest zum Kochen bringen können?"

Galantha nickte. „Ja und Pyron hätte es ebenso tun können, als ihr ihn mit kaltem Wasser bespritzt habt. Nur sind wir alle Wesen dieser Welt. Wir haben sie nicht gerettet, um dann Teile davon zu zerstören. Jeder hat seine Fehler. Hinter dem Tor heißt es: Irren ist menschlich. Aber wie du siehst, trifft das wohl auf alle Lebewesen zu. Wir müssen nur miteinander reden, um Missverständnisse zu klären."

„Ach, deshalb hattest du uns gewarnt!", rief Diandra.

Wieder nickte Galantha. „Es war eure freie Wahl, entweder unsere Männer in Ruhe zu lassen oder gekocht zu werden." Plötzlich begann sie zu lachen. „Als ich noch ganz klein war, wollte mir ein Kobold mein Lieblingsseepferdchen wegnehmen. Ich habe ihm gesagt, er soll es in Frieden lassen, sonst könne er was erleben. Das Ende vom Lied war, dass ich ihn ins Wasser geschubst und so mein Seepferdchen vor einer Entführung bewahrt habe."

„Du hattest Seepferdchen?" Diandra staunte.

„Das waren nicht meine", erklärte Galantha, mit einem verträumten Blick in die Ferne schauend. „Die lebten im Meer vor dem Schloss meiner Eltern. Ein langer Steg führt bis zu einer wundervollen Korallenbank, wo sich tausende Fische tummelten, die ich in dem kristallklaren Wasser oft stundenlang beobachtet habe. Einige waren immer zur gleichen Zeit am gleichen Ort und überaus zutraulich. Kein Wunder, dass ich schließlich Lieblingsfische hatte." Sie schmunzelte." Ich hatte die Worte des Kobolds für Ernst genommen und er musste die Folgen, im wahrsten Sinne des Wortes, ausbaden."

„Du warst doch aber nur so groß." Thomas deutete mit Daumen und Zeigefinger die übliche Elfengröße an.

Galantha kicherte fröhlich. „Er hatte sich vornübergebeugt und so getan, als ob er das Fischlein greifen würde, da habe ich mich mit ganzer Kraft in sein Genick geworfen und schwupp plumpste er ins Meer. Vermutlich ist er vor Schreck gefallen, denn mein Gewicht kann es unmöglich gewesen sein."

Aurëus und Silvestra brachen in Gelächter aus. „Keinen Ton hat er darüber verloren, dass ihn unser kleiner Schmetterling zu Fall gebracht hat. Das wäre ja auch die allerschlimmste Blamage gewesen, wenn auch nur einer davon Wind bekommen hätte."

Galantha blinzelte Martha zu, die erheitert mit Alfons dem kleinen Bericht gefolgt war.

„Du warst also genau so ein Wirbelwind wie Stella, die sich immer im Sturzflug auf mich geworden und zum Gefangenen erklärt hat", stellte Pyron amüsiert fest.

„Ja natürlich, mit Kobolden und Waldelfen als Spielkameraden bleibt das nicht ganz aus. Vielleicht war es auch das, was mir, ganz tief in mir drin, geholfen hat, allein zu überleben." Galantha seufzte. „Es war eine verdammt lange einsame Zeit."

„Aber dafür bist du tausendfach entschädigt worden", warf Stella blinzelnd ein.

Galantha nickte begeistert. „Das kannst du sogar ganz laut sagen." Dabei breitete sie die Arme aus, um all ihre Freunde und Verwandten mit dieser Geste zu umfangen.

Als sich die erste Aufregung etwas gelegt hatte, wandte sich Marc an Aurëus: „So, wie es aussieht, wird wohl nichts mit der Zaubershow in Las Vegas?"

„Jetzt erst recht!", lachte der. „Wir nehmen Silvestra mit und wir bleiben bei euch, bis Bromer und Diandra allein zurechtkommen. Keinem wird auffallen, dass die Königin im Urlaub ist."

Silvestra lächelte fröhlich. „Ich freue mich auf das kleine Gastspiel in der anderen Welt. Ich habe schon ewig nicht mehr für die Menschen gezaubert. Und keine Sorge, dass wir uns rar machen. Wir werden eine feste Wohnung mieten, um jederzeit zwischen den Welten wechseln zu können, ohne jemandem zur Last zu fallen."

Stella schnaufte entrüstet. Auréus legte ihr einen Finger auf die Lippen. „Pssst. Ich weiß doch, dass wir gern gesehene Gäste sind. Aber einen kleinen Freiraum brauchen auch wir. Wir haben nämlich ziemlich viel nachzuholen." Er zwinkerte Thomas fröhlich zu.

Silvestra hatte sich zu Diandra und Bromer hinüber gebeugt, mit denen sie leise tuschelte. Bromer schaute ungläubig und Diandra nickte mehrmals heftig mit dem Kopf, wobei ein glückliches Lächeln auf ihrem Gesicht lag.

Die Königin richtete sich auf. „Also, meine Lieben, wir drei haben soeben beschlossen, dass die Menschenwelt noch etwas auf uns warten muss. Morgen früh fliegen wir alle zu meinem Schloss in den Wolken, von wo aus wir übermorgen aufbrechen werden."

Martha schloss die Augen, rieb sich das Gesicht mit beiden Händen. „Weckt mich bloß nicht auf! Das ist der schönste Traum aller Zeiten."

Die Freunde lachten herzlich.

„Mit diesem Wunsch stehst du nicht allein", schmunzelte Auréus, der reihum in strahlende Augen schaute.

„Achtung!", rief Pyron, vom Tisch aufspringend, plötzlich.

Auch Zephyra machte einen Satz nach hinten. Ehe alle erschrecken konnten, standen die Drachen in ihren wahren Gestalten vor ihnen.

„Fast hätten wir die Zeit verpasst", erklärte Pyron entschuldigend. „Die halbe Nacht ist ja fast wie im Flug vergangen."

„Genau deshalb werden nun auch alle ins Heu kriechen", schmunzelte Auréus. Er löschte das Feuer, teleportierte die Möbel in die Grotte und eilte, mit Silvestra auf den Armen, zu seinem Schlafplatz.

„Könnte durchaus für uns alle eine unruhige Nacht werden", kicherte Bromer, der Diandra aufhob und ebenfalls schnellen Schrittes verschwand.

„Klingt plausibel." Alfons betrachtete genüsslich die gertenschlanke Gestalt mit dem sexy Outfit neben sich, fasste Martha bei der Hand und beeilte sich ins Heu zu kommen.

„Weg sind sie!" amüsierte sich Pyron. „Ohne Frauen wäre die Welt wirklich nur halb so schön." Er stupste Zephyra liebevoll mit der Nase an, ehe sie mit den beiden letzten Pärchen, ganz gemächlich, den Weg ins Innere der Höhle antraten.

„Ich hätte nie gedacht, dass wir hier einmal das komplette Königshaus zur Übernachtung beherbergen würden", seufzte Zephyra, bevor sie in einen ganz wundervollen Traum sank.

Pyron war am nächsten Morgen, wie immer, als Erster wach. Leise verließ er die Höhle, um ein reichhaltiges Frühstück für seine Freunde zu besorgen. Im Sturzflug raffte er einige Brontornis-Eier zusammen. Um die Vögel nicht auszurotten, suchte er die Brutstätten nur heim, wenn Gäste in der Grotte weilten. Schließlich wollte er auch in ferner Zukunft noch die begehrten Leckerbissen haben. Beinahe lautlos legte er seine Beute im Eingang der Höhle ab, besorgte einige Melonen, Gurken und ganz zuletzt vier große Hechte für sich und Zephyra. Sehr zufrieden kehrte er nach Hause zurück, wo die anderen inzwischen ihre Morgenwäsche beendet hatten, und interessiert zusahen, wie Marc, Galantha und Stella das Frühstück bereiteten. Bromer duplizierte die gefüllten Kaffeebecher, Thomas und Diandra teilten sie aus, während Martha bereits das gigantische Rührei portionierte. Alfons schnitt die Melone für die drei Elfen in mundgerechte Würfelchen. Silvestra hatte ihre Wange an Auröus' Schulter gebettet. Mit strahlenden Augen betrachtete sie das stimmungsvolle Bild, wie die vielen lieben Freunde und Verwandten Hand in Hand agierten. Auröus wirkte nach der siedendheißen Nacht, die ihm Silvestra bereitet hatte, frisch und kraftvoll, wie ihn alle von früher kannten. Stella blinzelte ihnen fröhlich zu. „Immer noch keine Lust dein Outfit der neuesten Mode anzupassen?", wandte sie sich an Auröus.

Der strich seinen langen Bart. „Hm, wer weiß das schon bei einem Zauberer?" Dabei betrachtete er, zum ersten Mal nachdenklich, seinen violetten Mantel und die Schnabelschuhe, die er seit Jahrhunderten in der Elfenwelt getragen hatte.

Auch Galantha hob fragend die Augenbrauen.

„Hinter dem Tor", versuchte sich Aurëus, um eine direkte Antwort herum zu reden.

„Und wenn ich dich ganz lieb darum bitte?", flötete Silvestra mit einem unwiderstehlichen Augenaufschlag.

„Was?" Aurëus zuckte überrascht zusammen. „Hmm, weiß nicht."

Stella wechselte einen amüsierten Blick mit Galantha und Silvestra. „Okay, du hast genau fünf Minuten, dann stylen wir dich um."

„Ach du lieber Himmel!" Aurëus sprang auf. „Das meint ihr doch nicht ernst?"

„Todernst", antworteten die drei Elfen im Chor.

Die anderen brachen in wieherndes Gelächter aus. Das Entsetzen im Gesicht des Zauberers war keineswegs gespielt.

„Sonst sage ich ganz laut in Luigis Lokal *Großvater* zu dir und dann wirst du ja sehen, was dabei heraus kommt!", kicherte Stella fröhlich.

„Mich hat auch keiner gefragt, ob ich nicht lieber weiter in meiner Oma-Bluse und den Gesundheitsschuhen herumlaufen will", rief Martha quer über den Tisch. „Aber los nun!"

„Hast du nicht selber gesagt, dass die Frauen früher schon auf Gilgamesch geflogen sind?", warf Zephyra ein. „Denk daran, deine hat Flügel und wenn ich mir Bromer so anschaue …"

„Äh, das ist meiner", gab Diandra schnell bekannt. „Den gebe ich nicht freiwillig her. Notfalls duelliere ich mich seinetwegen mit Steakmessern und Grillspießen." Die Nixe deutete auf die kleine Feuerstelle, neben der die genannten Werkzeuge aufbewahrt lagen.

Aurëus fiel nun in das allgemeine Gelächter ein. „Wenn hier so die Emotionen hochkochen, nur weil ich etwas altertümlicher angezogen bin, dann folge ich lieber der Stimme der Vernunft." Er erhob sich, schloss kurz die Augen, die Luft begann leicht zu flimmern und im Bruchteil einer Sekunde veränderte sich seine Kleidung. Thomas pfiff erstaunt durch die Zähne. Graue Nadelstreifenhose, Seidenweste, himmelblaues Hemd, exakt gekämmt und glattrasiert – jeder Zentimeter ganz Gentleman.

„Besser?", fragte der Zauberer breit grinsend.

„Du siehst umwerfend aus", antworteten alle im Chor.

Aurëus feixte. „Dann muss es wohl stimmen."

„Was war daran nun so schwer?", wollte Stella genau wissen.

„Alte, lieb gewonnene Gewohnheiten abzulegen", schmunzelte Aurëus. „Ich denke manchmal sehr menschlich."

„Und genau das macht dich so liebenswert", erklärte Martha lächelnd. „Du hast nie den großen überlegenen Zauberer zur Schau gestellt, hast uns nie geschulmeistert und unsere kleinen Macken stets mit einem Lächeln akzeptiert."

„Das unterschreibe ich gern", kommentierte Alfons.

„Und da bist du nicht der Einzige", fügte Marc hinzu.

Ein großer Schatten verdunkelte den Eingang der Drachenhöhle. Pyron und Zephyra hoben witternd die Köpfe.

„Das gibt es doch gar nicht", hauchte das Drachenweibchen. „Ich rieche Artgenossen."

„Ist es erlaubt, als Gast einzutreten?", fragte eine tiefe Stimme, ähnlich der von Pyron.

„Gäste sind stets willkommen", antwortete der schwarze Drache und wandte sich dem Ankömmling zu, der soeben im Hauptraum erschien.

„Magmatus!", rief Pyron erfreut. „Ist das eine Überraschung! Welcher Wind treibt dich hierher?"

„Der Befehl meiner Königin", sagte der fremde Drache und neigte seinen Kopf zum Gruß.

„Ich habe euch doch versprochen, dass wir zu unserem Schloss fliegen. Pyron und Zephyra können schließlich nicht alle gleichzeitig sicher tragen", erklärte Silvestra. „In wenigen Augenblicken wird auch noch Vulkanus eintreffen."

Diandra zupfte Bromer am Arm. „Wer ist Vulkanus?", flüsterte sie.

„Noch ein Drache", gab der Zauberer genau so leise zurück.

Silvestra nickte. „Wenn er da ist, stelle ich euch einander vor."

Ein schleifendes Geräusch auf dem Plateau veranlasste Pyron, zu rufen. „Tritt ein, Vulkanus, und sei mein Gast", worauf ein genau so riesiger Drache auftauchte, wie er selbst und Magmatus.

„Schön, dann sind wir ja vollzählig!", rief die Königin. „Die beiden Neuankömmlinge sind meine Wächter und gleichzeitig die beiden älteren Brüder von Pyron."

„Ach schau an", murmelte Thomas interessiert.

„Zephyra, ist die Gefährtin von Pyron, dem Herrn der Grotte", fuhr Silvestra fort. „Rechts neben mir sitzt Auréus, euer König."

Die großen Drachen sogen die Luft ein. „Stimmt, obwohl er so verändert aussieht. Ihr habt ihn also gefunden. Erstaunlich."

„Da drüben, die beiden Elfen, sind Galantha, meine Tochter, und Stella, meine Enkelin, mit ihren Ehemännern, dem Zauberer Marc und dem Unsterblichen Thomas. Daneben, das sind Martha und Alfons, die unsterblichen Eltern von Marc. Hier links neben mir, das sind die Nixe Diandra, die mit Nereus im Berg war, und ihr Gefährte Bromer, der Zauberer. Jene, die nicht direkt zur Familie gehören, sind die allerbesten Freunde, die man sich nur wünschen kann."

Die Wächterdrachen schauten beinahe fassungslos in die Runde. Hier schien tatsächlich die gesamte Königsfamilie versammelt zu sein, und alle strahlten vor Glück, was kaum Zweifel daran ließ.

Vulkanus' Blick blieb an Zephyra hängen. Er stupste Magmatus mit der Nase an. „Hübsch, die Kleine."

„Und ziemlich wehrhaft", schmunzelte Zephyra. „Wildern verboten. Hier gibt es sofort auf die Krallen." Sie schmiegte sich an Pyrons Brust.

„Ich würde meinem Wahlbruder glatt beistehen." Stella zwinkerte den Wächterdrachen zu.

Vulkanus kicherte. „Hab davon gehört, dass es von euch allen ordentlich auf die Krallen gibt. Da lasse ich sie lieber ganz weit aus dem Spiel."

„Besser ist es", schmunzelte Auréus. „Pyron trägt den Status eines königlichen Gesellschafters, Wächterdrachens und Bewahrers dieser Welt. Zephyra lässt sich die Beute genau so wenig vor der Nase wegnehmen. Sie ist, wie Pyron, zwischen den Welten gewandert. Schaut euch diese Grotte genau an – hierher kommen sogar die kleinen Elfen, um sich wärmen und umsorgen zu lassen, die Nixen treiben den beiden die besten Fische zu. Wer diesen Drachen Böses will, hätte es mit unzähligen und ungewöhnlichen Gegnern zu tun."

Magmatus sah sich um, bekam große Augen. „Ein Portal?"

Pyron nickte. „Es ganz besonderes, seit geraumer Zeit mehrfach abgesichertes, das ich schon immer bewacht habe."

„Da wundere ich mich auch nicht, woher du die vielen Rüstungen hast", entgegnete Vulkanus. „Wo führt es denn jetzt hin?"

„Direkt in mein Haus", ließ sich Marc vernehmen. „Die Leibwächter meiner Frau und meiner Tochter haben kurze Wege und können jederzeit eingreifen."

„Leibwächter?", fragte der große Drache irritiert.

„Exakt", bestätigte Galantha lächelnd. „Stella und ich haben viele Jahre, gut behütet von Pyron, in diesem wundervollen Drachenpalast gelebt. Sein Haus war unser Haus. Er hat uns mit allem versorgt, was man zum Leben braucht. Er hat auch Zephyra alles gelehrt, was ein guter Wächter wissen muss. Gemeinsam schützen sie nicht nur dieses Portal, sondern auch noch den Wandelnden Turm. Sie hat damals Nereus mit beschworen. Für Pyron würde sie jedem anderen Drachen kräftig die Fassade verbeulen."

„Und wo lebt die Zauberin vom Berg?", fragte Magmatus. „Die Beschreibung hätte genau auf dieses Gebirge gepasst."

„Sie hat einmal hier gelebt. Nun ist sie bei den Menschen", erklärte Pyron.

„Ihr habt euch wohl nicht vertragen?" Magmatus schaute seinen Bruder von der Seite an.

Stella schwebte auf Pyron zu, drückte ihm einen schallenden Kuss auf die Nasenspitze. „Ich könnte mich nicht erinnern, dass wir beide uns jemals gestritten hätten. Dafür verdanke ich dir einfach zu viel."

„Ach was!", murmelte Vulkanus erstaunt.

Pyron lachte. „Mein kleines Elfen-Schwesterchen ist wirklich die geheimnisvolle Schöne."

„Glaub es ruhig!", rief Bromer zu Vulkanus hinüber. „Mir hat sie auch schon ein Duell angeboten, bei dem ich wohl ziemlich alt aussehen würde, wie ich neidlos eingestehen muss."

Der Drache bekam tellergroße Augen. „Bromer, der Suchende, hat ganz offensichtlich Ruhe gefunden, wenn er sogar Scherze darüber macht, dass andere besser sind als er."

Auch Magmatus wunderte sich. „Hier sieht es eher nach Zusammenarbeit, als nach Duellen aus."

„Alles richtig!", strahlte Stella. „Diandra hat ihm gegeben, was er jahrtausendelang gesucht hat – seine Identität, Liebe und ein offenes Ohr für seine Sorgen."

„Jetzt verstehe ich die Welt überhaupt nicht mehr", brummte Magmatus. „Seid ihr sicher, dass Diandra eine Nixe ist?"

„Darauf kannst du einen lassen!", rief Thomas, in seiner ewig witzigen Art.

„Hältst du das für eine gute Idee, bei einem von seiner Größe, hier in der voll besetzten Grotte?", fragte Pyron mit treuherzigem Blick.

Das einsetzende Gelächter brach sich an den Wänden und schallte sicher bis hinaus zum See. Bromer hielt sich den Bauch, Silvestra traten Tränen in die Augen und Alfons japste nach Luft.

„Daran werdet ihr euch gewöhnen müssen", erklärte Aurëus den beiden Wächterdrachen, die sich in ihrem Leben noch nie so amüsiert hatten. „Wegen Pyron und Thomas haben wir öfter mal Heiterkeitsausbrüche."

Magmatus hatte sich inzwischen etwas beruhigt. „Um noch einmal auf Diandra zurückzukommen – das klingt alles so unglaublich. Nixen spielen doch den ganzen Tag und haben nur Unsinn im Kopf. Und wo, bitte schön, ist der Fischschwanz?"

„Den habe ich mir für meine Freunde weggewünscht", erklärte Diandra freudestrahlend. „Und Bromer hat mich dann zu einer richtigen Frau gemacht."

„Weggewünscht?", wiederholte Magmatus ungläubig.

Diesmal sagte Aurëus: „Glaub es ruhig. Ich habe gesehen, wie sie sich ihren größten Wunsch erfüllte." Dann erzählte er den staunenden Wächterdrachen, was sich am vergangenen Tag, und den Wochen zuvor, zugetragen hatte.

„Dann war die Massenflucht der Zwerge also die Antwort auf Galanthas Wunsch", sinnierte Magmatus. „Das ist einer Elfenprinzessin wirklich würdig."

„Sie sind geflohen?", fragte Marc überrascht.

Der Drache nickt. „Ging wohl nicht anders, denn in Frieden können die garantiert mit niemandem leben."

„Was ist mit den Wölfen und Bären?", wollte Thomas wissen.

„Die verhalten sich jetzt nach Einbruch der Dunkelheit wieder völlig normal", erklärte Vulkanus. „Ich glaube fast, dass eure gemeinsame Freundin dahinter steckte. Würde mich nicht wundern, wenn die Flüchtlinge in ihrer Dimension Unterschlupf gefunden hätten."

„Von mir aus können die sich gegenseitig ausrotten, dann haben wir weniger Stress", schmunzelte Stella. „Wobei es interessant wäre, zu erfahren, ob Lahara auch auf solch kleine Kerle steht."

„In der Not frisst der Teufel Fliegen", kicherte Thomas. „Besonders, wo du doch ihre Daten verwurstelt hast."

Die anderen fielen in das Gelächter ein und selbst Pyrons Brüder amüsierten sich über diesen Gedanken prächtig, als ihnen Marc erklärte, was *Datenverwursteln* bedeutet.

„Langweilig scheint es bei euch nie zu sein", stellte Vulkanus im Tonfall einer Frage fest.

„Ganz bestimmt nicht!", antworteten alle im Chor und blinzelten verschmitzt.

Silvestra erhob sich. „Am besten machen wir uns nun auf den Weg, es gibt für euch viel Neues zu entdecken."

Gemeinsam liefen alle zum Plateau. Magmatus neigte vor dem Königspaar den Kopf.

„Damenwahl!", rief Zephyra, sich sanft vordrängelnd. „Ich möchte bitte diese ehrenvolle Aufgabe übernehmen. Ihr könnt schließlich öfter das Vergnügen haben!"

„Ein stichhaltiges Argument", pflichtete ihr Vulkanus bei. „Tragen wir also die Prinzessinnen und ihre Männer."

Pyron ließ Marcs Eltern, Diandra und Bromer aufsitzen. Dann folgte er rasch den anderen, die sich hinter Zephyra bereits in die Lüfte geschwungen hatten. Beinahe senkrecht stiegen die Drachen auf, bald war das Gebirge nur noch wie ein kleiner dunkler Fleck auf einer Landkarte zu erkennen und schließlich tauchten die kühnen Flieger in eine riesige weiße Wolke ein, die einsam am strahlendblauen Himmel schwebte. Marc, der erwartet hatte die Feuchtigkeit der Wolke zu spüren, staunte, als er vollkommen trocken blieb.

„Optische Täuschung", hörte er Thomas im selben Augenblick sagen.

„Echt genial", entfuhr es Alfons, der sich sogar noch einmal umdrehte. Von hier oben betrachtet, war von einer Wolke ganz und gar nichts zu sehen. Stattdessen breitete sich feiner weißer Sand, wie an einem Meeresufer aus. Zephyra zog soeben eine elegante Schleife, um genau vor dem Portal des hell im Sonnenschein leuchtenden Schlosses zu landen.

„Woher wusstest du den Weg?", fragte Silvestra, ihr die Stirn zwischen den Hörnern kraulend.

„Ich bin der Drachenenergie gefolgt, die diesem Ort entströmt. Zwei so große Drachen hinterlassen deutlich Spuren, an einem Fleck, wo sie sich lange aufgehalten haben."

Pyron nickte zu Zephyras Worten. Sie reagierte besonders sensibel auf fremde Energien, wie er schon oft mit Erstaunen festgestellt hatte. Selbst das Nahen der kleinen Elfen konnte Zephyra schon lange vor deren Ankunft spüren.

„Du bist ungewöhnlich", murmelte Silvestra. „Ich freue mich riesig auf den Tag, an dem es hier endlich wieder einmal Drachenküken geben wird. Wer weiß? Vielleicht ist ja ein magischer Drache mit dabei. Bei euch ist schließlich nichts unmöglich."

Pyron zwinkerte seiner Partnerin zu, die freudig nickte. „Bis dahin ist es noch ein Weilchen und *frau* hat ja auch Möglichkeiten sich weiterzuentwickeln."

Magmatus klappte der Kiefer auf. Aurëus klopfte ihm die Schulter. „Tja, mein Lieber, wer weiß das schon bei Freunden von so vielen Zauberern, was an sie für Magie weitergegeben wird? Ich glaube fast, wir sollten heute einen kleinen Wettstreit veranstalten, damit ihr überhaupt eine Vorstellung davon bekommt, was unsere Freunde drauf haben."

„Eine wundervolle Idee!" Silvestra klatschte in die Hände. „Ich habe ja selbst nur ganz vage Vorstellungen davon. Zuerst schaut ihr euch in Ruhe hier um, und am Nachmittag kann jeder, der möchte, zeigen, was in ihm steckt."

„Einverstanden", antworteten alle erfreut.

Galantha hatte sich von der Gruppe entfernt. Stufe für Stufe stieg sie die große Freitreppe hinauf, wobei sie ihre Fingerspitzen über den weißen, kühlen Marmor des Geländers gleiten ließ. Ganz bewusst setzte sie ihre Füße, weil Fliegen in ihren Augen völlig unangemessen gewesen wäre, für das, was sie empfand. Hin und wieder bewegte sie ihre Flügel, wie ein großer Schmetterling, der unschlüssig ist, ob er lieber sitzenbleiben oder wegfliegen soll. Sie drehte sich um. „Das war einmal mein Zuhause."

Die Wächterdrachen schauten sie fragend an. Galantha lächelte. „Nun lebe ich in der Menschenwelt. Bei Marc ist mein Zuhause." Sie schlug mit den Flügeln, um lautlos auf Marc zuzuschweben, der sie auffing und überglücklich an sich drückte. „Er gibt mir so viel Liebe und Geborgenheit, dass ich mich in der anderen Welt sehr wohl fühle. Ich bin froh, die Erinnerungen an diesen Ort hier nie vermisst zu haben, weil ich gar nicht wusste, dass es dieses Wissen in mir jemals gegeben hatte. Kein Wunder, dass Bromer zu allen Mittel gegriffen hätte, um sich selbst wiederzufinden." Sie beschattete die Augen mit der Hand, um einen langen Blick auf das nahe Meer hinaus zu werfen. „Ob es wohl mein Seepferdchen noch gibt?"

„Finden wir es doch einfach heraus!" Silvestra fasste nach Galanthas Hand und zog sie fröhlich blinzelnd hinter sich her. Stella und Diandra eilten den beiden Elfen nach. Martha schlenderte gemächlich mit den Männern und Drachen des Weges. Bald erreichten sie den langen gewundenen Steg, welcher zum Korallenriff hinaus führte, wie ihnen Galantha erzählt hatte.

„Darf man hier schwimmen?", fragte Diandra vorsichtig, weil sie fest mit einer Absage rechnete.

„Ja natürlich", beeilte sich Aurëus, zu sagen. „Wenn du keine Angst vor den Delfinen hast."

„Hier gibt es sogar Delfine?" Martha bekam große Augen. „Dann möchte ich aber auch ins Wasser."

„Keine Sorge", lachte der Zauberer. „Ihr bekommt schicke Badesachen und schon kann der Spaß richtig losgehen." Augenblicklich erschien eine gemütliche Sitzgruppe und auch die versprochenen Bikinis waren zur Stelle.

„Gefährlichere Tiere gibt es hier hoffentlich nicht", murmelte Bromer, das tiefblaue Wasser betrachtend.

„Nein. Definitiv nicht." Galantha gab ihm die beruhigende Antwort. „In diesem kleinen Universum bleibt alles ewig gleich. Gab es früher keine Störenfriede, so wird es sie heute und auch in Zukunft nicht geben."

„Da!" Martha deutete aufgeregt auf die andere Seite des Stegs. „Dort kommen die Delfine!" Im nächsten Augenblick hatte sie auch schon einen strahlenblauen Bikini an.

„Wie hat sie denn das gemacht?" Alfons kratzte sich überrascht am Kinn.

„Damit könnte sie glatt die Weltmeisterschaften im Umziehen gewinnen", schmunzelte Marc. „Du weißt doch, wie sehr sie diese Tiere liebt, kein Wunder, dass sie als Erste bei ihnen sein möchte."

Diandra blinzelte ihm zu, während sie ganz in Ruhe in einen seegrünen Badeanzug schlüpfte. Martha fieberte so deutlich sichtbar der Begegnung entgegen, dass es die Nixe nicht übers Herz gebracht hätte, ihr die Freude zu zerstören, obwohl sie selbst noch nie einen Delfin gesehen hatte. Martha hechtete ins Wasser und schwamm mit kräftigen Armzügen den wundervollen Tieren entgegen, von denen sie mit lustigen Schnalzlauten begrüßt wurde. Diandra beeilte sich ebenfalls, der kleinen Schule von mehreren Tieren nahe zu kommen. Zwei Delfine kamen neugierig heran. Offensichtlich interessierten sie sich für den rasanten Schwimmstil der Nixe, der es trotz fehlender Flosse keine Mühe bereitete, aus dem Wasser zu schnellen und wie ihre großen Spielkameraden graziös wieder einzutauchen. Hingerissen streichelte sie die feste elastische Haut der Tiere. Martha hatte sich indes auf den Rücken eines Delfins geschwungen, um sich durch das Riff tragen zu lassen, wohin ihr Diandra staunend folgte. Die Elfen standen am Rand des Steges, sahen dem lustigen Treiben zu.

Schließlich sprang Stella auf. „Haltet mich meinetwegen für völlig verrückt. Ich gehe jetzt ebenfalls ins Wasser."

„Ich auch!", rief Galantha und fasste nach einem der farbenfrohen Bikinis.

Die anderen kamen nicht einmal dazu, sich zu wundern, denn die beiden knieten auf den Holzbohlen und lockten die Delfine. Einen Lidschlag später saßen sie schon auf deren Rücken und winkten, im Davongetragenwerden, Silvestra, den Männern und Drachen lachend zu.

Pyron begann zu kichern, als er in die verdatterten Gesichter seiner Brüder schaute.

Vulkanus schüttelte den Kopf. „Ich gebe auf – eine Nixe mit Beinen und Elfen, die ins Wasser gehen."

„Du wirst dich noch viel mehr wundern, mein Lieber", feixte Pyron, während er sich mit Zephyra ans Ende des Steges begab, um einen kleinen Rundflug über das Meer zu unternehmen.

„Ihr dürft fischen!", rief ihnen Aurëus noch hinterher.

„Verstanden", erklang es von Ferne, wo sich die beiden kühnen Flieger immer höher in den Himmel schwangen.

Die Elfen genossen den rasanten Ritt auf den Delfinen. Irgendwie würden sie sich schon zu helfen wissen, falls eine von ihnen doch ins Wasser fiele und Schäden an den Flügeln konnte Aurëus wieder reparieren, wie er es schon ein Mal getan hatte, da waren sie sich ganz sicher.

„Schau mal da!", rief Galantha glücklich. „Das sind genau solche Seepferdchen, wie damals, als ich noch ganz klein war."

Stella beugte sich zur Wasseroberfläche. „Hm, die sind ja beinahe riesig, wenn ich im Vergleich an die Arten denke, die die Ozeane der Menschenwelt bevölkern."

„Stimmt." Galantha betrachtete das putzige Geschöpf mit leuchtenden Augen. „Damals kannte ich ja nur diese hier."

Langsam dirigierte sie ihr Reittier wieder zum Steg. Auch die anderen Frauen kehrten mit glückstrahlenden Gesichtern zurück. Diandra schwang sich aus dem Wasser, blieb aber auf der Kante sitzen, ließ die Beine baumeln und streichelte immer wieder die beiden Delfine, die zutraulich ihre Schnauzen an ihr rieben. „Sie haben mir ganz wundervolle Geschichten erzählt", erklärte sie erfreut. „Solche Perlen soll es hier in riesigen Muscheln geben!" Diandra breitete die Arme aus.

Marc nickte lächelnd. „So etwas gibt es bei uns auch. Man nennt diese Tiere Mördermuscheln, denn schon oft haben sie unvorsichtige Taucher eingeklemmt, die dann jämmerlich ertrunken sind, ohne den begehrten Schatz bergen zu können."

Bromer strich ihr übers Haar. „Es gibt anderen Reichtum, einen der viel glücklicher macht. Das habe ich aber auch erst begriffen, seit ich Marc und seine Familie kenne."

Die großen Drachen schauten den Zauberer überrascht an. Silvestra schmiegte sich, heftig nickend, an Aurëus.

Zwei große Schatten huschten vorüber.

„Ihr seid aber schnell wieder da?", rief Aurëus erstaunt.

Pyron wiegte den Kopf. „Wir haben da etwas entdeckt, worauf wir uns keinen Reim machen können. Da ganz weit draußen, hinter dem, wo ich, des sandigen Randes wegen, das andere Ende dieser kleinen Welt vermute, treibt mit dem Wind ein seltsames Gefährt heran."

„Wirklich?" Silvestra sprang auf. „Kannst du es näher beschreiben?"

„Ich will es versuchen", murmelte der Drache verlegen. „Also: Das sieht aus wie ein riesiger bunter fliegender Kürbis, an dem unten ein großer Korb an lauter langen Stricken hängt, in dem ab und zu Feuer brennt."

„Ein Fesselballon?!" Thomas schaute den Drachen fragend an.

Pyron zuckte mit den Schultern „Kenne ich nicht. Aber wenn du es aus meiner Beschreibung so heraus gelesen hast, dann wird es wohl so sein. Ich schätze, es taucht in ein paar Stunden da hinten auf." Er deutete mit der Klaue die ungefähre Richtung an.

Silvestra und Aurëus blinzelten sich fröhlich zu. „Wenn da wirklich kommt, was wir vermuten, dann haben Pyron und Thomas ernsthafte Konkurrenz, was lustige Sprüche betrifft."

„Ach du lieber Gott! Ich bin meinen Lachmuskelkater gerade erst losgeworden!" Alfons legte gespielt komisch die Hände auf den Bauch.

„Was haltet ihr davon, wenn wir jetzt unseren kleinen Wettstreit austragen, damit wir den Abend ganz gemütlich im Schloss verbringen können?" Aurëus schaute Antwort heischend in die Runde.

Silvestra winkte, ihr zu folgen. „So soll es ein."

Auf einem Strandabschnitt, wo weit und breit kein Baum, kein Strauch wuchs, ließ sie in etwa fünfzig Metern Entfernung einen kleinen Kürbis auf einer Stange erscheinen. „Versucht, ihn mit einer Flamme zu treffen!", gebot sie.

„Mit Essen spielt man nicht", murmelte Stella, worauf sich der Kürbis in einen farbenfrohen Ball verwandelte.

Auf die erstaunten Blicke der Elfenweltbewohner erklärte Marc: „In unserer Welt gibt es noch immer Hunger und Not. Während wir", er deutete auf seine Freunde und Familie, „drei Mahlzeiten am Tag haben, verhungern in anderen Ländern Menschen."

„Das habe ich nicht gewusst. Ich tue es nie wieder", versprach Silvestra. „Es wird bestimmt eine Weile dauern, bis ich mich daran gewöhnt habe, dass ihr nach menschlichen Maßstäben wertet."

Vulkanus, der darauf gewartet hatte, den Wettbewerb eröffnen zu dürfen, staunte nicht schlecht, als ihn Galantha sanft beiseite schob. „Erst die Damen", schmunzelte sie, als sich Stella und Zephyra zu ihr gesellten.

„Hier geht es um Flammen", stotterte er, verwirrt das Feld für die Elfen räumend.

„Das haben wir nicht überhört." Stella streichelte seine Stirn.

Magmatus schaute ebenfalls etwas skeptisch. Stella baute sich an der Linie auf, die keiner der Teilnehmer überschreiten durfte, zielte mit dem Finger und sandte einen Feuerstrahl zum Zielball, der sich mit lautem Knall in kleine Fetzen auflöste.

Die beiden Wächterdrachen fuhren zusammen, die Elfe mit übernatürlich aufgerissenen Augen musternd. Da hatte Auröus schon den nächsten Ball platziert, den Galantha mit einer gewaltigen Flamme einfach wegschmolz. Zephyra spuckte ein winziges Flämmchen, das den Ball ebenfalls zum Platzen brachte. Bromer grinste breit. Er ließ den Drachen den Vortritt. Pyron sandte einen Schwall glühendheißer Luft ab, der sich erst kurz vor dem Ziel in einen Feuerball verwandelte. Seine Brüder, denen das alles gar nicht mehr geheuer vorkam, spien vorsichtshalber Flammen, die denen von Galantha ähnelten. Dann war Bromer an der Reihe. Er ließ seinen rechten Zeigefinger zweimal kreisen, worauf eine winzige Flammenspirale zielgenau den Ball zerriss.

„Würde mich interessieren, wessen Feuer am weitesten reicht", flüsterte Diandra Martha ins Ohr.

„Gleich werden wir es wissen", rief Auröus, wobei er ab dem alten Zielpunkt, alle zehn Meter einen Ball an den Strand setzte. Die letzte Kugel platzierte er bei 500 Metern, ziemlich sicher, dass so weit keiner mehr treffen würde.

Diesmal begannen die Drachen. Pyron siegte locker über die drei anderen und hockte sich zufrieden auf seinen Platz, um Zauberer und Elfen zu beobachten. Bromer schaffte es, die Hälfte der Ziele zu zerstören, Stella erbeutete einen Treffer mehr. Galantha kniff ein Auge zu, nahm Maß und schickte eine Lohe auf die Reise, welche Magmatus und Vulkanus mit blankem Entsetzen erfüllte.

„Nicht übel", murmelte Marc. „Ihre Kräfte nehmen immer mehr zu." Dann erhob er sich. „Ich habe zwar keine Chance auf den Sieg, möchte es aber trotzdem probieren."

„Aber du bist doch ein Mensch", versuchte Vulkanus, sich selbst eine Erklärung zu geben.

„Eben", kicherte Marc. „Deshalb will ich es ja auch nur probieren." Er nahm die Linie der Ziele ins Visier, die Aurëus noch einmal in voller Länge aufgestellt hatte, konzentrierte sich, spitzte die Lippen und blies Atemluft mit geschlossenen Augen zum ersten Ball. Nach einigen Metern bildete sich aus dem Lufthauch ein winziges Flämmchen, das träge auf die Zielstange zu trieb.

„Du schaffst es!", rief Martha und drückte ihrem Sohn die Daumen, dass es in den Gelenken knackte.

Das winzige Feuerchen erreichte tatsächlich den Ball, fraß ein kleines Loch hinein, so dass er langsam in sich zusammenfiel.

Alle sprangen auf und jubelten. Galantha und Stella warfen sich an seine Brust. „Wir sind so stolz auf dich!"

„Du überraschst mich." Silvestra nickte ihm anerkennend zu.

„Ich bin ja selbst ganz überrascht", entgegnete Marc, vor Anstrengung noch immer schwer atmend. „Hätte nicht geglaubt, dass ich überhaupt ein Feuerchen machen kann, geschweige denn, dass es so weit fliegt. Ich werde mich wohl ab sofort mit meinen Wünschen vorsehen müssen, sie könnten in Erfüllung gehen."

„Ich möchte bitte auch etwas probieren", wandte sich Zephyra mit flehendem Blick an Aurëus. „Kannst du mir eine Stange etwas weiter vorn hinstellen?"

„Aber natürlich. Sofort." Der Zauberer erfüllte umgehend die Bitte des Drachenweibchens.

„Was hast du vor?", raunte Pyron seiner Gefährtin ins Ohr.

Sie blinzelte ihm fröhlich zu und machte: „Pssst." Schließlich hockte sie sich auf den Boden, fixierte die Reihe der Stangen, welche alle von einem farbigen Ball gekrönt waren, stieß einen ohrenbetäubenden schrillen Schrei aus und spie eine bläuliche Energiegarbe aus, die sich blitzartig vorwärts bewegte, den Ball auf der ersten Stange traf, ihn mit einem dicken Eispanzer überzog. Den zweiten Ball zierte, einen Lidschlag später, ein dicker Pelz aus Raureifnadeln.

Es war still geworden. Plötzlich rannten alle gleichzeitig los, um das Wunder vor Ort zu bestaunen. Der einsetzende Jubel war unbeschreiblich. Zephyra, als Einzige sitzen geblieben, hatte die Augen geschlossen und schüttelte immer wieder ungläubig den Kopf. „Es funktioniert also doch", flüsterte sie. „Die Eis speienden Drachen gibt es wirklich."

„Und ich glaube, du bist einer davon", antwortete Thomas mit frohem Lachen. „Phänomenal, wie du das gemacht hast."

„Dabei geht es mir jetzt, wie Marc vorhin." Zephyra rieb ihren Kopf an Marcs Schulter. „Er hat einmal gesagt, dass hinter jedem Märchen ein realer Hintergrund steckt. So wie es aussieht, hat er wieder einmal Recht gehabt."

„So viel zum Thema *Rückkehr der magischen Drachen*!", rief Silvestra überschwänglich.

„Offensichtlich", flüsterte Magmatus, sichtbar betroffen, Vulkanus zu, der kein Auge von Pyrons ungewöhnlicher Gefährtin wenden konnte. Erschreckt durch den Rummel um ihre Person, hatte sich Zephyra unter Pyrons Schwinge geflüchtet. Uneingeweihte, die sie so zum ersten Mal gesehen hätten, hätten niemals geahnt, dass gerade sie der mächtigste Drache im Umkreis von einigen tausend Meilen war. Diese Tatsache begriffen auch die anderen nur ganz langsam.

Pyron strahlte mit der Sonne um die Wette, genoss, wie Zephyra ihren Kopf unter seinem Kinn rieb und fühlte sich wie der glücklichste Drache aller Zeiten.

Zephyra kam langsam wieder hervor, tupfte Marc, Thomas, Galantha, Stella und natürlich auch Pyron mit der Nasenspitze an. „Danke, danke für alles, was ihr mich gelehrt habt. Ihr gabt mir das Wissen zweier Welten. Bei euch habe ich gesehen, dass man niemals aufgeben darf, selbst wenn die Chancen, ein Ziel zu erreichen, noch so winzig sind."

„Dann wirst du wohl künftig das Schloss bewachen", murmelte Magmatus leise.

Zephyra hatte ihn trotzdem verstanden. Sie lachte. „Vergiss es, das ist euer Job. Ich beschütze mit Pyron weiter den Wandelnden Turm, das Portal in unserer Grotte und von Ferne unsere Freunde." Dann blinzelte sie Magmatus fröhlich zu: „Wenn ihr aber irgendwann einmal Unterstützung brauchen solltet, dann wisst ihr ja, wo ihr mich und Pyron im Normalfall findet. Ein telepathischer Ruf genügt."

„Da!" Pyron hob plötzlich den Kopf. „Dort kommt schon, was wir gesehen haben!"

Ein winziger Punkt tauchte am Horizont auf, trieb gemächlich mit der kaum spürbaren Brise heran, bald konnten alle erkennen, welch brillante Beschreibung Pyron geliefert hatte. Der kürbisförmige Ballon leuchtete in allen Regenbogenfarben und aus dem Korb winkte ihnen mit beiden Händen eine Gestalt entgegen.

„Ist es erlaubt, bei euch zu landen? Sonst fall ich ins Wasser und muss stranden."

„Komm herunter und sei unser Gast." Aurëus deutete das Ziehen eines Hutes und eine Verbeugung an.

Geräuschlos glitt das seltsame Flugobjekt auf den weißen Strand. Der Besitzer verließ den Korb. Der Gruppe blieb genügend Zeit, den Fremden zu betrachten, welcher mit breitem fröhlichem Grinsen auf sie zu kam. Er war eher klein zu nennen, hatte eine, etwas untersetzte, Gestalt, die ihn gemütlich erscheinen ließ. Das schüttere Haar versteckte sich hinter einem blauen Stirnband.

„Es ist nicht gelogen, bin lange geflogen, weiß Ruhe zu schätzen, drum werd ich mich setzen." Er nahm in einem der Sessel Platz, überflog mit einem schnellen Blick neugierig die versammelte Schar.

„Oh, oh", murmelte Thomas spitzbübisch. „Das kann ja heiter werden – ein Schüttelreim-Poet."

„An jedem Tag ich Reime mag." Der Neuankömmling zog die Mundwinkel noch mehr in die Breite. „Werde oft *fliegender Dichter* genannt, bin in vielen Dimensionen bekannt."

„Und wie ist dein Name? Oder hätte ich die Frage lieber reimen sollen?", wandte sich Stella an den gut gelaunten Schöngeist.

Der rieb sich die Hände. „Ach wie gut, das niemand weiß …"

„… dass ich Rumpelstilzchen heiß", platzte Thomas heraus.

Die Menschen und die Zauberer begannen zu kichern, während der Fremde Thomas etwas irritiert musterte, ehe er rasch erklärte: „Ich kenne diesen Wicht, doch ich selber bin es nicht."

„Hm, der reimt bestimmt auch nicht so schön wie du", entgegnete Thomas mit einem Augenzwinkern.

„Ich bin entzückt und hoch beglückt." Der kleine Mann strahlte in die Runde.

Thomas setzte jetzt noch einen drauf. „Nun endlich sprich – wie nennt man dich!"

„Hoffentlich bleibt das nicht so", flüsterte Stella etwas besorgt Galantha ins Ohr. „Thomas und seine Witze in Reimen – ich müsste glatt weinen."

Daraufhin brachen ausnahmslos alle in schallendes Gelächter aus. Der Fremde schlug sich auf die Schenkel. „Es klappt doch immer und überall!", rief er, diesmal ohne zu deklamieren. „Ich heiße übrigens Lars."

„Und komm' vom Mars", kicherte Thomas mit Tränen in den Augen.

„Von Apollon", versuchte der Dichter richtigzustellen, was aber in einem erneuten Lachanfall der Freunde völlig unterging.

Es dauerte ziemlich lange, bis sich die Lage etwas beruhigt hatte.

„Mein Name ist wirklich Lars, aber meine Freunde nennen mich Happy", stellte sich der Gast nun in aller Form voll. „Ich komme geradenwegs von einem Sänger- und Dichterwettstreit, an dem ich bei den Olympiern teilgenommen habe."

Erstaunen malte die Gesichter der Versammelten.

„Du warst auf der anderen Seite des Meeres?", vergewisserte sich Zephyra.

Der Neuankömmling nickte.

„Wer hat in diesem Jahr gewonnen?", fragte Aurëus.

Lars winkte mit bekümmerter Miene ab. „Das ist immer das Gleiche – entweder gewinnen welche, die in der Unterwelt und eigentlich tot sind oder die Unsterblichen – mal Orpheus, mal Apollon selber …"

„Und warum nimmst du dann immer wieder teil, wenn du so wie so keine Chancen hast?" Galantha wiegte verständnislos den Kopf.

„Der erste Preis ist ein goldener Apfel der Hesperiden", erklärte der Poet leise. „Der Zweite ist eine Leier, die Apollon selbst gefertigt hat und deren Klang unwiderstehlich ist, der dritte Preis ist eine kleine Statue in Apollons Tempel, die die Züge des Glücklichen trägt."

„Dann suchst du also Unsterblichkeit", entgegneten die Männer.

Lars machte eine hilflose Geste, eine Mischung aus Kopfschütteln und Nicken. „Weiß nicht. Mir würde es schon genügen, wenn einmal meine Lieder und Gedichte unsterblich wären." Er seufzte schwer. Schließlich hob er den Kopf. „Ich bin aber nicht hier, um anderen die Laune zu verderben. In was für eine Feier bin ich eigentlich hinein geplatzt?"

„In einen Wettstreit", schmunzelte Auréus.

„Ach du großer Gott! Auch das noch! Da flieg ich lieber weiter!"

„Entspanne dich. Hier treten Drachen und Zauberer gegeneinander an."

Lars riss die Augen auf. „Das ist ja die verschärfte Form!"

„Schau es dir an. Vielleicht inspiriert dich das zu einem Lied, mit dem du die Olympier voll in den Sack stecken kannst", schlug Thomas vor. „Klappt das nicht, dann kümmere ich mich mit Stella darum, dass du wenigstens in der Menschenwelt richtig berühmt wirst."

„Du kennst die Welt hinter dem Tor?" Lars musterte Thomas mit steigendem Interesse.

„Hm. Ich wohne da, zusammen mit Stella, Galantha, Martha, Marc und Alfons. Morgen ziehen Diandra und Bromer zu uns um, wobei uns auch noch Silvestra und Auréus begleiten werden." Thomas zeigte bei der Nennung der Namen auf die oder den Träger desselben. „Nur die vier Großen müssen wir leider zurücklassen. Das heißt unsere Drachenfreunde Zephyra, Pyron, Magmatus und Vulkanus."

„Stopp!" Lars war aufgesprungen, wie von einer Stahlfeder getrieben. „Ihr geht einfach alle so in die andere Welt? Und das gibt keinen Ärger?"

„Bis jetzt nicht und wir hoffen, das bleibt so", schmunzelte Marc. „Natürlich bemühen wir uns, nicht aufzufallen. Das wäre alles andere als gut."

„Möchtest du mitkommen?", fragte Galantha.

Lars schüttelte rasch den Kopf. „Vielleicht besuche ich euch später mal", entgegnete er ausweichend.

„Schlechte Erfahrungen?" Bromer schaute ihn von der Seite an.

„Gar keine, aber komisches Zeug von da gehört", brummte Lars. „Ich möchte nicht am Grillspieß enden."

„Wie???" Die Freunde schauten ihn verdattert an. „An was für einem Grillspieß?"

„Na die essen doch dort alles, was schwimmt und fliegt, außer Boote und Luftschiffe. Die Menschen sollen doch sämtliche magische Wesen ausgerottet haben. Die haben sogar alle Drachen umgebracht, habe ich gehört. Verschlagen und bösartig sollen die Menschen sein. Dort wollt ihr wieder hin???"

Das einsetzende Gelächter war ohrenbetäubend. Sogar Pyrons Brüder hielten sich die Bäuche.

„Aber uns würdest du wohl besuchen?" Thomas grinste breit.

Lars nickte.

Thomas legte ihm einen Arm um die Schulter. „Nun hör mal ganz genau zu …"

Er erklärte nun zu jeder Person, die er Lars bereits mit Namen vorgestellt hatte, die genaue Herkunft. Lars riss die Augen auf und musterte irritiert die bunt gemixte Gruppe der verschiedenen Wesen, die sich prächtig über sein Gesicht amüsierten.

„Immer noch Angst vor allen Menschen?", fragte Thomas.

„Vor dir nicht, weil du reimen kannst", entgegnete der fliegende Dichter mit einem breiten Grinsen. „Darfst Happy zu mir sagen."

„Ich find' das gut, zieh' meinen Hut!" Thomas deutete eine Verbeugung an. „Werd' dich nun Happy nennen und lern' dich besser kennen."

Stella warf Thomas einen undefinierbaren Blick zu, die anderen verbissen sich mühsam das Lachen. Thomas war offensichtlich wieder einmal voll in seinem Element.

Diandra rückte etwas näher an die Drachen. „Ganz schön warm hier", erklärte sie.

„Dem kann abgeholfen werden." Pyron spreizte seine Schwingen, so dass die Sitzgruppe vollständig beschattet wurde. „Besser?"

„Das macht Appetit auf Eis." Galantha zauberte eine Riesenportion mit Vanillegeschmack. Stella reichte Kaffee dazu.

„Gehört das alles zum Wettstreit?", fragte Happy erstaunt, seine Tasse und das Schälchen mit großen Augen betrachtend.

„Nein, zum täglichen Leben", gab Marc Auskunft. „Wettstreit ist auch nicht das richtige Wort. Wir zeigen uns eigentlich nur gegenseitig, was wir gelernt haben, um besser einschätzen zu können, wer mit welchen Arbeiten betraut werden kann und wer im Notfall den besonderen Schutz der Gemeinschaft braucht."

„Ach was!" Happy staunte.

Vulkanus tupfte ihn mit der Nasenspitze an. „Wenn du guten Stoff für eine Ballade brauchst, dann solltest du dich an Zephyra halten. Sie beherrscht etwas, das alle anderen Drachen völlig in den Schatten stellt – sie kann nämlich auch Eis machen, aber aus ihren Gegnern!"

„Unsinn! Das ist ein Märchen, das ich bei den Olympiern auch schon mal gehört habe!", kicherte Happy. „Zeus hat immer wieder versucht, solche Wesen zu erschaffen, und ist jedes Mal jämmerlich gescheitert."

„Lassen wir das Märchen wahr werden", schmunzelte Pyron. „Aurëus, einen Ball in fünfzig Metern Entfernung, bitte."

„Kommt sofort!" Der Zauberer erfüllte den Wunsch des Drachen, der sich mit einem amüsierten Grinsen an Zephyra wandte: „Würdest du so freundlich sein und unserem Gast eine kleine Kostprobe liefern?"

„So sei es", seufzte das Drachenweibchen. „Ich will es noch einmal versuchen." Sie hockte sich mit geschlossenen Augen nieder, um ohne Vorwarnung einen blauen Atemhauch auf das Ziel zu schießen, der sogar die Umgebungsluft merklich abkühlte. Ein leises Knistern, als die Salve den Ball erreichte, welcher mit gläsernem Knirschen in nadelspitze Splitter zerbarst, wobei die Stange augenblicklich einen dicken Eispanzer ansetzte, der im Sonnenlicht funkelte.

Happy war blass geworden. „Da möchte ich nicht in die Schusslinie geraten."

„Wir auch nicht, tröste dich." Die drei männlichen Drachen nickten zu Aurëus' Worten.

Galantha kam ein interessanter Gedanke: „Ist Nereus eigentlich auch beim Sängerwettstreit anwesend?"

„Ja natürlich, immer", erklärte Happy.

Die Elfe wechselte ein paar leise Worte mit Zephyra und Pyron, dann fasste sie die Hand des unglücklichen Poeten. „Hör genau zu. Morgen fliegst du mit den beiden Drachen in die Elfenwelt. Du wirst einige Tage zu Gast in ihrer Grotte sein und dir detailliert die Geschichte erzählen lassen, wie wir mit Nereus' Hilfe unsere Welt gerettet haben. Mach ein Heldenepos in Form eines Liedes daraus. Es sollte mich doch sehr wundern, wenn es dem Gott nicht so schmeicheln würde, dass er nicht alle Hebel in Bewegung setzt, dass du damit gewinnst."

„Du kannst bei uns bleiben, solange du möchtest, mit uns fliegen, so oft du möchtest und uns Löcher in den Bauch fragen, worüber du möchtest", versprach Pyron.

„Ich nehme an!", rief Happy überglücklich. „Selbst wenn ich wieder nicht gewinne, habe ich anderen dann so viel zu erzählen, dass sie mit offenen Mündern zuhören werden – und das ist wohl der schönste Lohn für einen singenden Geschichtenonkel."

„Ich liebe es, wenn alle glücklich sind!", rief Galantha, sich die Hände reibend.

„Kein Wunder, wo du doch Mutters Tochter bist", schmunzelte Auröus. „Darüber zu wachen, dass in diesen Dimensionen Glück und Harmonie für alle friedliebenden Bewohner erreichbar bleiben, ist der einzige Grund, weshalb es hier den ehrenvollen Posten einer Königin gibt."

Silvestra blinzelte Galantha zu, die fröhlich antwortete: „Und trotzdem freue ich mich auf morgen, wenn wir wieder zu Hause sind. Ich gehöre da hin, wo Marc ist."

„Ich kann dich verstehen", seufzte Stella. „Mir fehlt, ob ihr es glaubt oder nicht, mein Job. Es ist toll mit eigenen Händen etwas zu schaffen, das von anderen geliebt wird und das sie nicht mehr missen möchten."

Thomas zog sie wortlos an seine Brust. Es machte ihn glücklich, wie wohl sie sich bei ihm fühlte.

Auröus nickte. „Das ist ein gutes Omen. In wenigen Wochen wird in Las Vegas die Zaubershow von Mr. Auröus Goldmann und Mr. John Bromer die Menschen in ihren Bann schlagen, die mit ihren reizenden Gattinnen alle Besucherrekorde überbieten werden."

„Gattin?" Diandra schaute Bromer neugierig von der Seite an.

Der grinste breit. „Eine überlegenswerte Vorstellung. Wirklich nicht schlecht – durchaus akzeptabel, dieser Vorschlag." Er nahm Diandras Gesicht liebevoll in beide Hände, küsste sie zärtlich, zauberte einen Strauß duftender Rosen und fragte: „Möchtest du meine Frau werden?"

Diandra nickte heftig, denn ihre Kehle war vor lauter Aufregung wie zugeschnürt.

„Super!" Die Freunde waren aufgesprungen. „Und wir spendieren euch die Feier bei Luigi!"

Zephyra seufzte. „Das ist ja alles so romantisch. Ihr werdet sicher eine wundervolle Hochzeit haben."

Silvestra streichelte das Drachenweibchen zwischen den Hörnern. „Keine Sorge, ihr werdet sie nicht verpassen. Wir werden euch rechtzeitig holen und diesmal habt ihr volle vierundzwanzig Stunden."

„Juhuhuuuu!!!!!" Pyron stieß ein freudiges Wolfsgeheul aus. „Luigi, wir kommen! Stell die großen Humpen raus!"

Happy und die Wächterdrachen schauten sich erschreckt an, als plötzlich alle anderen in wieherndes Gelächter ausbrachen.

„Ihr dürft natürlich auch mit", versprach Aurëus Pyrons Brüdern, als er sich endlich halbwegs beruhigt hatte. Die Freudenbezeugung des Drachen war aber auch aus allertiefstem Herzen gekommen, so dass Vulkanus und Magmatus regelrecht vor Neugier brannten, zumal sie die Welt der Menschen nur aus Erzählungen anderer kannten.

Happy verzichtete dankend auf den Besuch bei den Menschen, wobei er fast schon entsetzt mit beiden Händen abwehrte. Die Elfen schüttelten amüsiert die Köpfe.

Die Sonne war schon fast völlig am Horizont verschwunden, so folgten, außer den Drachen, alle Silvestra ins Schloss. Den kurzen Weg dahin erhellten große Leuchtkäfer, die statt kleiner Lampen auf beiden Seiten in den blühenden Sträuchern saßen.

Marc warf Galantha einen prüfenden Blick zu, als sie gemeinsam die Schwelle übertraten.

„Bist du gar nicht aufgeregt?", fragte er erstaunt.

Galantha schüttelte den Kopf. „Das ist wie bei einem Besuch in einem Museumsschloss in der anderen Welt – ein bisschen Neugier, mehr nicht. Es ist einfach nicht mein Zuhause. Mein Herz klopft mehr, wenn ich über die weiten Wiesen unten im Elfenland fliege, die so viele Jahrtausende meine Heimat waren. An diesen Ort hier habe ich nur noch ganz vage Erinnerungen."

Martha und Alfons staunten über die schlichte Eleganz der Inneneinrichtung. Sie hatten Prunk und Pomp im Stile Ludwig des 14. erwartet.

Aurëus, der die Reaktionen seiner Gäste ziemlich genau beobachtet hatte, schmunzelte. „Offenbar haben wir euch alle überrascht."

Thomas schaute sich noch einmal um. „In der Tat und noch dazu sehr angenehm. Ich hatte, ehrlich gesagt, verschnörkelt-kitschige Möbel erwartet. Diese klaren Linien tun dem Auge richtig gut."

„Das ist einzig und allein Aurëus zu verdanken, der, nach jedem Aufenthalt in der Menschenwelt, das Inventar der neuen Zeit angepasst hat", erklärte Silvestra, während sie die lange Tafel festlich decken ließ.

„Bist du sicher?", fragte Thomas, als Marc genau das Gleiche dachte.

Aurëus lachte herzlich. „Wegen meiner löwenfüßigen Eichenmöbel in meiner alten Behausung?"

„Hm."

„Die sollten einzig und allein zum Erscheinungsbild des Spiegels passen, falls sich ungebetener Besuch über meine Wohnung her gemacht hätte."

„Hattest du sie denn nicht magisch abgesichert?" Marc schaute ihn verblüfft an.

„Wozu? Der Spiegel ist doch beinahe eine Waffe. Menschen mit bösen Gedanken hätte er nicht so zartfühlend, wie dich, ins Elfenland transportiert."

Marc rieb sich das Kinn. „So gesehen …"

„Außerdem", fuhr Aurëus fort, „passte all das bestens zu dem kauzigen Aurëus Goldmann, als den ihr mich kennengelernt habt."

„Kennenlernen war das Stichwort", sagte Alfons. „Könnten wir uns alle darauf einigen, uns nur mit den Vornamen anzusprechen und die Verwandtschaftsverhältnisse einfach wegzulassen? Ich meine ja nur … es sieht doch komisch aus, wenn mich Stella mit *Großvater* anspricht, obwohl Marc und ich uns vom Aussehen her jetzt fast gleichen. Und wenn sie *Großmutter* zu Silvestra sagt, dann glaubt das bei uns schon gar keiner mehr."

Alle nickten zustimmend.

Stella seufzte. „Das wird mir am Anfang nicht ganz leicht fallen, dabei sind deine Argumente wirklich einleuchtend."

Happy blinzelte ihr zu. „Ich bin versucht zu sagen, du solltest es wagen."

Stella zwinkerte zurück. „Wenn ein Poet dies spricht, dann ist es so schlecht nicht."

„Reimende Elfen, ich fasse es nicht – die Dichterseele drängt ans Licht", entgegnete Happy mit beinahe verklärtem Gesicht.

„Ja, mein Lieber, bei uns kannst du täglich ein neues Wunder erleben. Komm doch einfach ein paar Tage mit", bot Thomas an.

Happy schüttelte den Kopf. „Nein, nein und nochmals nein. Ich freue mich viel zu sehr auf die Geschichten, die mir die Drachen erzählen werden. Außerdem habe ich Angst den nächsten Sängerwettstreit zu verpassen."

Die Freunde tauschten verständnisvolle Blicke.

„Ich freue mich auf die Hochzeit von Diandra und Bromer", erklärte Stella mit glücklichem Lächeln. „Luigi wird die Feier wieder zu einem Erlebnis der Extraklasse werden lassen. Wenn ich dann noch an die seltenen Gäste denke, die wir dazu erwarten dürfen, dann könnte ich schon heute tanzen und singen."

Diandra lehnte ihren Kopf an Bromers Schulter, der sie liebevoll an sich drückte. „Wann wird es endlich so weit sein?", fragte sie Stella aufgeregt.

Die Elfe lächelte beruhigend. „Wenn Großvater … oh Verzeihung … wenn Aurëus alle Papiere für euch beisammen hat. So wie ich ihn kenne, wird das nicht lange dauern. Inzwischen habt ihr Zeit, euch bei Tina die passenden Ringe machen zu lassen."

Bromer rieb Daumen und Zeigefinger aneinander.

„Lass diesen Punkt ganz meine Sorge sein", rief Martha, die sich freute, ihm auf diese Weise für ihre Rettung danken zu können, denn Worte waren ihr viel zu wenig, für das, was er für sie getan hatte.

„Eure wunderschönen Kleider hat Aurëus gezaubert", mutmaßte Diandra.

„Mm, mm, die hat Mu… äh, die hat Galantha genäht", entgegnete Stella, sich schnell im Satz verbessernd. „Sie ist bestimmt die beste Schneiderin weit und breit. Zu Hause zaubern wir nur, wenn es gar nicht anders geht."

Galantha amüsierte sich über den flehenden Blick, welchen ihr Diandra über den Tisch hinweg sandte. „Keine Sorge, für dich fällt uns auch das passende Kleid ein, zumal wir bei dir nicht das Problem haben, Flügel verstecken zu müssen.

„Triton hat erzählt, dass die Nereiden Schleier aus zartem Meerschaum trügen", murmelte die Nixe versonnen.

„Dann wirst du einen aus blütenweißer Spitze bekommen, zu einem strahlend weißen Seidenkleid!", rief Galantha. „Oh mir kommen da gerade ganz zauberhafte Ideen! Silvestra wird sicher auch nichts dagegen haben, wenn du unseren silbernen Elfenkranz trägst. Der hat Stella und mir schon Glück gebracht."

Die Königin nickte begeistert. „Eine ganz wundervolle Idee."

Diandra kuschelte sich fester an Bromer, der still vor sich hin schmunzelnd der Unterhaltung gefolgt war.

Happy sperrte den ganzen Abend lang die Ohren auf, beobachtete die Freunde mit großen Augen und schien, seinem Mienenspiel nach, in seinen Gedanken grandiose Reime zu drechseln.

Als nach Mitternacht die fröhliche Gesellschaft todmüde in die Betten fiel, lag er noch lange wach und dichtete. Bromer hatte Mühe, ihn am nächsten Morgen aus den Federn zu bekommen, sonst hätte Happy glatt das Frühstück verpasst. Stellas Kaffee brachte ihn schnell wieder richtig auf die Beine. Zwei Stunden später nahm er vom Königspaar und dessen Freunden Abschied, um mit seinem bunten Fesselballon, flankiert von Zephyra und Pyron, hinunter ins Elfenland zu fliegen. Zephyra hatte kurzerhand mit den Zähnen eine der Sicherungsleinen gegriffen, die nach jeder Landung das Gefährt am Boden hielten und den Ballon sanft auf die richtige Flugroute gezogen. Happy, der heute seinem Spitznamen alle Ehre machte, brauchte also nur noch darauf zu achten, dass gerade so viel Heißluft in der bunten Hülle blieb, um sie nicht zusammenfallen zu lassen. Den Rest erledigte das Drachenweibchen.

Die anderen versammelten sich im Thronsaal am Spiegelportal.

Fabelwesen und andere Überraschungen

Diandra war aufgeregt, wie selten zuvor, hatte sie doch noch nie eine Reise in andere Dimensionen unternommen und nun sollte es gar in die Menschenwelt gehen. Bromer reichte sie die eine und Thomas, dem sie seit der Sache mit dem Blut besonders verbunden war, die andere Hand. Mit klopfendem Herzen stieg sie in die matt schimmernde Fläche. Wohlige Wärme und ein Regen aus goldglänzenden Fünkchen empfing sie. Bevor sie ihre Gedanken ordnen konnte, drängte sie eine sanfte Gewalt aus dem wundersamen Tunnel hinaus in eine fremde Welt. Bromer und Thomas hielten sie sicher fest, bis sie das leichte Schwindelgefühl verlassen hatte. Neugierig schaute sie sich um.

„Eine Ritterrüstung!", hörte sie Silvestra rufen und Marc antworten: „Hm, hm, das ist jene, in der ich mit Pyron Angriffe auf die Zwerge geflogen habe. Thomas' Rüstung steht ebenfalls neben seinem Schreibtisch."

„Darf man die anfassen?", fragte Diandra zaghaft Galantha.

„Aber natürlich."

Die Nixe klopfte mit dem Fingerknöchel auf den Brustharnisch. „Oh, jetzt kann ich mir vorstellen, warum sich Marc die schlimme Verletzung am Arm zuzog, die ist ja wirklich so hart wie das Messer, mit dem ich in Pyrons Grotte den Fisch ausgenommen habe."

Marc nickte zustimmend, während er den Spiegel hinter der verbogenen Tür verschwinden ließ. „Kommt, wir gehen hinunter ins Kaminzimmer."

Galantha, Stella und Martha waren voraus geeilt, um einen kleinen Begrüßungssnack und Getränke bereit zu stellen.

Die lange Treppe, die vielen Türen und vor allem das große Kaminzimmer mit Galanthas Bild, beeindruckten Diandra sehr. „Dein Haus ist ja auch ein richtiges Schloss! Fantastisch!", wandte sie sich an Marc.

Der lachte. „Sogar mit einer richtigen Prinzessin darin, wie ich seit kurzem weiß." Er hauchte Galantha einen Kuss auf die Wange.

Thomas machte mit dem Zeigefinger eine zustimmende Geste und blinzelte Stella an, die fröhlich zurück zwinkerte.

Alfons schmunzelte ebenfalls. „Magmatus und Vulkanus sind ja auch fast aus allen Wolken gefallen, weil sie mitten in ein Adelstreffen gerufen wurden. Immerhin haben wir es hier mit Mitgliedern zweier Königshäuser zu tun."

„Stimmt." Thomas deutete auf Bromer. „Seine Hoheit, König Gilgamesch, gehört sogar dem ältesten Adelsgeschlecht an, das hier bei uns nachweisbar ist."

Der winkte schnell ab. „Lass das lieber, selbst wenn es stimmt. Ich bin Bromer, der Zauberer, der sich seinen Lebenstraum mit ganz kleinen Schritten und dafür dauerhaft erfüllen will." Demonstrativ zog er Diandra auf seinen Schoss, die sich glücklich ankuschelte. „Macht zu haben, macht selten wirklich glücklich."

„Oh ja, davon kann ich ein Liedchen singen!", riefen Aurëus und Silvestra gleichzeitig.

„Einen besseren Beweis, als diese Reaktion, kann es gar nicht geben", stellte Martha, doch etwas überrascht, fest.

Silvestra war vor den zimmerhohen Bücherregalen stehen geblieben, hatte den Kopf in den Nacken gelegt und die unzähligen dicken Wälzer bestaunt. „Eine wahrhaft imposante Bibliothek."

„Seine ist noch größer", entgegnete Marc, auf Alfons deutend. „Besonders seine Sammlung von sogenannten Fabelwesen, wie Nixen, Elfen, Zauberern, Drachen, Einhörnern, Unsterblichen, Göttern, Kobolden, Greifen, Basilisken und, und, und …"

Die anderen schauten Marc fragend an, dann brachen sie in Gelächter aus. „Hoch leben die Fabelwesen!" Aurëus prostete in die Runde.

Bromer blinzelte Diandra zu. „Fabelhafte Wesen würde besser passen."

„Recht hat er!" Thomas zog Stella auf seinen Schoß. „Unsere fünf Frauen sind das Fabelhafteste, was es überhaupt geben kann."

„Ich glaube, das sollten wir zusammen mit Tina und Mario bei Luigi feiern!", rief Stella. „Sie warten sicher schon auf Neuigkeiten aus der Elfenwelt."

Marc griff nach dem Telefon.

In der Zwischenzeit führte Stella Diandra und Silvestra durch den gemeinsamen Garten der beiden Häuser, in ihr und Thomas' Domizil, ehe sie sich zu den anderen gesellten. Die Männer hatten es sich in Marcs blütenumrankter Sitzecke bequem gemacht, wohin ihnen Galantha und Martha Knabbereien und Getränke brachten.

Silvestra ließ sich neben Aurëus nieder. „Wirklich beeindruckend. Kein Wunder, dass sich Galantha und Stella hier zu Hause fühlen."

Bromer schaute Diandra fragend an. „Ich weiß gar nicht, was ich sagen soll. So ungefähr, wie ich mich jetzt, muss sich wohl Thomas gefühlt haben, als er zum ersten Mal in Pyrons Höhle stand, obwohl ihm Marc und Stella viel davon erzählt hatten. Das ist alles so unglaublich, obwohl ich es mit eigenen Augen sehen und sogar anfassen kann."

„Unglaublich war das Stichwort", kicherte Marc. Er wandte sich an Aurëus. „Ich würde am liebsten mit dir und Silvestra zu Frau Rocci fahren oder willst du lieber zaubern?"

Der Zauberer zog ein spitzbübisches Gesicht. „Wir sollten hinfahren und Diandra und Bromer gleich noch mitnehmen."

„Ich will auch mit!", rief Martha sofort. „Schließlich kann ich nicht in Hotpants bei Luigi aufkreuzen."

„Ist ein echtes Argument", murmelte Alfons. „Ich rufe euch ein Taxi. Kannst ja nicht die Hälfte der Passagiere in den Kofferraum sperren."

Eine halbe Stunde später bekam die Boutiquenbesitzerin große Augen. „Ist das nun Ihre Frau oder Ihre Tochter?", fragte sie Marc vorsichtig, zumal sie die Haarfarbe völlig irritierte.

„Meine Schwiegermutter."

„Schwiegermutter", wiederholte Frau Rocci, wobei sie Silvestra ungläubig musterte. „Eigentlich müsste ich gewarnt sein, wenn Sie auftauchen. Nun haben Sie mich glattweg wieder überrascht. Jetzt bin ich aber wirklich neugierig, wer die anderen Herrschaften sind."

Marc schmunzelte. „Das wird fürs Erste genau so unwahrscheinlich für Sie klingen. Hier hätten wir meine Eltern und die drei anderen sind eine Nixe und zwei Zauberer." Er deutete auf die jeweiligen Personen.

Diesmal musste sich Frau Rocci hinsetzen. „Professor Wendler, Sie werden mich noch völlig in den Wahnsinn treiben. Aber Sie sind doch ein Mensch – oder?"

„Oder", entgegnete Marc mit breitem Grinsen, worauf die anderen zu kichern anfingen.

Frau Rocci stemmte sich langsam hoch, schloss die Augen, wiegte ein paar Mal mit dem Kopf. „Ich glaube, ich habe mich wieder im Griff. Wie lauten Ihre Wünsche? Flügelgerechte Jacken und Ponchos habe ich diesmal in allen erdenklichen Varianten da. Es dürfte also kein Problem sein, das Passende für diese außergewöhnliche Haarfarbe zu finden." Sie blinzelte Marc zu. „Ich kann mir lebhaft vorstellen, wie Sie sich vor diesem Besuch die Hände gerieben haben."

„Das kann ich nicht leugnen", gab Marc ehrlich zu. „Aber dafür sind Sie auch die einzige Person, zu der ich volles Vertrauen habe, wenn es um gediegene Kleidung geht."

„Ich lasse es als Wiedergutmachung gelten", entgegnete Frau Rocci lächelnd, während sie die drei Frauen beriet.

„Kommen Sie, wenn Sie möchten, neunzehn Uhr mit uns in Luigis Restaurant", lud Aurëus die erfreute Frau Rocci ein.

Thomas war nicht untätig geblieben. Luigi war bei seinem Anruf in einen Jubelschrei ausgebrochen. Tina und Mario ging es nicht anders. Pünktlichst standen sie auf der Matte, um einen wundervollen Abend zu verbringen.

„Weißt du, wer noch alles kommt?" Mario überflog mit neugierigen Blicken die Riesentafel.

Luigi schüttelte den Kopf. „Ich habe vor lauter Freude auf das Wiedersehen auch nicht danach gefragt."

„Ach, da sind sie ja schon." Tina zeigte auf die Straße. „Aber wen sie da im Schlepptau haben, kann ich dir auch nicht sagen." Sie zog die Augenbrauen zusammen.

„Aber das ist doch …" Mario beendete den Satz nicht, sprang aber auf, um den Freunden entgegenzugehen. Verblüfft schaute er Marc und Alfons an, aber auch die Fremde mit dem Silberglanz im Haar, die den Elfen so unheimlich ähnlichsah.

Luigi blinzelte mehrmals, als würde er ebenfalls seinen Augen nicht trauen.

„Who is who?", murmelte Tina verunsichert. „Thomas, Stella, Galantha, Marc und Bromer kann ich ja noch identifizieren. Aber dann hört es eigentlich schon auf."

Marc grinste belustigt. „Na gut, ich helfe euch auf die Sprünge. Das zarte Wesen bei Bromer ist Diandra, unsere kleine Nixe. Gegenüber, das ungewöhnliche Paar sind Silvestra und Aurëus, meine Schwiegereltern und die beiden Turteltauben daneben sind Martha und Alfons, also meine Eltern."

Mario rieb sich die Augen. „Du meinst das offensichtlich ernst."

„Todernst."

Mario schluckte und wechselte einen hilflosen Blick mit Tina, die einfach nur mit den Schultern zuckte.

Marc kicherte. „Junge, Junge, ich hab dich noch nie sprachlos erlebt."

„Da sind wir schon zwei", flüsterte Tina.

„Dabei könnte ich dir jetzt sogar nicht einmal sagen, welche der Informationen mich am meisten geschockt hat", erwiderte Mario leise.

Tina fand als Erste die Sprache wieder. „Wenn mein Denkapparat jetzt richtig funktioniert, dann ist Aurëus der Vater von Galantha und ihr habt es alle nicht gewusst."

„Exakt."

„Dann wäre also Silvestra, die Elfenkönigin, ihre Mutter, damit sind Galantha und Stella Prinzessinnen und das hat auch keiner geahnt."

„Auch richtig."

Tina atmete tief ein. „Okay. Als ihr damals die Elfenwelt gerettet habt, hat dir Pyron ein Zaubermittel gebracht, von dem ich glaube, dass es mehr kann, als kurzfristig den Tod zu vertreiben …" Sie schaute in die Runde. „Ich möchte fast meinen, ihr hättet alle das gleiche Mittelchen eingenommen."

Marc lächelte. „Das, was du als Ergebnis einer solchen Einnahme annimmst, ist ebenfalls brillant kombiniert, obwohl der Weg dahin ein klein wenig variiert."

Luigi hatte soeben Frau Rocci an den Tisch begleitet, und, genau wie sie, die letzten Sätze gehört. Er setzte sich zu seinen Freunden, um sich all die Ereignisse, die bisher nie zur Sprache gekommen waren, genau schildern zu lassen.

„Aber warum habt ihr nie erzählt, dass ihr beide schon lange unsterblich seid?", wollte Mario schließlich genau wissen.

Marc lachte. „Das ist wie damals, als Stella zum ersten Mal hier auftauchte. Ohne einen sichtbaren Beweis, dass ich in der Elfenwelt war, hättet ihr es doch auch nicht geglaubt."

„Das ist wohl wahr." Mario schaute zu Aurëus und Marcs Eltern hinüber. „Dieser Anblick ist jedenfalls ein stichhaltiges Argument, das wohl niemand, der die Ursprungssituation kennt, entkräften könnte."

„Schade, dass die Drachen heute nicht hier sind. Dann wäre die Runde wirklich perfekt", strahlte Tina. „Ich habe gerade wieder ganz wundervolle Ideen für meinen Schmuck."

„Sei nicht traurig", tröstete sie Aurëus. „Bromer und Diandra werden in wenigen Wochen, hier bei Luigi, ihre Hochzeit feiern. Da kannst du gleich vier Drachen auf einmal erleben und das einen vollen Tag lang."

„Ju-hu-hu-hu!!!!" Der Italiener führte, unter dem fröhlichen Gelächter seiner Freunde, einen regelrechten Freudentanz auf.

„So hat Pyron auch reagiert und gemeint, du sollst schon mal die großen Humpen bereitstellen."

„Das werde ich – und wie ich das werde – für alle vier Drachen – jawohl!" Luigi rieb sich selig die Hände. Dann stutzte er: „Wieso vier Drachen? Haben die beiden etwa …?"

„Noch nicht. Aber wir bringen Pyrons ältere Brüder mit", versprach Silvestra.

„Richtige Drachen?", hauchte Frau Rocci staunend.

„Natürlich erscheinen sie hier nicht in ihrer wahren Gestalt, sind aber alle vier wirklich echt", erklärte Aurëus.

„Sie sind ganz herzlich eingeladen", rief Diandra über den Tisch.

Frau Rocci strahlte: „Danke, das werde ich Ihnen nie vergessen."

„Apropos *vergessen* – ich wollte Sie im Geschäft schon fragen, wie Sie es geschafft haben, dass Ihre Schneiderin kein Wort verlauten lässt", fragte Marc.

Frau Rocci begann zu lachen. „Daran habe ich keinen Anteil. Sie war nach dem ersten Besuch von Stella ein paar Tage lang etwas konfus. Schließlich sagte sie: *Wenn man so was jemandem ernsthaft begreiflich machen wollte, würden die einen glatt in die Klapse stecken.* Damit war für sie die Sache abgetan. Und nun freut sie sich ganz einfach nur noch, weil sie etwas weiß, was andere nicht wissen. Mit Verlaub, ich halte es genau so."

Thomas nickte zufrieden. „Perfekt."

Über Frau Roccis Gesicht flog ein heiteres Lächeln, als sich ihr Blick mit dem Tinas traf. „Jedenfalls weiß ich jetzt, woher Sie die wundervollen Schmuckideen mit den Fabelwesen haben." Sie malte bei dem Wort *Fabelwesen* mit dem Finger Anführungszeichen in die Luft.

Tina machte: „Pssssst!", und kicherte.

Luigi taxierte neugierig Diandra. Bromer hob die Schultern. „Auch wenn sie nicht mehr wie eine Nixe aussieht, sie hat die alten Fähigkeiten."

„Glaub ich dir aufs Wort", seufzte der Italiener. „Ich würde mich, für eine Frau von dem Aussehen, auch glatt von einer Klippe stürzen."

„Lieber nicht!", rief Diandra schnell. „Sonst macht Galantha doch noch Kochfisch aus mir."

Bei dem einsetzenden Gelächter fuhren die Gäste, an den anderen Tischen, erschreckt mit den Köpfen herum.

Thomas kicherte. „Da hätte sie aber das gleiche Problem wie die Kannibalen."

„Wieso das denn?", fragte Marc überrascht.

Thomas setzte ein breites Grinsen auf. „Na die wissen doch nicht, ob sie eine Nixe lieber als Fisch oder als Fleisch zubereiten sollen." Vorsichtshalber ging er hinter Stella in Deckung. Aber die anderen hätten ja doch keine Hand frei gehabt – sie hielten sich die Bäuche. Frau Rocci wischte ein paar Tränen weg.

Diandra grinste amüsiert in die Runde. „Und so einem hab ich nun die Unsterblichkeit ermöglicht – ich fasse es nicht."

Worauf das Gekicher erneut aufflammte, denn ihre Reaktion und Wortwahl klangen so nach Menschenwelt, dass wirklich kein Fremder auf den Gedanken gekommen wäre, in ihr ein Wesen aus anderen Gefilden zu sehen.

„Erinnerungen sind eine feine Sache", schmunzelte Bromer, als er seine Traumfrau fest an sich drückte.

„Genau!", rief Luigi. „Mir fällt nämlich gerade ein, dass ihr noch gar nicht gesagt habt, wann genau die große Party steigen soll."

Aurëus räusperte sich. „Ich hätte in rund acht Wochen die Papiere und die Wohnung für die beiden."

„Dann kannst du dir also die neunte Woche vormerken", warf Bromer ein.

Diandra nickte begeistert.

Tina schaute nachdenklich in die Runde. „Ihr werdet möglicherweise etwas Unterstützung brauchen." Sie rieb Daumen und Mittelfinger aneinander.

„Wir haben ihnen versprochen, dass wir alle zusammen ihre Feier finanzieren", erklärte Thomas sofort.

„Ich beteilige mich!", riefen Luigi, Mario, Tina und auch Frau Rocci gleichzeitig.

Bromer staunte und Diandra wurde ganz verlegen. „Ihr seid alle so freundlich zu uns. Vielleicht können wir uns eines Tages dafür tatkräftig bedanken."

Luigi verschwand in der Küche. Wenig später trug er ein Tablett mit Eis heran. In Edelstahlschüsselchen hatte er je drei Kugeln mit frischen Blättern milder Pfefferminze garniert, die auf dem Curacao-, Pistazien- und Waldmeister-Eis wie kleine Fische in einem Aquarium aussahen. Mit den Worten: „Für wundervolle Wesen aus allen Welten", teilte er zuerst an die Frauen, dann an die Männer aus.

„Du bist ein Künstler", seufzte Diandra überwältigt. „Das sieht äußerst lecker aus."

„Wovon ernähren sich Nixen eigentlich?", wollte Luigi wissen.

„Bisher habe ich Fisch, Muscheln und Wasserpflanzen gegessen. Aber bei meinen Freunden habe ich problemlos von allen Speisen gekostet", lautete die fröhliche Antwort. „Das saftige Obst, wie es die Elfen gern haben, schmeckt mir auch besonders gut."

„Auf Süßschnäbel bin ich bestens eingestellt", schmunzelte Luigi, wobei er Stella und Galantha zublinzelte. „Mein Lieferant wählt das reife Obst tatsächlich einzeln mit der Hand aus."

Diandra sah hilflos zu Marc hinüber.

„Frag nur, wenn du etwas genau wissen möchtest", ermunterte er die Nixe.

Diandra nickte. „Was ist ein Lieferant?"

„Das ist der Mann, bei dem ich die Früchte kaufe", erklärte Luigi, worauf Diandras Blick noch eine Spur verzweifelter wurde, was den Italiener vollends irritierte.

Thomas klopfte Marc auf die Schulter: „Bitteschön, Meister!"

Marc nahm die Herausforderung an. „Du erscheinst allen so perfekt als Menschenfrau, dass keiner auf den Gedanken kommt, dass du solche Dinge nicht wissen kannst. In der Elfenwelt sucht sich jeder seine Nahrung wie und wo er möchte. Hier ist das nicht möglich. Du hast ja die riesigen Häuser heute schon gesehen, und ahnst vielleicht, wie viele Menschen darin leben. Auch, dass draußen nirgends Essbares zu sehen ist, war dir schon aufgefallen. Hier ist es genau wie in der Elfenwelt. Beinahe jeder, der einem anderen helfen soll, verlangt etwas dafür. Braucht einer Essen, dann muss er etwas anderes dafür eintauschen. Bei uns nennt man dieses Geld. Man arbeitet für jemanden, der einem dafür Geld gibt. Er bezahlt also die Arbeit. Von diesem Geld, dass man erarbeitet hat, kann man dann bei einem anderen zum Beispiel Nahrung kaufen, die dieser extra für die vielen Menschen auf einem Feld gepflegt hat. Luigi gibt also dem anderen Mann, das ist der Lieferant, weil er das Obst bringt, also liefert, Geld als Gegenleistung. Wir sitzen hier bei Luigi und bitten ihn um diese Nahrungsmittel. Er bereitet sie lecker zu, hat also Arbeit und Mühe mit ihnen, und bringt sie uns. Dafür bekommt er dann von uns, wenn wir nachhause gehen, Geld. Wir tauschen also unser Geld gegen sein Essen."

Diandra schaute Marc mit großen Augen an. „Ich verstehe. Dann hast du also die hübschen Sachen, die ich mir bei Frau Rocci heraus gesucht habe, auch gegen dein Geld getauscht. Oder, wie Stella erklärt hat, als alle ihre Libelle bewunderten – du hast sehr viel von deinem Besitz dafür gegeben."

Marc und Frau Rocci nickten.

Diandra wurde flammend rot. „Aber …", stotterte sie.

Marc streichelte ihre Hand. „Betrachte es ganz einfach als meine Gegenleistung, weil dank dir, Thomas nun unsterblich ist."

Die Nixe fiel ihm um den Hals. „Ganz vielen heißen Dank." Sie seufzte. „Ich fürchte, dass man für eine Hochzeit ganz, ganz viel eintauschen muss."

Martha lächelte. „Das ist vollkommen richtig. Deshalb legen wir auch alle zusammen, weil wir Freunde niemals im Stich lassen."

„Außerdem hast du einen sehr großen Anteil daran, dass Nereus das Elfenland retten konnte", erklärte Auréus. „Da ist es doch durchaus angemessen, wenn dir Königin und König auch eine Freude machen."

Diandra streichelte ihren Ring. „Ihn habe ich damals von Galantha bekommen. Das war mein wertvollster Besitz."

Tina schaute interessiert über den Tisch.

Marc zwinkerte ihr zu. „Wie fühlt man sich als Lieblingsdesignerin zweier Welten?" Denn auch Silvestra trug voller Stolz den Schmuck, welchen sie im Turm zum Geschenk erhalten hatte.

„Das ehrt mich sehr. Es können sicher nicht viele Menschen von sich behaupten, etwas Dauerhaftes in einer völlig anderen Dimension hinterlassen zu haben", freute sich Tina.

„Seit ewigen Zeiten wurden Gold- und Silberschmiede als besondere Menschen geachtet", berichtete Bromer. „Mitunter durften sie ausschließlich für ihren jeweiligen König arbeiten, wurden dafür aber auch meist extra fürstlich belohnt."

„Hmm, hmm, in manchen Epochen durften ausgewählte Schmuckstücke sogar nur die Könige tragen", warf Alfons ein.

„Wirklich?" Diandra staunte.

Marc bejahte. „Zum Beispiel in Ägypten, das ist ein uraltes Land in unserer Welt, durften am Anfang nur die Pharaonen, so nannte man die Könige, Ohrringe tragen. Später änderte sich das und heute kann dort jeder tragen, was er will, wenn er genügend Geld dafür hat."

„Wer hat diese wundervollen Spangen gefertigt?" Tina deutete auf Diandras Arme.

Die Nixe strahlte über das ganze Gesicht. „Die hat Bromer gemacht – aus einem Stück Goldblech von einem Schwertknauf in Pyrons Höhle."

„Oh Konkurrenz!", rief Tina lachend.

„Ganz bestimmt nicht", beeilte sich Bromer, klarzustellen. „So etwas überlasse ich lieber Leuten, die wirklich Ideen haben. Ich habe nur eine uralte Erinnerung greifbar werden lassen." Er streifte mit dem Blick den zierlichen Schmuck der Frauen. „Du wärest mit Sicherheit auch meine persönliche Goldschmiedin geworden, obwohl ich mich nicht erinnern kann, in Uruk jemals eine Frau, in dieser Funktion, gesehen zu haben."

Frau Rocci schaute verständnislos.

„Ich glaube, Sie können ruhig erfahren, mit wem Sie hier eigentlich am Tisch sitzen – Bromer ist identisch mit König Gilgamesch, Aurëus mit Utanapischti, mein Vater mit Enkidu und meine Mutter ist die Dame, deretwegen Ischtar Enkidu umbrachte", verriet Marc flüsternd.

„Jetzt bin ich versucht, einen Kniefall zu machen", raunte die Boutiquenbesitzerin zurück.

„Bloß nicht!", rief Bromer. „Das war nur eine Information zum besseren Verständnis, wenn wir vielleicht seltsame Dinge erzählen. Ich versuche hier gerade, ein normales *Menschenleben* aufzubauen."

Dass auch noch andere am Tisch erschreckt-neugierig blickten, nämlich Tina, Mario und Luigi, fiel den versammelten *Fabelwesen* gar nicht auf.

Mario schüttelte schließlich halb ungläubig, halb erleichtert den Kopf. „Wisst ihr, früher hätte ich gefragt: *Wann war deine letzte Computertomografie*, wenn mir jemand solche Dinge erzählt hätte. Inzwischen verfliegt der Schock recht schnell. Ich versuche, es wie Frau Rocci und die Schneiderin zu halten", fügte er schnell hinzu. „Und bin traurig, dass ich wohl niemals mit eigenen Augen diese andere Welt sehen kann."

„Sag niemals: Nie", murmelte Thomas. „Glaub mir, ich weiß, wovon ich rede."

„Recht hat er!" Diandra deutete auf ihre Beine.

In den folgenden Tagen lernte sie schnell, dass selbige in der Menschenwelt das einzig Wahre darstellten. Beim Anblick der trüben Fluten des breiten Flusses überlief sie ein leichter Schauer. „Wie halten das bloß die Fische aus?" Schließlich winkte sie ab. „Na ja, die Luft ist auch nicht besser."

Thomas grinste. „Jetzt hast du eine Vorstellung davon, warum wir bei jeder sich bietenden Gelegenheit einen Ausflug ins Elfenland unternehmen."

„Aber es gibt auch hier Orte, an denen sauberes, klares Wasser und eine gesunde Luft sind", erklärte Marc.

„Oh, das möchte ich gern sehen!", rief die Nixe erfreut.

Die anderen wechselten einen schnellen Blick.

Aurëus nickte. „Dann schlage ich vor, dass ihr eure Hochzeitsreise in eines der wundervollen Hochgebirge macht."

„Ihr kommt doch hoffentlich mit?", fragte Bromer beunruhigt.

„Ganz bestimmt", versprach Galantha. „Wir können euch unmöglich jetzt schon ganz allein auf die verrückte Menschheit loslassen."

Diandra kicherte. „Das ist aber eine liebevolle Umschreibung. Manchmal bin ich nicht sicher, ob ich oder die anderen neu in dieser Welt sind."

Wieherndes Gelächter folgte auf diese Worte, zumal die Nixe vor rund drei Wochen zum allerersten Mal diese fremde Welt betreten, aber sofort treffend erkannt hatte, dass hier einiges seltsame Wege ging. Trotzdem schien ihr die neue Umgebung nicht schlecht zu gefallen, denn hin und wieder ließ sie in den Abendstunden ihren lockenden Gesang erschallen, dem sogar die Vögel andächtig lauschten. In der Nachbarschaft hatte es sich schnell herum gesprochen, dass bei den Wendlers und Bergers zwei Künstlerpaare weilten. Nun war man neugierig, ob die begnadete Sängerin wohl in der hiesigen Stadthalle zu einem kurzen Gastspiel auftreten würde. Die acht rieben sich die Hände und Mario ließ seine Beziehungen spielen. Ein paar Tage vor der geplanten Hochzeit fand, im größten Saal des Musentempels, eine schillernde Magic-Fairy-Show statt, die Las Vegas locker in den Schatten stellte. Aurëus, Bromer, die drei Elfen und Diandra schlugen die Zuschauer regelrecht in Fesseln. Mario verdiente an seinem Livebericht auch nicht schlecht. Tina, Marc und Thomas genossen das grandiose Feuerwerk der Zauber- und Gesangeskunst im Publikum. Aber nur die beiden Männer waren in der Lage, das Geschehen auf und vor der Bühne zu analysieren, um ein paar Daten für zukünftige Veranstaltungen zu sammeln.

„Ganz großes Kino!", strahlte Thomas, als nach der Show alle bei Luigi saßen.

„Ein *bisschen* mehr Publikum als im Varieté", schmunzelte Aurëus, der, genau wie die anderen, die Beifallsstürme genossen hatte.

Bromer lächelte still. „Ist schon ein Weilchen her, als ich das letzte Mal solche Huldigungen erfahren habe. Wenn ich ganz ehrlich sein soll, dann hat es mich sogar etwas erschreckt."

„Ihr wart wirklich fantastisch", bekräftigte Luigi, während er ihnen das Abendbrot servierte. „Ich hatte die ganze Zeit den großen Bildschirm laufen und beinahe jeder saß mit Blickrichtung dahin am Tisch." Hinter vorgehaltener Hand verriet er: „Mein Umsatz war heute fast doppelt so hoch."

„Dann werdet ihr beide, jetzt wohl auch, ins Showgeschäft einsteigen", mutmaßte Tina, was Stella und Galantha sofort verneinten.

„Wir sind glücklich, mit dem, was wir tun."

Thomas zog Stella in seine Arme, schloss die Augen und streichelte sanft ihre rote Wuschelmähne. „Das beruhigt mich. Ich hatte auch schon die Befürchtung, dass du nun lieber auf Reisen gehen möchtest."

Stella zwinkerte ihm lustig zu. „Ich habe dir doch prophezeit, dass du mich so schnell nicht mehr loswirst. Wenn ich reise, dann mit dir gemeinsam und dahin, wo wir beide möchten. Das Ziel des nächsten Ausflugs steht außerdem schon fest."

„Stimmt!", rief Diandra. „Ihr habt versprochen, dass ihr mit uns in die Alpen fahrt."

„Keine Sorge, das haben wir nicht vergessen", schmunzelte Thomas.

Am Vorabend der Märchenhochzeit liefen sowohl bei Luigi, als auch bei den ziemlich aufgeregten Brautleuten, die Vorbereitungen auf Hochtouren. Galantha hatte sich wieder einmal selber übertroffen und einen Traum aus filigraner weißer Spitze mit Silberstickerei für Diandra genäht. Ihr bevorzugter Stoffhändler hatte extra Proben aus dem Katalog kommen lassen, aus denen die Frauen sehr sorgfältig auswählten. Diandras Schleier stand also dem Meerschaum der Nereiden in nichts nach. Elf Uhr sollte Trauung sein. Neun Uhr begaben sich alle in Marcs Arbeitszimmer, um das Dimensionsportal für die vier Drachen zu öffnen. Silvestra ließ ihre Finger über den geschnitzten Drachen am unteren Ende des Spiegelrahmens gleiten. Ein goldenes Leuchten, aus der Tiefe des ungewöhnlichen Glases, antwortete ihr. Wenige Augenblicke später trat Pyron aus dem Spiegel. Ihm folgten Zephyra, Magmatus und Vulkanus.

„Herzlich willkommen in der Menschenwelt!", riefen ihnen die vielen Freunde zu, um sie schließlich ganz fest zu umarmen. Pyrons Brüder schauten sich gegenseitig ziemlich neugierig an.

„Etwas ungewohnt", murmelte Magmatus, seine Hände betrachtend.

Vulkanus blinzelte schelmisch. „Zephyra sieht aber auch als menschenähnliches Wesen äußerst attraktiv aus."

„Ach schau an, die großen Charmeure", amüsierte sich Silvestra.

„Man kann ja ein bisschen üben", schmunzelte Vulkanus. „Vielleicht taucht ja irgendwann wieder so ein seltenes Exemplar auf unserer Seite des Meeres auf."

Pyron grinste breit. „Jetzt schauen wir erst einmal ganz entspannt zu, wie dieses gut aussehende Exemplar der Spezies Nixen, einem genau so gut aussehenden Zauberer in feste Hände übergeben wird."

Diandra lachte fröhlich. „Als Komplimentemacher bist du wirklich kaum zu übertreffen. Ach, ich freue mich, dass ihr alle da sein dürft."

„Ich glaube, wir sollten uns etwas sputen, der Bus ist gerade angekommen", rief Alfons nach einem Blick aus dem Fenster und auf die Uhr.

Thomas hatte einen alten englischen Doppelstockbus aufgetrieben, den nun die ganze Gesellschaft gut gelaunt, unter dem Jubel der Nachbarschaft, bestieg.

„Ach du lieber Himmel!", rief Diandra beim Anblick der Menschenmenge vor dem Standesamt.

Stella kicherte. „Hier steckt Mario dahinter. Der hat seit unserer Zaubershow einige Hinweise auf eure Hochzeit gegeben. Da hast du die ganzen Mitglieder sämtlicher Drachen-, Elfen- und Nixenfanclubs versammelt, die unser Computerspiel, beinahe als Sport, in regelrechten Mannschaften gegeneinander betreiben. Wenn die unsere vier Großen in voller Schönheit sehen könnten, würden sie völlig in Ekstase ausbrechen."

„Ich glaube, das wird so schon ein Empfang der Extraklasse", warf Marc ein, denn soeben hatten die Ersten Pyron erspäht und der Ruf: „Die Drachentänzer sind da!", rüttelte die Menge auf.

Pyron winkte aus dem Bus, die anderen Drachen schlossen sich an und die vielen, vielen Neugierigen vor der Freitreppe entgegneten den Gruß.

Mario reichte Diandra die Hand, um ihr beim Aussteigen zu helfen.

„Die Braut sieht ganz genau wie die mutige Nixe in meinem Spiel aus!" Ein kleines Mädchen mit lustigen Zöpfen klatschte in die Hände. Diandra lächelte geheimnisvoll, als sie sich zu ihr hinunter beugte. Sie küsste die Kleine auf die Stirn. „Von nun ab wird dir die Nixenmagie immer helfen."

„Und du wirst stark sein, wie ein Drache." Zephyra strich ihr sacht über den Kopf.

Die drei Zauberer nickten sich zu. Diese Wünsche würden in Erfüllung gehen, so viel war sicher.

Diandra schritt an Bromers Seite die lange Treppe hinauf und die Sonne ließ den Kranz der Elfen hell mit den Silberfäden des Schleiers aufleuchten.

„Das bringt Glück", erklärte eine ältere Dame im Brustton der Überzeugung, worauf die drei Zauberer wieder zustimmend die Köpfe bewegten.

Diandras strahlendes Lächeln machte der Sonne ernsthafte Konkurrenz und auch Bromer hätte vor Glück die ganze Welt umarmen mögen, als seine Traumfrau ihr Jawort hauchte. Zephyra, Martha und Frau Rocci tupften Tränen der Rührung weg, während Mario fotografierte, bis fast die Linse glühte. Irgendwann fiel es Marc auf, dass er sogar noch den Speicherchip wechselte. Es mussten tausende von Bildern sein. Verständlich, wo Mario doch genau wusste, wen er da alles vor der Kamera hatte.

Beim Verlassen des Standesamtes wurden die frisch Vermählten mit einem Regen aus Reis und Rosenblättern überschüttet.

Luigi empfing seine Gäste vor dem Lokal, das über und über mit Blumengirlanden geschmückt war. Zephyra und Pyron begrüßte er mit herzlichen Umarmungen, Vulkanus und Magmatus mit einem festen Händedruck, sowie den Worten. „Es ist schön, so viele Drachen hier zu haben."

Nach einigen Augenblicken standen alle vor der riesigen vierstöckigen Hochzeitstorte, welche Diandra mit leuchtenden Augen betrachtete. Von Einhörnern bis Drachen tummelte sich dort alles in Marzipan-Miniaturausführung, was das Elfenland zu bieten hatte. Sogar der Wandelnde Turm hatte sich hinzugesellt. Er stand auf der Spitze des kulinarischen Kunstwerkes und auf seiner Schwelle saß ein Zauberer, der eine Nixe schützend im Arm hielt – Bromer und Diandra. Mario umrundete mit der Kamera die Torte, so jedes noch so winzige Detail aufnehmend.

Dann erspähte Diandra das riesige Messer. „Oh, oh", murmelte sie. „Wenn das mal gut geht."

„Mit ein bisschen Zauberei werden wir es schon schaffen", hörte sie Bromers Stimme in ihren Gedanken. Er fasste bereits nach dem Griff, ließ aber für die Hand seiner Liebsten genügend Platz. Am Ende hatte jeder der zahlreichen Gäste ein Stück Torte, mit einer Figur auf dem Teller. Die Drachen bekamen natürlich die größten Stücke, die von ihren Ebenbildern gekrönt waren. Luigi hatte seinem Personal zudem die strikte Order erteilt, die Humpen der vier *Drachentänzer* niemals leer werden zu lassen.

Frau Rocci beobachtete unbemerkt die ungewöhnlichen Gäste. Das zusammengehörende Pärchen handhabte Besteck und Geschirr eindeutig wie jemand, der den Umgang damit bestens gewohnt ist, während sich die beiden einzelnen Herren mit wenigen Blicken das Wissen erst anzuzeigen schienen. „Ich kann es einfach nicht fassen, dass das wirklich Drachen sein sollen", hämmerte es in ihren Gedanken. „Dabei bin ich ganz sicher, dass es tatsächlich so ist. Bei den Elfen kann ich die Flügel sehen. Aber es ist ja schon schwer für mich, in Diandra eine Nixe hineinzudenken. Warum muss der Mensch nur immer Beweise haben? Warum ist es so schwer, einfach bedingungslos zu glauben?"

„Vielleicht, weil ein Menschenleben nur ein Augenblick im Meer der Ewigkeit ist", hört sie plötzlich laut die Antwort auf ihre gedachte Frage.

Erschreckt hob sie den Kopf und begegnete den ungewöhnlich großen grünen Augen Zephyras.

Frau Rocci lächelte verschüchtert. „Ich wusste nicht, dass ihr Gedanken lesen könnt."

Zephyra winkte ab. „Uns fällt auch manchmal schwer, daran zu denken, dass Menschen das nicht können." Dann seufzte sie. „Schade, in unserer Welt hätte bestimmt jemand einen kleinen Wunschzauber parat. Wir wissen ja alle, wie gern ihr uns einmal so sehen würdet, wie wir wirklich sind."

Aurëus wechselte flüsternd ein paar Worte mit Silvestra. „Ich kann euch für dreißig Sekunden diesen Wunsch erfüllen. Das bedeutet aber gleichzeitig, dass ihr Drachen eine volle Stunde von eurer Zeit in dieser Welt verliert.

„Die opfere ich gern!", rief Zephyra. Pyron nickte, seine Brüder ebenfalls.

„Gut dann kommt bitte zu mir, schließlich wollen wir keinen Schaden anrichten. Seid bitte vorsichtig mit Schwingen und Schweifen", erklärte Aurëus.

„Und was machen wir mit Luigis Leuten?", fragte Marc.

Aurëus blinzelte ihm zu. „Keine Sorge, sie werden, sobald sie diesem Raum verlassen, vergessen was sie gesehen haben. Ich verspreche es dir."

„Das beruhigt mich." Marc wandte sich um. „Ach, Mario, keine Fotos, sonst könnte es sein, deine Chips sind leer, wenn du die Bilder des heutigen Tages sichten willst."

Mario legte Kamera und Handy auf das Fensterbrett und sogar noch seine Jacke darüber, um bloß nicht in Versuchung zu geraten.

„Es beginnt", flüsterte Zephyra, deren Gestalt sich erst streckte, dann krümmte, um schließlich als imposanter roter Drache vor ihnen zu hocken. „Achtung, Männer, zieht die Köpfe ein!", rief sie ihren Artgenossen zu, deren Verwandlung im selben Augenblick begann.

„Danke für die Warnung", lachte Pyron, eng an den Boden geschmiegt, um nicht mit dem Kopf ein Loch in die Decke zu stoßen. „Ich könnt uns ruhig anfassen, wir gehen nicht kaputt", ermunterte er die verblüfften Menschen.

Mario kroch gleich unter dem Tisch durch, um die wenigen Sekunden auszunutzen. „Unglaublich!", murmelte er, als seine Hände über die Panzer der vier Giganten huschten.

Frau Rocci, Tina und Luigi waren fast genau so schnell zur Stelle.

Tina legte ihre Stirn an die von Zephyra. „Ihr wundervollen Wesen", seufzte sie ergriffen.

In dem Augenblick kam ein Kellner mit einem Tablett voller Sektgläser zu Schwingtür herein, stoppte abrupt mit völlig entsetztem Blick genau vor Pyrons gigantischem schwarzem Kopf, bekam die Tür mit Schwung ins Kreuz und ließ, beinahe zur Salzsäule erstarrt, das Tablett fallen.

„Doch Schaden angerichtet", kicherte Pyron. „Aber ich bin so gut wie unschuldig. Zumindest habe ich mich nicht bewegt."

Der Kellner wischte sich über die Augen. „Ich glaube, ich werde verrückt."

„Das gibt sich wieder", erklärte Pyron in die Lachsalven seiner Freunde hinein.

Sein Gegenüber tastete sich rückwärts gehend nach der Tür, um dann wie der Blitz zu verschwinden. Inzwischen setzte die Rückverwandlung ein. Da war auch schon der Unglücksrabe wieder da und begann das angerichtete Chaos zu beseitigen. Das Wieso und Warum hatte er, wie von Aurëus prophezeit, völlig vergessen. Er kehrte die Scherben weg, wischte die Flüssigkeit auf und blieb kopfschüttelnd stehen.

„Was ist passiert?", fragte Luigi, neben ihn tretend.

„Sieht aus, als hätte hier ein Saurier gestanden, da hat sich irgendwas Komisches in den Belag eingedrückt", bekam er zur Antwort.

Luigi lachte. „Stimmt. Es ähnelt tatsächlichen vier großen Tapsen. Wäre doch ein Aufreißer für deine Zeitung, Mario. *Saurier besucht Luigis Pizzeria.*"

„Da sind noch welche!", rief der Kellner.

„Muss wohl eine ganze Herde gewesen sein", feixte Luigi und setzte sich wieder an den Tisch. Insgeheim hoffte er, dass die Spuren nie wieder weggehen würden.

Pyron blinzelte Zephyra lustig zu. „Nur gut, dass alle ihre Abdrücke hinterlassen haben. Ich dachte schon, ich müsste abnehmen." Dann klopfte er Marc auf die Schulter. „Aber du hast ja, damals als wir auf dem wandelnden Turm grillten, gesagt: *Ein guter Hahn wird selten fett.* Ich habe dich beim Wort genommen."

Das einsetzende Gelächter hörte man sicher noch in den umliegenden Häusern.

„Was wird wohl ein Drache, vom Format der Männchen, wiegen?", überlegte Mario laut.

„Den Abdrücken im Bodenbelag nach, ziemlich viel", schmunzelte Alfons.

Pyron zog die Schultern hoch. „Keine Ahnung – vielleicht so viel wie sechs große Brontornis, falls einer weiß, wie schwer die Piepmätze sind."

„Das wären dann schätzungsweise bis drei Tonnen", ließ sich Marc vernehmen.

Luigi rieb sich die Nasenspitze. „Das heißt, mein Lokal ist solide gebaut, sonst hätten wir plötzlich alle im Keller gesessen."

Aurëus grinste. „Im Normalfall ganz bestimmt."

„Aha, dann hast du deine schützenden Finger im Spiel gehabt", stellte Thomas lakonisch fest.

„Tja, wer weiß das schon bei einem Zauberer." Aurëus schaute ihn treuherzig an.

Mario schielte sehnsüchtig nach den Spuren der vier Drachen. „Darf ich die wenigstens für mein ganz privates Album fotografieren?"

„Bitte!" Marc blinzelte ihm zu.

Magmatus tippte Pyron an. „Was ist *fotografieren?*"

„Mario, warte einen kleinen Moment!", rief Pyron. „Am besten zeigen wir meinen Brüdern gleich am Beispiel der Spuren, was Fotos sind und wie sie entstehen."

„Möchtest du welche machen?", fragte Mario überrascht.

„Würde es gern versuchen", erwiderte der Drache, während er von Mario die Kamera übernahm. „Also, passt auf: An dem Knopf sind so kleine Bildchen dran, wo sogar ein Drache mitkriegt, was der Knopf alles kann. Ich drehe also ganz vorsichtig auf die Stelle mit der Blume und gehe davon aus, dass ich kleine Sachen nun ganz groß aufnehmen kann. Richtig?"

„Richtig!", pflichtete Mario völlig überrascht bei.

„Gut. Hier in dem Fensterchen kann man sehen, was später auf dem Bild sein soll." Pyron suchte eine Stelle, wo er eine der Riesentapsen gut im Blick hatte. „Dann drückt man auf den großen Knopf da ganz oben und schon ist das Bild gemacht. Man kann es sogar aus diesem kleinen Kästchen herausholen und ganz groß auf Papier bringen."

„Toll!", „Super!", „Pyron hat es wirklich drauf!", riefen die Gäste begeistert durcheinander.

Der Drache deutete auf Marc. „Ich hatte einen sehr guten Lehrer. Er kann so drachenmäßig erklären, dass man es einfach begreifen muss. Dabei sieht seine Kamera völlig anders aus als die von Mario, aber die Bildchen neben den Knöpfen sind die gleichen." Dann winkte er die anderen Drachen herbei. „Jeder postiert sich bei seinem Abdruck, damit alle ein paar richtig gelungene Fotos machen können."

Mario strahlte über das ganze Gesicht, was die Freunde mit einem fröhlichen Augenzwinkern quittierten, besonders als er endlich die

Drachentänzer in Aktion filmen konnte. Diandra und Bromer ließen sich, genau wie die Drachen, von der Musik einfangen und bewegten sich genau so selbstvergessen. Wen interessierten schon die Schritte, die irgendwann ein Mensch erfunden hatte?

Frau Rocci tanzte schon den halben Nachmittag mit Luigi, der die neugierigen Blicke seiner Freunde geflissentlich ignorierte.

„Bahnt sich da was an?", hörte Marc Thomas neben sich flüstern.

Genau so leise gab er zurück: „Warum nicht? Die beiden leben doch schon viel zu lang alleine."

Noch vor dem Abendbrot warf Diandra ihren Brautstrauß in die Menge, wie es ihr, kurz vorher, Martha beschrieben hatte. Ihn fing nicht etwa Tina, die extra danach gefasst hatte – er traf Zephyra von hinten, prallte an ihrem Rücken ab und rutschte Frau Rocci über die Schulter direkt in die Arme.

„Oh!", murmelte die Boutiquenbesitzerin erstaunt. Dann sandte sie Luigi ein amüsiertes Lächeln hinüber.

„Wer jetzt nicht an Zeichen glaubt, ist selber schuld!", konstatierte Thomas grinsend.

„Das sehe ich auch so", murmelte Aurëus vergnügt. „Kleine Flämmchen können recht schnell große Brände werden."

Zephyra nickte, mit dem Kopf auf das glückliche Brautpaar deutend. „Ich habe solch eine Konstellation immer für unverträglich gehalten, genau so wie Feuer und Eis."

„Magst du heiß und Eis?", wandte sich Luigi unvermittelt an das Drachenweibchen.

Sie schaute ihn neugierig aus ihren übergroßen grünen Augen an. „Meinst du das jetzt wörtlich oder im übertragenen Sinn, weil ich Feuer und Eis speien kann?"

„Wörtlich. Ich meine Eis mit heißen Himbeeren."

Zephyra leckte sich die Lippen. „Hmmmm, das klingt schon lecker. Ich werde es ganz gewiss mögen."

Ein paar Minuten später brachten die Kellner die ausgefallene Leckerei.

„Davon werde ich träumen", seufzte Zephyra nach dem ersten Löffel wohlig auf.

Silvestra lächelte still in sich hinein. Ihr würde es sicher nicht anders gehen.

„Die Kreativität der Menschen ist wirklich erstaunlich." Magmatus begutachtete sein Schälchen, ob vielleicht noch ein Restchen zu finden wäre.

Luigi ließ den Drachen kurzerhand noch eine Runde Eis bringen, was diese, mit begeistertem Applaus begrüßten.

„Es ist schön, dass sich die vier bei uns wohl fühlen", freute sich Martha. „Sie haben schließlich lange auf diesen Tag gewartet."

Marc begleitete die Drachenbrüder zur Toilette. Luigi hatte in den letzten Jahren modernisiert und Ratlosigkeit bei den dreien wäre zu erwarten gewesen, da sie ja die Hinweisschilder nicht lesen konnten. Vulkanus blieb neben der Tür stehen und sah sich neugierig um, dabei kam er dem elektrischen Händetrockner zu nahe. Es fauchte plötzlich hinter ihm. Mit einem Riesensatz war der Drache an der anderen Wand, um dem gemeinen Angriff zu entgehen, den der Gegner hinterrücks ausführte. Marc fuhr erschreckt herum, als Vulkanus wie ein Irrwisch an ihm vorüberhuschte. Ein kurzer Blick, dann begann er schallend zu lachen. Es sah aber auch zu komisch aus, wie der Drache vor der Wand hockte und den Kontrahenten suchte. Seine Brüder hatten ebenfalls Abwehrstellung eingenommen, die sie nun langsam aufgaben. Als ihnen Marc schließlich die Sache mit Trockner erklärte, kicherten die Drachen fröhlich. Magmatus hatte inzwischen entdeckt, dass überall, wo ein rundes Bild mit einer Hand darauf war, irgendeine Technik zu arbeiten anfing. Wie ein Kind hüpfte er von einem Waschbecken zum anderen und freute sich diebisch, dass jedes Mal Wasser aus dem silbernen Ding darüber kam, wenn er kurz mit seiner Hand das Zeichen streifte. Pyron sah ihm eine Weile kopfschüttelnd zu. „Stella würde sagen: Männer werden nie erwachsen", worauf Marc in wieherndes Gelächter ausbrach. „Das habe ich jetzt auch gerade gedacht!"

Logisch, dass Magmatus den automatischen Spülmechanismus der Toilette auch mehrmals testete, genau wie das Licht, welches sich automatisch ein- oder ausschaltete, wenn man die Sanitärräume betrat oder verließ.

Pyron saß schon lange wieder an der Tafel, als es Marc endlich gelang, die zwei anderen Drachen vom weiteren Techniktesten abzubringen.

„Ich schätze, die beiden konnten dem Reiz des Unbekannten nicht widerstehen", schmunzelte Aurëus, als Marc lustig die Augen verdrehte.

Vulkanus nickte. „Es ist ja auch gemein, einen armen wehrlosen Drachen hinterrücks warm anzupusten, ohne dass jemand zu sehen ist."

Magmatus erzählte schließlich zur Erheiterung aller, grinsend und ganz detailliert, was sich ereignet hatte.

„Das möchte ich glatt als Bonusrunde in unser neues Spiel einbauen!", rief Thomas. „Punktesammeln, je nachdem, wie viele Wasserhähne man gleichzeitig zum Laufen bringt. Schafft man es, alle zu öffnen, dann gibt es einen Drachen extra, den man sich frei aussuchen kann."

„Gebongt!" Stella lächelte amüsiert.

Zephyra und Pyron tauschten ebenfalls belustigte Blicke. Zumindest hatten Vulkanus und Magmatus dafür gesorgt, dass Drachen weiter im Gespräch bleiben würden. Luigi und die anderen würden sich bestimmt ihr Leben lang an die Geschichte über die beiden verrückten Toilettentechnik-Entdecker erinnern. Pyron nutzte einen ruhigen Moment, um seine Brüder trotz aller Heiterkeit ins Gebet zu nehmen, womöglich brächten sie sonst innerhalb weniger Minuten das vollkommene Chaos in Marcs Haus, wo sie mit übernachten durften. Silvestra tippte Aurëus leicht an. „Sieht ganz so aus, als hielte er ihnen eine Standpauke."

„Offenbar gibt er ihnen klar die Richtung vor, was sie dann im privaten Kreis zu tun und zu lassen haben", flüsterte Aurëus zurück. „Da können wir es uns sparen, ihnen des Langen und Breiten die Regeln zu erklären. Sein Wort hat Gewicht, auch wenn er der Jüngere ist."

Zephyra unterhielt sich inzwischen angeregt mit Frau Rocci und Tina.

„Ich werde euer Outfit als Drachen-Kollektion für gehobene Ansprüche fertigen lassen", überlegte Frau Rocci gerade laut.

„Oh ja, bitte!", rief Zephyra. „Das hilft unsere Welt zu bewahren. Jedes kleine Stück, was bei euch mit *uns Fabelwesen* in Verbindung gebracht wird, gibt unserer Welt neue Kraft. Du darfst sogar unsere

Bilder dazu aufhängen, dass jeder sehen kann, wie das Original aussieht."

„Wirklich? Das mache ich! Vielleicht kann mir Mario Bertini bei der Werbekampagne helfen?"

Mario hatte ein paar Gesprächsfetzen aufgefangen. Im nächsten Augenblick saß er mit den Damen zusammen und schmiedete Pläne. Schnell fanden sich auch noch die anderen Frauen ein.

„Weiblich-konspirative Tätigkeiten?", fragte Pyron mit einem Augenzwinkern Auröus.

„Das trifft den Nagel auf den Kopf." Auröus lehnte sich behaglich zurück. „Marc hat mit seinem Auftauchen in der Elfenwelt einiges bewirkt. Nun kümmern sich plötzlich so viele Wesen um das Wohlergehen aller, denen bis vor wenigen Jahres das Morgen völlig egal gewesen ist."

Gegen Mitternacht löste sich die fröhliche Feier langsam auf. Marc und Galantha nahmen die vier Drachen mit nach Hause. Interessiert betrachteten die vier die Straßenbeleuchtung, die blinkenden Reklamen an den Hochhäusern und die Autos, die bei rotem Licht mitten auf der Straße stehen blieben, um bei Grün weiterzufahren.

„Ich weiß nicht, ob ich hier auf Dauer leben möchte", sinnierte Vulkanus. „Zu hektisch, zu viele Lebewesen auf engem Raum, nachts nicht mal richtig dunkel …"

Zephyra begann zu lachen. „Was glaubst du wohl, warum unsere Freunde so oft Urlaub bei uns machen?"

„Aber tolle Sachen haben sie erfunden!", warf Magmatus kichernd ein. „Schon dieses Ding, in dem wir gerade sitzen – ich dachte immer, die Menschen laufen nur, sie reiten auf Pferden oder fahren ganz nobel in einem Streitwagen. Ihre Gefährte, ob groß, ob klein, sind eindeutig der Gipfel dessen, was wir je gesehen und gehört haben."

„Marc hat erzählt, die Menschen können sogar schneller fliegen wie ein Vogel", warf Zephyra ein.

Ungläubige Blicke trafen sie.

„Ich zeige euch gleich ein paar Filme", versprach Marc, als er das Taxi bezahlt und das Hoftor geöffnet hatte.

„Was sind Filme?", fragte Zephyra telepathisch Pyron. Dabei hatte sie etwas Ähnliches wie Thomas' und Stellas Videospiel im Hinterkopf, welches sie sich beim letzten Besuch angesehen hatte.

„Dein Gedanke könnte stimmen", hörte sie ihn antworten.

Einen Augenblick später saßen alle im Kaminzimmer vor dem Fernseher und Marc legte eine Technik-DVD ein, in der es um alle Sorten Fluggeräte ging. Atemloses Staunen bei den Drachen.

„Das ... das ... das gibt's doch gar nicht!", rief Vulkanus, als Spaceshuttle und Co. in Aktion traten. „Zum Mond fliegen? Dahin wo die Sterne sind? Ich glaube, ich werde nie wieder sagen, das sind *nur Menschen*. Sie können zwar nicht zaubern, aber sie beherrschen nicht minder grandiose Dinge."

Marc lächelte melancholisch. „Leider werden wir oft von der Technik beherrscht. Man kann recht schnell davon abhängig werden."

Magmatus winkte ab. „Einigen läuft auch manchmal bei uns ihre Zauberkraft aus dem Ruder – das dürfte dann wohl dieselben Auswirkungen haben, nur dass es bei euch mehr Lebewesen böse erwischt, als bei uns."

„Wollt ihr mal sehen, wie Gedankenübertragung nach Menschenart funktioniert?", fragte Galantha blinzelnd.

„Nach sicher!", rief der Drache.

Marc holte seine Kamera, erklärte die notwendigen Handgriffe, um den Speicherchip heraus zu nehmen, in den Player zu schieben und die Daten sichtbar zu machen.

„Heh! Das sind ja wir!" Vulkanus sprang, auf den Fernseher deutend, von seinem Platz.

„So ist es", bestätigte Galantha. „Wir könnten also dieses kleine unscheinbare Ding irgendjemandem geben, und der könnte sehen, was wir mit euch erlebt haben."

„Märchenhaft", hauchte Zephyra. „Ihr könnt also, wann immer ihr wollt, noch einmal die Bilder anschauen, ohne dass ihr sie ausdrucken müsst oder wie sich das nennt."

„Und die Filme." Galantha klickte einen davon an, welcher die Drachen beim Tanzen zeigte. „Man kann diese gespeicherten Bilder sogar unendlich vervielfachen, wenn man das möchte."

„Oder", ergänzte Marc, „ich schicke die Informationen weiter." Er schob den Chip in seinen Laptop und wählte die Adresse von Thomas. Sekunden später klingelte das Telefon. Marc drückte die Lautsprechertaste.

„Heh, ihr könnt wohl auch noch nicht schlafen?", hörten sie Thomas fragen. „Super Bilder hast du gemacht. Muss sie mir morgen mal ganz in Ruhe anschauen, für heute bin ich viel zu aufgekratzt."

„Prima, dass du dich gleich gemeldet hast", schmunzelte Marc. „Wir machen gerade eine kleine Demonstration in Bild- und Datenübertragung für unsere vier Großen. Ich will euch aber nicht weiter stören. Gute Nacht."

„Gute Nacht euch allen." Thomas legte auf.

Vulkanus nahm Marc den Hörer aus der Hand und beäugte ihn argwöhnisch. „Wie ist Thomas in das kleine Ding gekommen?"

Pyron begann schallend zu lachen. „Genau das ist der Punkt, den uns Marc gerade klar machen wollte. Thomas war nicht da drin. Mit irgendeinem technischen Trick ist nur seine Stimme daraus zu hören. Wir waren ja vorhin auch nicht in dem Kasten da." Pyron zeigte auf den Fernseher.

„Ist bestimmt nicht schlimm, wenn ich es nicht begreife", seufzte Vulkanus. Dann grinste er, klopfte Pyron auf die Schulter: „Kannst es mir ja später noch mal erklären."

„Ich bin sicher, dass ihm das nicht sonderlich schwerfallen wird", ließ sich Galantha vernehmen.

Zephyra nickte. Dann streckte sie sich gähnend. „Ich bin müde."

„Kommt, ich bringe euch zu euren Zimmern." Die Elfe schwebte voran.

Götter sind auch nur Menschen

Pyron war als Erster wach. Lautlos schlich er in den Garten, um sich ganz in Ruhe etwas umzusehen. Dort fand ihn schließlich Marc, der sich über die angelehnte Terrassentür gewundert hatte, in einem Gartenstuhl sitzend.

„Es ist schön bei euch zu Hause", flüsterte Pyron. „Eine Oase der Ruhe in eurer hektischen Welt." Er schaute zu den fast rosafarbenen Wolken auf, die den neuen Tag ankündigten. „Aurëus hat mir gestern die Erlaubnis erteilt, das Tor zu benutzen."

Marc sah den Drachen überrascht an.

„Aber ich werde es nur tun, wenn das Überleben meiner Welt davon abhängt", sprach Pyron weiter, als hätte er den Blick gar nicht bemerkt. „Drachen gehören nun mal nicht in diese Zeit."

Marc reichte Pyron die Hand. „Du bist immer ein gern gesehener Gast."

Der erwiderte lächelnd den festen Druck. „Danke."

Zephyra erwartete die beiden an der Tür.

„Ich habe ihm gesagt, dass ich nur im äußersten Notfall hierher kommen werde", erklärte Pyron.

„Sehr gut. Wir Drachen gehören nicht in diese Zeit."

„Das habe ich auch gerade gesagt." Pyron streichelte seiner Gefährtin zärtlich die Wange.

Die Türklingel verriet die Ankunft der Goldmanns und Bromers. Die Bergers und alten Wendlers, auch wenn dieser Ausdruck nun etwas seltsam klang, kamen schon den Gartenweg entlang, um das gemeinsame Frühstück vor der Heimkehr der Drachen nicht zu verpassen. Thomas schwenkte die Zeitung.

„Mario, der verrückte Hund, hat zwei Fanposter mit drin!", rief er schon an der Tür zum Esszimmer.

„Zeig!" Galantha fischte ihm das Blatt aus der Hand. „Ooops, auch noch Großformat!"

Marc erklärte den Drachen inzwischen, dass nun hunderte Menschen am heutigen Tag diese Geschichte lesen und sich die Bilder anschauen würden. „Einige werden sich diese großen Bilder sogar an die Wand hängen und andere werden die Kleidung kaufen, die Frau Rocci nähen lassen wird. Nach menschlichem Maßstab wird eure Welt für sehr lange Zeit weiterleben können."

Zwei Stunden später standen die Drachen vor dem Spiegeltor, um in eben jene Welt zurückzukehren.

„Bis bald!" Pyron winkte seinen Freunden zum Abschied, ehe er als Letzter in den Rahmen stieg.

Marc verbarg das Portal sofort wieder hinter der Zwischenwand.

„Wir machen uns auch auf den Heimweg", erklärte Alfons. „Ich habe eine Menge Ideen für Märchen, die ich in den nächsten Monaten umsetzen möchte. Viel Spaß im Urlaub!"

„Alle Taschen schon gepackt?", fragte Galantha, als sie mit Diandra den Tisch abräumte.

Die Nixe schüttelte den Kopf. „Ich weiß nicht einmal, was man alles für einen Urlaub braucht. Abgesehen davon, dass ich immer noch Probleme habe, mich an Kleidung zu gewöhnen. Bromer meint, ich soll lieber mit euch reden, was ich mitnehmen muss und was nicht."

„Keine Sorge", tröstete sie die Elfe. „Wir werden schon zur rechten Zeit das Richtige für euch haben. Sind ja genug Leute da, die wissen wie man zaubert."

Genau diese Tatsache bewirkte, dass am Ende die vier Paare mit vier mittelgroßen Rucksäcken in zwei Autos unterwegs in Richtung Alpen waren. Bromer saß neben Marc. Die beiden Frauen hatten es sich auf der Rückbank bequem gemacht. Im zweiten Auto saß Thomas am Steuer, neben ihm Aurëus und dahinter Stella mit Silvestra, die völlig verdattert guckte, als sich Stella nach der Rast ganz selbstverständlich hinters Lenkrad setzte.

„Ach sieh an! Den Führerschein hat sie also auch gemacht", brummte Aurëus zufrieden.

Stella deutete wortlos über ihre Schulter.

Der Zauberer drehte sich um. Er bekam große Augen. Das andere Fahrzeug wurde von Galantha gelenkt.

„Ich bin wahnsinnig stolz auf euch."

Thomas lachte. „Na frag mal, wer noch."

Bromers Erschrecken war nur kurz gewesen, als die Elfe nach dem Zündschlüssel gefasst hatte. Ob nun Goldschmiedinnen oder Autofahrerinnen, dieses Zeitalter hielt an allen Ecken

Überraschungen bereit. So, wie er die Elfen bisher erlebt hatte, wussten diese sehr genau, was sie taten. Also lehnte er sich ganz entspannt zurück, um sich mit Diandra von Marc ein wenig Geografieunterricht zum anvisierten Ziel geben zu lassen.

In der Ferne tauchten die ersten Ausläufer des Gebirges auf, von allen mit wachsendem Interesse bestaunt.

„Da hinauf, wo das letzte Grün zu sehen ist, wollen wir", erklärte Marc Diandra.

„Etwa mit dem Auto?", fragte die Nixe.

Marc schüttelte den Kopf. „Nein, die Fahrzeuge lassen wir im Tal stehen. Da hinauf geht es nur noch zu Fuß. Wir werden bestimmt mehrere Stunden für den Aufstieg brauchen."

„Aber es wird doch bald dunkel!", rief die Nixe besorgt. „Ist das nicht gefährlich?"

„Keine Angst, diese Nacht verbringen wir im Hotel, in einem Seitental zwischen den Bergen. Morgen, nach dem Frühstück, machen wir uns auf den langen Weg zur Berghütte", antwortete Galantha.

Bevor es auf die Serpentinenstraßen ging, hielten die Urlauber noch eine längere Rast, dann übernahmen die Männer wieder das Fahren. Diandra hielt Bromers Hand umklammert.

„Ich wüsste nicht, mit welchen Worten ich diese Felsmassive beschreiben sollte", hauchte sie überwältigt, als sich die Autos das schmale Asphaltband hinauf arbeiteten. „Und das da, ganz oben, erinnert mich fast an das Eis, mit denen die Zwerge unsere Welt überziehen wollten."

„Das ist Eis", sagte Marc. „Dieses lange weiße Band nennt man eine Gletscherzunge, das ist ein Strom aus Eis und Schnee, der langsam zu Tale fließt und dem die vielen kleinen Bäche entspringen, die du hier als Wasserfälle sehen kannst. Ihn gibt es, für unsere Verhältnisse, schon seit ewigen Zeiten und es wäre nicht gut für unsere Welt, wenn er einmal wegtauen würde."

Bromer schaute ihn überrascht an. „Wirklich?"

Marc nickte. „Es gibt Gegenden auf unserer guten alten Erde, wo ewiges Eis ist. Aber selbst dort gibt es Lebewesen und diese können eben wieder nur in so einer Umgebung existieren."

Diandra lächelte. „Begreife, ihr habt das, was bei uns verschiedene Dimensionen sind, gleich beieinander und wenn ich euch recht verstanden habe, dann sogar auf einer Stelle in einem Jahr."

„Das beschreibt es ziemlich gut", schmunzelte Marc. „Auch den Wechsel der Jahreszeiten."

Bromer räusperte sich. „Darüber habe ich auch noch eine Menge zu lernen, hab ich mich doch früher in der Menschenwelt nur in warmen Gefilden aufgehalten. Aber bei diesen Freunden ist mir nicht bange."

Marc bog auf die Hauptstraße des schmucken Ferienortes und kurz darauf den Parkplatz des Hotels ein. Thomas ließ seinen Wagen in die Parktasche genau daneben rollen. Noch stand die Sonne über dem Tal, auf dem See vor dem Hotel waren etliche Boote unterwegs, Kinder spielten am Ufer und überall gab es unzählige Dinge, die Diandra, Bromer und auch Silvestra innehalten ließen. Marc, Thomas und Aurëus kümmerten sich um das Einchecken für die ganze Gruppe. Sie trugen auch das Gepäck in die Zimmer. Aurëus gesellte sich schließlich zu den anderen, während Marc und Thomas die Fahrzeuge zu den angemieteten Garagenplätzen brachten, in denen sie, für die Zeit der Bergwanderung, gut gesichert stehen bleiben sollten.

Nach einem Spaziergang, am tiefblauen See entlang, ließen sich die acht Freunde das Abendbrot auf der Terrasse servieren. Die Abendstille wurde plötzlich vom Weinen eines Kindes unterbrochen. Alle acht horchten auf. Sie versuchten, die Richtung zu bestimmen.

„Was ist da passiert?", hauchte Diandra.

Stella wiegte den Kopf. „Keine Ahnung, aber es klingt völlig verzweifelt."

Auf der Strandpromenade näherte sich eine Mutter, die ihre kleine Tochter auf dem Arm trug. Das Mädchen streckte ihre Arme nach dem See aus und schluchzte ununterbrochen: „Mein Teddy … mein Teddy … mein armer Teddy muss nun ertrinken …"

„Sei still mein Schatz, ich kaufe dir morgen einen neuen Teddy", versuchte die Mutter, ihr Kind zu beruhigen.

„Nein, das ist der Teddy, den mir Papa geschenkt hat. Er hat gesagt, ich soll immer gut auf ihn aufpassen … nun habe ich meinen Teddy im Stich gelassen … mein Teddy … mein Teddy …"

„Was ist ein Teddy?", fragten Diandra, Silvestra und Bromer gleichzeitig.

„Ein kleiner niedlicher Spielzeugbär und manchmal der allerbeste Freund, den Kinder haben", antwortete Marc.

Diandra sprang auf. Mit wenigen Schritten erreichte sie die beiden. „Vielleicht kann ich helfen", sprach sie die Mutter der Kleinen an. „Wo genau, ist denn der kleine Bär ins Wasser gefallen?"

Überrascht drehte sich die Frau um und auch das Mädchen schaute sie aus erstaunten Augen an. „Dort hinten am Bootssteg. Ich habe einen Moment nicht aufgepasst, da ist er ins Wasser gefallen und sofort untergegangen."

„Kommen Sie!" Diandra fasste nach der freien Hand der völlig verzweifelten Mutter.

„Ich gehe mit!", rief Bromer den anderen zu, als er ihr sofort folgte.

Thomas machte einen langen Hals. „Oh, ha, das könnte jetzt ziemlich interessant werden."

Aurëus schmunzelte. „Ich denke, sie werden das kleine Plüschtier schon vorm Ertrinken retten."

„Und die Folgen?"

Alle winkten gleichzeitig ab.

„Auch war." Thomas widmete sich wieder seinem Teller.

Inzwischen hatten die Retter den Bootssteg erreicht.

„Genau hier war es", schluchzte das kleine Mädchen.

Diandra zog die Jacke und die Schuhe aus. „Ich gehe ich jetzt deinen Teddy suchen." Sie streichelte die Wange der Kleinen.

„Was? Sie wollen bei dieser Dunkelheit da hinein? Das ist Selbstmord!", rief die Mutter.

Ehe sie noch etwas einwenden konnte, war Diandra kopfüber in den See gesprungen, ohne einen einzigen Spritzer zu verursachen. Bromer folgte mit allen Sinnen ihrer Energie. Als sie nach fast drei Minuten noch immer unter Wasser war, wurde die Frau nervös, sie zog ihr Handy hervor. „Wir müssen Hilfe holen! Das Wasser ist sehr kalt. Vielleicht ist sie ohnmächtig geworden. Sie könnte ertrinken!"

Bromer nahm es ihr aus der Hand, steckte es in ihre die Jackentasche zurück, wobei er wortlos den Kopf schüttelte.

„Aber …"

„Nichts aber … Sie weiß, was sie da unten tut."

Fast noch einmal drei Minuten später erschienen ein paar Meter entfernt kleine Wellenringe, dann tauchte ein Arm aus den Fluten, der triumphierend einen völlig durchnässten, ehemals weißen, Teddy schwenkte.

„Da ... da ... da ... mein lieber, lieber Teddy kommt wieder!", jubelte das kleine Mädchen.

Diandra schwamm so, dass es aussah, als glitte der kleine Bär ganz allein auf das Ufer zu. Bromer nahm ihr das triefend nasse Plüschtier ab und half ihr zurück auf den Steg. Das Mädchen riss sich los und fiel Diandra um den Hals. „Du hast meinen Teddy gerettet. Du bist ja soooo lieb!" Sie breitete ganz weit die Arme aus. Dann fasste sie nach ihrem liebsten Kuscheltier.

„Moment noch, wir müssen erst dein Bärchen trocknen", lachte Bromer. Er strich dreimal mit den Händen darüber, worauf der Plüschbär aussah, als käme er ganz frisch aus dem Spielzeugladen, statt aus einem See.

Dass sich eine ziemlich große Anzahl Menschen versammelt, die zusammen mit der überglücklichen Mutter, sowohl das Wunder der Spielzeugrettung, als auch die unglaubliche Trocknung beobachtet hatte, merkten sie erst jetzt.

„Wie haben Sie es nur so lange unter Wasser ausgehalten?", fragte die Mutter erstaunt.

„Ich bin eine ... sehr gute Taucherin", entgegnete Diandra, mühsam das Wort Nixe hinunterschluckend.

Die Frau schüttelt fassungslos den Kopf. „Das waren mehr als fünf Minuten!"

„Ich bin recht gut in Übung." Diandra blinzelte der Kleinen fröhlich zu und strich ihr eine Haarsträhne aus dem Gesicht. „Nun kannst du deinem Papa erzählen, dass deinem Bären nichts passiert ist."

Die Kleine schüttelte den Kopf, drückte ihren weißen Teddy fest an sich.

„Sie hat keinen Papa mehr", berichtete die Mutter leise. „Er hatte einen Tumor im Kopf und sollte operiert werden. Am Tag vor dem Eingriff schenkte er ihr den Bären ..." Sie schluckte. „Er starb noch auf dem OP-Tisch."

„Das tut mir sehr leid", murmelte Diandra.

Die Mutter umarmte die Nixe dankbar. „Danke für alles. Sie haben heute zwei Menschen sehr, sehr glücklich gemacht. Lisas ganze Erinnerung an ihren Papa steckt in diesem Teddy. Wir werden beide nun besonders gut auf ihn aufpassen."

Jemand reichte Diandra ein großes Handtuch und eine Decke, in die sie sich auch wirklich einwickelte, um nicht noch mehr Aufsehen zu erregen.

Bromer brachte seine frisch angetraute Frau zurück ins Hotel, wo sie sich sofort umzog, obwohl er mit seinem Zauber Nässe, Kälte und Schmutz verschwinden lassen hatte.

„Nur nicht weiter auffallen", lachte Diandra, als sie sich in seine Arme schmiegte.

Bei der verspäteten Fortsetzung des Essens trafen sie immer wieder neugierige und achtungsvolle Blicke. Offensichtlich hatte sich das Ereignis sofort überall herumgesprochen. Die Freunde sahen ihr an, wie sehr sie mit ihren Gedanken über das Erlebte und Gehörte beschäftigt war. Schließlich fragte Diandra mit zusammengezogenen Augenbrauen: „Was sind ein Tumor und ein OP-Tisch?"

Marc erklärte es ihr leise.

Diandra schaute hinaus zum See. „Arme Kleine. Gut, dass ich den Bären gefunden habe." Dann hing sie wieder ihren Gedanken nach. „Der sah ganz niedlich aus, richtig knuddelig … nicht so grimmig, wie der, der mich mal fressen wollte." Am Ende flog ein fröhliches Lächeln über ihr Gesicht. „Bären sind wohl mein Schicksal, die hängen mir irgendwie an."

Bromer zog sie liebevoll in seine Arme. „Du bist und bleibst die ungewöhnlichste und mutigste Nixe, im ganzen Elfenland."

„Auf die Nixen!", riefen die Freunde, hoben ihre Weingläser oder Nektarbecher.

Diandra dankte ihnen lachend.

„Es gibt übrigens auch Seebären", warf Thomas grinsend ein.

„Du veralberst mich", vergewisserte sich Diandra unsicher, wobei ihr Blick irritiert zum Wasser huschte.

Aber außer Silvestra und Bromer schüttelten alle die Köpfe.

„Echte Bären, die im See leben?", fragte die Nixe vorsichtig.

Thomas zückte sein Handy, ging online, dann hielt er es Diandra hin. „Diese Robben nennt man so."

„Robben? Was ist denn das nun wieder?"

Thomas tippte Marc auf die Brust. „Du bist dran." Wie immer, wenn es um einfache, aber gut Erklärungen ging.

„Ach du großer Wasserstrudel! Die Männchen sind ja geradezu riesig! Was es hier nicht alles gibt!", rief Diandra. „Bromer, wir müssen unbedingt mal dahin gehen, wo die vielen Tiere in den Käfigen sind!"

„Du meinst den Zoo?", warf Stella lächelnd ein.

„Genau, den meine ich. Ich muss ja keine Angst mehr haben, dass sie mich dortbehalten." Sie streichelte mit einem breiten lustigen Grinsen ihre Beine.

Bromer blinzelte ihr zu. „Ich verspreche es dir, mein Schatz."

„Auf alle Fälle sollten wir morgen beizeiten hier verschwunden sein – ich habe keine Lust darauf, Fragen zu beantworten", sagte Bromer.

„In Las Vegas wirst du es müssen", kicherte Aurëus.

Bromer grinste. „Dort will ich ja auch nicht Urlaub machen."

„Keine Panik, gleich nach dem Frühstück schnappen wir unsere Rucksäcke. Ich stelle vorsichtshalber den Weckton an meinem Handy ein." Marc zückte das Gerät, um den Worten die Tat folgen zu lassen.

Pünktlich, mit der Eröffnung des Buffets, erschienen sie am nächsten Morgen im Speisesaal. Eingedenk der Tatsache, so wenig wie möglich auffallen zu wollen, stellten die Frauen Lunchpakete für die Bergtour zusammen. Auch hatte Diandra noch deutlich Stellas Worte im Ohr, wonach hier nur gezaubert wird, wenn es gar nicht anders geht. Die Männer würden schon nicht zusammenbrechen, wenn sie ein Pfund mehr im Rucksack stecken hätten.

Aurëus zahlte die Übernachtungen, dann zogen die acht langsam los. Die Elfen hatten warme Jacken übergestreift, Diandra nur ein Holzfällerhemd, welches sie, wie die Männer über ihrem T-Shirt offenließ. Die morgendlichen niedrigen Temperaturen machten ihr wenig aus. Sie überquerten hinter dem Ortsausgang auf einem Trampelpfad eine Wiese mit hüfthohem Gras, dann begann das Gelände auch schon ziemlich steil anzusteigen. Hin und wieder blieb die Gruppe stehen, um einen Blick ins Tal zurückzuwerfen, wo die Häuser bald so klein wie Spielzeuge aussahen. Es dauerte noch eine Weile, ehe die Sonne endlich ihre Strahlen über die Berghänge gleiten ließ und die Luft angenehm erwärmte.

„Hier müssen wir, glaube ich, nicht mit Gegenverkehr rechnen." Stella band sich ihre Jacke um die Hüften, um wohlig die Flügel zu entfalten.

Die beiden anderen Elfen taten es ihr gleich.

„Ach, das tut gut", seufzte Silvestra. „Es ist doch ziemlich anstrengend, zu laufen und dabei auch noch die Flügel unter einer Jacke gefaltet zu halten. Aber Liebe bringt wohl alles zuwege." Sie blinzelte in die Runde.

Nicken bei den Elfen, aber auch bei Diandra, die kaum noch die Füße heben konnte.

„Machen wir eine Pause", schlug Bromer vor. „Ich bin wohl auch nicht so recht als Bergsteiger zu gebrauchen.

Thomas lachte. „Da bist du nicht der Einzige. Mir hat schon unser Abenteuer im Skorpiongebirge gereicht."

„Außerdem treibt uns doch niemand. Ob wir nun eine Stunde eher oder später ankommen, geht doch diesmal nur uns selbst etwas an", fügte Marc hinzu. Er setzte sich zu Galantha auf einen Geröllbrocken, der sich wohl etwas weiter hinunter verirrt hatte, als das eigentliche Geröllfeld, welches sie noch in Angriff nehmen mussten.

„Außerdem haben wir die obligatorische Rettungsaktion schon hinter uns – dem Bärchen und seinen Freunden geht es gut", schmunzelte Diandra. „Damit dürfte in den nächsten zehn Tagen mit absoluter Ruhe, in jeder Weise, zu rechnen sein."

„Prost", sagte Thomas trocken und hob seinen Kaffeebecher.

Die anderen stießen fröhlich lachend mit ihm an.

Auf der anschließenden Kraxelpartie durch die Steinwüste schwebten die Elfen neben den anderen her, immer bereit, schnell zuzufassen, falls doch einer von ihnen ins Rutschen käme.

„Flügel müsste man haben", seufzte Diandra.

Thomas kicherte. „Na, ja, es gibt ja auch fliegende Fische, warum nicht mal eine fliegende Nixe."

Bromer drohte ihm scherzhaft mit dem Finger. „Bring sie nur noch auf solche Gedanken!"

Diandra lachte übermütig. „Vielleicht, wenn ich den Einhörnern nicht versprochen hätte, darauf zu hören, was ihr gemeinsam für gut haltet."

Aurëus blinzelte Bromer zu. Einen Lidschlag später verlor Diandra den Boden unter den Füßen.

„Ach du großer Schreck!", murmelte sie erstaunt. „Ich bin völlig unschuldig."

„Stimmt", lachte der Zauberer und dirigierte die Nixe schwebend neben Bromer her, indem er mit dem Finger die Flugrichtung und -höhe bestimmte.

Die anderen schüttelten amüsiert die Köpfe. Wenn sich Aurëus zu solchen Spielchen hinreißen ließ, dann war er wirklich allerbester Laune.

„Lass mich wieder runter", bat Diandra. „Das ist mir dann doch unheimlich. Ich ziehe es vor, zu laufen." Sie atmete hörbar auf, als sie endlich wieder festen Untergrund spürte. „Aber die Sache mit den fliegenden Fischen erklärt ihr mir trotzdem irgendwann."

„Aber gern", versprach Marc. „Abends, bei einem Glas Wein am prasselnden Kaminfeuer. Das ist die beste Zeit für Geschichten. Kindern erzählt man dann von mutigen Nixen, wunderschönen Elfen, mächtigen Zauberern und riesigen Drachen."

„Nicht übel!", lachte Diandra. „Zauberer erzählen dann also folgerichtig den Nixen von fliegenden Fischen."

Silvestra schmunzelte. „Treffend ausgedrückt. Marc kennt bestimmt tausend Dinge, die uns interessieren werden. Schließlich lebt er davon, Lernwilligen Wissenswertes beizubringen."

Die anderen begannen zu kichern, als Thomas Marc eine lustige Grimasse schnitt, die in etwa sagte: Siehst du, das kommt davon, wenn man zu viel kann.

„Die Ausrede: *Ich habe Urlaub*, lasst ihr wohl nicht gelten", vergewisserte sich Marc mit breitem Grinsen, Thomas scherzhaft mit dem Finger drohend.

Alle schüttelten gleichzeitig die Köpfe.

„Und wenn er dann schon mal beim Beibringen ist", rief Diandra, „ich kann weder lesen noch schreiben."

Stella winkte ab. „Du hast so schnell gelernt, eine rechtsgültige Unterschrift für offizielle Dinge zu geben, dass du den Rest auch bei mir üben kannst. Wir haben doch jetzt Zeit und Ruhe."

„Ja!" Diandra riss jubelnd die Faust in die Höhe, worauf die Freunde mit fröhlichem Lachen antworteten.

Inzwischen hatten sie das Geröllfeld hinter sich gelassen und stapften durch Knieholz weiter.

„Noch etwa eine Stunde, dann gelangen wir auf die Rückseite des Berges und zu einem Hochplateau. Dann können wir auch schon die Hütte sehen", erklärte Marc.

„Und von da ist es nicht mehr weit", ergänzte Thomas und zog den Bauchriemen seines Rucksackes enger.

„Aber wir schieben in ein paar Minuten noch eine Rast ein", legte Aurëus fest. „Sonst müssen wir auf den letzten Metern unsere Frauen tragen."

„Und nicht nur sie – ich krieche auch langsam auf dem Zahnfleisch", seufzte Thomas.

Eine Viertelstunde später fanden Sie eine geeignete Stelle.

„Lust auf Kaffee?", fragte Stella.

„Oh ja!", rief Bromer.

Die anderen nickten ebenfalls.

„Ich auch", bat Galantha.

Alle hielten Stella ihre Becher entgegen. Diandra nahm lieber einen kräftigen Schluck aus ihrer Mineralwasserflasche.

„Von hier oben hat man eine grandiose Aussicht!", rief sie, von den himmelhohen Bergspitzen und den tiefen Tälern ringsumher schwer beeindruckt. „Diese schroffen Hänge sind noch geheimnisvoller, als unser Gebirge, wo Nereus die Zwerge vertrieben hat. Ob es hier auch Tropfsteinhöhlen gibt?"

„Die gibt es", entgegnete Marc. „Einige kann man sogar besuchen. Aber es gibt sicher noch viele unentdeckte Höhlensysteme, in denen solche wundervolle Gebilde zu finden sein werden. In den kleinen Bergdörfern erzählt man sich übrigens auch heute noch Geschichten von Zwergen und Kobolden, die es einmal hier gegeben haben soll."

„Denen möchte ich nicht mehr begegnen", murmelte Galantha mit zusammengezogenen Augenbrauen.

Marc nahm sie in den Arm. „Zumindest hat in den letzten Jahrhunderten keiner mehr einen Zwerg hier gesehen. Machen wir uns lieber wieder auf den Weg, ehe es dunkel wird."

In der Tat zog sich die Sonne langsam aus den tieferen Regionen zurück und würde in Kürze ganz hinter irgendeinem Gipfel verschwinden. Diandra ging voran. Auf dem gut sichtbaren Pfad bestand kaum die Gefahr, sich zu verirren. Nach rund einer dreiviertel Stunde blieb sie stehen. „Da! Ich kann die Hütte sehen! Ich freue mich darauf!"

Bromer blinzelte Auräus fröhlich zu. Schließlich war es dessen Idee gewesen, die Hochzeitsreise hierher zu unternehmen.

Im letzten Licht des Tages betraten sie die Bergbaude. Gemeinsam besichtigten sie die Räume, um zu erkunden, was wo zu finden war und wie es funktionierte. Galantha und Stella überzogen die Doppelstockbetten mit Wäsche, die sie in dem kleinen Wandschrank fanden. Thomas holte Holz, womit Marc ein anheimelndes Feuer im Kamin entfachte. Diandra stellte inzwischen Geschirr für das Abendbrot bereit. Schließlich saßen alle um den großen Tisch, ließen es sich schmecken und tauschten sich über die vergangenen Stunden aus.

„Und wie ist das nun mit den fliegenden Fischen?", fragte Diandra plötzlich.

Die Freunde schmunzelten. Es war zu erwarten gewesen, dass die wissbegierige Nixe noch am gleichen Tag eine Erklärung haben wollte.

Marc beschrieb ihr also detailliert die beiden verschiedenen Typen, die sich entwickelt hatten. Er nahm ein Blatt Papier und skizzierte südamerikanische Beilbauchsalmler, wie sie manchmal in Zoohandlungen zu finden waren, aber auch die großen Fische, welche im Meer lebten.

Diandra staunte. „Also gibt es ganz kleine, die richtig mit den Flossen flattern können und große Fische, die aus dem Wasser springen und bis vierhundert Meter weit gleiten können. Aber keiner von ihnen kann so lange und weit wie ein Vogel fliegen, wenn ich alles richtig verstanden habe."

„Exakt", bestätigte Marc.

„Wieder was gelernt", murmelte Bromer, sehr mit sich zufrieden.

„Ich auch!", rief Silvestra.

„Da habe ich doch gleich wieder eine Idee für unsere Spiele", wandte sich Stella an Thomas. „Weitsprung der fliegenden Fische, um Bonuspunkte zu sammeln."

„Es bleibt also weiterhin feucht", feixte Thomas, sich noch einmal über die Drachenbrüder amüsierend.

Am nächsten Tag blieben alle im Areal um die Bergbaude herum. Die Blumenelfen bestaunten jedes noch so kleine Gewächs, welches in dieser Höhe überleben konnte. Die Männer machten es sich auf Liegen gleich neben der Tür bequem, unterhielten sich oder dösten einfach in der Sonne. Diandra suchte mit Thomas' Fernglas die gegenüberliegenden Felshänge ab.

„Da sind fünf Tiere", flüsterte sie erregt, wobei sie mit dem Zeigefinger nach links an die Steilwand deutete.

„Wie sehend die aus?", fragte Marc mit geschlossenen Augen.

Die Nixe schaute noch einmal durch das Glas. „Braun, groß und sie haben lange gerippte Hörner. Außerdem klettern die an Stellen herum, wo man schon mit zwei Beinen Mühe hätte, überhaupt Halt zu finden."

„Dann sind es Steinböcke." Marc setzte sich auf. Diandra reichte ihm den Feldstecher.

„Tatsächlich – du hast eine Herde Steinböcke entdeckt."

Thomas hatte die Kamera griffbereit neben seiner Liege. Er hielt sie Marc kommentarlos hin.

Mit den Worten: „Nicht übel, für den ersten Tag", legte Marc das Gerät nach ein paar Minuten wieder neben Thomas. „Ich habe ein Video aufgenommen. Das können wir uns zu Hause ganz in Ruhe anschauen."

Diandra beobachtete die haarsträubende Kletteraktion der wendigen Tiere weiter, bis sie hinter einem Felsblock verschwanden.

„Ich hab die Kamera nur mit raus genommen, weil ich gehofft hatte, einen Adler fliegen zu sehen. Mit Großwild hatte ich nicht gerechnet", erklärte Thomas ganz erfreut.

„Mal sehen, was uns morgen vor die Linse kommt", rätselte Aurëus. „Hier soll es ja auch Murmeltiere geben."

Diandra schaute Aurëus ungläubig an. „Die müssen bestimmt ganz schön aufpassen, damit ihnen keine Murmel an diesen steilen Hängen wegrollt."

Die Freunde brachen in schallendes Gelächter aus. Thomas wischte sich Tränen aus den Augen. Marc übernahm schließlich wieder die ehrenvolle Aufgabe, einen umfassenden Bericht zum Thema Murmeltiere zu liefern.

Diandra kratzte sich am Kinn. „Stella hatte mich zwar gewarnt, dass man hier nicht alles wörtlich nehmen darf, aber woher soll ich wissen, was nun wie zu werten ist?"

„Das wird schon noch, im Laufe der Zeit", tröstete sie Galantha. „Mir ist es am Anfang auch nicht ganz leicht gefallen."

In der folgenden Nacht träumte Diandra von kunterbunten Murmeln, die statt eines Bächleins zu Tal rannen. „Aber schön sah es aus", fügte sie lächelnd hinzu, als sie beim Frühstück den anderen davon erzählte.

In den folgenden Tagen erkundeten sie die nähere Umgebung. Thomas filmte Adler und diverse andere Greifvögel, von irgendwo aus weiter Ferne hörten sie Kuhglocken, wenn der Wind günstig stand. Von der Herde selbst sahen sie keine Spur. Diandra tauchte in einen der kristallklaren Bergseen ab, um ihren Freunden zu berichten, wie es da unten aussah.

„Steigen wir morgen zum Gipfelkreuz auf?", fragte Bromer, den Blick auf die Spitze des Berges gerichtet.

„Das wird aber eine ziemlich anstrengende Kletterei", warf Thomas sofort ein.

Diandra überlegte kurz. „Ich bin trotzdem dafür."

„So, wie es sich aussieht, wird das Wetter auch mitspielen. Ich bin auch dabei." Aurëus freute sich auf die Tour.

„Dann ist es beschlossene Sache", sagte Marc, als die Elfen ebenfalls zustimmten. „Ihr solltet euch aber Jacken anziehen, der Wind kann dort oben ganz plötzlich auffrischen."

„Machen wir", versprach Silvestra.

Kurz nach dem Morgengrauen begannen sie mit dem Aufstieg. Ziemlich oft mussten sie mit den Händen nachhelfen, weil einige Passagen extrem steil waren. Die Zauberer hatten ein wachsames Auge auf die ganze Gruppe. Drei Stunden später ließen sich die acht Freunde am Fuß des Gipfelkreuzes nieder.

„Wirklich schöne Aussicht", murmelte Diandra überwältigt. „Das entschädigt für die anstrengende Kletterei. Zephyra und Pyron würden sich in so einer Umgebung sicher auch wohl fühlen."

Stella nickte. „Wenn es keine Menschen gäbe."

„Ich könnte wetten, dass es vor einigen hundert Jahren hier Drachen gab", sagte Thomas versonnen. „Geräumige Höhlen,

Wasser und eine Menge jagdbare Tiere sind ja auch heute noch hier. Es muss ein imposantes Bild gewesen sein, wenn diese Riesen majestätisch über Klüfte und Täler segelten, mit ihren riesigen Schwingen, die Sonne verdunkelnd."

Als hätte er mit seinen Worten einen Schalter umgelegt, wurde es schlagartig finster. Alle hoben erschreckt die Köpfe.

„Was wird das denn?", brummte Aurëus beunruhigt. „Hier stimmt was nicht."

„I – i – ich bin mir keiner Schuld bewusst", stotterte Thomas verwirrt.

„Das ist auch ganz sicher nicht dein Werk", versuchte Bromer, ihn zu beruhigen, der ebenfalls voller Sorge den plötzlichen und vor allem ungewöhnlichen Wetterumschwung beobachtete. Dicke schwarze Wolken ballten sich zusammen, der Wind frischte auf und die Luft lag wie flüssiges Blei in den Lungen.

„Wir sollten versuchen, etwas tiefer ein geschütztes Plätzchen zu finden, ehe das Unwetter richtig losbricht", schlug Marc vor. „Bis zur Hütte werden wir es sicher nicht mehr schaffen."

Diandra klammerte sich an Bromers Hand. „Ich habe Angst."

„Ich werde schon gut auf dich aufpassen", versprach der Zauberer, der ihr half, die abschüssige Passage sicher zu überwinden.

Die Elfen hatten bereits ihre langen Jacken geschlossen, um den Sturmböen keine Chance zu geben. Es begann zu donnern, zu blitzen und schließlich rauschte unangenehm kalter Regen hernieder. Sogar die Nixe zog die Kapuze tief ins Gesicht.

„So wie das schüttet, kann man ja glatt ertrinken", murmelte sie.

Thomas begann zu lachen. „Wenn du das schon sagst, frag mal, wie wir uns fühlen." Er warf einen verstohlenen Blick in die finsteren Wolken, stutzte, blieb stehen und fasste Marc am Arm.

„Ach du lieber Gott!" Marc schlug die Hände vors Gesicht. „Ein Tornado!"

„Wo zieht er hin?", hauchte Stella ängstlich.

„Nirgends hin", ließ sich Aurëus mit fester Stimme vernehmen. „Das ist ein Portal."

„Wirklich?"

„Ganz sicher. So etwas habe ich bei den Olympiern gesehen. Schaut, das untere Ende des Rüssels bleibt immer einige Meter in der Luft."

„Das gefällt mir nicht. Das gefällt mir ganz und gar nicht." Bromer beobachtete das Phänomen.

Silvestra deutete in das Auge des Wirbelsturmes. „Da!"

Etwas raste dem Boden entgegen. Bromer, Marc und Aurëus hatten ohne jegliche Absprache zugleich ihre Hände ausgestreckt und den Absturz in ein sanftes Schweben gewandelt.

„Was ist das?" Galantha versuchte das Objekt, welches nun einige hundert Meter weiter auf einer Wiese lag, zu erkennen.

Aurëus zuckte mit den Schultern. „Keine Ahnung. Es ist zu weit weg. Beeilen wir uns lieber, ehe das Ding verschwindet."

So schnell sie konnten, kraxelten sie über das Geröllfeld, darauf bedacht, ihr Zielgebiet nicht aus den Augen zu verlieren. Wenigstens hörte der Regen langsam auf und mit dem Rüssel des magischen Tornados verschwanden auch noch die letzten Wolken.

Selbst wenige Meter von der Absturzstelle entfernt, war diese, durch das hohe dichte Gras, kaum zu erkennen. Vorsichtig pirschten sich die acht Wanderer heran. Schließlich umringten sie mit ungläubigen Gesichtern einen menschlich aussehenden Körper, der völlig verkrümmt vor ihnen auf dem Bauch lag. Aurëus drehte den Fremden langsam um.

„Aber das ist doch Happy, der fliegende Dichter!", rief Thomas überrascht.

„Zweifellos ist er das", stellte Silvestra mit zusammengezogenen Augenbrauen fest. „Was mag ihm nur zugestoßen sein?"

„Ich denke, das werden wir bald erfahren", erklärte Aurëus, der erste Lebenszeichen entdeckt hatte.

Sekunden später kam Happy stöhnend zu sich. Mit großen Augen schaute er die acht an, die ihm ein erleichtertes Lächeln schenkten. Ein zweiter Blick, auf die umliegenden Felsen, ließ ihn erstarren. Dieses Gebirge hatte er noch nie zuvor gesehen.

„Du bist in Sicherheit", sagte Aurëus, ihm die Hand reichend, um ihn auf die Füße zu ziehen.

„Danke", flüsterte Happy. „Ich dachte schon, mein letztes Stündlein hätte geschlagen." Mit schmerzverzerrtem Gesicht klagte er: „Mir brummt der Schädel und ich habe furchtbaren Durst."

Diandra reichte ihm ihre Wasserflasche.

„Jetzt bringen wir dich erst einmal hinunter in unser Feriendomizil, wo du dich von den ganzen Schrecken erholen kannst." Marc und Thomas stützten Happy. Alle paar Meter mussten sie eine kurze Pause einlegen, denn der Dichter konnte sich kaum auf den Beinen halten.

Endlich tauchte die Berghütte auf. Einladend lag sie im rotgoldenen Licht der untergehenden Sonne. Diandra eilte voraus, öffnete den Männern die Tür und schloss sie wieder, als alle das Häuschen betreten hatten. Galantha und Stella bezogen schnell eines der freien Betten für den unerwarteten Gast, der, kaum dass sein Kopf das Kissen berührte, in einen tiefen Schlaf fiel.

„Armer Kerl, wer weiß, was er erlebt hat." Auréus ließ die Tür einen Spalt offen.

Inzwischen bereiteten die Frauen das Abendbrot vor, die Männer steckten derweil die Beine behaglich unter den Tisch.

„Wenn Lars erfährt, wo er sich befindet, trifft ihn sicher gleich der nächste Schock", sinnierte Marc.

Bromer winkte ab. „Die drei Tage, bis wir ihn zum Portal bringen können, wird er schon überstehen. Immerhin ist er in einer ruhigen Gegend, inmitten von Freunden gelandet."

„Vielleicht nimmt ihm das ja auch die panische Angst vor dieser Welt", überlegte Thomas. „Warten wir es einfach ab."

„Ihr sprecht über Happy?" Stella deckte den Tisch.

„Ja."

Galantha brachte den Brotkorb. „So, wie er sich hin und her wirft, scheint er einen furchtbaren Alptraum zu haben. Es wäre sicher besser, wenn wir ihn wecken."

Die Männer nickten.

„Geh du", wandte sich Auréus an Thomas. „Dir vertraut er, falls er es schon gemerkt haben sollte, wo er sich befindet."

Es dauerte auch nicht lange, bis die beiden heraus kamen. Happy lächelte etwas unsicher. „Tut mir leid, da bin ich euch wohl schon wieder in eine Feier geplatzt."

„Halb so schlimm", schmunzelte Aurëus. „Auf alle Fälle war es ein großer Auftritt."

Lars seufzte schwer. „Ach, wenn ihr wüsstet! Einen wirklich großen Auftritt hatte ich, kurz bevor das geschah. Eingedenk Galanthas Worten, aus den Berichten der Drachen ein Epos über Nereus zu dichten, saß ich Abend für Abend und fügte meinem Lied Strophe um Strophe hinzu. Zephyra und Pyron sind harte Kritiker, also feilte ich an meinem Werk, bis beide vollkommen zufrieden waren …" Lars Augen nahmen einen milden Glanz an. „Die beiden sind wundervolle Geschöpfe. Und sie haben mit so viel Liebe auch über euch erzählt, dass mir ganz warm ums Herz geworden ist." Er seufzte noch einmal. „Na jedenfalls machte ich mich eines Tages direkt von ihrer Grotte zum Sängertreffen auf, wo mich die übliche illustre Gesellschaft erwartete. Der alte Hades blickte finster wie immer, Zeus wirkte etwas irritiert, weil ich noch immer einen Hauch Drachenenergie an mir trug, Athene begrüßte mich mit einem strahlenden Lächeln und vielen guten Wünschen, während mich Äolus geringschätzig musterte. Offensichtlich hatte er fest ins Auge gefasst, der Sieger dieses Wettstreites zu werden, denn er stellte seine Harfe regelrecht zur Schau. Pan und Pegasus gingen ihm genau so aus dem Weg, wie auch die Bewohner der Unterwelt. Apollon strich mit dem Finger über meine alte Leier: *Na, immer noch kein neues Instrument?* Ich schmunzelte: *Das wird nicht mehr nötig sein, ich weiß doch, dass deine Hände Glück bringen.* Apollon blinzelte vergnügt und ging lachend davon.

Am dritten und damit letzten Tag des Wettstreites, war ich endlich an der Reihe. Schon nach den ersten Akkorden herrschte Totenstille, alle hingen lauschend an meinen Lippen, Nereus bekam tellergroße Augen, die Najaden summte leise die Melodie mit und sogar der große Poseidon wiegte kaum merklich seinen Kopf im Takt. Als mein Lied endete, brandete frenetischer Beifall auf. Einzig Äolus bedacht mich mit einem Blick, als wolle er mir den Hals umdrehen.

Athene überreichte mir schließlich den Lorbeerkranz des Siegers und die Prämie, in Form des goldenen Apfels."

Happy schloss die Augen und fuhr sich mit beiden Händen über das Gesicht.

„Irgendwo im Hintergrund stritt sich Äolus mit den Juroren. Die Lage eskalierte. Kassandra kam, wie zufällig, an mir vorbei. Sie deutete auf meinen Ballon. *Du solltest abreisen, so lange der Windgott anderweitig beschäftigt ist.* Ich beschloss, auf den gut gemeinten Rat zu hören. Sie half mir sogar, die Halteleinen zu lösen. Ich war wohl der Erste, der jemals ihre Warnungen ernst genommen hatte und hatte gut daran getan. Der heftige Wortwechsel am Boden war sogar noch aus fast hundert Metern Entfernung zu hören. Äolus war schließlich so in Rage, nicht der Sieger zu sein, dass er mir einen heftigen Sturm mit seiner Harfe auf den Hals hetzte, kaum, dass ich mit meinem Ballon das offene Meer erreicht hatte.

Nereus, Athene und sogar Zeus versuchten wirklich alles, den Tobenden zu besänftigen. Umsonst. So hat Nereus, um mir wenigstens das Leben zu retten, ein Portal geöffnet, welches mich mitsamt Sturm hierher brachte. Ich weiß weder wo dieses *hier* ist noch was mich jetzt erwartet. Ohne meinen Ballon bin ich ziemlich hilflos. Aber egal wie und was, ich bin glücklich, euch zu sehen."

„Willst du lieber erst die guten oder die schlechten Nachrichten hören?", wollte Aurëus wissen.

Happy hob hilflos die Hände. „Fang mit den schlechten an."

„Da gibt es nur eine: Du bist in der Menschenwelt gelandet."

Der fliegende Poet zuckte zusammen. „Ihr veralbert mich."

„Ganz bestimmt nicht", warf Thomas ein.

„Das ist ja grauenvoll!" Happy war blass geworden.

Diandra warf ihm einen tadelnden Blick zu. „Nun krieg dich aber wieder ein. Wir leben auch noch und das, obwohl wir schon seit Monaten hier sind."

„War das eine von den guten Nachrichten?"

„Wenn du es so siehst – ja. Die anderen sind, dass wir in ein paar Tagen wieder nach Hause fahren und du durch das Portal in Marcs Haus ganz schnell von hier verschwinden kannst. Außerdem hattest du das Glück in fast menschenleerer Wildnis gelandet zu sein, wo *nur* eine handvoll Zauberkundiger dafür gesorgt haben, dass du dir nicht sämtlich Knochen gebrochen hast", erklärte Bromer.

„Ziemlich viele glückliche Zufälle auf einen Haufen", schmunzelte Silvestra.

„Die Landung bei euch war nicht ganz zufällig", rückte Happy schließlich mit der Sprache heraus. „Ich habe mir in dem Dimensionstunnel inständig gewünscht, bei Aurëus anzukommen. Er ist vielleicht der Einzige, der mir helfen kann, meinen Ballon wiederzubekommen. Dabei hatte ich doch keine Ahnung, dass ihr wirklich in der Menschenwelt geblieben seid."

„Ich rieche förmlich das nächste Abenteuer", kicherte Stella. „Wollten wir nicht sowieso dem anderen Ufer irgendwann einen Besuch abstatten?"

„Stimmt." Thomas blinzelte ihr zu. „Dann machen wir uns also in Kürze auf den Weg, um die Olympier aufzumischen, bis sie Happys Ballon wieder herausrücken."

„Hast du eigentlich deinen Apfel retten können?" Galantha schaute den Dichter neugierig an.

Der schüttelte traurig den Kopf. „Mm, mm, den hatte ich in einen der kleinen Ballastsäcke gesteckt, den ich zusätzlich noch mit zwei Stricken festgebunden habe, damit ihm bloß nichts zustößt. Na ja, das war wohl der größte Fehler. Ich hätte meinen Schatz lieber in die Hosentasche stecken sollen."

„Also heißt das, wenn wir deinen bunten Kürbis wiederfinden, bekommst du auch deine Siegprämie zurück", murmelte Bromer.

„Ich hoffe es", seufzte Happy. „Mein Ballon liegt sicher irgendwo auf dem Meeresgrund und es dürfte schwer werden, ihn von da wieder herauf zu holen."

Diandra streichelte seine Hand. „Hast du vergessen, dass ich eine Nixe bin? Und auch Bromer ist ein exzellenter Taucher. Wenn wir es gar nicht allein schaffen, dann werde ich Nereus bitten. Er ist sehr gütig – ich glaube nicht, dass er uns seine Hilfe verweigern wird."

Die Miene des Poeten hellte sich etwas auf.

„Na siehst du! Schon lächelst du wieder." Galantha reichte ihm ein Glas Wein. „Jetzt trinken wir erst einmal auf deine Rettung, alles andere wird sich irgendwie finden. Prost!"

„Wenn sich unsere Frauen etwas in den Kopf setzen, dann ziehen sie es auch durch", schmunzelte Marc. „Da sind sie ganz kreativ und ihnen sollte keiner in die Quere kommen."

„Hm, kann mich ziemlich gut daran erinnern, was für tolle Sachen sie können." Happy betrachtete den fast golden funkelnden Wein vor der Kerzenflamme. Schließlich hob er den Kopf. „Ich vertraue euch. Ich habe auch nichts mehr dagegen, wenn ihr mir die Menschenwelt zeigen wollt."

Aurëus blinzelte Marc zu. „Ein Mann – ein Wort."

Marc zog sein Handy aus der Tasche. „Hallo Luigi, kannst du uns für Samstagabend den großen Tisch reservieren?" „Klappt?" „Super. Wir bringen wieder einen Gast aus anderen Gefilden mit. Ciao!"

Happy taxierte das Gerät. Marc schob es ihm über den Tisch. Vorsichtig legte es sich der Dichter auf die Handfläche. „Die Drachen haben mir von euren technischen Erfindungen erzählt", sagte er versonnen. „Sie sprachen von Wagen, die ohne Pferd fahren, und von Kästen, in denen man Bilder sichtbar machen kann, die man mit so einem Ding hier aufgenommen hat."

„Du meinst Autos, Computer, Fernseher und Handys?", fragte Diandra.

„Hm, genau so haben sie es auch genannt", bestätigte Happy. „Es wäre fast wie Zauberei, nur eben ganz anders, weil es jeder lernen könnte, haben sie mir erzählt."

„Das ist richtig." Marc steckte das Handy in die Hosentasche. „Wir werden es dir zeigen, sobald wir zu Hause sind."

„Wir Frauen gehen schlafen", sagte Stella gähnend. „Es war ein ziemlich turbulenter Tag. Stellt das Geschirr einfach in die Küche, wir kümmern uns morgen früh darum."

Eine Stunde später folgten ihnen die Männer. Mit zusammengezogenen Augenbrauen betrachtete Thomas den Riesenberg Abwasch. Marc blinzelte ihm zu, zog auf Aurëus fragenden Blick eine lustige Grimasse, malte mit dem Finger einen Kreis in die Luft und tippte mitten hinein. Es machte „Plopp", worauf zuerst die Tassen einzeln zum Schrank schwebten, um blitzsauber auf dem richtigen Regalboden zu verschwinden. Ihnen folgten die Gläser.

„Gute Nacht!", rief Marc, feixend in seinem Bett verschwindend.

Thomas stand bestimmt noch zehn Minuten, um dem fast lautlosen Gespensterstreiben in der Küche zuzusehen.

Mit den Worten: „Marc hat es echt drauf", kroch er endlich auch unter seine Decke. Dass er die halbe Nacht von Tellern träumte, die rasend schnell wie Tontauben durch das Häuschen schwirrten, verstand sich fast von selbst. Natürlich erzählte er den anderen beim Frühstück davon.

„Tun wir unsere Träume doch zusammen!", lachte Diandra. „Dann könnten wir mit meinen Murmeln deine Teller abschießen."

„Und wer räumt die Scherben weg?", fragte Aurëus mit einem Augenzwinkern.

„Niemand. Ich steuere noch ein paar Traum-Seifenblasen bei, dann zerplatzen die Teller in kleine feuchte Tröpfchen", schlug Galantha vor. „Und die lassen wir einfach trocknen."

„Spielidee!!!", rief Thomas aufspringend.

„Und es bleibt weiterhin feucht", amüsierte sich Silvestra, die sich von Stella viel über die Spiele und Bonusrunden hatte erklären lassen. „Macht es doch so, dass die Teller getroffen werden müssen und wenn man es danach noch schafft, zusätzlich eine Scherbe im Flug zu erwischen, platzen die restlichen wie Seifenblasen und man bekommt so viele Punkte, wie es Scherben waren."

„Genial", murmelte Thomas und machte sich sofort Notizen.

Happy schüttelte verständnislos den Kopf. Worüber die Elfenkönigin soeben mit Thomas gesprochen hatte, konnte er beim besten Willen nicht deuten.

„Erfährst du alles noch", tröstete ihn Bromer.

„Wenn ihr erst zu Hause seid?"

„Genau."

„Hm." Happy kratzte sich am Ohr. „Ihr werde langsam richtig neugierig."

Stella lachte. „Wie sagtest du selbst einmal? Es klappt doch immer wieder. Komm, heute zeigen wir dir ein wenig die Umgebung."

Der fliegende Dichter genoss die Ruhe in den Bergen sichtlich. Mittags döste er, wie die anderen, im Liegestuhl, während Stella mit Diandra wieder lesen und schreiben übte.

In der letzten Nacht auf dem Berg wurde er munter. Er glaubte, ein wundervolles Singen vernommen zu haben. Leise schlich er hinaus. Diandra stand am Rande des Steilhanges, von silbernem Mondlicht umflossen, ihr langes dunkles Haar wehte im Nachtwind. Sie sandte ihr lockendes Nixenlied hinauf zu den unzähligen Sternen. Überwältigt ließ sich Happy ins Gras sinken, um zu lauschen und die

Sängerin nicht zu stören. Er merkte nicht einmal, dass irgendwann der Gesang endete – Happy war mitten auf der Wiese eingeschlafen.

Der Tau weckte ihn am Morgen. Fröstelnd eilte er ins Haus. Stellas Kaffee erwärmte nicht nur seine steifen Finger oder den Magen – er ließ auch das Wohlbefinden gleich ein paar Grad steigen.

„Mit einer so grandiosen Sängerin, wie Diandra, möchte ich ein Mal vor Publikum stehen", schwärmte er. „Ich glaube, das wäre die Erfüllung eines ganz großen Traumes."

„Aber nicht kneifen, wenn es so weit ist!", rief Thomas.

„Niemals! Ich schwöre!"

Die Zauberer grinsten und klatschten sich mit Thomas ab.

„Helft ihr uns bei den Betten?", fragte Galantha die Magier.

Marc schüttelte den Kopf. „Werft die Bettwäsche und die gebrauchten Handtücher in den Korb. Den holt irgendwann, bevor neue Gäste kommen, ein Hubschrauber, der bringt auch das ganze neue Zeug hierher."

„Ach ja, schon wieder vergessen, dass wir ganz normale Urlauber sind", murmelte Galantha. „Habt ihr eure Jacken griffbereit?", wandte sie sich an die anderen Elfen.

„Alles bestens", entgegnete Stella, während Silvestra die ihre hochhielt.

Happy stutzte, dann fiel ihm ein, dass er ja hier in der Menschenwelt gelandet war, wo niemand die wundervollen Flügel der Elfen sehen durfte.

Marc verschloss von außen die Tür, ein letzter Blick zurück, dann begannen sie mit dem Abstieg ins Tal.

„Das ist ja fast noch anstrengender als hochklettern", seufzte Diandra, als sich immer wieder Steinchen lösten, die andere mitrissen und als Minilawinen abglitten.

„Da sagst du was!" Thomas wischte sich den Schweiß von der Stirn. „Ich werde heute Abend sicher vom Bremsen Muskelkater haben."

Beifälliges Gemurmel auch von Happy. Nur die drei Zauberer schienen ihre Kräfte so kontrollieren zu können, dass ihnen von Anstrengung buchstäblich nichts anzusehen war.

„Vor dem Geröllfeld rasten wir", sagte Aurëus soeben und wollte noch etwas hinzufügen, als Stella: „Jacken an!", befahl.

Fragende Blicke trafen sie.

„Ich höre Stimmen."

Thomas grinste breit.

„Wehe, du sagst einen Ton", drohte ihm Stella ebenso grinsend, worauf Galantha, Marc und Aurëus in schallendes Gelächter ausbrachen.

Marc erbarmte sich schließlich wieder, den vier anderen den Grund der allgemeinen Erheiterung zu erklären. Happy zupfte sich am Ohr, wie er es immer tat, wenn er nachdenken musste. Dann zuckte er resigniert mit den Schultern – er war halt in der Menschenwelt. Natürlich begannen die anderen daraufhin wieder zu lachen, was er ihnen ganz und gar nicht übel nahm.

Stella sollte indes recht behalten – wenige Minuten später, am Rande des Geröllfeldes, kamen ihnen drei Männer entgegen.

„Grüß Gott! Ziemlich viel Betrieb in dieser verlassenen Gegend!", staunte der Erste.

„Grüß Gott!", antwortete Marc. „Weiter oben wird es ruhiger. Wollt ihr zur Hütte?"

„Nein, wenn das Wetter aushält, dann gehen wir heute noch auf die andere Seite des Berges."

„Extremsportler?"

„Könnte man so sagen", schmunzelte der Zweite.

„Gutes Gelingen!"

„Guten Abstieg!"

Die kleine Gruppe ließ die Bergsteiger vorbei, denn dass es sich um solche handeln musste, ließ die Ausrüstung der drei vermuten.

Happy, der sich vorsichtshalber hinter Thomas regelrecht versteckt hatte, tippte diesem auf die Schulter. „Was sind Extremsportler?"

Sofort waren Bromer, Diandra und Silvestra zur Stelle. „Uns interessiert das auch."

Thomas berichtete über die verschiedenen Formen des Extremsports, von Paragliding bis Tauchen und was die Akteure von sich und ihrem Material verlangten. So kam es, dass die Freunde regelrecht die Zeit vergaßen.

„Langsam sollten wir uns wieder in die Spur machen", sagte Marc nach einem Blick auf die Uhr. „Sonst sind wir heute Abend noch unterwegs und aus dem Tal schicken sie einen Suchtrupp los."

Irgendwann blieb Happy stehen. „Häuser." Er deutete hinunter ins Tal.

„Na endlich", seufzte Diandra.

„Da wollen wir hin", erklärte Aurëus.

„In das Große, da ganz rechts", präzisierte Bromer.

„Ist das das Schloss des Menschenkönigs?", fragte Happy, die Augen mit der Hand beschattend, um besser sehen zu können.

Über Marcs Gesicht huschte ein leichtes Lächeln. „Nein, das ist so etwas wie eine Herberge für Könige. Man nennt es Hotel."

„Zumindest sind die Preise königlich", grinste Thomas. Dann fügte er noch hinzu: „Aber man wird dafür auch behandelt, wie ein kleiner Fürst."

Silvestra schmiegte sich in Aurëus' Arm, rieb ihren Kopf unter seinem Kinn. „Thomas und Marc haben Recht. Man begegnet uns in der Tat mit äußerster Wertschätzung, obwohl kein Mensch weiß, wer wir wirklich sind."

„Interessant." Happy spähte auf dem Weiterweg aller paar Meter zu den Häusern hinunter, vor denen er bald Fahrzeuge und sogar bunt gekleidete Menschen erkennen konnte. Große Augen bekam er, als er die vielen weißen Boote auf dem tiefblauen See gewahrte. Von Bratspießstimmung, wie er sie sich früher in seinen schlimmsten Alpträumen ausgemalt hatte, war nichts zu entdecken. „Hasenfuß", schalt er sich selber. Zwar machte sein Herz einen großen Sprung, als sie die ersten Meter auf der Flaniermeile zurücklegten, aber er besiegte den Drang, die anderen als Schutzschild nehmen zu wollen. Die Autos interessierten ihn schließlich so, dass er stehen blieb. „Erklärt ihr es mir später?", flüsterte er Galantha zu.

„Versprochen." Sie deutete kaum merklich auch noch auf ein Motorrad und mehrere Fahrräder am Straßenrand.

Im Hotel angekommen, kümmerte sich Marc darum, in eines der Zimmer für Happy eine Aufbettung zu bekommen.

„Ein etwas eigenwilliges Outfit", sagte die Inhaberin mit merklich besorgtem Blick auf das auffällige Stirnband des fliegenden Dichters, der mit den anderen an Rande des Foyers stand.

Marc hob den Kopf, setzte eine völlig erstaunte Miene auf. „Ja kennen Sie den Herrn etwa nicht? Das ist Lars Balloon, der begnadete Balladensänger."

Die Dame schüttelte langsam den Kopf.

„Vielleicht lässt er sich nach dem Abendbrot überzeugen, eine kleine Darbietung zu geben", sprach Marc weiter.

„Es sollte mich freuen, ich werde mit unseren Technikern sprechen. Wir sind durchaus in der Lage eine Blitzveranstaltung zu organisieren." Sie nickte Marc lächelnd zu. „Es wird alles zu Ihrer vollsten Zufriedenheit geregelt werden, Professor Doktor Wendler."

Marc nahm die vier Zimmerschlüssel entgegen. Schnell war man sich einig. Stella und Galantha nahmen zusammen ein Zimmer, dass sich ihre Männer gemeinsam um Happy kümmern konnten, der sicher tausend Fragen zu allen möglichen Alltagsdingen haben würde.

„Ach, mein Lieber", wandte sich Marc noch auf dem Gang an ihn, „du wirst heute Abend mit Diandra auf der Bühne stehen."

Happy wurde blass. „Aber – aber – aber meine Leier liegt doch irgendwo in einer anderen Dimension auf dem Meeresgrund!"

Auröus zuckte mit den Schultern, klatschte in die Hände, worauf er dem völlig überraschten Sänger etwas vor die Nase hielt. „Bitte, Maestro, Ihr neues Instrument."

„Für mich?" Happy streichelte mit den Fingern liebevoll das unverhoffte Geschenk.

„So ist es. Dafür wollen wir dann aber auch das Siegerlied vom Sängerwettstreit hören." Auröus verschwand mit Silvestra in seinem Zimmer.

„Alles, was ihr wollt!" Happy eilte Marc und Thomas hinterher.

Später, am Tisch, drehte der Dichter die bunte Speisekarte in den Händen. „Schade, ich kann es nicht lesen."

Diandra kicherte. „Macht nichts. Ich kann es nun zwar lesen, aber ich weiß nicht, was es ist. Das kommt fast auf das Gleiche raus." Sie blinzelte Bromer lustig, dem es nicht anders erging.

Galantha packte das Ungemach an der Wurzel, indem sie kurzerhand für alle die Bestellung aufgab, wodurch jeder das bekam, was er bisher am liebsten gemocht hatte. Für Happy gab es das gleiche Menü wie für Thomas, was ebenfalls genau ins Schwarze traf, infolgedessen sich seine ohnehin schon gute Laune, gleich noch ein paar Grad hob. Er freute sich ehrlichen Herzens auf die vielen Zuschauer, die nach dem Abendessen an den Tischen sitzen blieben, um den angekündigten musikalischen Abend nicht zu verpassen.

Aurëus übernahm die Ansagen und die Requisite, Marc und Bromer die Showeffekte. Er steckte Happy, der um nichts in der Welt auf ein Stirnband verzichtet hätte, in eine griechische Tracht im Stile von Herkules und Diandra in ein Athene würdiges Gewand.

„Sing das Lied von letzter Nacht", bat Happy die Nixe. „Ich habe mir die Melodie gemerkt und kann dich mit der Leier begleiten."

„Geht klar." Diandra drückte ihm die Hand.

Stella suchte sich einen Platz, von wo aus sie mit ihrer Videokamera freien Blick auf die kleine Bühne hatte. Happy wünschte sich nichts sehnlicher, als seine Lieder unsterblich zu machen. YouTube war immerhin ein Anfang. Vielleicht, wenn genügend Leute den Film anklicken würden, lohnte es sich gar, den Livemitschnitt als CD herauszugeben. Vielleicht sogar als Special zum Spiel, überlegte die Elfe.

„Übernimm du", raunte sie Thomas ins Ohr, als Aurëus ihr und den beiden anderen Elfen zuwinkte, um den zauberhaften Teil zu beginnen.

„Alles im Kasten", freute sich Thomas nach über einer Stunde Show. „Ihr wart alle fabelhaft, vor und hinter der Bühne!"

„Nicht übel – die Menschen", strahlte Happy, rechtschaffen müde in sein Bett fallend.

„Hab ich dir doch damals schon gesagt", entgegnete Thomas breit grinsend.

Marc schüttelte amüsiert den Kopf, dann schlief er ebenfalls rasch ein.

Noch mehr amüsierte er sich allerdings am nächsten Morgen, als Happy mit zu den Fahrzeugen ging, die Marc und Thomas für die Heimfahrt flott machen wollten. Er schlich ein paar Mal um die Gefährte herum, schaute mit unter die Motorhauben, fragte den beiden Freunden Löcher in den Bauch, setzte sich in Thomas Auto, und kam auch nicht mehr heraus, als es hieß, dass man erst in einer halben Stunde abfahren wolle.

„Ich fasse auch nichts an", versprach er hoch und heilig – Hauptsache dasitzen und staunen.

Thomas winkte ab. Sollte der Dichter ruhig seinen Spaß haben. Vielleicht war es ja sein erster und einziger Besuch in dieser Welt. Wer konnte das schon sagen. Die Triga, deren Volk er angehörte, konnten rund zweitausend Jahre alt werden. Lars hatte ihnen nicht verraten, wie lange er schon auf der Welt war. Offensichtlich gehörte er aber schon zu denen in etwas fortgeschrittenerem Alter. Allerdings freute er sich auf der Heimfahrt der Urlauber wie ein kleines Kind über die vielen bunten Autos, bestaunte die riesigen LKWs und schaute mit offenem Mund einigen Flugzeugen hinterher. Aurëus hatte ihm gönnerhaft den Beifahrersitz überlassen, damit er die Fahrt auch wirklich genießen konnte. Ehrfürchtig beobachtete er nach der ersten Rast die Fahrzeugübernahme durch die Frauen. Die Strecke war trocken, wenig Verkehr und so gaben die Elfen ordentlich Gas auf der Autobahn. Happy kam aus dem Staunen gar nicht mehr heraus. Nur einmal seufzte er bekümmert, nämlich als über einem Feld mehrere Fesselballons auftauchten.

„Wir holen dir deinen *Kürbis* wieder", versprach Stella.

Aurëus brummte zustimmend.

„Heute Abend lernst du aber erst einmal unsere Freunde kennen. Du wirst sie mögen."

Luigi erwartete sie schon sehnsüchtig. Was für ein Wesen hatten sie wohl diesmal aus der anderen Welt hierher gebracht? Erstaunt musterte er den kleinen dicklichen Mann mit dem Stirnband. Das konnte doch nur der fliegende Dichter sein, von dem bei Diandras und Bromers Hochzeit die Rede war! „Ich vermute, Sie sind Lars", sagte er also leichthin, als er ihm die Hand reichte.

„Stimmt, der bin ich. Aber woher wissen Sie das?"

Luigi lachte herzlich. „Der Beschreibung nach konnte es gar nicht anders sein. Das Stirnband ist schlecht zu übersehen. Ich hoffe, dass Sie sich bei mir wohl fühlen werden." Er brachte die Getränke. „Ich habe gehört, ihr hattet gestern einen grandiosen Auftritt."

Außer Stella hoben alle erstaunt die Köpfe.

„Bist du unter die Hellseher gegangen?"

Luigi grinste breit. „*SchlauesElfchen* hat ein Video davon ins Internet gestellt. Wer wird sich wohl hinter diesem Usernamen verbergen? Ich hab es mir heute früh angesehen. Ihr wart allererste Sahne!"

Aurëus brach in schallendes Gelächter aus. *SchlauesElfchen* war der passendste Name, den sich Stella überhaupt zulegen konnte.

„Ist eine Hommage an meinen lieben Großvater", schmunzelte Stella. „Thomas nennt sich im Netz *Theshowgoeson*."

„Ei, ei, was man hier alles erfährt!", sagte eine Stimme hinter ihnen.

„Tina! Mario!", schön, dass ihr schon da seid. „Dürfen wir vorstellen? Lars, der fliegende Poet, vom Volk der Triga", rief die Elfe erfreut, auf Happy deutend.

„Wir haben ihn heute Nacht schon bewundert. Supercoole Performance!", schwärmte Tina. „Ihr habt es echt alle drauf. Wir verteilten den Link sofort weiter, wohin wir nur konnten."

„Und das heißt?", fragte Happy kaum hörbar Marc.

„Dass du in unserer Welt bereits eine kleine Berühmtheit bist. So etwas hast du dir doch immer gewünscht oder irre ich mich?" Er zog das Handy aus der Tasche, ging ins Net, wählte Stellas Nicknamen und hielt es Lars hin. „Das haben bereits weit über achthundert Leute gesehen. Wenn du dein gestriges Publikum mitzählst, dann sind es locker über neunhundert." Marc aktivierte das Video.

„Morgen kannst du es dir ganz groß auf dem Rechner anschauen", warf Thomas ein.

„Habt ihr euch zufällig im Urlaub getroffen?", wollte Tina wissen.

„Nicht wirklich, aber das ist eine verzwickte Geschichte", antwortete Thomas.

„Schieß los! Du kannst am spannendsten erzählen", ermunterte ihn Marc, sich gemütlich auf seinem Stuhl zurücklehnend.

Als er geendet hatte, schauten sich Tina, Mario und Luigi bedeutungsvoll an. Ihre Freunde standen also wieder einmal kurz davor, in der Elfenwelt zu verschwinden und niemand konnte sagen, ob und wann sie jemals wiederkehrten. Dass sie Happy helfen würden, stand außer jedem Zweifel.

„Passt bloß auf! Äolus ist nicht irgendwer", sorgte sich Tina.

Galantha legte ihr die Hand auf den Arm. „Der hat mich noch nicht wütend erlebt. Und wenn ich an das denke, was er Happy antat, dann bin ich sauer – stinksauer."

„Hydrensumpf?", fragte Bromer.

Galantha schüttelte ganz langsam den Kopf, dabei funkelten ihre grünen Augen gefährlich, wie die einer angriffsbereiten Schlange. „Es geht noch viiieeel besser." Sie dehnte das Wort genüsslich.

Stella nickte, die Zauberer verstummten erschreckt.

„Großer Gott", murmelte Thomas in die Stille.

Wer Wind sät, wird Sturm ernten.

Fast zwei Wochen lang zeigten die *Magischen Zehn*, wie sie sich nun manchmal scherzhaft nannten, Happy die Menschenwelt. Bei Alfons lernte er sogar Butch, den riesigen Nachbarshund, kennen und lieben.

„Über dich schreibe ich auch irgendwann eine Ballade", versprach er ihm, worauf er ein Schwanzwedeln mitsamt einem feuchten Nasenstupser bekam, als hätte Butch die Worte wirklich verstanden.

„Sag mal, deklamierst du gar nicht mehr?", fragte Martha schließlich.

„Doch – im Geiste. Ich habe Angst, mir könnte hier sonst irgendein Detail entgehen", erklärte Happy sofort. „Ich will doch diese Welt in ihrer ganzen Vielfalt beschreiben können."

„Bei den Olympiern?"

Lars nickte. „Die Zauberer und auch die Elfen haben mir gesagt, ich solle mich von Äolus nicht ins Bockshorn jagen lassen. Also werde ich zum nächsten Wettbewerb wieder vor der Jury stehen, so wahr ich heute hier sitze."

Zur selben Zeit werteten die anderen gerade alle Aufzeichnungen aus, in denen es um den schlechten Verlierer des letzten Sängertreffens ging.

Gut gerüstet versammelten sie sich schließlich in Marcs Arbeitszimmer, um, sich an den Händen haltend, in die Elfenwelt zu gelangen, wo sie mit einem Jubelschrei von Zephyra empfangen wurden.

„Wusste ich es doch, dass ihr heute kommt! Ich bin extra zu Hause geblieben! Pyron wird Augen machen!", rief sie und schloss alle in die Schwingen. Und neugierig an Happy gewandt: „Du reist wohl neuerdings auch per Portal?"

„Ich erzähle es dir, wenn Pyron da ist", entgegnete der Dichter. „Ist eine dumme Sache."

„Schieß mal los", bat eine tiefe Stimme aus dem Gang zur Grotte, worauf auch schon der riesige schwarze Drache auftauchte.

Ohne den Erzähler zu unterbrechen, lauschten die Drachen.

„Dafür hat er aber kräftig eins auf die Mütze verdient – meinst du nicht auch?", sagte Zephyra schließlich zu Pyron.

„Aber ganz gewaltig", gab Pyron zurück. „Deshalb, so glaube ich, sind unsere Freunde auch gleich im Zehnerpack mitgekommen, wie Thomas jetzt sagen würde."

Happy starrte den Drachen an. „Du warst wirklich erst drei Mal ganz kurz in der Menschenwelt? Ich möchte es fast nicht glauben. Du hörst dich genau wie einer von da an."

„Ich kenne Thomas", schmunzelte Pyron. „Und das schon ziemlich lange. Wenn man uns loslässt, dann sind wir so etwas wie ein infernalisches Duo." Er rieb seinen Kopf an Thomas' Wange.

„Habt ihr schon einen Schlachtplan?", fragte Zephyra.

„Nein, wir haben Marc", gab Stella im Brustton der Überzeugung zurück.

„Das ist der Punkt, der mich beruhigt", nickte Pyron. „Ihm fällt immer etwas ein. Ach – und grüßt Argus, falls ihr ihm begegnet. Er ist einer, auf den ihr dann wirklich zählen könnt."

„Reist ihr übers Meer?", wollte Zephyra wissen.

Marc schüttelte den Kopf. „Dazu fehlt uns leider die Zeit. Wir wissen nicht, wie lange solch ein goldener Apfel im Salzwasser haltbar bleibt. Außerdem wäre es fatal, wenn ihn inzwischen ein anderer fände."

Die Drachen flankierten auf beiden Seiten das Portal. „Dann gute Reise und kommt siegreich zurück."

Happy stieg als Erster durch die matte Fläche.

Sphärische Klänge begleiteten das sanfte Treiben durch die Dimensionen. Durch ein zartgrünes Tor drängte es sie schließlich in eine fremde Welt.

„Das ist der Hain der Musen", flüsterte Happy in dem Moment, als Marc und Auréus dasselbe dachten, weil neun weiß gekleidete Frauengestalten zwischen den blühenden Sträuchern hervortraten und sie herzlich willkommen hießen.

„So viele verschiedene Wesen vereint?", stellte Kalliope in fragendem Tonfall fest. Dabei betrachtete sie neugierig die filigranen Flügel der Elfen.

Melpomene, die die Gesichter studierte, murmelte: „Ernst ist die Sache, die sie treibt."

„In der jüngsten Vergangenheit ist der Grund dafür zu finden", erklärte Klio.

„Unrecht ist dem Dichter geschehen", sprachen sie im Chor, als sie sich, bis auf Klio, in ihren Hain zurückzogen.

„Dann wisst ihr schon, warum wir hier sind?" Happy staunte.

Klio lächelte milde. „Wir können es uns zumindest denken. Wir hätten uns nicht einmal gewundert, wenn du auch noch die Drachen mitgebracht hättest."

„Wir sind nicht hier, um Streit anzufangen" versicherte Marc. „Wir möchten einzig und allein des Dichters Ballon aus dem Meer bergen, mit allem, was darinnen ist und war."

„Folgt mir! Ich bringe euch an den Quell, der ins Meer fließt." Die Muse der Geschichtsschreibung wandte sich zum Gehen.

Sie führte die Freunde mitten durch den Hain, über eine weite blühende Wiese, hinüber an den Waldrand. Im Schatten hoher Zypressen sprudelte eine Quelle aus dem Gestein hervor, sammelte sich in einem tiefen Becken, um dann als Bächlein nach Süden zu fließen.

„Mein Weg endet hier, ihr müsst dem Wasser folgen", gebot Klio, ehe sie in einem weißen Nebel zerfloss.

„Aber nicht gleich in dieser Richtung, sondern erst entgegen dem Strom", schmunzelte Diandra. „Ich werde schauen, ob ich eine der Quellnymphen finden kann. Bin bald wieder da." Sie glitt ins Wasser, tauchte und verschwand unter den Felsblöcken.

Bromer fühlte nach ihrer Energie, während Martha und Alfons die Daumen drückten, dass es in den Gelenken knackte.

„Spiele deine Leier", bat der Zauberer plötzlich Happy.

Der nickte und intonierte instinktiv Diandras Nixenlied. Erwartungsvoll starrten alle auf den dunklen Wasserspiegel. Ein paar Wellenkreise, Blasen die zur Oberfläche drangen, dann entstieg Diandra mit triumphierendem Lächeln dem Quell, gefolgt von zwei Najaden.

„Ahhh, der Sangeskünstler ist wieder da! Hast du dich jetzt auf Nixenlieder spezialisiert?"

Happy lachte. „Das ist die beste Methode, um jemanden hervor zu locken, hat man mir erzählt und offensichtlich klappt das auch. Jetzt haben wir schon drei Nixen."

Fröhliches Gelächter antwortete ihm. „Leider können wir euch nicht ans Meer begleiten, aber wir werden Nereus und seinen

Nereiden Bescheid geben, dass sie euch an der Flussmündung erwarten sollen. Für ein Ständchen extra, helfen sie bestimmt bei eurer Suche. Der Weg ist sicher. Es gibt weder reißende Bestien noch Wegelagerer."

„Habt Dank." Die Freunde verneigten sich vor den Quellnymphen.

Außer Hörweite zum Bach fragte Marc Diandra: „Sag mal, wie hast du es eigentlich geschafft, ohne Gegenleistung Gehör bei ihnen zu finden?"

Die Nixe kicherte. „Och, das war ganz einfach. Eigentlich sollte ja einer von euch Männern als Spielgefährte hierbleiben. Ich hab darauf nur gesagt, dass es eine ziemlich blöde Idee wäre, falls sie wüssten, was mit Laharas Sumpf passiert sei und dass Galantha darauf spezialisiert ist, jegliche Art Wasser im Bruchteil einer Sekunde verschwinden zu lassen."

Alfons schüttelte amüsiert den Kopf. „Du hast genau den wunden Punkt getroffen. Hier können die Wasserwesen nicht einfach woanders hin ausweichen. Trocknet ihr Heimatgewässer aus, dann müssen sie sterben."

Diandra schreckte zusammen. „Das habe ich nicht gewusst."

„Und ich habe mich schon gewundert, warum sie uns drei so ängstlich gemieden haben", warf Silvestra ein.

„Jetzt haben wir auch noch den Vorteil, dass Ähnlichkeit eine coole Sache ist", witzelte Stella. „Keiner weiß auf Anhieb, wer Galantha ist."

„Stimmt." Silvestra fuhr mit beiden Händen mehrmals durch ihr silberglänzendes Haar, welches nach und nach den gleichen einhörnchenroten Ton wie die Locken der beiden anderen Elfen annahm.

„Perfekt!" Aurëus verglich sie sehr zufrieden miteinander.

Thomas lächelte still vergnügt. Marc schaute ihn fragend an, worauf er als Antwort erhielt: „Drei Mal meine Traumfrau oder deine oder seine. Dass das nur äußerlich ist, wissen nur wir."

„Traum war das richtige Stichwort – suchen wir uns einen Platz für die Übernachtung, es wird hier sehr schnell dunkel", schlug Happy vor.

„Wir bleiben gleich am Bach. Zwei Männer halten jeweils Wache und wir wechseln uns alle zwei Stunden ab. So bekommt jeder ausreichend Schlaf", legte Marc fest, was die anderen mit erfreutem Nicken quittierten.

Lars hatte den Mund geöffnet, schloss ihn aber wieder, ohne etwas gesagt zu haben.

Bromer klopfte ihm auf die Schulter. „Spiele ruhig ein paar Lieder, wenn dir danach ist. Er weiß es sicher schon, dass wir hier sind. Außerdem haben wir nichts zu verbergen."

„Danke", murmelte der fliegende Dichter. „In dieser Welt drängt es mich ständig, die Saiten zu zupfen." Er schob sich einen der herumliegenden Rucksäcke als Lehne zurecht. Die leisen Melodien trug der Nachtwind mit sich fort.

Einige Kilometer entfernt, mitten im Meer, auf der schwimmenden Insel der Winde, entwickelte sich zu selben Zeit ein Gespräch zwischen Äolus und seinen Söhnen. Notos, der Südwind, schaute seinen Vater über den Rand seines Weinbechers hinweg an. „Lars, der Triganer, ist auf dem Weg zum Ozean."

Äolus fuhr auf. „Du hast ihn gesehen? Ist er allein?"

Notos schüttelte missbilligend den Kopf. „Erstens wäre es schön, wenn du die alte Fehde endlich ruhen lassen würdest. Zweitens ist er nicht allein. Drittens machen die, die bei ihm sind, nicht den Eindruck, als ob du sie einschüchtern könntest."

Boreas der Nordwind hob den Blick. „Brüderchen ich kenne dich. Was hast du noch gehört und gesehen?"

„Frauen haben die dabei! Frauen, sage ich euch! Seidiges langes Haar, tiefgrüne unergründliche Augen und Haut, da bleibt dir glatt die Spucke weg. Ich habe sie mit meinem warmen Hauch gestreichelt – alle fünf", platzte der Südwind heraus.

„Sagtest du fünf?", vergewisserte sich Äolus mit funkelnden Augen.

„Sagte ich", bestätigte Notos. „Drei von ihnen sind übrigens Elfen mit wundervoll zarten Flügeln."

Zephyros, der Westwind, hielt stumme Zwiesprache mit seinem Bruder Euros, dem Ostwind. „Offenbar versucht ihr schon wieder, Bärenfelle zu verkaufen, obwohl ihr noch nicht einmal wisst, ob überhaupt ein Bär im Wald ist."

„Wollt ihr kneifen?", fragte Äolus.

„Ganz bestimmt nicht, bei dem, was als Preis winkt. Es ist oft recht einsam, hier auf der Insel." Der Westwind grinste breit.

Inzwischen war der neue Tag erwacht, die Magischen Zehn beendeten ihre Morgenwäsche im klaren Wasser des Bächleins, frühstückten ausgiebig und zogen weiter.

„Ich hatte einen seltsamen Traum", erzählte Diandra unterwegs. „In ihm hatte ich ständig das Gefühl, ein Mann mit blondem Bart und Haar streichele mich und fächelte mir Luft zu und irgendwo in der Ferne standen vier andere, die ihm vom Gesicht her sehr ähnlich sahen. Genau genommen unterschieden sie sich nur in der Haarfarbe … sie beobachten uns … uns Frauen, meine ich … und dann wurde mir kalt, so kalt, dass ich aufgewacht bin."

Aurëus blieb stehen. „Das ist nicht gut. Das ist gar nicht gut. Äolus plant eine Gemeinheit."

„Du meinst, er will unseren Frauen etwas antun?", fragte Thomas beunruhigt.

„Das wäre durchaus möglich."

„Vielleicht war es ja doch nur ein Traum", versuchte Diandra, die Männer zu beruhigen.

„Glaube ich nicht", ließ sich Happy vernehmen. „Der Blonde, den du gesehen hast, ist der Südwind, und der war tatsächlich die halbe Nacht hier und hat euch mit seinem Lufthauch umhüllt. Du wirst es wohl im Unterbewusstsein gespürt haben. Auf alle Fälle scheint er heftig in Wallung gekommen zu sein und hat es brühwarm den anderen erzählt, was er erlebt hat. Vielleicht will Äolus nun das Angenehme mit dem Nützlichen verbinden, indem er euch entführen lässt. Dann wäre es auf seiner Insel nicht mehr so einsam und wir beschäftigt, statt nach dem Ballon zu suchen, euch zu retten."

„Wenn er dich anfasst, bringe ich ihn um!", grollte Bromer, seine Traumfrau fest an sich drückend.

Thomas' finstere Miene sagte genau dasselbe.

„Wie wäre es denn, wenn wir den Spieß umdrehen?", fragte Stella. „Wir wandern ans Meer und machen eins auf Verlockung pur. Wenn die Windbeutel kommen, setzen wir sie fest und Äolus ist beschäftigt, seine Söhne zu retten, so dass wir ganz in Ruhe den Ballon suchen können. Wenn die Kerle schon in Verzückung geraten, weil sie schlafende Frauen fremd streicheln können, dann sind sie doch die besten Opfer, die man sich denken kann. Wir tun ihnen ein

Stündchen harmlos schön, flößen ihnen ein bisschen viel mehr Wein ein, als sie vertragen und schnüren sie anschließend gut zusammen."

„Fantastischer Plan!", lachte Aurëus. „Ich werde euch schon den richtigen Alkoholgehalt liefern. Ein kleines Schlafmittelchen im Becher kürzt die Prozedur ab, es sei denn ihr wolltet …" Er verstummte feixend, als er die drohenden Gesichter der Ehemänner sah.

„Eines verstehe ich trotzdem nicht – warum habe nur ich das gefühlt", zermarterte sich Diandra das Gehirn.

„Ganz genau kann ich es dir auch nicht erklären", erwiderte Aurëus. „Ich vermute aber, dass du, weil du in der Quelle dieses Baches warst, nun auch fühlen kannst, was sich im Meer zusammenbraut, worin er mündet. Schließlich ist das Eiland der Winde eine schwimmende Insel. Verstärkt hat das wohl noch die Tatsache, dass Notos einfach dem Nixenzauber erlegen ist, der dich auch im Schlaf umgibt. Am Ende ist er auch nur ein Mann und noch dazu recht oft ein ziemlich einsamer."

„Eine andere denkbare Variante wäre, dass Nereus schon in Alarmbereitschaft ist, er etwas erfahren hat und uns so warnen wollte, indem er dir den Traum geschickt hat", erörterte Alfons.

Diandra lächelte. „Mir gefallen beide Varianten. Hauptsache ist doch, dass wir nun wissen, was auf uns zukommt."

„Wir sollten noch eine Übernachtung einschieben, damit sie uns nicht überrumpeln können. Gut ausgeschlafen und topfit stehen unsere Chancen besser." Stella schaute in die Runde.

„Vorschlag angenommen", riefen alle sofort.

Runde zwei Kilometer vor der Küstenlinie richteten sie sich ihr neues Lager ein. Natürlich wieder genau am Ufer des Baches. Man konnte ja nie wissen, ob er nicht doch brauchbare Informationen weiter geben konnte.

Außerdem ließen die Zauberer die Frauen nicht eine Minute aus den Augen. Sogar beim Obstpflücken auf der anderen Seite des Baches, hielt einer von ihnen Wache. Thomas schöpfte eine handvoll Wasser, um es zu trinken. Angewidert spuckte er aus. „Igitt, dass schmeckt ja salzig!", rief er. „Und es sieht auch ganz milchig aus!"

Alle eilten ans Ufer.

„Da!" Martha deutete in Fließrichtung. Eine Art weiße Welle bewegte sich entgegen dem Strom. Sie war höher als die Uferränder, blieb aber trotzdem genau in der Linie des Bachbettes.

„Das sind die Nereiden", erklärte Happy erleichtert. „Deshalb also hat es das Salzwasser bis hierher gedrückt."

Sekunden später erschienen die Nymphen des Meeres. „Ach, da seid ihr ja endlich. Wir haben euch schon gestern erwartet."

Diandra sprang zu ihnen ins Wasser. Flüsternd berichtete sie von ihren Vermutungen und darüber, wie man den Windmännern begegnen wolle.

Das helle Kichern der Schönen ließ keinen Zweifel daran aufkommen, dass sie den Plan der weitgereisten Fremden genial fanden.

„Wenn alles ein gutes Ende gefunden hat, muss uns Lars seine neuen Lieder vorspielen", riefen sie durcheinander. „Und er muss uns erzählen, was er mit euch erlebt hat. Dafür werden wir ihm Meeresfrüchte bringen und seinen Schlaf bewachen."

„Das nenne ich ein faires Angebot", schmunzelte Bromer. „Acht Nixen, die einen einzigen Mann verwöhnen – nicht übel."

Happy lachte herzlich. „Bitte keinen Neid und keine stehenden Ovationen."

„Das Erste fällt schwer, das Zweite kriege ich gerade noch so hin", witzelte Thomas.

„Nereus und Poseidon werden die Wogen glätten, falls euch Äolus mit Sturm kommt. Gegen den Wind selbst, müsst ihr euch allein irgendwie wehren", sprachen die Nereiden weiter. „Aber eure Elfen sollen ja ganz außergewöhnliche Kräfte haben … Wir machen uns inzwischen auf die Suche nach dem Ballon. Heizt den Windbeuteln ordentlich ein, sie haben allesamt eine Abreibung verdient." Die Nereiden ließen sich zurück zum Meer treiben. Diandra stand noch lange im Wasser, um ihnen nachzuschauen. Als sie wieder heraus kam, zierte ihr Gesicht ein breites Grinsen. Bromer fragte schließlich nach dem Grund.

„Könnt ihr euch an meine Worte von den Meerschaumschleiern erinnern?"

„Ziemlich gut", nickte Galantha.

„Nun, dann gebe ich hiermit bekannt, dass mein Brautkleid und der Schleier, die du beide genäht hast, schöner sind."

„Oh, das ehrt mich wirklich", freute sich Galantha. „Ich hatte nicht zu hoffen gewagt, dem Vergleich standhalten zu können."

Bromer nahm Diandra in die Arme. „Und ich weiß, seit wir hier sind, dass du dem Vergleich mit allen Nymphenwesen standhalten kannst."

„Wahre Worte", sagte plötzlich eine Stimme hinter ihnen.

Die Freunde kreiselten herum. Am Ufer saß, den Fischschwanz im Wasser, Nereus. Das Muschelhorn hing an einem Riemen vor seiner Brust und der Dreizack lag neben ihm im Gras. Er weidete sich an den völlig verdutzten Blicken der elf, die ihn nun umringten und herzlich willkommen hießen.

„Ich wollte mit eigenen Augen sehen, was mir die Najaden und Nereiden ganz aufgeregt berichtet haben. Eine Nixe mit Beinen ist ja nun wirklich nicht alltäglich. Aber bei dieser hier ist tatsächlich alles möglich. Ich habe Diandra sofort wieder erkannt. Sie war einst die ungewöhnlichste Perle in meinem Schatz."

„Behüte sie gut", wandte er sich an Bromer.

Nereus ließ sich ins Wasser gleiten. Er winkte ihnen noch einmal zu und löste sich buchstäblich vor ihren Augen auf.

„So viel zum Thema: Wie konnte er sich unbemerkt anschleichen". Thomas schöpfte nun endlich aus dem Bach, um seinen Durst zu stillen.

„Genau so einfach haben es die anderen ranghohen Götter", fügte Alfons erklärend hinzu.

Bromer und Marc zuckten mit den Schultern. „Ist wohl überall dasselbe. Du und Silvestra, ihr dürftet auch die Einzigen sein, die sich beinahe unbemerkt nähern könnten."

„Nicht ganz. Galantha und Stella könnten es auch tun, nur hatten sie bisher noch keinen ernsthaften Grund, sich mit solchen Dingen beschäftigen zu müssen."

Die beiden Elfen setzten ein amüsiertes Lächeln auf, als sie Thomas' verstörten Blick sahen.

„Ich habe euch doch oft genug versprochen, dass ihr euch noch wundern werdet, was tatsächlich in uns steckt", schmunzelte Stella. „Morgen könnte der Tag durchaus kommen."

Die erst einmal folgende Nacht verlief ohne Störungen, sogar der Wind schien zu schlafen. Äolus und seine Söhne sammelten Kraft für die geplante Entführung der Frauen.

Der Tau weckte die Schläfer. Aurëus hatte mit Bromer die letzte Nachtwache übernommen, nun wärmten sie ihre klammen Finger an den heißen Kaffeebechern.

Diandra schüttelte fassungslos den Kopf über so viel Wasser. „Pyron und Zephyra haben zwar davon erzählt, dass sie tagelang fliegen mussten, um den Ozean zu überqueren, aber meine Vorstellungen davon waren völlig vage. Das Meer vor dem Wolkenschloss ist dagegen geradezu winzig. Ohne die Nereiden würden wir auf der Suche nach Happys Ballon wohl ziemlich alt aussehen."

Die Männer begannen ihre Rucksäcke zu packen. Im Falle die Winde sie beobachteten, sollte alles so aussehen, als würden sie erst gegen Abend wieder in das kleine Lager in den Dünen zurückkehren. Dabei wanderten sie nur um die zerklüftete Felsgruppe am Strand, verschanzten sich hinter ihr, von wo aus sie das Treiben am Strand genau beobachten konnten. Sie unterhielten sich auch nur flüsternd, damit der Wind ihre Worte nicht forttragen konnte. Um die Mittagszeit schlüpften die Frauen in ihre Bikinis. Scheinbar sorglos schwammen und spielten sie. Diandra blieb stets in Marthas Nähe, denn sie hätte sich am wenigsten zur Wehr setzen können. Die Elfen suchten im knietiefen Wasser nach Muschelschalen. Es dauerte nicht einmal lange, als sich eine Welle näherte, die, im Gegensatz zu allen anderen, einen weißen Kamm trug. Diandra horchte auf.

„Sie kommen", flüsterte sie den andern zu. Gemeinsam liefen sie zu ihrem Lagerplatz, um sich in der Sonne trocken zu lassen. Am Horizont tauchte ein größeres Boot auf.

Thomas beobachtete es argwöhnisch. „Verdammt. Da sind nur drei Männer an Bord", raunte er den anderen zu.

„Der alte Äolus ist nicht dumm", gab Aurëus genau so leise zurück. „Hab einfach Vertrauen in unsere Damen, die können erstklassig improvisieren."

Inzwischen hatten auch die Frauen entdeckt, dass nicht alles ganz nach Plan lief. Trotzdem blieben sie kaltblütig im Sand liegen, schauten so überrascht, als sie angesprochen wurden, dass selbst der größte Zweifler zufrieden gestellt gewesen wäre.

„Hattet ihr einen guten Fang?", fragte Stella ganz naiv, um die vermeintlichen Fischer noch mehr in Sicherheit zu wiegen.

„Wir sind auf größere Beute aus", gab einer der Männer grinsend zurück.

„Ich wollt doch nicht etwa Delfine jagen?", stellte sich Martha richtig dumm.

Die drei wechselten einen schnellen Blick. Offensichtlich hatten sie es hier mit albernen Hühnern zu tun, die man schnell umgarnen konnte.

„Wein?", fragte Galantha und hielt eine Amphora hoch.

„Aber immer, wenn er gut ist!", riefen die Männer. Ihnen entging völlig, dass Diandra für die Frauen aus einer völlig anderen Amphora einschenkte. Der Wein war gut. Er war so gut, dass sich die drei immer wieder den Becher füllen ließen. Mit ziemlich schwerer Zunge zog Notos plötzlich Silvestra auf seinen Schoß, wobei er Stella noch einmal den Becher entgegen hielt. Ein Schluck, dann kippte er hintenüber.

„D ... d ... der v... v... verträgt aaaaber auch g ... g ... gar nichts", lallte Euros seinem Bruder Zephyros zu, eher er genau so schnell zu Boden ging.

„Noch einer", gab Marc den anderen flüsternd bekannt.

Zephyros stemmte sich mühsam hoch, schwankend stand er vor seinen Brüdern. „Das ... geht ... nicht ... mit ... rechten ... Dingen ... zu", stammelte er und führte eine Hand zum Mund. Ehe die Frauen dahinter kamen, was er tun wollte, hatte er bereits mit Daumen und Zeigefinger einen schrillen Pfiff ausgestoßen. Dann fiel er einfach um.

„Haltet mir den Rücken frei!", rief Stella. Schnell beugte sie sich zu den Volltrunkenen hinunter. Im Bruchteil einer Sekunde zierten ihre Hälse breite Lederbänder. Galantha schnürte ihnen die Hände auf dem Rücken zusammen, Diandra fesselte ihre Füße.

„Achtung!", schrie Martha mit überschnappender Stimme.

Tornados gleich, näherten sich Boreas der Nordwind und sein Vater Äolus.

Diandra und Martha gingen hinter den Elfen in Deckung.

„Gebt alles!", rief Stella, „Wir müssen versuchen, sie vom Strand fern zu halten und sie irgendwie ermüden. Wenn sie unsere Flügel erwischen, stehen die Chancen nicht gerade gut! Feuer!!!"

Bromer und Thomas wollten den Frauen zu Hilfe eilen. Marc und Aurëus hatten einige Mühe, die beiden zurückzuhalten. „Verderbt es nicht. Die Schmach ist viel größer, wenn sie von *schwachen* Frauen besiegt werden."

Galantha schickte eine Flamme auf die Reise, die selbst Pyron erstaunt hätte. Boreas konnte nur knapp ausweichen. Die beiden anderen Elfen nahmen Äolus in die Zange. Als ihm der Nordwind beistehen wollte, boten sie gemeinsam, ein kaum zu verfehlendes Ziel – Galantha schoss sie buchstäblich ab. Als laues Lüftchen trudelten sie schließlich an den Strand. „Keinen Schritt weiter!", gebot Stella.

„Was habt ihr mit meinen Söhnen gemacht?", polterte Äolus.

Galantha zuckte mit den Schultern. „Godnapping. Man kann auch Freiheitsberaubung dazu sagen."

„Das werdet ihr büßen", stieß Äolus wütend hervor.

„Halt die Luft an!", lachte Stella. „Ich frage mich ernsthaft, wie du das machen willst? Hebst du auch nur den kleinen Finger, dann heizen wir dir ein, dass du glatt als Wüstensturm durchgehst."

In Boreas' Augen schlich sich ein amüsiertes Leuchten. Er fand die Situation eher amüsant als peinlich. Hatten sich doch fünf ausgewachsene Männer von ein paar kleinen Mädchen fangen lassen. Was die Süßen drauf hatten, war auch nicht ganz ohne. Das war ganz und gar nicht die Sorte Frauen, die an ihren heimischen Herd auf der Insel gepasst hätte.

„Du findest das wohl auch noch komisch?", fuhr Äolus seinen Sohn an.

Der begann schallend zu lachen. „Eindeutig. Noch lustiger wird, wenn du Mutter die Situation erklären musst."

Äolus wurde regelrecht blass – ob vor Wut oder aus Angst vor seiner Frau, hätte er in dem Augenblick selbst nicht so genau sagen können. Den Elfen war es in jedem Fall egal. Sie hoben die Hände und wünschten synchron: „Viel Spaß dabei."

„Was habt ihr mit uns vor?", wollte nun auch Boreas wissen.

„Ruhig stellen, bis wir Happys Ballon gefunden haben", erwiderte Stella kurz. Sie deutete mit dem Kopf auf Äolus. „Bei so einem schlechten Verlierer muss man schließlich mit noch mehr Gemeinheiten rechnen."

Der Nordwind zog die Augenbrauen zusammen. „Ich werde euch nicht dabei behindern."

Stella schaute ihn prüfend an. „Du hast ehrliche Augen. Ich glaube dir."

Silvestra und Galantha nickten.

„Ihr sollt ungefesselt bleiben. Versucht ihr aber, zu fliehen oder die drei anderen zu befreien, dann werden sie es büßen. Ich habe ihnen Zauberhalsbänder angelegt, die nur mir gehorchen und die nur ich wieder entfernen kann", sprach Stella weiter.

„Ihr dürft ihnen Wasser geben und euch mit ihnen unterhalten", versprach Silvestra.

Boreas stimmte zu, Äolus ebenfalls, wenn auch widerwillig. Dass er keine andere Wahl hatte, wenn er seinen Söhnen Schmerzen ersparen wollte, drang nur ganz langsam in sein Bewusstsein.

Diandra war zum Boot hinunter gelaufen und winkte mit beiden Armen die Männer herbei. Gemeinsam schoben sie es in Wasser, um mit der Suche zu beginnen.

„Na toll! Jetzt haben wir ihnen auch noch das Handwerkzeug geliefert!", grollte Äolus.

„Ja, mein Lieber, offensichtlich dumm gelaufen", lachte Stella.

Silvestra schaute nach den gut verschnürten Brüdern. Galantha und Martha waren dabei, ein Sonnensegel für sie aufzustellen, denn es lag ihnen fern, ihren Gefangenen zusätzliche Qualen zu bereiten. Boreas beobachtete das mit unverhohlener Freude, was ihm einen finsteren Blick seines Vaters einbrachte.

„Murre nicht", entgegnete der Nordwind. „Wir waren auf ein Abenteuer aus und haben es gefunden. Was willst du mehr?"

„Ich wusste gar nicht, dass der Nordwind eine Frohnatur ist", staunte Martha.

„Dort, wo ich mich sonst aufhalte, ist es ziemlich kühl, um es vorsichtig auszudrücken. Hier, wo es warm ist, taut sogar mein Humor langsam auf", lachte Boreas.

„Ich habe Durst", ließ sich eine matte Stimme aus dem Hintergrund vernehmen.

Sofort war Galantha zur Stelle, um Notos vorsichtig ein Glas Wasser an die Lippen zu setzen.

„Wenn du dich sehr vorsichtig bewegst, dann löse ich deine Handfesseln. Bist du zu schnell, fügst du dir selber Schmerzen zu", erklärte Stella und begann den Riemen zu lösen.

Notos folgte ihrem Rat. Ganz langsam setzte er sich auf. Silvestra schob ihm einen Rucksack als Stütze hinter den Rücken. „Ach schau an! Euch haben sie also auch gekriegt!", kicherte er beim Anblick von Äolus und Boreas.

Der Nordwind nickte. „Wie eine der Elfen treffend feststellte: Dumm gelaufen."

„Doppel-Tornado hat wohl nicht geholfen?"

Äolus winkte resigniert ab.

„Ist ja auch unfair, fünf gegen zwei", ließ sich Zephyros mit einem spöttischen Unterton vernehmen.

„Es waren nur drei", gab Äolus kleinlaut zu. „Uns haben die Elfen fertig gemacht."

Euros, dem Martha soeben die Handfesseln abnahm, konnte sich ebenfalls ein Grinsen nicht verkneifen. Äolus hockte in der Tat wie ein Häufchen Elend neben Boreas. Eine derartige Niederlage hatte ihm wohl noch niemand bereitet. Dass man ihn ungefesselt gelassen hatte, bewies zusätzlich, wer hier Herr oder besser gesagt Herrin der Lage war.

„Dürfen wir eure Namen erfahren?", fragte der Nordwind schließlich. „Ich möchte schon gern wissen, wer mich derart in den Sack gesteckt hat."

Stella nickte. „Aber natürlich, das ist kein Geheimnis. Die Dame, die mit den Männern auf See ist, heißt Diandra und ist eine Nixe. Das hier ist Martha, eine Unsterbliche aus der Menschenwelt. Die beiden sind, wie unschwer zu erkennen ist, Elfen und heißen Galantha und Silvestra."

„Silvestra, die Königin?", fragte Notos irritiert.

„Genau diese." Silvestra fuhr mit den Händen durch ihr Haar, welches sofort wieder den bekannten Silberschimmer annahm.

„Oh, oh", stöhnte Notos. „Da hab ich mich wohl gründlich danebenbenommen."

Die Frauen lachten herzlich.

„Und wer bist du?", wollte Boreas noch wissen.

„Ach ja, das hätte ich fast vergessen", schmunzelte Stella. „Ich bin Stella, die Zauberin vom Berg, zugleich die Tochter von Galantha und damit die Enkelin von Silvestra."

„Gibt es jetzt diplomatische Verwicklungen?", fragte Notos leise Äolus.

„Das wäre das Letzte, was ich brauchen könnte", murmelte der zerknirscht. Zeus war wegen der Attacke auf den Triganer noch ziemlich angesäuert. „Jedenfalls verstehe ich jetzt so einiges", erklärte er seinen Söhnen. „Der Triganer hat vermutlich in seinem Lied etwas beschrieben, das wirklich so stattgefunden hat. Da war ja auch die Rede von einer Nixe, namens Diandra, Elfen und Menschen."

Die Frauen nickten.

Äolus seufzte. Er hatte wohl jedes erdenkliche Fettnäpfchen mitgenommen, das irgendwo auf dem Weg lauerte.

„Die Männer und Diandra kommen zurück", sagte Martha, auf den Horizont deutend.

„Hoffentlich waren sie erfolgreich." Galantha beschattete die Augen mit der Hand. Die rotgoldene Bahn, die die langsam untergehende Sonne ins Wasser zog, blendete sie.

Die Windmänner wurden nervös, er recht als Silvestra feststellte: „Sieht nicht gut aus."

Der Suchtrupp zog das Boot auf den Strand.

„Oh, verschärfte Haft?", witzelte Marc, als er gewahrte, dass die drei Brüder noch immer Fußfesseln trugen. „Wollt ihr die Bedingungen nicht ein klein wenig lockern?"

„Wenn es dein Wunsch und Wille ist, dann soll es geschehen", gab Stella lächelnd zurück. Sie befreit die Männer von den Riemen.

Auréus ließ Tisch und Stühle für sechzehn Personen erscheinen, Bromer lieferte das Geschirr und Besteck. Stella füllte die Becher.

Mit den Worten: „Die Nereiden haben uns ein großes Netz voller Fische mitgegeben", entzündete Thomas ein Feuer.

„Nehmt Platz!", wandte sich Marc an die Gefangenen. „Es ist sicher bequemer, auf Stühlen zu sitzen, als auf dem Boden, wenn die Kühle der Nacht kommt."

Die Frauen nahmen den Fisch aus, steckten ihn an Spieße, welche Thomas über dem Feuer drehte. Bald duftete es lecker nach gegrilltem Fisch. Zuerst bekamen die unfreiwilligen Gäste etwas, dann die beiden Frauen, ehe sich die Männer bedienten. Galantha zauberte eine Riesenportion Eis für die Elfen, wovon natürlich auch alle anderen naschen konnten.

„Hast du einen Kaffee für mich?", bat Bromer Stella.

„Kommt sofort." Sie nahm seinen Becher, dem bald der bekannte würzige Duft entströmte.

Die Augen der Windmänner wurden mit jeder Minute größer.

„Auch Kaffee?", fragte Stella.

Die fünf nickten. Sekunden später verdrehten sie selig die Augen.

„Vielleicht wäre es fair, wenn wir uns euren Gästen erst einmal vorstellen würden", schlug Marc vor, als der Wein, für den gemütlichen Teil, auf dem Tisch stand. „Der Ausdruck *Gefangene* missfällt mir doch sehr, wenn es um einen Gott, wie Äolus und seine Söhne geht."

„Diplomtisch sauber gelöst", hörte Marc Aurëus Stimme in seinen Gedanken. Laut fügte der Zauberer hinzu: „Dann solltest du gleich diesen Part übernehmen."

Marc deutete eine leichte Verbeugung als Zeichen des Einverständnisses an. „Aurëus müsstet ihr eigentlich kennen. Vielleicht irritiert euch ja sein neues Aussehen."

Äolus gab ein unterdrücktes Stöhnen von sich. Noch schlimmer konnte es gar nicht kommen.

„Da drüben sitzt der Zauberer Bromer, daneben die Unsterblichen aus der Menschenwelt, Thomas und Alfons. Lars, der Triganer, und Auslöser unserer Suchaktion, dürfte euch ebenfalls bestens bekannt sein. Ich bin Marc, der Magier. Unsere reizenden Gattinnen dürften sich euch ja bereits vorgestellt haben. Wahrscheinlich sucht ihr nach dem Grund, weshalb hier das ganze Königshaus der Elfenwelt, auf der Jagd nach einem bunten Fesselballon ist. Die Erklärung ist ganz einfach: Nereus' Portal hat Lars mitten in unseren Familienurlaub plumpsen lassen. Es lag also nichts näher, als sich sofort auf die Reise zu machen, um einem guten Freund zu helfen."

„Warum euch die Frauen unter verschärfte Haft gestellt haben, das können nur sie selbst beantworten", erklärte Aurëus. „Auch die Bedingungen für eure Freilassung legen sie fest und wir Männer werden uns peinlichst hüten, ihnen dabei in die Quere zu kommen. Keiner von uns kennt ihre wahren Kräfte."

„Wie???" Die fünf Windmänner schauten den Zauberer ungläubig-entsetzt an.

„Das ist eine Tatsache", warf Bromer mit unschuldigem Grinsen ein. „Ihr könnt euch sicher vorstellen, dass keiner von uns wild darauf ist, sie so weit zu reizen."

„Habt ihr gehört, was mit Lahara oder Ischtar, wie sie sich manchmal nennt, passiert ist?"

„Hmm", brummte Äolus. „Der Hydrensumpf ist auf unerklärliche Weise ausgetrocknet und sie selber ist seit dieser Zeit geistig verwirrt. Zumindest ist es das, was ich davon gehört habe."

Thomas stieß ein meckerndes Lachen aus. „Was genau geschehen ist, solltest du dir von Galantha und Stella erzählen lassen. Ach, solch ein schickes Halsband war dabei auch im Spiel."

Die fünf Männer wurden leichenblass. Äolus stützte das Gesicht in die Hände. Gequält atmete er ein. Das Frösteln, das ihn überlief, kam jedenfalls nicht von der Kühle des Abends.

„Es liegt allein in eurer Hand, wie die Sache hier ausgeht", wies Stella noch einmal hin. „Wir wollen einzig und allein in Ruhe Happys Ballon suchen. Je eher wir ihn haben, umso schneller seid ihr frei."

Boreas hob den Kopf. „Ich weiß, wo Nereus das Portal ungefähr geöffnet hat. Lass mich auf die Suche gehen und schone meine Brüder. Leg mir meinetwegen während dieser Zeit auch solch ein Halsband an, damit ich nicht türmen kann. Ich bin bereit, Schmerzen zu ertragen. Wenn du möchtest, gehe ich schon heute Nacht …"

„Morgen früh wirst du das Halsband erhalten und den Suchtrupp führen", legte Stella fest.

Auréus zauberte Schlafsäcke und Thermomatten für alle. Hatten die Olympier zuerst skeptisch zugesehen, freundeten sie sich schnell mit den weichen, wärmenden Hüllen an. Bald zeigten die ruhigen Atemzüge an, dass alle eingeschlafen waren. Marc lehnte an einem Felsen und schaute übers Meer. Ihm entging dabei nicht, wie Äolus plötzlich die Augen öffnete und zu den unzähligen Sternen hinauf starrte.

„Möchtest du ein Kissen haben?", fragte er ihn schließlich.

Äolus seufzte. „Das ist es nicht, warum ich nicht schlafen kann. Ich sorge mich um meine Söhne. Es tut weh, sie so hilflos zu sehen und ihnen nicht helfen zu können." Er schwieg eine Weile. „Stella ist deine Tochter?"

„Ja. Ich habe mich gestern um sie genau so gesorgt, obwohl ich weiß, dass sie immense Kräfte hat."

„Ich vertraue ihr, genau wie es Boreas tut." Äolus schloss die Augen und schlief fast im selben Moment ein.

Marc setzte, still lächelnd, seine Runde um das kleine Lager fort. Thomas löste ihn etwas später ab.

Der neue Tag begann mit unangenehmem Nieselregen. Aurëus überdachte den Lagerplatz mit einer großen Zeltplane, die Elfen streiften sich warme Jacken über. Nach einem kräftigen Frühstück machten sich Diandra und die Männer abmarschbereit. Äolus drückte Boreas die Hand. „Pass auf dich auf."

Der hoch gewachsene Nordwind beugte sich ohne Aufforderung zu der zierlichen Stella hinunter, um sich das Halsband anlegen zu lassen, dann folgte er den anderen zum Strand.

Äolus schaute hinterher, bis das Boot irgendwo am Horizont verschwand. Danach setzte er sich an den Tisch und vergrub das Gesicht in den Händen. Eine leichte Berührung an der Schulter ließ ihn aufsehen. Stella stand neben ihm. „Er könnte fliehen, wenn er wollte, denn er trägt ein einfaches Lederband, anstelle eines Zauberbandes, und ich bin sicher, er würde es auch ohne Band, nicht tun."

„Danke", flüsterte Äolus.

Weit draußen auf dem Meer, außerhalb der Sichtweite zur Küste, ließ Boreas das Boot anhalten. „Irgendwo hier, im Umkreis von ein paarhundert Metern, muss der Ballon gesunken sein."

„Lasst uns auf die Suche gehen!", rief Diandra und lockte mit ihrem Gesang die Nereiden herbei.

Ein paar neugierige Delfine folgten den Nixen. Diandra sprang ins Wasser, wo sie von den verspielten Tieren umringt wurde. Sie versuchte, telepathisch Kontakt zu ihnen aufzunehmen. Die Delfine schnatterten und schnalzten, um ganz plötzlich abzutauchen.

„Vielleicht haben sie verstanden, was ich von ihnen will", hoffte Diandra, ehe sie ebenfalls im dunklen Wasser verschwand.

Boreas stand am Bug des Kahnes und versuchte, ihr mit den Augen zu folgen. Nach mehreren Minuten warf er einen forschenden Blick zu Bromer hinüber.

Der lächelte. „Kein Grund zur Sorge, sie ist wirklich eine Nixe. Wenn sie wollte, könnte sie den ganzen Tag da unten bleiben, auch wenn ihr das Salzwasser weniger behagt."

Eine Stunde später tauchten zwei Nereiden auf. „Wo ist Diandra?"

„In gerader Linie südlich." Bromer deutete mit dem Finger in die richtige Richtung.

„Seltsam. Sie hat uns doch hierher bestellt."

Ehe die Männer unruhig werden konnten, stiegen Blasen auf und schon tauchte Diandra aus den Fluten. „Happy, schnell komm her!", rief sie.

Der Dichter beugte sich über Bord.

„Da, fang auf!" Sie warf ihm etwas zu.

Happy bekam ein glitschiges Etwas zu fassen. „Ein nasser Ledersack, so einer, wie ich ihn für den Ballastsand verwende!", rief er überrascht. Marc schnitt mit seinem Taschenmesser die Schnur durch. Happy schaute in den Beutel und wurde vor Freude dunkelrot. „Diandra, du bist die Allergrößte!" Er dreht sich zu den anderen um. „Sie hat meinen Apfel gefunden."

„Und nicht nur den, die Delfine haben deinen ganzen Ballon entdeckt", jubelte die Nixe. „Ich schwimme jetzt mit den Mädchen da hinunter und versuche, ihn zu bergen."

„Kann ich helfen?", fragte Bromer.

„Im Augenblick nicht, das ist viel zu tief", wehrte Diandra ab.

Sie verschwand mit den Nereiden.

Lars holte den Apfel aus dem Beutel. Mit leuchtenden Augen betrachtete er ihn, umringt von seinen Freunden. „Er ist wunderschön."

„Es scheint, als wäre ihm nicht zugestoßen", sinnierte Bromer.

„Ich hoffe es so sehr", seufzte Lars.

„Wirst du ihn heute gleich essen?", fragte Thomas.

Lars schüttelte mit dem Kopf. „Eigentlich sollte ich es tun. Aber ich möchte ihn den Drachen zeigen, denn ohne ihre Hilfe hätte ich nie gewonnen."

Aurëus hielt dem Dichter die offene Hand hin, in die dieser die goldene Frucht legte. Der Zauberer rieb sie vorsichtig mit beiden Händen. „Er wird sich halten."

„Hast du es jetzt so eingerichtet?"

„Tja, wer weiß das schon bei einem Zauberer?", lachte Aurëus und reichte Happy seine Siegprämie zurück, die er auch sofort in die Hosentasche steckte, um sie nicht noch einmal zu verlieren.

„Ich mache mir Sorgen, ob da unten alles klar geht." Marc beobachtete mit finsterem Gesicht die Wasseroberfläche. „So tief, dass sie Stunden brauchen, um herauf zu kommen, kann er doch wohl nicht liegen."

Bromer zog sich wortlos aus. Kopfüber sprang er in die See. Auch Marc schickte sich an, das Boot zu verlassen. Happy erschrak. Würde ein Zauberer genügen, den Nordwind zu bändigen, falls dieser zu toben begänne? Boreas hatte den Blick bemerkt. „Ich mache euch keinen Ärger. Ich habe noch nie ein gegebenes Wort gebrochen."

Happy entspannte sich wieder, trotzdem unbewusst den Windgott beobachtend.

Bromer kam zurück. „Ich habe sie nicht gefunden", erklärte er beunruhigt. „Keine Spur ist zu entdecken! Dabei müsste ich doch wenigstens Diandras Energie spüren!"

Marc erschien ein paar Sekunden später. „Ich habe riesige Haie gesehen. Vielleicht versteckt sie sich vor den gefräßigen Räubern? Diandra kann schließlich nicht, wie die Nereiden, in Meerschaum zerfließen, um zu entfliehen."

Bromer erschrak, schnell ließ er sich wieder hinab sinken. Er schwor den Raubfischen finstere Rache, sollten sie seiner Frau etwas angetan haben.

„Hoffentlich bringt er sich nicht auch in Gefahr", flüsterte Alfons. „Ich glaube nicht, dass wir ihm irgendwie helfen könnten."

Bromer tauchte nicht wieder auf. Die Freunde schwiegen erschüttert.

„Du willst doch nicht etwa noch einmal tauchen?", fragte Alfons ungläubig, als Marc aufstand. „Es wird bald dunkel."

„Eben. Dann sind die Chancen noch geringer." Marc ließ sich einfach über den Bootsrand kippen.

Minuten vergingen, dann begann das Boot zu schwanken. Marc kam wie ein Pfeil nach oben geschossen. „Es geht ihnen gut", keuchte er, mühsam nach Luft ringend. „Diandra hat auf der Flucht vor den Haien eine unterseeische Grotte entdeckt, in der genügend Sauerstoff zum Atmen ist. Bromer holt sich dort immer eine Lunge voll, ehe er mit den Frauen zum Grund taucht. Nur für zwei Männer würde es nicht reichen. Sie bringen den Ballon gerade in die Grotte, wo wir ihn morgen gemeinsam bergen wollen." Alfons und Boreas zogen Marc ins Boot. „Flieg zum Strand und beruhige die Frauen", bat er Aurëus. „Es wäre fatal, wenn sie falsche Schlüsse ziehen."

Aurëus nickte. „Ich beeile mich." Als weißglühende Kugel raste er davon.

„Beeindruckend", hauchte Boreas, ihm mit den Augen folgend.

Martha wurde immer nervöser, je weiter die Sonne unterging. Die drei Elfen gingen schon seit Stunden mit versteinerten Gesichtern einher, während die sich die vier Winde fühlten, als würde jeden Moment der Befehl zu ihrer Hinrichtung kommen.

„Aurëus! Was ist passiert?", riefen die Frauen, kaum dass sich der Zauberer bei ihnen materialisierte.

„Alles in Ordnung. Ich bin auch nur gekommen, um euch das zu sagen. Die Nixen und Bromer sichern den Ballon für diese Nacht in halber Tiefe. Die Bergung ist schwieriger als gedacht. Wir werden noch eine Weile brauchen und ihn erst morgen hochziehen. Bis später." Aurëus machte sich auf den Rückweg.

Äolus atmete hörbar auf. Erst recht, als sich die Stimmung der Frauen deutlich fühlbar aufheiterte.

„Sieht so aus, als müsstet ihr noch eine Nacht bei uns verbringen", ließ sich Stella vernehmen.

Die vier Männer winkten ab. „Die Haftbedingungen sind erträglich, die Versorgung ist vorzüglich."

Galantha entzündete ein Leuchtfeuer, oben auf den Klippen, mit Holz, das Martha vorsorglich gesammelt hatte. „Sicher ist sicher", murmelte sie.

Die immer noch dichte Wolkendecke verhüllte Mond und Sterne, die den Heimkehrenden als Orientierung hätten dienen können. Das Rauschen der Brandung beunruhigte die Elfe. Erst als das Boot in Sichtweite kam, war sie zufrieden.

„Hast du einen kleinen Abendbrotzauber parat?", fragte Stella Aurëus. „Sonst müsst ihr heute mit Obstsalat vorliebnehmen."

„Bloß nicht!", rief Thomas. „Ich habe Hunger wie ein Bär."

„Aber keine Nixen anbeißen", bat Diandra mit einem vergnügten Blinzeln.

„Versprochen", witzelte Thomas, „auch wenn du zum Anbeißen aussiehst."

„Ho, ho! Das sind Komplimente!", kicherte Stella. „Lass das bloß nicht Bromer hören."

Der schaute Stella treuherzig an. „Weil er dann mit uns beiden Ärger bekommt?"

„Überlegenswerter Vorschlag." Stella lachte herzlich. Dann wurde sie ernst. „So, nun nehme ich Boreas erst einmal das Folterinstrument wieder ab."

„Danke", sagte Aurëus.

Äolus lächelte. „Du musst dich nicht bedanken. Das habe ich heute früh schon getan, weil ihm Stella nicht einmal ein Zauberhalsband angelegt hat."

„Wie?", fragten die Männer verblüfft.

Die Elfe nickte. „Es ist wahr. Diese hingegen", sie deutete auf die drei Brüder, „haben es in sich." Sie schwebte zu Notos hinüber, umfasste das Band vorsichtig mit beiden Händen. „Aber ich glaube, wir brauchen sie nicht mehr." Das Band öffnete sich. Stella erlöste auch noch Euros und Zephyros aus ihrer misslichen Lage.

„Nun habe ich doch Grund, danke zu sagen", rief Aurëus erfreut.

„Das sollte gefeiert werden", brummte Thomas in seinen Drei-Tage-Bart.

„Wie jede gute Nachricht", fügte Galantha hinzu.

„Und schon geht es los!", lachte Aurëus, den Tisch festlich mit Kerzen und Kristallgläsern deckend. „Wildschwein, Reh, Geflügel, Fisch, Salzkartoffeln."

„Was sind Kartoffeln?", fragte Euros flüsternd Äolus.

„Nie gehört", gab der genau so leise zurück.

Happy rieb sich die Hände. „Hmmmm, das sind die gelblichen runden Dinger. Lecker! Sag ich euch. Gibt es in der Menschenwelt oft zu Fleisch und Fisch."

„Du hast das schon gegessen?" Äolus schaute den Sänger neugierig an.

Happy nickte. „Hab ich – einmal so wie hier, als Salzkartoffeln, einmal als Bratkartoffeln, in Scheiben geschnitten, einmal als Brei, da sind sie gestampft und mit Milch cremig gerührt und auch als Pommes hab ich sie probiert. Die Drachen und meine Freunde haben mir aber versichert, dass es unzählige andere Zubereitungsvarianten gibt. Im Hotel und bei Luigi kann man sich zu jedem Essen aussuchen, wie die Kartoffeln sein sollen."

„Du warst wirklich in der Menschenwelt?", vergewisserte sich Äolus noch einmal.

„Ja, wenn auch ziemlich unfreiwillig", schmunzelte Happy. „Nereus' Portal hatte mich direkt dahin geblasen, mitten in den gemeinsamen Urlaub meiner Freunde."

„Warum macht ihr dort Urlaub?", staunten die Winde.

„Wir wohnen da", erklärte Stella. „Ziemlich lange schon, wenn man nach menschlichen Maßstäben misst."

Die halbe Nacht erzählten die Freunde den Winden über die vielen seltsamen Verkettungen in ihren Leben.

„Dann wird dir wohl auf lange Zeit nicht der Stoff für neue Geschichtenlieder ausgehen", wandte sich Äolus an Happy, „und wir werden uns noch oft beim Sängerwettstreit sehen. Würde mich echt freuen, wenn du wiederkämst." Er hielt dem überraschten Dichter die Hand hin.

Happy schlug ein.

Stella umrundete einmal weiträumig die Schlafplätze, sie so magisch sichernd. „Das genügt gegen ungebetene Gäste", gab sie bekannt, ehe sie sich an Thomas' Seite in ihren Schlafsack kuschelte.

„Hört es denn gar nicht mehr auf, zu regnen?" Martha zog am nächsten Morgen ein Schmollgesicht.

„Doch", antwortete Euros, „Dann, wenn wir die Wolken wieder wegblasen dürfen. Boreas ist dabei der Meister aller Klassen."

„Oh bitte!", rief Silvestra.

Der Nordwind warf Stella einen fragenden Blick zu.

„Du kannst beginnen, wenn du möchtest. Ich wäre ziemlich dankbar, für etwas trockenere Luft."

Boreas stieg die Düne hinauf, atmete tief ein und pustete kräftig in die bleigrauen Regenwolken. Zuerst geschah gar nichts, dann plötzlich begannen sie auseinander zu wirbeln und winzige Fleckchen blauen Himmels zeigten sich. Der Nordwind schöpfte noch einmal Kraft, kontinuierlich trieb er die Wolken über das Meer davon. Die Sonne erwärmte das Land ringsumher, Dampfschwaden stiegen aus den Wiesen. Boreas blies sie einfach weg.

Die Elfen breiteten wohlig ihre Flügel im Sonnenschein aus.

„Ihr seht zufrieden aus", stellte Boreas lächelnd fest.

Galantha nickte. „Alles andere wäre glatt gelogen. Gestern noch hatten wir die Befürchtung, euch ernsthaft wehtun zu müssen. Der Abend und die Nacht haben die Situation doch wesentlich erfreulicher gestaltet. Im Grunde genommen ist es uns völlig zuwider, Gewalt anzudrohen und erst recht sie auszuüben."

„Das freut uns wohl am meisten. Hätte uns jemand vom eigenen Volk in die Fänge bekommen, dann wäre es uns vielleicht wie Prometheus oder Damokles ergangen", gab der Nordwind unumwunden zu.

„Kein schöner Gedanke." Martha schüttelte sich.

Die Männer machten sich nach dem Frühstück zum Ablegen bereit, unter ihnen wieder Boreas.

„Wartet! Ich habe einen Vorschlag!", rief Äolus. „Was haltet ihr davon, wenn alle gemeinsam mit zwei Booten fahren und anschließend mit auf meine Insel kommen. Durch ein festes Portal reist es sich sicherer."

„Vorschlag angenommen", erklärte Stella, nachdem sie sich mit den Frauen beraten hatte.

Aurëus ließ alles verschwinden, was er zur Bequemlichkeit gezaubert hatte, die Frauen packten den Rest zusammen, die Winde trugen ihnen die schweren Rucksäcke zu dem zweiten Boot, welches Aurëus soeben erscheinen ließ und wo sie sich auch sofort kräftig in die Riemen legten.

Die Stelle, wo die Grotte liegen musste, konnten sie schon von weitem erkennen, weil das Wasser weiße Schaumkronen trug. Die Nereiden waren also schon vor ihnen eingetroffen. Sie umringten neugierig die beiden Boote.

„Wir haben gestern völlig vergessen, darüber zu sprechen, wie der Zustand der Ballonhülle ist", sagte Marc plötzlich.

„Die repariere ich schon, wenn sie Löcher hat", tröstete Aurëus.

Marc schmunzelte. „Das weiß ich. Aber wenn sie keine hat, dann können wir uns die Arbeit hier sehr erleichtern. Wir müssten einen Schlauch verlegen und Boreas bläst sie damit so weit auf, dass der Ballon von allein an die Oberfläche treibt. Die Nixen bräuchten nur noch darauf zu achten, dass er sich nirgends verhakt oder abtreibt."

„Genial", murmelte Thomas.

Stella blinzelte Marc zu. „Ich weiß ganz genau, warum ich so stolz darauf bin, deine Tochter zu sein."

Marc lachte.

„Ich gehe mit Diandra runter, schau ihn mir an und gebe euch Bescheid, wie die Lage ist. Wenn er nur kleine Schäden hat, kann ich sie ja ausbessern. Dafür reicht meine Magie sicher aus." Bromer sprang ins Wasser. Diandra zog ihn in die Tiefe, damit er seine Energie für wichtigere Dinge sparen konnte. Die Nereiden folgten ihnen.

Nach ein paar Minuten erschien Diandra. „Die Hülle ist intakt, es sind nur die Leinen verfitzt. Sie ziehen ihn gerade an den Ausgang."

Aurëus schloss die Augen, malte mit dem Finger einen Kreis, in der Größe eines Autoreifens, in die Luft. Im Bruchteil einer Sekunde hielt er eine Rolle durchsichtigen Plastikschlauchs in der Hand. Er reichte das eine Ende Diandra, die ganz langsam damit abtauchte, damit der Schlauch problemlos abrollen konnte. Dreimal Ziehen deutete an, dass noch ein Stück fehlte. Also gab der Zauberer aus dem Nichts noch einmal fast zehn Meter zu. Diesmal zog Diandra nur kurz, was hieß: Alles o. k., bin am Ziel. Als es zweimal kurz am Schlauch ruckte, übernahm ihn Boreas. So, wie er früh die Wolken vertrieben hatte, füllte er den Schlauch und damit den ganzen Ballon mit Luft. Marc hatte die beiden Bootsbesatzungen bereits instruiert, dass der Ballon nicht etwa langsam auftauchen würde, wie sie vielleicht geglaubt hatten, sondern dass er mit einem Satz an die Oberfläche spränge.

Trotzdem wurden sie völlig überrascht, als die beiden Kähne plötzlich schwankten, wie bei starkem Seegang und sich ein Schwall Meerwasser über sie ergoss. Die Elfen waren beim ersten Rumoren aufgeflogen und retteten so ihre zarten Flügel vor der Nässe.

„Puh! Das war knapp!", kicherte Stella. Dabei hielt sie sich mit den anderen beiden an den Händen und tanzte mit ihnen durch die Luft.

Während sich die einen über den Ballon freuten, schauten die anderen wie gebannt den zarten Wesen zu.

„Diesen Anblick werde ich so schnell nicht vergessen", brummte Notos in seinen Bart.

Die anderen drei in seinem Boot dachten dasselbe. Martha konnte sie nur zu gut verstehen, sah sie doch selber immer wieder mit Staunen zu, wenn die Elfen ihren Reigen in der Luft tanzten.

„Er ist zu groß, um ihn ins Boot zu holen." Alfons wiegte bedenklich den Kopf. „Kleiner zaubern geht wohl nicht?", fragte er Aurëus.

„Nicht, wenn er in diesem Zustand ist. Wir werden ihn einfach auf ein Floß legen, damit wir ihn an Land bekommen." Gesagt getan.

Mit vereinten Kräften zerrten sie Ballon und Korb auf die schwankenden Planken.

„Geschafft! Gute Arbeit! Ein großes Dankeschön an alle Nixen und Delfine!", rief Aurëus unter dem Applaus der anderen.

„Vergiss Boreas nicht", erinnerte ihn Stella. „Wir hätten mit einer Pumpe ewig gebraucht."

„Und es wäre ein schweißtreibender Job für alle geworden", erklärte Thomas.

Boreas wiegte amüsiert den Kopf. Die Herzlichkeit, mit der man ihnen seit dem gestrigen Abend begegnete, ließ sie fast vergessen, dass sie noch immer die Gefangenen der Frauen waren.

„Bleibt noch eins zu tun", sagte in diesem Augenblick Stella. „Wir lösen unser Versprechen ein, den fünf Winden die Freiheit zurückzugeben."

„Auf zu unserer Insel!", rief Äolus. „Dort ist genug Platz, um den Ballon flott zu machen, wir werden den glücklichen Ausgang eines ungewöhnlichen Abenteuers feiern und mit Nereus und seinen Meerschaummädchen Happys Liedern lauschen."

„Ich liebe Geschichten mit einem guten Ende", schwärmte Martha, worauf ihre Freunde in fröhliches Lachen ausbrachen.

Die Nixen halfen das schwere Floß schieben, welches am Boot der Männer vertäut wurde. Diandra nahm mit strahlenden Augen von

Marc eine Monoflosse entgegen, die sie fast so schnell und kräftig machte, wie ihr ehemaliger Fischschwanz.

„Toll, was die Menschen alles erfunden haben." Äolus zog eine achtungsvolle Miene.

„Da sagst du was!", rief Happy. „Ich kann gar nicht mehr verstehen, warum ich die Hosen gestrichen voll hatte, als sie mich das erste Mal einluden. Für sie habe ich mir sogar abgewöhnt, nur in Reimen zu sprechen. Es gibt da nämlich Sachen, da kann man sich erst einen Reim drauf machen, wenn man selbst damit umgehen kann."

„Das war eindeutig zweideutig", kicherte Thomas.

Happy feixte. „Hab ich von dir gelernt."

Äolus flog davon, um ihnen die Insel entgegenzutreiben. Boreas übernahm sein Ruder. An einem flachen, sandigen Strandabschnitt zogen sie endlich die Boote an Land. Die Zauberer vertäuten das Floß.

„Wir sollten schnellstens mit Süßwasser spülen", schlug Marc vor, nachdem er den Fesselballon eingehend untersucht hatte. „Sonst wird die Seide spröde und er könnte reißen."

„Lass uns das machen", bat Stella, auf sich, Galantha, Silvestra und Diandra deutend. Sie drückte der Nixe eine offene Wasserflasche in die Hand. Diandra ahnte, was Stella vorhatte, also hielt sie die Flasche etwas schräg über den Ballon. Die Elfen schwebten empor, drehten ihre Handflächen der Öffnung entgegen und schon sprudelte eine kräftige Quelle aus dem Flaschenhals. Die Männer wendeten den schweren Stoff ständig, bis auch noch das letzte Tröpfchen Salzwasser zurück ins Meer lief. Dann war der Korb dran.

„Das dürfte genügen", rief Happy schließlich, worauf Stella die Flasche einfach zuschraubte.

Der Südwind blies ihn mit seinem heißen Atem trocken. Happy strahlte mit der Sonne um die Wette. Er streichelte seinen geliebten Ballon. „Die Drachen werden staunen, wenn der gute alte bunte Kürbis auf ihrem Berg landet", freute er sich.

„Kürbis?", lachte Notos.

„Ja, Pyron hat ihn so genannt und ich finde, es passt", entgegnete Happy mit Blick auf sein Gefährt.

„Weißt du, was bei uns oft gefeiert wird? Ballonglühen!" Thomas erklärte auch sofort, was darunter zu verstehen sei.

„Prima Idee!" Happy entzündete ein kleines Feuer im Korb.

„Sag mal, wie funktioniert das Ding eigentlich? Ich kann keinen Brennstoff entdecken!", fragte Marc etwas irritiert, der heute zum ersten Mal, wirklich in den Korb schaute und nur eine leere Metallschale entdecken konnte, in der nun ein munteres Flämmchen flackerte.

„Ist ein magisches Feuer", schmunzelte Happy. „Phönix war der edle Spender. Ihm haben meine Lieder so gefallen, dass er mir ein winziges Stückchen glühenden Holzes aus seinem Nest geschenkt hat. Es verbrennt niemals und die Flamme kann immer aufs Neue entfacht werden."

„Meine Hochachtung." Marc betrachtete interessiert, wie das Flämmchen die Luft erwärmte und langsam den Ballon füllte.

Die Winde bereiteten in der Zwischenzeit alles für das kleine Fest vor. Natürlich am Strand, damit auch Nereus und sein Gefolge mit Genuss daran teilnehmen konnten. Über allem glühte der bunte Fesselballon, als freue er sich über seine Rettung. Boreas und Notos brachten ein Wildschwein angeschleppt. Euros tafelte für die Frauen Granatäpfel auf, denen die Nereiden ebenfalls zusprachen. Happy löste sein Versprechen an die fischschwänzigen Schönheiten ein, indem er auf der Leier seine schönsten Lieder spielte. Plötzlich hielt er inne. Beugte sich über den Korb seines Ballons. Mit einem Ausdruck des Bedauerns setzte er sich wieder an den Tisch, wo ihn fragende Blicke trafen.

„Du vermisst dein altes Instrument, hab ich recht?", interpretierte Stella seine Miene.

Happy nickte.

„Sei nicht traurig", bat Nereus. „Wenn es irgendeiner von uns findet, dann wirst du es zum nächsten Sängertreffen wiederbekommen. Ich verspreche es dir."

Äolus reichte dem Sänger eine seiner Harfen. „Als Wiedergutmachung für den vielen Ärger, den du meinetwegen hattest."

„Komm, spielen wir gemeinsam", schlug Happy dem Windgott vor, ein paar Saiten auf dem neuen Instrument zupfend.

Die Nixen stimmten in die Melodie ein und am Ende summten alle mit. Bis zum ersten Sonnenstrahl feierten sie durch.

Lars verabschiedete sich von seinen neuen und den alten Freunden. Sanft schwebte der Fesselballon in die Lüfte. Auf der Spitze der gebirgigen Insel stand Zephyros, der Westwind, und trieb das Gefährt rasch voran, denn Lars konnte es kaum erwarten, auf der anderen Seite des Meeres den Drachen von seinen Abenteuern zu erzählen.

„Auch für uns wird es Zeit." Aurëus schaute seine Freunde, nach Zustimmung heischend, an.

Äolus führte sie in seinen Palast. „Gute Reise und lasst euch wieder einmal sehen."

Die Magischen Zehn winkten den Windgöttern noch einmal zu, dann stiegen sie, sich an den Händen haltend, nach Aurëus in die rötlich schimmernde Fläche eines polierten Kupferschildes.

Äolus wandte sich zu seinen Söhnen um. Erstaunt registrierte er die wehmütige Stimmung Boreas'.

Der Nordwind seufzte schwer. „Sie wäre meine Traumfrau gewesen. Mit ihr durch das Blau des Himmels zu fliegen, muss wundervoll sein."

„Du meinst Stella, die kleine Elfe?"

Boreas nickte und seufzte noch einmal.

„Oh, da hat es einen von uns ganz schwer erwischt", konstatierte Notos treffsicher.

„Die Ewigkeit ist noch lang, vielleicht ist sie ja irgendwann seiner überdrüssig", versuchte Äolus, seinen Sohn aufzuheitern.

Der schloss die Augen. „Das ist zwar nur ein schwacher Trost, aber ich werde an diesem Tag bereit sein."

Boreas breitete seine dunklen Schwingen aus, stieg zu den Wolken auf, um irgendwo dahin zu verschwinden, wo er ungestört seinem Kummer nachhängen konnte.

Väter, Großväter und andere Glückspilze

Äolus' Portal katapultierte die zehn Freunde auf eine rasante Geschwindigkeit, die seinem Wächter würdig war. Sie wurden herum gewirbelt, wie fallende Blätter im Herbstwind. Aurëus gelang es erst im allerletzten Moment, die rasende Fahrt etwas zu bremsen. Völlig benommen torkelten sie aus dem Portal in der Höhle der Drachen.

„Mir ist übel", klagte Stella.

Thomas nahm ihre Hand. „Dein Puls rast", sagte er nach ein paar Sekunden besorgt.

Aurëus war sofort zur Stelle. „Tatsächlich. Ungewöhnlich, äußerst ungewöhnlich."

Galantha horchte auf. „Für mich klingt das ganz so, als gäbe es wieder etwas zu feiern. Für eine werdende Mutter, selbst wenn sie eine Elfe ist, waren die letzten Tage wohl doch etwas aufregend."

Schlagartig wurde es still. Thomas verfärbte sich wie eine bengalische Wunderkerze von rot zu blass und umgekehrt.

Stella hielt den Zeigefinger vor die Lippen, machte: „Psssst!", zu Galantha und kuschelte sich in Thomas' Arme.

Marc zog die Augenbrauen hoch. „Du hast es ihm also nicht gesagt, weil er sich sonst die ganze Zeit über einen Kopf gemacht hätte, was alles hätte passieren können, wenn die Winde durchgedreht wären."

„Das ist die treffende Erklärung", gab Stella kleinlaut zu.

Thomas streichelte ihre rote Wuschelmähne. „Ich bin viel zu glücklich, um mit dir zu schimpfen." Dann schaute er in die Runde. „Seid nicht böse, aber ich glaube, ich muss mir heute einen ansaufen."

Aurëus reichte ihm einen doppelten Whiskey. „Du siehst auch ganz aus, als könntest du eine kleine Herzstärkung gebrauchen."

„Es riecht nach Gästen", erklang plötzlich Pyrons tief Stimme aus dem Gang. „Zephyra muss geradezu hellseherische Fähigkeiten haben. Schön, dass es ihr schon da seid." Er stupste alle mit der Nase an. Bei Stella schnüffelte er, schnüffelt noch mal. „Äh, eine ähnliche Aura, wie sie dich plötzlich umgibt, habe ich doch schon mal gespürt. Ja oder ja?", wandte er sich nach Galantha um.

„Eindeutig ja", antwortete die Elfe lachend.

„Juhuhuhuuuuu!", jubelte der große Drache. „Dann gibt bald den nächsten Ringkampf mit einem Mini-Elfchen. Ich bin zu jedem Schaukampf bereit!"

„Was ist denn hier passiert?", wunderte sich Zephyra, die soeben die Grotte betrat und ungläubig dem herumhopsenden Pyron zuschaute. Sie begrüßte die Freunde ebenfalls mit einem Nasenstupser. „Ich hab's!", rief sie plötzlich. Sie begann zu kichern. „Da freut sich wohl einer unbändig, sich bald wieder richtig austoben zu können, ohne dass andere die Nase rümpfen!"

„Ja, ja, ja", lachte Pyron. „Das wird ein Spaß!"

„Wie sagt Stella immer? Männer werden nie erwachsen", schmunzelte Zephyra.

Die Lachsalve der Freunde ließ die ganze Grotte beben.

Stella amüsierte sich köstlich über Pyron. „Du wirst vielleicht ganz schnell die Nase voll haben, denn sie wird zehn Jahre oder länger hier in der Elfenwelt bleiben."

Thomas schaut Stella erschrocken an.

„So ist es, mein Lieber, schließlich gibt es in der Menschenwelt eine Schulpflicht", erklärte Stella. „Ich möchte unsere Kleine nicht in Jacken und ähnliche Kleidung zwängen, nur damit niemand die Flügel sieht. Außerdem ist bei Kindern die Gefahr viel zu groß, dass jemand doch dahinter kommt. Also wird sie, ab ihrem sechsten Lebensjahr, hier aufwachsen und alles lernen, was es in beiden Welten zu lernen gibt. Wenn sie eines Tages alt genug ist und es selber wirklich will, dann wird sie mit uns in die andere Welt kommen."

„Aber besuchen darf ich sie doch?", fragte Thomas völlig verzweifelt.

„Wir werden hier wohnen, jeden Morgen in die Menschenwelt gehen, abends immer zurückkehren und die Wochenenden mit unserer Kleinen und den Freunden in unserem Haus verbringen. Alles andere wird die Situation ergeben."

Thomas atmete auf. „Das beruhigt mich zutiefst. Bei der ganzen Aufregung kriege ich irgendwann wohl doch noch einen Herzinfarkt."

„Unsinn!", kicherte Stella. „Dass das nicht funktioniert, dafür hat das Einhorn schon vor Jahren gesorgt."

Aurëus klopfte Alfons auf die Schulter. „Ist dir eigentlich klar, dass wir uns demnächst mit dem stolzen Titel *Urgroßvater* schmücken können?"

Alfons schaute Aurëus groß an. „Du, ich mach es wie Thomas – ich sauf mir einen an."

„Bitte." Aurëus schob ihm ein Glas über den Tisch.

„Und was wird mit dem zukünftigen Großvater? Wo bleibt mein Glas?", witzelte Marc.

„Das bekommst du von mir und einen dicken Kuss obendrauf." Stella drückte ihm einen schallenden Kuss auf die Wange und gleichzeitig ein volles Glas in die Hand.

„Wie hast du denn das gemacht?", staunte Marc.

Galantha und Silvestra lachten herzlich. „Immer wieder vergisst du, deine *kleine* Tochter, ist die wirklich große Zauberin vom Berg."

„Onkel Bromer und Tante Diandra werden Paten, damit der kleine, neue Schmetterling auch mit allen Wassern gewaschen wird. Her mit dem Glas!", frohlockte Bromer, worauf sich prompt sein Wunsch erfüllte.

Dieser Tag endete damit, dass die Frauen zum ersten Mal die Männer ins Heu tragen mussten, während sie selber noch bis in die Nacht mit den Drachen zusammen saßen und von den Aufregungen der letzten Wochen berichteten.

„Wenn Zephyros nicht zwischendurch schwächelt, dann dürfte Happy morgen Abend hier eintreffen", errechnete Galantha aus der Flugroute des Dichters.

„Bei diesem Namen kann er gar nicht schwächeln", witzelte Zephyra und blinzelte Pyron lustig zu.

Der lachte. „Ich werde mich hüten, etwas anderes zu behaupten."

Zephyra rieb ihren Kopf unter seinem Kinn.

Irgendwann zog Ruhe in die Drachenhöhle ein.

Pyron flog im Morgengrauen auf die Pirsch. Er ging im Sturzflug auf eine Rotte Wildschweine nieder, erdrückte mehrere Tiere, die er sehr zufrieden auf das Plateau trug. Danach suchte er, wie schon so oft, wenn die Freunde da waren, die Brutkolonie der Seidenhühner heim. „Reicht", dachte er bei sich, als er seine Beute betrachtete. Für jeden zwei Eier. Galantha kam ihm auf dem Plateau mit einem Körbchen entgegen, nahm ihm die Eier ab und steckte sie sofort ins siedende Wasser. Als die Männer endlich aus dem Heu krochen, stand das Frühstück bereit und alle ließen es sich schmecken. Anschließend brachten die Drachen ihre Gäste hinaus zum See. Die Nixen und Wassermänner erschienen, kaum dass sie vom Rücken der Drachen gesprungen waren. Diandra rannte ihnen im flachen Wasser entgegen. Mit den Worten: „Ach, ich hab noch was vergessen", eilte sie zurück. „Hat jemand eine Monoflosse für mich?", rief sie völlig außer Atem.

Auröus warf ihr das begehrte Sportgerät zu.

„Danke!" Und schon war die Nixe wieder im Wasser.

„Jetzt wirft sie ihren Turbo an", stellte Bromer lächelnd fest. Er schlüpfte in die Badehose, ließ sich in den Sand sinken und die Sonne auf den Bauch scheinen. Hier brauchte er sich, um seine hübsche Frau wirklich keine Sorgen machen. Außerdem hatte sie den anderen Wasserwesen viel zu erzählen. Sie würde vielleicht erst am Nachmittag wieder auftauchen. Diandra allerdings schaute beinahe stündlich an den Strand, um sich zu vergewissern, dass sich Bromer nicht langweilte.

War für die Bewohner des Sees der Bericht über die Menschenwelt schon eine kleine Sensation, so konnten sie das, was Diandra über die andere Seite des Meeres berichtete, gar nicht mehr fassen.

„Du bist in eine Najaden-Quelle abgetaucht?" Fenja schaute sie mit tellergroßen Augen an. „Und sie haben euch geholfen? Einfach so?"

Diandra kicherte. „Hab ihnen ein kleines bisschen Angst gemacht." Sie wiederholte ihre Worte.

„Ja, bist du denn von allen guten Geistern verlassen?", hauchten die Nixen.

Diandra lachte herzlich. „Im Gegenteil, ich hatte und habe so viele davon in meiner Begleitung, dass die Nymphen gar nicht anders konnten." Sie deutete zu ihren Freunden hinüber.

„Hast du gar keine Angst, Nereus könnte es erfahren?"

„Ach, das weiß er schon. Hab es ihm doch selber am nächsten Tag erzählt", wiegelte Diandra ab. „Er hat sich köstlich darüber amüsiert."

„Wie sieht es im Meer aus? Wie fühlt sich Salzwasser an?", hagelten die Fragen auf Diandra ein.

Die Nixe beschrieb, was sie gesehen hatte. Als sie die Begegnung mit den Haien streifte, stockte den anderen der Atem.

„Bösartige Fische, groß wie zwei, drei Bären hintereinander?", stöhnte ein Wassermann. „Das ist ja ein Alptraum!"

„Oh ja!", rief Diandra. „Vor allem, weil die solche Zähne haben!" Sie deutete mit Daumen und Zeigefinger die ungefähre Größe an.

„Und was hast du gemacht?"

„Abgehauen bin ich! Was sonst?", rief Diandra. „Die hätten nicht so viel von mir übrig gelassen, wie der Bär. Ich habe mich in einer Höhle unter Wasser versteckt und gewartet, bis sie weg waren." Diandra streckte sich genüsslich. „Jedenfalls haben wir Happys Ballon gefunden, seinen goldenen Apfel und am Ende auch noch neue Freunde."

Die Wasserwesen spähten ans Ufer. „Dass die Elfen zuschlagen können, wissen wir spätestens, seit sich uns Galantha als Flamme gezeigt hat. Aber dass sie sogar Götter gefangen nehmen, um einem Freund zu helfen, ist wirklich kaum zu fassen. Noch dazu die Windmänner, die, wenn sie wüten, das Unterste zu oberst kehren können."

„Ach, das können meine Freunde auch und bestimmt noch eine ganze Menge mehr", winkte Diandra ab. „So, nun gehe ich an Land, sonst wachsen mir vielleicht noch Schwimmhäute zwischen den Zehen."

Die Wasserwesen schüttelten amüsiert die Köpfe.

Diandra katapultierte sich kraftvoll aus dem Wasser, vollführte einige Salti, dann schoss sie pfeilschnell in Richtung Flachwasser.

„Darf ich die Flosse behalten? Ich möchte sie gern in der Drachenhöhle deponieren", wandte sie sich an Auröus.

„Aber natürlich. Sie gehört ja dir."

Die Nixe ließ sich neben Bromer in den Sand fallen. „Genug herumgetobt."

Er blinzelte mit einem Auge. „Ganz sicher?"

Sie legte ihren Kopf an seine Schulter. „Heute Abend, im Heu, sieht das bestimmt schon wieder völlig anders aus."

Bromer tupfte ihr zärtlich mit dem Zeigefinger auf die Nasenspitze.

Auch die anderen dösten faul in der Sonne. Galantha lag auf dem Bauch, hatte ihre Flügel steil aufgestellt und ließ sich genüsslich von Marc den Rücken streicheln. Auröus gähnte herzhaft. Silvestra fächelte ihm mit ihren Flügeln Luft zu.

Zephyra segelte beinahe lautlos vom anderen Ufer des Sees heran. „Sieht aus, als hätte ich ganz schlechte Karten", murmelte sie erstaunt, als keiner Anstalten machte, sich zu erheben. „Dabei habe ich herrlich große Forellen entdeckt."

„Forellen?" Thomas war sofort putzmunter. „Wo?"

Das Drachenweibchen lachte. „Wusste ich doch, dass dich die Nachricht auf die Beine bringt. Da hinter dem See, in einem Bach."

Thomas sprang auf. „Los, holen wir Netz und Korb!"

„Ist alles schon dort und wartet auf dich." Zephyra legte ihren Kopf auf die Erde, um ihm das Aufsteigen zu erleichtern.

Stella schmunzelte. „Die beiden und ihre Fische. Sie sind ein tolles Team."

„Wo steckt eigentlich Pyron? Ich habe ihn seit heute früh nicht mehr gesehen", fragte Alfons.

„Wer weiß, was er wieder ausgeheckt hat. Er schlug, vom See aus, eine völlig andere Richtung als Zephyra ein. Dabei schien er es auch noch überaus eilig zu haben", berichtete Martha.

„Spätestens, wenn es nach gegrilltem Wildschwein duftet, taucht er wieder auf", warf Marc ein.

Am Nachmittag kam Zephyra allein zum See. Thomas hatte sie, mitsamt reicher Beute, schon auf dem Plateau abgesetzt. Sie begann, die Freunde in Dreiergrüppchen zur Grotte zu bringen. Die fragenden Blicke, schien sie nicht zu bemerken. Gemeinsam bereiteten alle den Grillabend vor. Zephyra half den Männern, zwei große Wildschweine an die Spieße zu stecken. Nur Bromer bemerkte, wie sie aus den Augenwinkeln immer wieder in die gleiche Richtung spähte. Also richtete er seine Aufmerksamkeit ebenfalls dahin.

Die Sonne sank schnell und die Stimmung auf dem Grillplatz vor der Grotte wurde immer ausgelassener.

Bromer wurde stutzig. Ein Stern schien sich am Himmel zu bewegen, ab und zu verschwand er sogar, tauchte wieder auf … Außerdem hatte er eine völlig undefinierbare Farbe. „Ha! Ich hab's begriffen!", rief er aufspringend. „Pyron ist Happy entgegengeflogen und zieht ihn an einer Leine hinter sich her, wie es Zephyra letztens getan hat! Das seltsame Licht da vorn, das jetzt immer größer wird, kam mir die ganze Zeit schon verdächtig vor!"

„Volltreffer!", kicherte das Drachenweibchen. „Als Galantha die Flugroute bekannt gab, hat Pyron sofort überlegt, wo der Ballon in von hier entgegen gesetzter Richtung gerade sein könnte, ein bisschen Abdrift eingeplant und ist losgedüst. Er hat sogar seinen Zeitplan perfekt eingehalten."

Der große Drache zog den Ballon direkt bis an das Plateau heran.

„Heh! Cool! Schön, dass ihr da seid! Starker Auftritt! Landeerlaubnis für Air Pyron erteilt."

Die Freunde applaudierten begeistert.

„Wir bringen den Ballon auf den Berg!", rief der Drache, als Happy schon langsam höher stieg.

Ein paar Minuten später trug Pyron den Dichter auf seinem Rücken herbei. Happy grinste breit in die Runde. „Mit euch erlebt man Sachen, die gibt es eigentlich gar nicht. Flieg ich so friedlich vor mich hin, halte ein Nickerchen in der Sonne, da wird es auf einmal finster. Ich mache schlaftrunken die Augen auf und starre genau auf einen riesigen schwarzen Drachenkopf. Hab ich mich erschreckt! Sonst treffe ich da oben nicht mal einen Vogel und plötzlich einen ganzen Drachen."

„Dem *Jubelschrei* nach, war das Herz schon an den Schuhsohlen angekommen", kicherte Pyron.

Happy nickte. „Erschrecken und in den Korb abtauchen, war alles eins. Die Idee, dass das im Ernstfall auch nichts genützt hätte, ist mir erst Stunden später gekommen. Dann sagte eine bekannte Stimme: *Wenn keiner zu Hause ist, gehe ich eben wieder.* Ich bin bestimmt wie ein Kastenteufelchen aufgesprungen." Happy grinste noch breiter. „Kennt ihr Kastenteufelchen?"

Die Menschen, Bromer und Auréus nickten.

„Jetzt bin ich aber neugierig, woher du die Dinger kennst", warf Thomas ein.

„Das ist bestimmt schon über hundert Jahre her. Ich traf damals bei den Trollen einen Mann, welcher sich *Der Trödler* nannte. Er hatte allen möglichen und unmöglichen Kram dabei, unter anderem so ein Kerlchen auf einer Spiralfeder und den Fesselballon, der jetzt mir gehört. Er zog durch die Dimensionen und tauschte seinen Plunder gegen anderen ein, den er wieder irgendwohin mitnahm und weiter tauschte. Interessant an der ganzen Sache war, dass an jedem seiner

Stücke irgendetwas fehlte. Mein Ballonkorb hatte keine Feuerstelle, der kleine Teufel keinen Kasten. Es gab Brillen ohne Gläser, Besen ohne Borsten und endlos viele andere Merkwürdigkeiten."

Thomas zog die Augenbrauen hoch. „Darf man wissen, was du für den Ballon gegeben hast?"

Happy nickte. „Eine Leier ohne Saiten. Der Fremde war ganz gierig auf das Instrument."

„Ein guter Tausch", bestätigte Bromer. „Darauf sollten wir trinken."

„Prost!", die Freunde hoben ihre Gläser, egal ob mit Wein, Nektar oder Wasser.

„Weil wir gerade Erfolge feiern …", sagte Happy nach dem ersten Schluck zu den Drachen. „Ich hab doch versprochen, euch den Apfel zu zeigen, wenn wir ihn wirklich wieder finden sollten. Da ist er!" Er legte die goldene Frucht vor sich auf den Teller.

Andächtig betrachteten die beiden Riesen den Apfel der Hesperiden. Zephyra stupste Happy mit der Nase an. „Iss ihn!"

„Ja genau! Tu es!", rief auch Pyron.

Die anderen nickten heftig. Marc reichte dem Dichter sein scharfes Taschenmesser, mit dem dieser die Frucht viertelte. Ungewöhnlich große Kerne kamen zum Vorschein, aber nichts, was einem Kerngehäuse herkömmlicher Äpfel ähnlich sah.

„Schmeckt nussig", berichtete Happy, als er die Kerne, einen nach dem anderen knabberte. Dann nahm er das Fruchtfleisch in Angriff. „Das lässt sich mit nichts vergleichen, was ich kenne. Süß, saftig und trotzdem bissfest."

Als er den letzten Happen hinunterschluckte, blinzelte ihm Thomas verschwörerisch zu. „Herzlich willkommen im Club der Unsterblichen! Jetzt darfst du auch ein Stück vom Wildschwein haben. Es wäre doch fatal gewesen, wenn dann der Apfel nicht mehr hinein gepasst hätte."

Das Gelächter der Freunde brach sich als mehrfaches Echo an den Bergwänden.

„Ihr feiert doch bestimmt nicht seit gestern die Ballonrettung", stellte Happy, nach einem langen prüfenden Blick ringsumher, fest.

Zephyra gluckste. „Wir feiern Baby-Ankunfts-Vorbereitungs-Party."

Der fliegende Poet schaute sich jede der Frauen einzeln an. Nichts zu sehen. Hm.

„Drachen-Baby-Ankunft?", fragte er deshalb, denn dann konnte es ja nur ein Baby, das aus einem Ei schlüpft, sein. Dachte er zumindest.

„Ach, schön wär's", seufzten die beiden Großen. „Wir müssen schon noch eine Weile warten."

„Stella und Thomas sind die Glücklichen", verriet Zephyra schließlich.

Happy wieselte auf die andere Seite des Tisches. „Glückwunsch, Glückwunsch, Glückwunsch! Das freut mich wirklich sehr, ich komme wieder her. Ein fliegendes Kleines und dann auch noch deines. Kann die Freude kaum fassen, sehe euren Blick und werde das Reimen wieder lassen."

Thomas erwiderte Happys feste Umarmung. „Verrückter Kerl. Für unser Mini-Elfchen würde ich sogar dauerhaft deine Verse ertragen. Auf alle Fälle kann Onkel Lars nun Schlafliedchen auf Vorrat komponieren."

„Geht klar! Das macht der Onkel gerne", strahlte Happy. „Außerdem wird sich Onkel Lars, von da an, zwei feste Termine in seinem Gehirnkasten festhalten, nämlich den jährlichen Sängerwettstreit und den Mini-Elfen-Ankunfts-Wiederholungstag."

Thomas feixte. „Klingt auch nicht schlecht. Bei uns heißt so was kurz Geburtstag."

„War ja klar, dass die Menschen selbst für so was eine feste Bezeichnung haben", stöhnte Happy, lustig die Augen verdrehend.

Thoma zuckte mit den Schultern. „Die runden Geburtstage werden sogar richtig fett gefeiert."

„Runde Geburtstage?"

„Ja, alle zehn Jahre."

„Warum?"

„Na, vielleicht, weil man dem Grab wieder ein Stück näher gekommen ist?", ulkte Thomas.

Happy schaut ihn so verblüfft an, dass selbst die Drachen in wieherndes Gelächter ausbrachen.

Marc erbarmte sich schließlich wieder und erzählte Happy ausführlich, wie kurz so ein Menschenleben wirklich war.

Der Dichter grübelte eine Weile vor sich hin. „Hm … 80 Jahre … hm … alles drüber ist richtig alt und über hundert ist uralt? Hm, da würde ich auch jedes Jahr aufs Neue feiern, dass ich noch da bin. Und ich würde mich über die Geschenke freuen. Na ja, wer freut sich nicht über Geschenke?"

„Wie alt bist du eigentlich?", fragte Stella neugierig.

Happy schaute sie groß an. „Ein paar Menschenleben habe ich schon hinter mir, wenn ich es recht bedenke."

Jetzt fühlte er alle Blicke auf sich gerichtet.

„Na gut, ich bin vor über 1200 Jahren geboren", entgegnete er nach kurzem Überlegen, ihr gebt ja sonst doch keine Ruhe."

„Junger Hüpfer" sagten Galantha und Aurëus im Chor.

Happy kratzte sich am Ohr. "War ja klar, dass so was kommt." Dann grinste er breit. „Nun will ich wissen, wer hier alles noch jünger ist."

Sechs Hände und eine Drachenklaue hoben sich.

„So viele?", wunderte sich Happy.

„Hast du vergessen, dass wir, bis vor wenigen Jahren, Menschen gewesen sind?", fragte Marc, auf sich, Thomas, Martha und Alfons zeigend. „Stella ist meine Tochter, also muss sie jünger sein. Zephyra ist sogar erst nach ihr geboren. Von Diandra weiß, außer Bromer vielleicht, keiner von uns das Alter."

„Außerdem ist Alter relativ", witzelte Thomas. „Mit 1200 bist für einen Triganer relativ alt, für viele in der Elfenwelt bist du relativ jung, wobei es Unsterblichen relativ egal ist, wie alt sie wirklich sind."

„Interessante Philosophie", murmelte Happy, hob sein Glas: „Darauf stoßen wir an!"

„Was hast du für die nächste Zeit vor?", wollte Martha wissen.

„Ich fliege erst einmal zu den Feen, hinterher nach Triga. Jetzt, wo ich von euch gelernt habe, wie man eine richtige Schau aufzieht, um die Aufmerksamkeit des Publikums zu fesseln, werde ich mir viele kleine Wünsche erfüllen." Er lächelte glücklich. „Mich drängt ja auch keine Zeitnot mehr. Wird es heute nicht, wird es morgen."

„Genau so hat Marc auch reagiert, als er unsterblich wurde!", rief Thomas lachend.

„Und ich habe ein paar goldige Sprüche beigesteuert, mit denen ich Thomas fast zu Verzweiflung getrieben habe", erzählte Alfons.

„Kriegst du die noch zusammen?" Happy zog ein bittendes Gesicht.

„Ein paar", schmunzelte Alfons. „In der Ruhe liegt die Kraft. Nimm dir Zeit und nicht das Leben. Was du heute kannst besorgen, geht genau so gut auch morgen. Manche Dinge erledigen sich durch genügend langes Warten, ganz von selbst. Ich bin bei der Arbeit und nicht auf der Flucht."

Happy kicherte. Aurëus wechselte amüsierte Blicke mit den anderen.

Wenn der ruhige Alfons solche Sprüche zum Besten gegeben hatte, dann war er offensichtlich in allerbester Laune gewesen. Wie sehr es ihn damals beeindruckte, was mit Marc geschehen war, daraus hatte er nie einen Hehl gemacht.

Stella tippte Aurëus auf die Brust. „Und wer ist an allem schuld? Du!"

„Ich? Wieso denn ausgerechnet ich?"

„Weil du zu faul warst, selber Fenster zu putzen", neckte sie ihn.

„Genau!", rief Zephyra. „Das hat er sogar schon einmal zugegeben. Ich habe es deutlich gehört! Aurëus ist schuld und dafür lebe er hoch, hoch, hoch!!!"

„Wenigstens brauche ich mich nicht auf meine diplomatische Immunität als König berufen, weil alle mit dem bestehenden Zustand sehr zufrieden scheinen." Aurëus grinste breit.

Thomas spitzte die Lippen. „Genau genommen ist Marc trotzdem schuld. Habt ihr jemals einen König gesehen, der seine Fenster selber putzt? Da könnt ihr bis sonst wohin in der Geschichte der Menschheit suchen, ihr werdet keinen finden."

„Damit hast du vollkommen Recht", stimmte Bromer im Brustton der Überzeugung zu.

„Getreu dem alten Spruch: Der Student studiert, der Arbeiter arbeitet und der Chef scheffelt", feixte Thomas.

„Das kommt dem zumindest ziemlich nahe", bestätigten Aurëus und Bromer.

„Hast du sonst immer selber geputzt?", fragte Diandra plötzlich.

„Nein, nur wegen des Spiegels selber gezaubert, damit alles wieder blitzte", amüsierte sich Aurëus. „Aber auch das dauert seine Zeit, die mir damals ganz einfach gefehlt hat."

„Und damit haben wir die Worte Lügen gestraft, dass Unsterbliche nicht in Zeitnot wären", hakte Marc sofort ein. „Irren ist also, nachgewiesenermaßen, nicht nur menschlich."

Pyron zog vorsichtshalber den Kopf ein. Womöglich käme Marc nun auf die Idee, ihn verantwortlich zu machen, weil er ihn hatte entkommen lassen. Das Manöver war so offensichtlich, dass wieder alle in Gelächter ausbrachen.

„Weil es keiner gewesen sein will, plädiere ich auf Sippenhaft für die ganze Meute. Das Urteil lautet: Lebenslängliche Freundschaft", ließ sich Silvestra vernehmen.

„Wie beugen uns dem Urteil der Königin und gehen nicht in Berufung", erklärte Alfons feierlich.

„Das muss wieder begossen werden …" Bromer füllt die Gläser neu.

„Oh je", stöhnte Thomas. „Langsam wird Zeit, dass wieder geregelte Verhältnis einziehen."

Zustimmendes Nicken von allen Seiten.

„Bei Luigi noch die übliche Willkommensparty, dann geht der Arbeitsalltag los", sagte auch Marc.

„Aber einmal im Jahr Urlaub im Elfenland ist ganz fest im Plan", versprach Galantha. „Das lassen wir uns durch nichts und niemanden nehmen."

Diesmal feierten sie wirklich durch, bis die Sonne schon ziemlich hoch am Himmel stand, verschliefen dafür den halben Tag und verabschiedeten sich am Nachmittag von Happy, der rundum glücklich mit seinem Ballon davon schwebte. Auch den Drachen sagten sie auf Wiedersehen.

Marc verbarg den Spiegel in seinem Arbeitszimmer, kaum, dass sie das Portal verlassen hatten.

„Neunzehn Uhr bei Luigi?", fragte Aurëus.

„Gute Zeit", stellte Marc fest. „Ich werde ihn gleich anrufen und auch Tina und Mario Bescheid geben."

Marc wählte Luigis Nummer.

„Meine Güte! Gibt es euch auch noch?", tönte es aus dem Hörer. „Na klar bekommt ihr den großen Tisch! Bis dann. Ich freue mich auf euch."

Tina ließ einen Freudenschrei los, dass Marc die Ohren klangen. Kopfschüttelnd ging er in die Küche zu Galantha. Sie hatte ihren Laptop aufgeklappt und studierte akribisch die neuesten Nachrichten. Dabei zog sie nachdenklich die Augenbrauen zusammen.

„Was ist passiert?", fragte Marc.

„Ich bin etwas erstaunt, wie lange wir weg waren", antwortete Galantha. „Wenn sich nicht gerade jemand einen dummen Scherz erlaubt hat, dann sind es heute genau fünf Jahre, dass wir zur Rettung von Happys Ballon aufgebrochen sind."

„Zeig mal her!" Marc zog das Gerät zu sich heran. „Irrtum ausgeschlossen", pflichtete er ihr schließlich bei.

Die Terrassentür klappte und Thomas kam herein geeilt. „Wisst ihr, wie lange wir weg waren?"

„Fünf Jahre", antworteten die Wendlers im Chor.

„Dank Elfenzauber ist aber alles in Ordnung. Sogar die Zimmerpflanzen haben es gut überstanden. Sie haben in einer Art Dornröschenschlaf gelegen", freute sich Thomas.

„Dann werde ich sie ganz schnell wach küssen gehen", lachte Marc, sich mit seiner Gießkanne auf den Weg machend.

„Und eure Firma?", fragte Galantha leise. Thomas hatte sicher sofort recherchiert.

„Ist noch existent. Peter und Holger haben super Arbeit geleistet. Ich fahre mit Stella jetzt gleich rüber und beruhige die beiden. Ich dachte fast, Peter bekommt vor Freude einen Herzinfarkt, als er meine Stimme am Telefon hörte."

Thomas beeilte sich, nach Hause zu kommen. Wenige Sekunden später fuhr sein Van vom Hof.

Galantha gab die guten Nachrichten sofort an Marc weiter.

Der lächelte. „Dann sollte ich wohl auch etwas unternehmen, damit die Ebbe auf dem Konto endlich gestoppt wird." Er griff zum Telefon. Als ihn eine Viertelstunde später Galantha suchte, war er gerade dabei, seinen grauen Anzug aus dem Schrank zu nehmen.

„Ohne dich scheint es ihnen keinen Spaß gemacht zu haben", blinzelte sie ihn lustig an.

Außer Frage fuhr er jetzt zur Uni, um über einen neuen Vertrag zu verhandeln. Marc blinzelte zurück, hauchte ihr einen Kuss auf die

Lippen und holte das Auto aus der Garage. Die Elfe schaute lange hinterher.

„Na, dann wollen wir mal", murmelte sie schließlich und aktivierte ihren Onlineshop.

Die Goldmanns und Bromers folgten ebenfalls der Stimme des Zwanges. Auröus ließ wieder einmal seine alten Beziehungen spielen. Sehr zufrieden machten sich alle am Abend auf den Weg in Luigis Restaurant. Hier hatte sich kaum etwas verändert. Das Geschäft florierte. Es war ein Kommen und Gehen, wie eh und je. Nur Luigi sah man die vergangenen fünf Jahre an. Seine Schläfen hatten diesen grauen Touch bekommen, der viele Frauen zum Träumen einlud. Er ließ alles aus den Händen fallen und eilte seinen Freunden entgegen. Die beiden Ehepaare Wendler und die Bergers waren gemeinsam und als Erste eingetroffen. Luigi machte sich wenig daraus, in Freudentränen auszubrechen, als er Marc fest in die Arme schloss.

„Verdammt noch mal, habt ihr mir gefehlt!" rief er und zog die Nase hoch. „Ich wollte fast schon Halbmast flaggen!"

Marc versuchte zu einer Erklärung ansetzen. Luigi klopfte ihm auf die Schulter. „Ist schon gut – ich weiß – die Zeitphänomene. Ich bin doch schon froh, dass ich euch überhaupt wiedersehe. Ich habe ernsthaft nicht mehr damit gerechnet."

„Wir auch nicht", sagte plötzlich Marios Stimme hinter ihnen. Er war gemeinsam mit allen anderen hereingekommen. Verblüfft stellte Marc fest, dass auch Mario eine Spur grauer um die Schläfen geworden war. Tinas Gesicht zeigte erste Fältchen und die meisten davon kamen wohl vom Lachen.

„Ihr habt euch gar nicht verändert", sagte sie plötzlich. Dann hielt sie inne, kicherte. „Na, ja, wie denn auch."

„Was gibt es für Neuigkeiten?", fragte Luigi sofort, als er die Getränke serviert hatte.

Thomas zog ein lustiges Gesicht. „Wie möchtest du die Reihenfolge haben? Von vorn oder von hinten?"

„Von hinten, sonst wird es zu aufregend", bat Luigi, während Tina und Mario die Ohren spitzten. „Aber einen ganz kleinen Moment, meine Frau würde traurig sein, wenn sie die Hälfte verpasst." Er schaute erwartungsvoll zur Schwingtür der Küche.

„Deine Frau?"

Marc bekam ein heftiges Nicken als Antwort.

„Der Brautstrauß", flüsterte Galantha.

Wieder nickte Luigi. Da schwang auch schon die Tür auf und Maria, die alle als Frau Rocci kannten, kam mit einem Tablett Champagner. „Auf die glückliche Heimkehr rief sie!"

Die Elfen nahmen sie in ihre Mitte.

„Also", ergriff Thomas das Wort. „viele Grüße von den Drachen und Happy, der nach unserer Zeitrechnung, seit vorgestern unsterblich ist."

„Heh, heh, super, dann habt ihr den Apfel gefunden!", rief Mario.

Thomas bestätigte dies. „Ebenfalls nach unserer Zeitrechnung, habe ich vorgestern erfahren, dass ich in wenigen Tagen Papa werde."

„Wirklich? Das sieht man gar nicht?", staunte Tina, Stella eingehend musternd. „Oder hast du etwa anderswo gewildert?"

Die Lachsalve am Tisch, ließ die anderen Gäste erschreckt herumfahren.

Thomas schlug sich auf die Schenkel. „Auf so eine Interpretation bin nicht mal ich gekommen und das will was heißen!"

Mit Erzählen in der Reihenfolge, war nun nichts mehr zu machen. Jeder gab irgendeine kleine Episode zum Besten, woraus sich die Menschen den Hergang der Ballonrettung zusammenreimen konnten.

„Erzählt, was sich bei euch alles verändert hat!", forderte Aurëus die Menschen auf.

Luigi strahlte. „Spätes Glück. Jetzt, wo ich kurz vor der Rente stehe, habe ich endlich die Frau für mein restliches Leben gefunden."

„Wir können ja beide die lieb gewonnene Arbeit nicht lassen", fügte Maria hinzu. „Die wenige Zeit, die uns unsere Geschäfte, lässt, verbringen wir nun ganz intensiv miteinander und haben den Schritt beide nicht bereut."

„Wann war denn der große Tag?"

„Schon vor drei Jahren. Wir haben ihn immer wieder hinausgezögert, weil wir gern mit euch gefeiert hätten", verriet Luigi. „Irgendwann haben wir begriffen, dass man sich nicht nur nach anderen richten kann und haben still und heimlich ‚ja' gesagt. Wir haben nicht mal eine Hochzeitsreise gemacht."

„Uns haben sie auch nichts gesagt", beschwerte sich Mario scherzhaft.

„Bei euch beiden sieht es aber nicht so aus, als ob sich am Familienstand etwas geändert hätte", sagte Thomas lakonisch.

Tina hob die Schultern. „Für Kinder ist es zu spät und sonst bringt es uns weder Vor- noch Nachteile. In zwei Jahren feiern wir silberne Nicht-Hochzeit, das schafft schließlich auch nicht jeder."

Mario stimmt lächelnd zu. „Ihr werdet jetzt wohl Mühe haben, in den Alltag zurückzufinden", sinnierte er.

Alle schüttelten die Köpfe.

„Wir waren heute in der Firma und haben die Arbeiten der nächsten Tage abgestimmt", erklärte Thomas.

„Ich habe meinen Shop schon wieder eröffnet", sagte Galantha.

„Mein Job an der Uni geht Anfang nächsten Monats los", fügte Marc hinzu.

„Ich bin seit Jahren freischaffend", schmunzelte Alfons. „Meine Ideen für die kommenden Monate, haben Martha und ich schon notiert."

„Und wir vier gehen nächste Woche nach Las Vegas. Der Vorvertrag steht." Aurëus wirkte überaus zufrieden.

„Es wäre schön, wenn wir unser wöchentliches Treffen hier im Lokal wieder aufleben lassen könnten", schlug Tina vor.

„Das machen wir – versprochen." Marc hielt ihr die Hand hin.

„Ach ist das schön", seufzte Luigi und warf seinen Kristallelfen im Regal einen verschwörerischen Blick zu.

„Sag mal, Luigi, kannst du deinen Laden eins, zwei Tage alleine lassen?", wollte Aurëus wissen.

„Problemlos", kam prompt die Antwort.

„Gut, sehr gut." Der Zauberer rieb sich die Hände. „Komm doch bitte mit Maria morgen Mittag rüber zu Marc. Er wird sich freuen, mit euch ein paar nette Stunden zu verbringen."

„Nichts lieber als das", freute sich Luigi.

Kurz vor dem Nachhausegehen flüsterte Aurëus Luigi noch zu: „Zieht was ganz Bequemes an. Er soll ja nicht gleich merken, was wir vorhaben."

„Und? Hat es geklappt?", fragten Galantha und Marc vor der Tür.

„Aber klar! Und er hat keinen Verdacht geschöpft." Aurëus trollte sich lachend mit Silvestra nach Hause.

Der nächste Tag begann mit dem üblichen gemeinsamen Frühstück der vier Wendlers und zwei Bergers. Gegen Mittag packten Martha und Alfons die Taschen und fuhren heim. Die Bromers verbrachten den Tag mit Tina und Mario im Zoo, so wie es der Zauberer Diandra in den Flitterwochen versprochen hatte.

Aurëus tüftelte mit Silvestra an einem Showplan, Thomas und Stella zu Hause an den Bonusrunden für die Spiele, Galantha nähte und Marc bereitete in aller Ruhe das gesellige Beisammensein vor, deckte die große Tafel, stellte aber gleichzeitig einen gepackten Rucksack in seinem Arbeitszimmer bereit. Zufrieden grinsend, wartete er schließlich auf die Gäste.

Kurz vor zwölf Uhr kamen sie und, wie zufällig, auch Thomas und Stella. Galantha stellte, ganz selbstverständlich, noch zwei Gedecke auf den Tisch.

Maria sah sich erstaunt im Kaminzimmer um. Sie kannte zwar das alles aus den Erzählungen von Luigi und seinen Freunden, aber nun hatte sie es selbst vor Augen. Marc und Aurëus nickten sich sehr zufrieden zu. Unter diesen Voraussetzungen lief ihr Plan um Länger besser, als sie gedacht hatten. Also führte Marc Luigi und seine Gattin durch das Haus, bis hin zum Arbeitszimmer. Die beiden merkten vor lauter Aufregung nicht einmal, dass ihnen die anderen mit verschwörerischen Gesichtern folgten. Schließlich betrachteten sie mit großen Augen die Ritterrüstung neben Marcs Schreibtisch, in der er, mit Thomas, den Elfen und Pyron, haarsträubende Abenteuer erlebt hatte. Aurëus aktivierte das Portal, schob die Zwischenwand aber so, dass kaum etwas vom Spiegel, sondern nur eine Art schmale Durchgangstür zu sehen war.

„Hier entlang geht es in Marcs kleines Kabinett", erzählte er munter drauf los, tat, als wolle er Luigi beim Schwelle Übersteigen helfen und zog ihn einfach hinter sich her. Ähnlich machte es Marc mit Maria, die keinerlei Verdacht geschöpft hatte. Die Elfen und Thomas folgten ihnen sofort mit dem vollen Rucksack. Die Gäste kamen nicht einmal wirklich zum Erschrecken, da schob sie schon eine Kraft durch den Ausgang auf der anderen Seite.

„Schau an, schau an, welch seltene Gäste!", begrüßte sie eine tiefe Stimme. Luigi war sicher, sie schon mehr als einmal gehört zu haben.

Er hob überrascht den Kopf und begegnete dem neugierigen Blick zweier großer grüner Drachenaugen.

„Py – Pyron?", stotterte Luigi namenlos erstaunt, während Maria wie erstarrt stand.

„Das nenne ich eine gelungene Überraschung", freute sich Zephyra.

Luigi streichelte die Stirnen der beiden Riesen. „Ich fasse es nicht! Ihr seid es wirklich! Wie seid ihr denn hierher gekommen?"

Das Gelächter war unbeschreiblich.

„Frag lieber, wie ihr zu uns gekommen seid", kicherte Pyron. „Herzlich willkommen in einer echten Drachengrotte!"

Luigi drehte sich vorsichtig um. „Ein Spiegel! Aber – aber – aber dann, war das vorhin gar keine Tür, das war euer Portal!", rief er.

„Richtig!", lachte Aurëus. „Wenn ihr schon ohne uns Hochzeit feiern musstet, nicht mal eine Reise gemacht und keine Geschenke von uns bekommen habt, dann wollten wir uns wenigstens mit einem Kurzbesuch im Elfenland wieder richtig tief bei euch einkratzen."

„Hochzeit?", schnappte Pyron.

„Oh! Es kann wieder gefeiert werden!", freute sich Zephyra. „Glückwunsch!"

„Danke", flüsterte Maria. „Ich glaube, ich träume."

„Wir sind auch ganz leise, um dich nicht aufzuwecken", schmunzelte Pyron. „Hier graut erst in einer halben Stunde der Morgen, macht es euch bequem."

Zephyra tippt Aurëus an. „Wie lange dürfen sie bleiben?"

„Bis Mitternacht", lautete die Antwort.

„Suuuper! Wir huschen gleich auf die Jagd. Eine Feier ohne Wildschwein und Forelle ist nur halb so schön", jubelten die Drachen. Im nächsten Moment verschwanden sie auch schon zu ihren Jagdgründen.

Ein knappe halbe Stunde später kamen sie wieder. Zephyra trug drei Brontornis-Eier und Pyron deponierte gerade ebenso viele Wildschweine in seiner Vorratskammer, wie er den kleinen Platz hinter den Rüstungen scherzhaft nannte.

„Welche Tageszeit war denn in eurer Welt, als ihr losgezogen seid?", wollte Zephyra wissen.

„Gerade Mittag", erwiderte Silvestra.

„Habt ihr etwa schon gegessen?"

„Nein, diesmal schlagen wir bei den Eiern richtig zu", versprach Marc. „Komm, Thomas, holen wir ein bisschen Speck."

„Darf ich mitkommen?", fragte Luigi vorsichtig.

„Aber natürlich! Hier in der Grotte, auf dem Plateau davor und später auch noch oben auf unserem Berg, könnt ihr euch völlig frei bewegen", rief Pyron. „Wäre ja das Allerletzte, wenn wir so liebe Gäste einschränken würden."

Maria ging mit Zephyra und den Elfen die Schlafplätze besichtigen, Luigi folgte den Männern zum Plateau, wo sie sofort einen Eber aufbrachen, um an den begehrten Speck zu kommen. Pyron schlitzte das Tier einfach mit seinen scharfen Krallen auf, Thomas und Marc erledigten den Rest. Pyron beseitigte die Schlachtabfälle, wie immer, auf seine Weise. Luigi schaute begeistert zu, wie die Därme des Tieres im riesigen Drachenmaul verschwanden. „Das nenne ich schnelle, gründliche Resteverwertung!", lachte er.

Pyron blinzelte. „Na, ja, Drache tut, was er kann, um Raben und solches Viehzeug fern zu halten. Mitesser dieser Sorte habe ich nämlich gar nicht gern."

Stella schwebte vom Berg herunter. „Achtung, der Kräuter-Frischedienst fliegt ein."

„Oh, die duften wundervoll." Luigi schnalzte mit der Zunge. So wie es jetzt schon aussah, musste der Feinschmeckerclub des Elfenlandes volle fünf Sterne haben.

An der Kochstelle schaute er gleich zweimal hin. Galantha machte sich tatsächlich nur mit einem großen Blechdeckel an die Arbeit, wie sie es von Marc gelernt hatte. Zwei Eier legte sie in die Glut, um sie im Ganzen zu backen. Auch mehrere Forellen steckten an Spießen, wo sie langsam garten.

„Und ganz ohne Zauberei", bestätigte Stella, auf Marias Nachfrage.

Es dauerte nicht lange, da wurden die Leckerbissen portioniert, mit den gehackten Kräutern gewürzt und aufgetragen. Es gab frischen Kräutertee, Kaffee oder Saft, je nach Laune der Durstigen.

Die Drachen teilten sich ein gebackenes Ei.

„Jetzt leuchtet mir auch dein Wunsch nach einem Straußen-Ei, beim ersten Besuch bei mir ein", wandte sich Luigi an Pyron.

„Deine Variante mit den Schinkenröllchen ist aber genau so lecker", erklärte der Drache.

„Ach ja! Die Röllchen!", rief Aurëus und schlug sich an die Stirn.

Marc tippte auf den leeren Blechdeckel. „Meinst du diese?"

Vor ihnen häuften sich alle Varianten, vom gekochten bis zum Parmaschinken. Luigi kostete beinahe ehrfürchtig.

„Ich kann es einfach noch nicht fassen, dass du nun auch zaubern kannst", gab er schließlich zu.

„Wir alle nicht", schmunzelte Stella. „Er tut es auch nur, wenn es wirklich nicht anders geht, oder er sich einen kleinen Spaß am Rande machen möchte."

Ein heiteres Lächeln flog über Marias Gesicht. „Wir amüsieren uns oft über Pyrons Brüder, als sie die Wassertechnik entdeckten. Das war auch ein Spaß am Rande, der wirklich köstlich war."

Pyron kicherte fröhlich. „Die beiden lachen auch immer noch darüber. Ich könnte mir vorstellen, dass sie es wieder tun würden."

Silvestra nickte Aurëus zu.

„Ihr wollt doch sicher erleben, was in unserer Welt alles möglich ist? Kommt, fliegen wir auf den Berg. Dort könnt ihr unglaubliche Dinge sehen." Aurëus machte eine einladende Geste zum Ausgang.

Luigi kletterte mit Thomas auf Pyrons Rücken, während sich Maria lieber ängstlich von Zephyra in der Klaue tragen ließ. Aurëus und die Elfen flogen, jeder auf seine Weise. Marc probierte das Springen von Klippe zu Klippe, wie es Bromer immer machte. Die beiden Gäste staunten. Erst recht als sie mit eigenen Augen den Kräutergarten der Drachen bewundern konnten.

Aurëus ließ, wie immer wenn Gäste auf dem Berg weilten, Tisch und Stühle erscheinen. Die Elfen kümmerten sich um die Getränke. Es gab viel zu erzählen und die beiden Menschen hatten unzählige Fragen. Ein großer Schatten verdunkelte plötzlich die Sonne.

„Was ist das?", flüsterte Maria, denn genau genommen, war der Himmel völlig wolkenlos.

Auch Luigi beobachtete das ungewöhnliche Phänomen, das auf einmal in zwei kleinere dunkle Flecke zerfiel. Einen Lidschlag später waren deutlich riesige Schwingen zu erkennen – zwei Drachen mit direktem Kurs auf die Bergspitze.

„Magmatus und Vulkanus!" Luigi hatte Maria am Arm gepackt, da landeten die beiden Giganten auch schon.

„Ah, Besuch! Habt ihr uns einen Wasserhahn mitgebracht?", rief Vulkanus lachend.

„Ich nehme den Händetrockner", kicherte Magmatus. „Der faucht so schön!"

„Hören wir lieber auf, Galantha macht uns sonst Feuer unter dem Hintern", schmunzelte Vulkanus, sich von ihr und den Gästen zwischen den Hörnern kraulen lassend.

„Da wären wir gleich bei dem, weshalb ich euch gerufen habe", hakte Silvestra ein. „Ich möchte, dass alle Drachen und Galantha gemeinsam ihre Feuerkraft für Luigi und Maria zeigen. Einen Drachen zu sehen ist grandios, aber ein Feuer speiender Drache ist viel imposanter. Dazu noch eine Elfe, die so zart ist, dass man glaubt, sie sei auch so verletzlich, ist die Krönung des Ganzen."

„Ihr dürft beginnen", gebot Aurëus, sich entspannt zurück lehnend.

Eine kurze Absprache zwischen den fünf Akteuren, dann stellten sie sich in einiger Entfernung nebeneinander auf, außen die Drachen, in der Mitte Galantha. Die beiden außen begannen, ihre Flammen hoch in den Himmel lodern zu lassen. Die innen zogen nach und am Ende schickte Galantha zuerst eine Flamme und dann ihren berühmten Flammenfächer hinauf zur Sonne. Die mörderische Hitze war sogar bis zum Tisch zu spüren. Nun traten die Drachen ein wenig zur Seite. Galantha verwandelte sich und schwebte als gleißende Lohe in der Luft. Sie begann um ihre Achse zu rotieren, worauf sich eine wirbelnde Spirale aus mehrfarbigem Feuer bildete.

„Ist Galanthas Flamme wirklich so riesig, oder haben sich die Drachen zurückgehalten?", fragte Luigi erstaunt.

„Wir haben alle volle Kraft gegeben", erklärten die Drachen. „Aber jetzt sind Stella, Marc und noch einmal Zephyra dran."

Marc und Stella stellten sich gegenüber auf. Marc zauberte einen Ball, den er mit seiner Tochter zum Schweben genau auf halber Strecke zwischen ihnen beiden brachte. Zephyra konzentrierte sich auf die bunte Kugel, schickte plötzlich einen blauen Energiehauch auf die Reise. Der Ball vereiste und zersprang mit gläsernem Klirren. Jubel unter den Zuschauern.

„Einfach faszinierend", seufzte Pyron.

„Hast du es schon mal probiert?", fragte Maria.

Pyron schüttelte den Kopf. „Es kann nicht jeder ein magischer Drache sein." Dann hüpften plötzlich wieder die grünen Fünkchen in seinen Augen. „Aber unser Junges wird die Chance haben, einer zu werden, wie die Mama." Er zog Zephyra mit der Schwinge an sich.

Stella warf Thomas einen liebevollen Blick zu. Dank seinem Wunsch, standen ihrem Baby auch alle Möglichkeiten offen.

Maria schaute über das weite grüne Land zu Füßen des Gebirges. „So habe ich mir eure Welt immer vorgestellt", schwärmte sie. „Das da hinten muss der Nixensee sein."

„Er ist es", erwiderte Thomas. „Und da! Schau! Da kommen gerade die Einhörner zum Trinken!"

Winzige weiße Flecken strebten schnell dem Ufer zu.

Luigi sprang auf und gesellte sich zu Tomas und Maria. Auch wenn auf diese Entfernung nicht viel zu erkennen war, er konnte die Magie der wundervollen Tiere spüren. Zephyra schwang sich in die Lüfte. Fast lautlos glitt sie dem See entgegen. Ein Wesen von dieser Größe konnten die atemlosen Zuschauer gut erkennen. So wie es aussah, war sie direkt neben der Herde auf der Wiese gelandet, denn einige weiße Punkte hoben sich plötzlich sehr deutlich vom schwarzen Hintergrund ab. Augenblicke später war Zephyra wieder da.

„Schnell! Steigt auf! Ich bringe euch auf das Plateau, da könnt ihr die Einhörner besser sehen. Sie werden in wenigen Minuten hier sein."

Maria fand gar keine Zeit daran zu denken, dass sie eigentlich Angst auf dem Rücken eines Drachen gehabt hätte. Sie kletterte hinauf, Luigi setzte sich hinter sie und das Drachenweibchen schwebte hinab. Das Trommeln der Hufe war bereits zu deutlich hören, die wehenden Mähnen mit bloßem Auge zu erkennen. Ein kurzes Innehalten, ein lautes Wiehern, dann verschwanden die magischen Wesen auch schon wieder in der Ferne. Luigi und Maria schauten lange hinterher. Die anderen versammelten sich nun ebenfalls am Eingang zur Drachenhöhle. Magmatus und Vulkanus verabschiedeten sich herzlich. „Passt gut auf euch auf und denkt ab und zu an uns." Sie tupften die beiden noch einmal mit der Nase an, dann ließen sie sich durch den Aufwind an der Steilwand beinahe senkrecht nach oben tragen, ehe sie mit kraftvollen Schlägen ihrer dunklen Schwingen immer weiter aufstiegen. Pyron, Marc und Thomas steckten inzwischen die Wildschweine an die Grillspieße. Luigi staunte, mit welch einfachen Mitteln, Marc das leckerste Essen bereiten konnte.

„Ich sag doch, ihm fällt immer etwas ein", strahlte Galantha über das ganze Gesicht. „Ein Besuch hier bei unseren Großen, ohne einen zünftigen Grillabend, wäre nur ein halbes Vergnügen."

„Sonst ernähren wir uns vorwiegend von Fisch", erklärte Pyron später. „Zwei Mal in der Woche holen wir uns größere Beute, wie Wildschweine, Hirsche, Rehe und wenn wir nicht Besseres erwischen, auch mal einen Brontornis. Aber das bleibt, seit wir wissen, wie lecker die Eier sind, die Ausnahme, damit wir die Vögel nicht ausrotten."

„Deshalb habt ihr euch wohl auch noch das Ei geteilt, obwohl es nur ein winziges Häppchen für euch war?", fragte Maria.

Zephyra nickte. „Marc hat uns erzählt, wie schnell man ein Gleichgewicht zerstören kann. Wir haben es auch selber gesehen, als die Zwerge das Wasser verseuchten. Also achten wir sehr darauf, dass wir nur wenn wir Besuch haben, die Leckerbissen holen und uns sonst von dem ernähren, was Drachen seit Urzeiten fressen."

„Natürlich grillen wir uns, seit wir Marc kennen, unser Fleisch manchmal, weil es einfach leckerer schmeckt", fügte Pyron, der Vollständigkeit halber, hinzu.

„Was passiert, wenn sich Wölfe und Bären einmal zu sehr vermehren sollten? Sie haben doch hier keine Feinde." Luigi schaute die Drachen groß an.

„Dann schon", lachte Pyron. „In dem Augenblick gäbe es bei uns sicher Bärentatze und Wolfsfilet. Aber das ist glücklicherweise in den vielen Jahrtausenden, in denen ich hier lebe, noch nicht vorgekommen. Bisher hat das Großwild für alle Raubtiere ausgereicht." Er ließ scherzhaft seine Reißzähne blitzen.

„Raubtiere", wiederholte Maria mit tonloser Stimme, den Riesen etwas irritiert musternd.

Pyron nickte sehr ernst. „Ganz sicher sind wir das. Marc und Galantha haben es, als Einzige meiner jetzigen Freunde, am eigenen Leibe erfahren." Er rieb seinen Kopf an Marcs Schulter. „Damals hätte ich ihn, wäre er nicht schnell genug gewesen, einfach aufgefressen."

Maria hatte sich von ihrem Schrecken erholt. Sie drückte Pyron einen Kuss auf die Nasenspitze. „Für mich seid ihr, alle vier, liebe Drachen."

Silvestra lächelte glücklich. „Für mich auch!" Kein Wunder, hatte doch einer dieser Drachen ihre Tochter und Enkelin gut behütet und später das Elfenland mit ihnen und seinen Freunden gerettet.

„Ich drängele ja ungern." Aurëus erhob sich. „Die Zeit, in der ihr hier sein dürft, ist in wenigen Minuten um. Dass ihr hier wart, soll für alle Zeiten euer und unser Geheimnis bleiben."

Die beiden Menschen nickten feierlich. Sie streichelten noch einmal die gigantischen Drachen, dankten ihnen für die Gastfreundschaft und die wundervollen Stunden, dann gingen sie mit ihren Freunden zum Portal.

Galantha hielt Stella die Hand hin, um eine Kette für die Rückreise zu bilden.

Stella schüttelte den Kopf. „Ihr müsst ohne mich und Thomas gehen. Es sieht ganz danach aus, als würde in dieser Nacht noch ein kleines Wunder geschehen. Der Schutz der Drachen und die Magie dieses Landes sind in den ersten Stunden am sichersten für so ein wehrloses Würmchen. Wir folgen euch, sobald wir können."

Marc und Galantha kehrten noch einmal um, nahmen beide in die Arme, wünschten ihnen alles Glück beider Welten. Zum Abschied winkend, stiegen sie schließlich in die geheimnisvoll schimmernde Fläche des Spiegels.

wird fortgesetzt